王金昌日记收藏系列

北平日记

（1939年—1943年）

（五）

董　毅◎著
王金昌◎整理

人民出版社

王金昌日记收藏系列——

北平日记

（1939年—1943年）

（五）

董毅◎著
王金昌◎整理

人民出版社

8月24日　星期一（七月十三）　阴，凉，黄昏微雨

晨起看过报，又补写昨日的日记，午后发了一信与英，下午闷闷，阴天颇有凉意，拿起一本小说来看，四时左右，孙湛孙昭来坐顷之即去，五时铸兄来，我冒微雨去强表兄家，谈所找之事久无音信，托人谋职大难，言来空自着急，彼亦束手无策，谈半晌，强表兄令我去找林志可请其托殷同不知有效否，而林是否肯说，殷又是否管皆是问题，末后谈四弟五弟学费事，因我毕业后学费所余尚有五百五十元，四弟高中末一年尚有余裕，承其允与五弟拨出一笔学费，但只足一年之用，六时半又冒微雨归，两弟年幼无知，不明现时一切艰难，不懂事理，不知用功，令人恨急。做子女者如不肯用功，不上进学好，其本身决不晓得为父兄对其期望之殷与关心之切，今身处其境方知如何，兄责尚好负，只是难兼父责，父责实难当，因现在养下一子女，由小养大，即不知得费父母多少心力，精神，稍大要为他受教育，学好与否，学业之进行，品格的修养，又要费多少精神力量和担心，再成人了，他要恋爱，更要费多少精神与金钱去关照供给他，找事了也要担心，出门了一切也要关切，总之自己死了才算完，不幸子女先死，自己还要难过半辈子，总之养了子女，便要花费无数精神力量时间金钱在他身上才称得起这个“爸爸”二字，而且这年头自由横行，动不动子女可以与父母断绝关系，因有的父太顽固太腐败，但多数子女亦太新，毫不为做父母的一生苦心着想，呜呼（不酸！）可怜，可敬，可爱，天下父母的心！不孝父母亦难乎其为人矣！小徐近得一女，他尚未自立，年方廿一，这个爸爸够当的！

不是我近来发财迷，也是这年头赶的，没钱没法子活着，而且不能活的又不是我一个人，上有老娘，下有弟妹，仰事俯蓄全仗我一人，怎不叫人着急，又需要它，又恨它，恨不得拿来大把撕了，解恨，本月的公益奖券，我在十三日买了一张，十五日就开了奖，空欢喜了二天，后来一想不值，就是不中，盼望也该让它延长一点也好，于是今日又买了一张。（阿Q的精神空自安慰而已，一笑）

8月25日　星期二（七月十四）　阴，下午雨，冷

阴沉沉的，今天却与平常不同，很冷，先起来穿得很薄，看书报，不成觉得冷，于是换了一套厚一些的衣服好一些，仍然觉得凉，加以阵阵秋风飒飒，秋意渐深，寒气侵人，不料一冷，忽然变得这么快！正是天有不测风云了！因想起那座古老的话匣子要拿到九姐夫处去，改装出售，想把各旧片子差不多唱一唱，听了就完了，正在唱时，五弟进来，拿了一封信，是英叫人送来的，打开一看，原来是她因今日凉爽（过劲，反而冷了！）想出去，约我今日下午二时在东单日本操场等我，匆匆写了复柬，又顺便叫来人带回小说十余本，是借她侄子看的，此时将一时，急忙匆匆用过午饭，只吃了大半张娘为我烙的饼，出来时已一时三刻，还得先去银行为四，五二弟取学费，穿得不算少了，兀自觉得风力寒，出银行又疾驰到东单操场，一路留心不见英影子，电车，公共汽车等来往不绝，两目四瞩，半小时过去，仍不见英影子，不知她从何处走来，又不知是如何来法，过一小时了，不由胡猜，是她出来晚，是半路出了事，是她看此时天愈加阴沉欲雨不出来了呢！种种猜想不一，心头忐忑不宁，二时三刻，天降雨点，旋即加密，虽不太大，不久马路尽湿，我即避雨于树下仍然静候，以为她家钟又慢了一小时，打算总站在此亦不成，雨再大起来，树下亦遮不住，决定再等半小时，过原定一小时半她不来，我再去亦说得过去了，何况又有雨淋着，我是既无雨具又无雨衣呢，此时觉得凉，正猜不透何以英来得如此晚，每次多不遵守时刻呢，等人实不好受，来晚可以少迟一些，不是也让我少彷徨一些时候吗？尤其在大街上等人，是不大方便的，正在痴想时，一辆洋车在我面前停下，英来了，不易，我还以为她不会来了，她是从别处来的，此时是三时五分，她本欲去的太庙，此时是不能去了，先到市场再说，我拿了她小伞，上身未湿，可是两膝上为雨水淋透，没法子，她要看电影已晚了半小时，我身上被雨水一浇，觉得颇凉，于是到葆荣斋去饮了一杯热咖啡，英用了一杯热蔻蔻，此时雨加大，也许是打在铅棚上加响，市场中人多，皆因避雨，坐了一刻，雨将止，出来到

丹桂商场书摊上看看，此时将四时半，遂一同去真光，忽然想起又过了半小时，一问好在是循环上演，于是进去看了大半部，片子尚不坏，只是有的地方表演过火不近情，叙俄国帝政时代（伊利莎白及凯萨两女皇之斗争）的片断历史故事，六时多出来，此时雨早止，惟傍晚甚寒，遂伴英回家，洋车夫走崇文门外，什么木厂胡同，南北五老胡同等等，皆我居平廿余年未曾走过者，今日第一次走，在胡同内穿行，径达东珠市口东口，英抵家我即与之告别，时近黄昏，走在前门大街买牙膏，手中比西城便宜，西城东西又比东城便宜，归来匆匆用过晚饭，又叫四五二弟来，晓以教育费之来源及为人努力之利害，灯下又看完一本小说。

8月26日　星期三（七月十五）　晴和

天气晴和，比昨日差上半月的气候，变化如此之大，人极易生病，昨日尚念如冷得如此快法，煤又是当前必需品了，念之焦急，上午九时许去建设总署找林志可，他出差了，不在，心中一动，许久才去看松三母，今日正好前去看望，到那坐了一刻，顺便打听多日未得松三信，他的近况如何？他母谈松三亦多日无有信来，据其姐来信谓他大约在本年春即由印去美，并在孟买摄了一影寄来，看了心中不胜羡佩，松三兄真有志气，将来前途不可限量，他终于实现了他的愿望，谈了一刻，十一时辞出，顺便到舒家去坐，令泓在家，她因考工大二年编级未考上，心中十分恢懒，说不再上学，不再念书，那种颓废的思想实在不好，就是如此待在家中，又有什么意思，随便劝了她两句，纯粹以友谊立场上劝她，不听也就罢了，她二姐瘦了许多，闻又有了喜，又见着了郑洪蔚，谈了一刻在香山实习的情形，十一时半辞出，即回家，看看报，午后看了一刻书，因连夜看书过迟起的又不晚，眼睛有点难受，两点卧床上休息，三时许起来，今日秋阳高照，万里无云，实是一个好天气，与同学写了几张明信片，五时左右出去，到林清宫林家去访志可，据其老仆说奉公出差北戴河三四日内方能回平，败兴归来，路过烤肉碗，进内等了一刻，一人吃点烤肉，又夹了七个带回家来与娘等吃，晚铸兄夫妇来，九时许去。

想起来怪怏怏的，连着三四个月想在月园之夜与英同赏皆未能如愿，今天又错过了，今日下午打电话在与英她出去了，一人无味，遂废然而返，尚不知下个月园时节能否见到她呢，饭后独坐院中仰瞻素华，对月成三，但恨不是在英的身旁，今夜各处大烧法船盂兰盆大会，大放荷灯，分外热闹，我不曾去看这种热闹已是多年，今年本拟与英一同去看看，昨日忘了与她说，遂未能实现，还是待在家中静静自己一人幽赏的好，仰望青天如洗，无一丝云彩，星光为月华所夺，亦闪烁不明，一片冰轮高悬中天，普照大千，俯仰徘徊，久久不能就去，一念月圆，便及人圆，此情此景，怎能禁人不思吟“窈窕之章”又怎能止人不歌“叫我如何不想她”呢?！唉！英，此之谓咫尺天涯，天涯吗？真不敢想，她不是要造一个天涯吗？突闻头上机声轧轧震耳，骤又惊醒迷梦，哼！此时此地，是我们应该乐心赏月之时吗？一团高兴完全全冰释，我们的心未全死，血未全冷，头脑亦未全麻木！于是舍了可爱怜的月，恨恨进屋，我是有点神经病吗？秋高气爽，真是好天气，愿英与我生活过的都快乐，月下独坐，寒气袭人，秋意已深，又过了一日！

8 月 27 日　星期四（七月十六）　晴和

我不时感到自己的日记太没价值，太无味，完全是记账式的记录，太平凡，今日又在家待了一天，上午记日记，下午看书，天气颇佳，秋阳下散步，温暖如春，阳光下微有热意，树荫下便差许多，屋中已是侵不进去热气了，屋阴处白日亦微有凉意，太阳威力大减了，下午四，五二弟先后出去找同学玩去了，我没处去，天气虽佳，惟心绪不佳，多件烦事，又觉无处可去，去亦无味，还是在家自由舒服，常想这么大的院子与房间，如果另外找房决无此好，卜居数十年一旦离此房，除了不易搬家以外，尚有不舍之意呢，四时半觉倦，卧床上竟睡着，六时许起，饭后继续看书，晚得英昨日发一信，她将考研究院，大约只考英文一门，又云校长将开一门新课名“中国历代佛教史”，余主任，亦将开“史通”，皆以前未曾开过的，刀子还要学“梵文”如她考上了研究院，只是善提学会报名日期是八月廿日已过了，不知尚能报名再上否，又约我明日下午五时在中南海见面，看她今日此信，又未露丝毫走的意思，不知她葫芦内到底卖的是什么药!?

此时突又想起关于泓来，昨日本来拟暗示或明言我与泓之间，只有友谊存在，我最多功能亦只能以好朋友相待，他非所敢望，亦非所敢求，可是看她昨日谈起学校事很伤心很颓废，我既不满她的消极念头，又不愿多使她失意，于是忍而未言，如果将此真意泄之于其二姐夫郑洪蔚兄令其转告，亦好，过一些时候再谈吧，免得她与其二姐等误会，早日表明，以免两误，谈实在的，我与泓虽将有四年的友谊，我却自始至终完全站在友谊立场上，不曾稍有过分，一年及二年前均有信与她，两次三番曾暗示意于她，只能作个朋友而已，她成心不理，抑是不悟则不知道，几年来由信中及谈话，知道我与她在思想，性格，兴趣……方面，皆是英所谓的不合适了，绝无在友谊以外有所增加的可能性了！我早就如此感到。

一天平板的生活又过来了，不是生活没有意义，乃是我不会安排每日如何生活吧!? 客厅安排得合理化，觉得满意舒适大不是一件容易的事。

廿五日以前，大约有一礼拜没见英了，心中念她自不用说，前途如石沉大海迄无回音，每日焦急烦闷，在廿五日午英来信，招我出去，心中顿时真是心花大开，多日云雾中重见光明般兴奋，高兴之至七日来愁烦一扫而光，英绝不知道她对我的精神及心理方面会有如此大的影响及力量，廿五日的午饭匆匆用过，连娘为我烙的饼，因怕迟了，也只吃了一张，心中对娘爱子之心殊觉歉然，冒雨等她一小时多，这都是以前向未曾有过的事，近似疯狂！这就是神秘的恋爱的力量吧！不能常见，便常写信与她如同谈心，亦是好的，下午发了昨日夜写好的一封信，不料昨日她亦与我写信了，今日得其一信，虽未与她见面，亦高兴得很，一天无聊，又被其一信驱逐净尽了，想起明日可以见她心中十分愉快。

静夜独坐，想起许多朋友同学来，有的比我强，幸福，有的还不如我，比我更穷困，细想起来，各人的环境不同，则其将来的成就，与所接触的机会皆不相同，于是我既不羡慕亦不怜恤，“将来?”屠格涅夫“父与子”上有几句话说得好，“讨论将来有什么用? 将来是十分之九不由我们做主的，那时候要是有机会可以做些事——最好没有了，要是没有机会——至少可以自庆没有预先说许多无聊的空话。”这与我前几日与英信中所说的相同，但英不久以前也逼我说了一点关于将来的话，不知将来是否能实现的愿望，但我却希望将来能有一个安静恬适，不操心的快乐的生活，好好的过日子，安排得合理化，随我自由的意志做些我自己愿意做的事，这恐怕是大多数人们所要的，但这就不易做到吧！但我确实这么想望过！

四五二弟，虽经多次酷诫，惟本性难移，仍不懂事，不知自去念书，下午又分别各找同学出去玩耍，不知在家收心预备看看功课，想来十分烦心，不料为此二弟不知费了若干心血精神力量，不知二人将来成就如何，何时方明事理，晚十一时许四弟方由何家归谓今日为其把兄弟十周年之日，团聚欢谈，晚看书又被蚊虫所扰，直到三时方睡去，半夜窗外月光明洁可爱。

8月28日　星期五（七月十七）　晴和

上午十一时去九姐夫处，话匣子他们不会用，唱两片给他听，又把机器取出，给他看，叫别人再来看能否改装再用，坐一刻他用午饭，我即辞出遍走琉璃厂各书肆代英问廿二史考异及十七史商榷，前者多无有，后者有三四家有，价，版本皆不一，十二时半回来，午后看书报，天气晴和真好，因昨夜入眠过迟，下午二时许神倦，卧床画寝，到四时许起来，英昨日来信约我今日午后五时去中南海，将五时去该地，秋阳下犹有余威，微感燥意，在候英徘徊中，不意又遇见了本系同班毕业的女同学丁玉芳，同她一个女友走过来，我即走过一旁避开，装作没有看见，五时四十分，英才走来，她带了一个小小勃郎尼的照相匣子，照了三四张，太阳下去即没照，不料中南海人亦颇多，往东走过流水音在“俯清泚”亭上坐了一刻，谈她要考研究院事，只考一门英文即可，别的都可免考，多好，她还带来毛线，一边坐着，一边打，后又顺着往西走，在西海岸择了一张椅子坐下，又谈了一刻，此时已是黑了，点点灯光与水中反映，相对有致，不一时，明月升出于东山之上，今日夏历十七，月上边已有一边暗缺，但甚明亮，我下午五时出来时，因中午吃的是馒首，甚饱，未再吃什么便出来，她亦只吃了一碗粥及两块烤馒首便出来了，八时半她饿了，又懒得出去吃，于是她吃了一个我下午新从树上为她摘下带去的梨，我不想吃，因为皮薄甚好，那一个留给她吃，她让我吃了两口，还娇嗔我咬的口太大了，憨态可爱之至，月升甚快，不一刻已升到半天，二人默坐赏月，英穿薄，晚风觉凉，又觉倦遂起来，一同走出，往南，一路上每椅子皆有一对青年男女共赏清月，直有七八对之多，想不到这会有如此多的情侣，也许这比公园北海人都少一点，静一些的缘故，走到南门，英仍腹饥，有一小摊却不卖治饿的东西，只售糖果冷食，月到中天分外光，英又提议划船，上船时已九时半，乘月清棹，是我多日宿愿，今日方得偿了，与英共游月下孤舟，对我心上人，其乐何如？月华水上反照如银，橹声款乃，人影双双，静夜无哗，风号入画，倒影尤美，晚风拂面亦不甚凉，近来文思枯涩，秃笔难描当时美景与心情之快感，与英对坐，慢慢摇橹，由东到北，往西，往南绕瀛台一圈，放舟中流听其自然，小舟全身浮于银波上，浴于月光下，披襟当风微有寒意，将我外衣为英穿上，远远送来无线电中放送的京剧，隐约不清，英告诉我，她七月十五那天上午去学校及找主任交涉考研究院事，下午去万安公墓为其母上祭，她忽又告诉我有一天她二嫂问她说，看我有卅左右，比英大几岁没关系，人挺好的，问她愿意吗？英说我比她还小呢，她二嫂也许会惊异吧！想不到我素以大孩子自居，穿衣尤似小孩子，怎么竟会被人看成近似壮年了呢？难道人事的折磨，使我面孔竟显得那么大么?！可叹！我又问她那日临下车时她好似要说什么，她说，她看我瘦了，买了一盒点心送我吃，看我离得那么远，又匆匆走了，就没来得及给我，虽然没吃着她要送我的东西，可是心中已是十分感激她的好意，下船来已十时四十分了，取车时车牌子找不到，回船上也未找到，只好空身走出，明日取保取车，正有点懊丧，走出了中南海南门一箭之地，英忽说，先头还看见我拿在手中，一时猛想起在裤袋中找着，自己一时糊涂，忘了摸裤袋，这一下找到欣喜之至，回去取出了车，省了许多事，陪英走，到东珠市口西口分手，西珠市口，西柳树井，菜市口大街等处，正修马路及铺电车路甚难行，中夜月光明亮可喜，半晌方睡，幸今日夜不算凉，否则英必受凉。

英来信及谈话口气似乎近来不会走的了，她还以为我觉得她近日会走奇怪，不知她改了主意不走了，还是一切没有交涉好，没有找到伴，抑是闻说走不了，可是我怕提此问题，她不说，我也不愿再问她了，她对我的蜜意深情，每见一次，似乎便增一次，何时方偿此孽债!?

8月29日　星期六（七月十八）　晴和

一睡竟到十一时方起，自己竟这么懒，午后看书，想来近日家计困窘之至，平时人说“混日子”，现在直有连混亦不可能之概，而每日六口，四人能吃，二老吃苦，天天食粮即成问题，而近日竟无处去买米，面及猪肉，此三店皆无交易，无货，牛羊肉亦不易购得，此组合之益吗？不知将来如何生活，有钱买不出食粮如何是好，来日方长，生活困难一至于此，四，五二弟混浑，什么不知，午后五时，出到东安市场内丹桂商场古玩摊将旧望远镜问诸商要否，皆以玻璃污秽不肯多出价，在一售旧书店内，有英，法，德文诸书，内有印文实用文法一册，售廿元，谓平市只此一本，尚有一本翻印藏文文法，亦欲售卅元，藏印两种文字，皆曲折如虫，甚难辨识，白跑一趟，物未售成，即归来，仍留在同兴祥（宣内大街）让别人看，约定明日下午来听回音，怏怏归来，自生迄今几曾做过此等事，不是什么好东西，还以为宝物收藏呢，归来愈思愈不是味，心中不快久之，晚饭竟用小米稀饭及小米窝头，心中一酸，娘等劳累一日，亦用此物，想不到此时生活竟频此苦境，以前做梦亦未食此物，事不从心徒唤奈何而已，闷闷过了大半日，下午发一信与英约其一日来不知来否。

8月30日　星期日（七月十九）　晴和

上午九时许去找林志可，不在已出去，便到小徐家去坐，他得女后，这是第一次去，她太太生女后毫不见瘦，小孩很乖，不大闹，像小徐，小徐买了些书画，八元买了一个七成亲的手提大皮包，太便宜了，他事已发表为华北编译馆刊编辑，一日去上班，他真是双喜临门，谈了一刻，因他还要出门即辞出，十时许到郑表兄家坐坐，谈顷之，告其徐红熙去他们馆内，请其照应，十一时半即辞出，又去找志可，他又出去，不在家，一个小局长竟如此难找，明日署中去找他，午后看书，报载德苏战况之凶残悲惨，不堪目睹，人类真凶狠，不知此可恨之战争，什么时候方能停止，四时半出，在同兴祥取回望远镜，不成功，但近日家中颇紧，不知如何是好，心中闷闷，跑到大光明去看头集火烧红莲寺，此片甚旧，忆曾于廿八年看过一次，本不值一观，不知自己怎会去看，看后出来颇可笑自己的稚气，这正与自己近日正看什么青城十九侠一般，不过求精神上及下意识的快感而已，真想有些剑侠来出现扫扫不平事救救受苦人民，实不过皆是书生藉笔来，一泄其胸中之抑闷而已，真的不平仍在人世间频生不已，打抱不平，去恶锄奸的人，终是空想，归来为弟弟等购些文具。

8月31日　星期一（七月二十）　晴和

昨日上午连访志可二次皆未在，今日上午九时半去建设总署找他，他甚忙，各部人员出入其室甚繁，在客厅略坐，即见我，不愿多耽误其时间，迅速表明来意，请其转托殷同与汪头去说，不知成否，十时许出来，借一电话打与祖武不在家，他们已受完训练，明日起始上班，他被派在中南海工程局内，同学们有了职业，而我的前途却费了无数力量仍无回音，怎不令人急煞，闷闷返家，心绪极恶，看看书报，亦看不下去，在家可以做的事，可看的书亦不少，只是没有心情，什么也感兴趣，什么也不愿做，心中烦恶之至，午后神倦，睡到四时许起来，这么好的天气，睡觉，心中实在不愿，可是到时不由己的没精神，五时许起来，又带了那小望远镜到前门一带去问价，在那一带一找，我看没有合适的铺子，一路行来竟走到天桥东市场，进去看看，那边摊上各种洋货东西颇不少，靠口那边旧衣摊，亦颇有些不错的，将来做不起新的，别忘了来这来找，（一笑）许久没来，看看即出来，又跑到宣内大街一家铺子，才出三十元，恨恨回来，又白跑了许多路，想起种种困难，窘迫心如火焚，烦恶已极，终不能排遣，白日尚有燥意，晚间较凉快，看看小说，亦不觉有趣，因心中终横亘着许多问题不能解决。

9月1日　星期二（七月廿一）　半阴晴

早晨起来，撣拭净了屋中一切，把书桌上什物亦从新整理整洁，望过去顺眼为止，又洗了头发，弄清楚一切，方坐下看书报，因为写信约英今日来家座谈，不知她来否，因今日生活中加入了一点事与目的，便显得活跃有力一些，午饭后，又冲了一壶茶，一切弄停当专候英来，自己坐在屋中看“父与子”已余一小半，满心切望下，十分廿分地过去了，二时了，二时半了，三时了，我书亦看完，出去望了二三次，皆未见英前来，此时不来，大约不会来了，心中不觉怅怅，此时满怀失望与闷闷，不觉又倦，遂又卧床上休息睡了一小时，今日天气半晴半阴，令人难耐，正如我之心情，蒙上一层薄愁，怎样也排遣不开，不然此时初秋天气，凉爽宜人，正好努力用功看看书，做些什么，练习些什么，而我因心情恶劣之故，什么事不愿动，且犹如春日，全身软懒无力，终日精神不振，此种颓废现象，大非佳兆，亦非青年有为之士所应有之景象，终日如未睡足，有气无力，实可恨，心中焦急为一主因，环境时代恶劣苦闷亦未始不受影响，而此时唯一的令我向上，奋勉，提神振作者，只有英耳，一念及她便觉满眼光明，力量大增，但前途坎坷，来日茫茫，因仍未可逆料也，晚半日烦躁之至，晚饭后铸兄来小坐即去，心中因急生燥，全身觉热，卧床上竟不能成眠，翻来覆去，久久方始入梦。

9月2日　星期三（七月廿二）　半阴

一层薄云笼罩满了天空，轻阴的天气，正象征着我近来的心情，上午补写了两天的日记，看过报，因心中抑郁不舒，懒得做什么事，结算上月日用款目，竟超过二百元，不知何以竟用了如此多法，每日尚如此苦过，吃不好，用不好，生活程度之高可见一斑了，午后殊无聊，轻阴天气，虽不热，但心中无聊，又无处可去，在家闷闷，随手看看小说，亦只是随手翻看而已，一下午看了两本，四弟去校，必六时方回，五弟回来亦不知用功，又为了一点小事生了气，也是自己心中十分烦躁，事后一想实不值如此生气，但想起种种不如意及弟妹等之不懂事，心中愁苦不已，饭后在院中小步，晚得英来一信，她卅一日晚写的，一日发的，今天晚上才到，真是慢极了，她本叫我今日上午九时去校，可是我此时方接到怎么去?！邮政误事可恨，晚作与赵祖武及赵德培二兄信，闷闷了一日。

一天一天，总过这种沉闷，平凡，枯燥，无聊的生活多无意思，托了这么多人，谁也没有真实的能力，谁也催不出什么来，还是这些位高亲贵友没有力或不肯为我出力呢，这种令我闷在屋内，衷心苦恼的生活要延长到什么时候才止呢！

9月3日　星期四（七月廿三）　阴

凉爽的天气，可是我竟睡到十一时才起来，连日夜间睡不好，想起家事，种种烦恼全都勾起来了，我才知道从前父亲为家事辗转不能成眠的情况，大约也不过如此吧！自己近来生活的方式太没规则太不好了，没有目的，没有意义，除了偶尔想到英时，两眼才放出些光彩来！

午后二时出去，发了昨夜写给同学的明信片，打一电话与英，略谈，她明早还去学校，约一明天见，在家无聊烦闷，坐立不安，书看不下去，事做不下去，脑子枯涩起来，更是什么也写不出，于是出来走走，一个人便减少了许多兴致，觉得没地方去，在西单看看书，平民市场看看，没什么可买的，大街上乱糟糟，亦惹厌，尤其是尘土飞扬，可恨，回来送还刘君曾履一本书，不在家，顺步走到土地庙去，买了一点水果回家，搬了一个椅子，坐在院中看书，看茅盾译的短篇小说集“桃园”静静的，院中宽大，阴天颇凉爽，这才是清福，只可惜没有英在我身旁，不知她在家做什么呢，秋天以后，因为天气终不太凉，各种虫子仍多，蚊子特别讨厌，灯下虫子更多，还叮人，晚间仍需放帐子。

9月4日　星期五（七月廿四）　阴晴，雨不定

九时多去校，晨七八时还下雨来，本恐去不了，不一刻雨却停了，在学校各处略看看，因为今天是学校允许第二次考试作特别生报名的末一日，有些中学同学还去报名，还遇见些面熟的人，出来到刘记吃早点，又到图书馆去看见英亦在，遂一同出来，又等了一刻她才找到教务课，研究院什么时间考什么还不知道，十时一同出来，去孔庙及国子监，在安定门大街上迎面遇见刘冠邦，经交道口，过北新桥北，到成贤街，即到孔庙，购票入门，因经建设总署重修不久，各处皆飞红流紫，金碧辉煌，画阁雕梁，颇为耀目，一进门，两旁有碑林，右有二碑亭，左一各有库神，现移大成殿内，左有神厨，有井亭一口，有打牲处，为昔日祭孔时杀牲之处，第二层门外两旁有一种一鼓，钟乃自国子监移去者，两旁并列十石鼓，上刻石鼓文，鼓后立一碑，上刻石鼓文史料经过，进门南房为昔日库房，今堆杂物，两庑长房内供自战国先秦以至宋明清等各朝之先儒约数十，为配（陪?）不已，院中除松柏外，地石缝中略生疏草静穆得很，野鸽寻食地上，亦不大畏人，院中两旁并列十二大碑亭，碑高寻丈，下有大石龟，雕刻颇精，碑文，正反皆有，有大字，有小字，有汉满文皆具，有仅刻汉文，有御笔，亭皆构造甚精，飞阁流丹，上亦层叠琉璃瓦，北有正殿，名大成殿，前有玉石栏及平台，殿大小共九楹，内正中黄幔低垂，供至圣孔夫子之位，前两旁供四陪圣位，有亚圣孟子，颜子，子思子何号不忆，唯有一名述圣孔夫子之位，不位是何人，再前两旁又列先贤十人，中及两旁杂列祭物，大烛台，香炉，祭桌，牲台，笾豆，笙磬，琴瑟，旌，钟，鼓等物，每年春秋二祭，孔诞祭一次，据看守人谓，每次进爵时，主祭官方进此殿，祭时皆在殿外平台上，琴瑟，磬，笙等，龙泉孤儿寺中有一帮人尚知用此礼数，每届来此奏乐，每次祭时，有观礼券方可入内，孔诞外，春秋二祭，市内中外各机关皆有代表前来致祭，出二层门，往西即国子监，前有一广场，再西北有箭场，国子监门内两旁南房现置清代各帝所书匾额挂于孔庙大成殿事变后移历史博物馆，近复移置于此，琉璃牌楼两旁

为六堂，（各有名，不记得）内存石碑一百九十块，上刻全部十三经，堂内空地，为前清考进士时之试场，东北绳愆厅为督察进士处，西北有博士厅，北厅名彝伦堂，内有御笔书四书石碑，有暖阁二间为皇帝换衣之所，堂内西壁下有石刻蒋先生写经余咎曳扶松林溪畔图，蒋衡清人为康熙之老师，独力写石经十三经全部历时十二年之久，堂两旁有二耳房，东耳房内有套间，内为印库及堆存各种杂物者，彝伦堂及西耳房皆当时监考及国子监办公之处，西耳房尚有一大石碑上刻一古槐图，左有御制文，宋人××（忘其名）所置之槐，元时死，明清时复活，此古槐即生于此耳房前，至今尚生，大可数抱，近根处有短石墙围护，上面枝叶繁茂，中有四面似大亭，又似凉殿之大方屋一所，上面层紫涂金，甚尽辉煌庄严之能事，四外有曲折之白玉石栏围护，并环以水池，即所谓黉宫泮池，殿名辟雍，乃帝临此讲学之所，怪不得如此宏丽，康熙，雍正，咸丰三帝皆曾临此，为状元讲学，跪于地下敬聆，内有御座，殿内有三帝所书匾额，殿甚高大，内亦经重修彩饰一新，工程不小，殿四周本为棉纸，经换为玻璃，明洁许多，出来已一时许，在雍和宫大街内一小饭铺与英吃炸酱面，我与英共吃饭多次，此为头一次，日前偶与笑谈谓未曾与她一同吃过，今日她便记得，亦有心人也，饭后又过成贤街出西口到安定门大街，出安定门，门外为双义道，问交警谓满井尚在门外北方十余里，清人笔记谓在门东五里，不知何以不同，英拟顺护城河进德胜门，遂循野径走去，路人注目我二人，此城门外，野味更胜，河身甚广，惟水浅，两旁皆露河床，中间水道亦宽狭深浅不一，间有一二渔翁下网捕鱼，沿河小径难行，坎坷不平，且多园石，德胜门外一如安定门外，与曾所出之广安永定，西直，平则，长安，便门等皆不同，迎面东侧多一堡垒式砖砌层台，不知何以此门独异，进门循大街归校，研究生考试表仍未公布，谓明日下午可公布，她今日又白跑一趟，我允明日代她跑一趟，她又去女校看看，我则坐在接待室外看报等她，约半小时出来，遂一同骑车回来，英骑车技术较前已进步，今日又跑了不少路，送其至前外分手，在赶驴市东口遇李君正谦略谈，走到德兴隆车铺，五弟车前轴忽折，四弟日前换一飞轮，快八月节才来凑账呢，不知何以他二人之车如此爱坏，我亦旧车，亦非西洋货却不大坏，他二人骑车太不小心，更不知爱护，看了半晌一同回来，觉颇乏，饭后即和衣卧下，迷糊中家人座谈亦皆入耳，十时起即脱衣复睡，忽反复不安枕，又开灯，书至午夜方憩，今日会出了城跑了不少路，非始料所及。

9月5日 星期六（七月廿五） 阴雨不定

天气阴爽，一懒一觉竟十一时，前途迄无消息，令人烦闷之至，尤其加以今日之天气，实难得令人气舒痛快也，午后看书，小说，亦不觉有趣，仅持之翻阅耗时间而已，五时许天稍霁，遂驰往学校，教务课已排出研究生考试时间表，惟尚未公布，遂借抄一份，打电话与英，告诉她，又问明她报名号数是622，免考者甚多，西洋史亦不考，仅考一门英文即可，她听了十分高兴，我知她喜欢，我也高兴，幸未白跑一趟，就为英出来这趟，顺种找小徐未在家，即归来，晚懒又未写日记。

近来想起种种不如意及困难来便烦苦，但只有念及英时方高兴，方振作，只有看见英时，我才高兴，才看见笑容，才看见真正从心头笑出的笑容，只有英能使我暂时忘掉一切烦苦，英是我心中的安慰花，是我生活中的快乐神，我一念及她时方从心中现出自然的微笑，在家中轻易难得见我高兴说一句玩笑话，与弟妹们说笑，不是我不笑，是我觉得想起关于家中一切的当前困难，我没有能力来解脱，使用我十分惭愧，而弟妹不大用功，我期望他们过殷，于是不免求全责备，便觉得他们处处不对，种种不合适，时时在纠正责骂他们了，其实我又何尝不爱他们，而且是很爱他们，更爱我的妈妈，李娘，但我是这么一种人，有时心中知道谁对我好，或不好，我却不愿形于面孔，对我好，我也不会成天哄着他或说他好等，对我坏我亦不骂咒他，我不会做那一套违心的假套子，何况亲如家人母子兄弟更不用我做什么假惺惺了，反正我心中爱他们，只盼他们好便是了，但与我之爱英所表现的方式不同罢了。

9月6日　星期日（七月廿六）　阴雨不定，黄昏晴，晚阴

一阵秋雨一阵凉了，一阴天，一下雨，便凉了许多，今天上午及下午又是脑子昏昏的在小说中过来，下午把小巧玲珑说看得告一段落，不再着无味的玩意了，中午吃什么馅饼，娘一人包办，累到三时多才吃完何苦！心中十分惭恨不忍，决定下次不再吃这种费时费事的东西，五时许去访强表兄不在家，便到小徐家去，他又不在，他太太让进去谈了半天，六时半了，他仍未回即辞出，晚补写二日日记，近来愈加懒散，这种无目的的生活实过不惯！不知何时才找得到事情做！

9月7日　星期一（七月廿七）　晴和，晚雨

九时许又跑到学校去，今天虽是考特别生，一共还有三百余人考呢，人可不显太多，在考研究院室内，看见朱头也在考，却出我意外，他不是不考吗？本系女同学还有张乃芝，袁小舟，张国莹老大姐也来考了，研究院有史学系研究所，并没有国文系研究所，但每年考研究院的却是国文系毕业考的多，史学系寥寥无几，朱君先出来，一同走走谈谈，他病已好大半，到十时了，英才出来，英文题仍是两段，一英文译汉文，一是汉译英，十时许一同出来，英说考的不大好，但与免考的平均尚有希望，一路上又疑心考不上等等，她要学藏文，又要学梵文，又要念德文，法文，简直要忙不过来了，我与她同行，邀其到中央公园看车展，有侯培显的山水人物，成绩尚佳，王雪涛先生的画清逸别致，独树一帜，作品全部售出，成绩极佳，绕了一圈出来已中午，英倦了，遂伴其出来，分手各归，今日天气晴和，午间颇热，饭后勤部阅报，觉乏，近来不知何以如此爱乏，以前一天由家至校来回四趟，皆不觉累，今日跑了一趟即乏，实泄气，一觉竟到五时许，晴和大好秋光竟为我梦中断送，大是可惜，醒来又恨已之懒散，但终因职业迄无下落，令人心情毫无，什么事皆提不起精神来做，晚灯下看书，茅盾译之弱小民族文学选译本“桃园”，四年前所购，至今方看。

9月8日　星期二（七月廿八）　晴和

近来身体易觉疲乏，不知何故，昨夜因蚊搅未睡好，今日上午十时许去尚志医院找忍气吞声姐夫，他朋友陈大夫已取去，明日去与他交涉，打一电话在与五姐，亦无消息，闷闷而回，午后看书，心中念英，不能专心，与强表兄一信，四时出，去中央电影院看第二场，乃与英约好的因为是上下集一同演，又不加价，又有优待学生，所以人十分多，尤以中学男女生多，片为红杏出墙记，乃小说家刘云若原著改编，开演了英才来，她说四时半才出来，不知何以她要迟来，令我等得心焦，三小时坐在院中，人多闷热，空气亦坏，各星演的还不坏，有的地方不好，布景一看便知是假的，亦经济力关系，剧情有时不合理，结局限性亦不大佳，去时遇曾履兄，出又遇马永海兄，散场英回家，我亦归来，身体觉倦，到家方想起为英带去的雨伞遗忘在院中了，又跑出打一电话与影院，柜房未见，大半丢了，她两把伞，一为我车毁，一为我弄丢，实不好意思，过两日买一把赔她吧，晚倦，头有点昏昏然，早点休息，英回家路上似亦不大高兴，不知何故，昨日及今日二次回来，觉得有点别扭，玩的不痛快，亦不明何以如此，昨日没玩好，今日一半是等英着急，一半是人多屋中空气坏，以致头有点昏，回来又想到把英伞弄丢了，心中亦不高兴，觉得很抱歉，卧在床上看了一刻书，觉倦即睡，但四弟睡得晚，吵得未睡，加以被厚，及半醒状态下想及许多烦恼的心事，翻来覆去的总睡不着，听钟打三点还未睡着，近来吃不多，吃不下，连夜亦睡不好，活受罪。

9月9日　星期三（七月廿九）　半晴，和

无法消遣时，最好的法子打发日子，大约就是睡觉了，昨夜不安枕，今日一烦，十一时方起，真是，这叫什么生活?！看看报便是中午了，午后跑到中央去问，伞是丢了，又到东堂子胡同与陈大夫接洽托其出售话匣子事，又到五姐家略坐，无消息，顺路去朱君泽吉家，他未全好，谈半

晌，徐光振兄与端木留亦去，徐在通州省立师范中学教书月入百二十元，谈到黄昏方回，又倦。

因为生活太苦闷了，所以在同学家谈上半天，是为的消磨无聊的时间，与徐光振兄谈起来，教中学亦不大易，我自知学识不足以为人师，故始终未想做教员，唯恐误人子弟罪过不浅，晚间归来拿四弟（高三）用的国文书来看，有的自己亦不知道，有的看来颇费力，自己惭愧之至，不知自己这四年来怎么念的大学，如何混过来，又学会了什么?！真不配做国文系的毕业生，常识方面就缺乏得很，不知道不会的太多了，自己又应该如何努力念书呢!？自修不辍呢！想来英个性颇倔强，敏悟，好学精神亦比我强，这些都是我不如她的地方。

9月10日　星期四（八月初一）　晴和

初秋的晴和美好的日子，十分爽朗可喜，但我的心头却是阴郁不开，抑抑不得志，为避免无聊与补足夜间的不安枕，半迷糊状态下睡到十一时方起，看过报亦无聊，午后看书，看完了“桃园”，不知何以精神如此不好，上午起的晚，下午三时多又乏了可是卧在床上亦不是真睡，脑子乱想，心里乱极烦苦极，总之处处不如意，使母亲等受苦受累，把我望到大学毕业了，不能稍改恶劣的现况，反而变坏，想来十四分的惭愧，恨自己，但无钱无势一个大孩子，谁又是极力助你呢！逢此乱世，又叫我有何办法!？但我是个平凡的青年，平常不活跃，不会拍马，不会投机，不会认识拉拢阔朋友帮忙，我是承认的，我缺乏胡钻到处乱跑乱捧，乱吹的能力，我不会使生活有所变化起来，我只会老老实实，按规矩生活，不会出什么新奇花样，我不是那么一种各方皆会来一下子，活跃的人，我也承认我不适宜去那么生活的，也缺乏那种能力，总之想起找不到职业自身种种缺点，生活压迫，老母受苦，心中便似虫龊那么痛苦，怎么也不安，一天没出去，也想不出什么办法来，那难道我就这么等着饿死么?！匆匆，浑浑，又过了一天！这是什么生活！总这么过多无出息！明明觉得这一天一天生活中充满了空虚，无聊！不是没间做什么事，而是没有心情去做什么，什么都不感兴趣，也不愿去做，甚至于懒得动，下午刘君曾履来坐顷之，他每日亦无聊之至，七时辞去，晚看鲁迅杂感文集。

终日无力，无精神，振作不起来，不知什么才能刺激我兴奋起来，我想主要我家的生活有了解决的办法就已解决我烦苦原因的大半了，不然我真不知像这样如在云雾中迷浑的生活要延长到多久，我不知道这副重担子怎么担起来，现在这一开始走就走不动一走，才晓得这是多么重的一付挑子，前路茫茫，更不知如何走。

9月11日　星期五（八月初二）　晴和

浑浑噩噩地混日子，上午八时半起，九时与来找我的刘君曾履一同去公园看艺专油车展及郭柏川油车展，也是无聊中随便走走而已，何尝又懂得什么艺术？关剑痕张振仕画的不错，郭柏川很年轻，画又是一派，重素描，不用细笔，画面日本化的明快二字可当，但取景不甚佳，在那又遇刘君同学，徐君，一同往北绕了一圈，早晨人少，其余没什么可看，前后一小时半即出来，天气晴朗，公园风景亦悦目，惟心情不佳，乃不能当此美景良辰亦难快胸臆，十一时归来，颇燥热，不料此时仍如此暖，回来亦无聊赖，精神不振，下午看完一本徐訏散文集“海外的鳞爪”，三时许又无味之至，卧床上小憩，五时半起来，已是斜阳衔山时，又过了一天，我不知何以近来精神如此不属，什么事做不来，懒得动，且全身无力，非作什么事，而总觉身软力乏，不知是何兆头！日前力十一兄又催迫索房租，多年亲友虽沾其光，承其帮忙，但未曾欠过租，以前父亦曾对其房修改增益殊多，亦未尝无好处，涨租五倍亦听之，唯此时无收入，生活十三分困难，欠一二月亦不可殊难，明年三月即连每月六十元之数亦满无有矣，冬日将近煤钱亦不知在何处，来日方长，天固无绝人之路，唯i不知此路在何方?!

9月12日　星期六（八月初三）　半晴和

从毕业后到现在未找到事情而家计日促这一段时间，可算是我最愁闷的生活阶段了，事情虽不愿干，还得各处跑费力求人找，所以心中特别不高兴，闷闷不乐，我觉得我自父故以后三年来，这时期是我最不知如何过来的日子，不知怎么打发的好，终日心中浑浑不定，虽有事可做，但做不下去，有书亦安不下心去看，每日被无聊与烦苦充满了，每天日记上尽写些歪歪斜斜的字，精神不好，可以看出，又几乎每日的日记上皆有“无聊”二字，老写，亦殊无意思，生活无味而已，我想有事亦未必便有意思，其实就是因为经济困难，生活无法解决而已，但至少我个人还不只是这一样的愁苦，还有别的苦恼，不满意这个现实，如能处困境安之若素定力可见，惜我尚无此魄力，午后看鲁迅杂感集，鲁迅观察力，联想力皆比别人高一等，能见人所不见，觉人所不觉，以犀利笔调揭破中国大众的缺点，许多意见皆是可贵的，鲁迅先生常和别人打笔架，有时未免过于尖酸刻薄，太过分了，何必如此，觉得不值为他们这一般不明白鲁迅先生的人，去耗这么大力，花这么多精神去写这么多无聊的文字，否则鲁迅先生用全力去创作或翻译，一定会给中国文坛大放异彩的，可惜后半生的精力多用在打笔架及杂文方面去了，三时三刻出去，先把徐光振兄向我借的全相平话给他送到他家去，绕道羊市大街，马路很宽阔，四时半去访小徐，以为他四时下班，此时应在家中了，不料又未在家，承其太太接待进去，还有他太太的同学，以前见过的吴小姐亦在，彼谓小徐不久归来，下班去市场买东西去了，我坐看画报，又临时打了些海棠，还给我一大包，随便谈谈，他太太做母亲后大方多多，比以前敢说话，亦会招呼人了，快七时了，小徐方回，吴先行，我因来二次皆值小徐未回，今天终等回来了，虽晚亦谈了一刻，他每周去三天，其余时间去各图自己编东西，颇自由，还可念书，甚好，匆匆略谈因迟辞回，晚风觉微凉，又将到金风送爽桂子飘香时候了，大街上已有的在用大锅炒东西了，不是大花生便是栗子吧！今天这两样不知是什么价!？终日无聊今日出去小半日，亦无趣，只是看见听见徐太太，那种还脱不掉小孩脾气的话，新旧两时代的人底不合适，不满意于小徐的家庭，不知退一步想，不晓作人道理，脑子完全幼稚不懂事，想来人与人之间实是微妙复杂难处得很，我也不便将此种不满小徐家庭种种的话转告小徐，否则不是我去挑拨人家夫妇不合了吗？这倒与我以教训，经验及参考的材料。

9月13日 星期日（八月初四） 晴和

今日星期日却跑了大半天，上午九时许，英遣人送还几本书，并有一信，请我今晚去华乐看富连成今年由沪特请彩头技师，今年特卖钱新排的天河配，到现在还演呢！不是她信上说票已买了，我还不去呢，她把前几天说着玩的却当真了，复她一短柬约定下午见，十时许去陈老伯家，前天娘闻力大嫂等言九姐夫有进项万余元，绝不可靠，不可信，娘却以为真，竟去托陈老伯向九姐夫借钱过节，今日回话，告我并无进项，彼亦十分困难，实无力借我，白找一个无趣，又麻烦老伯跑一趟，又到强表兄家小坐，事仍无结果，嘱我如能由河先或律阁处请王瞎子写一信与汪则谐矣，十一时许去郑三表兄处，略谈，他对我亦不过马马虎虎，也许看不起我，他也许喜欢维勤那样的人，人一穷便易惹人看不起，从前维勤如何如何不好，恨骂交加，日前二宝竟肯忍眼疾跑到西单为维勤买物助其请客，与前相去态度何远至此，今日去看维勤，所住之屋，什物虽少，尚清楚，墙上数镜框，大宝亦不恨大三哥了，也都在他屋座谈，维勤出去不在，闻昨日又请客打牌，现在每月百三十元，出差时又可白取，免不了不时请个小客，于是大宝二宝便乐与亲近，甚而助理一切，当初思想逐渐泯灭净尽，有钱与否，前后相差如此之巨，曷胜浩叹！大宝二宝心中并无什见识，但亦受此影响改变，可见经济移人之可怕，在彼午饭，菜亦简陋，二时辞出，到校一看，英考取研究院，她多门免考，只考一门英文自无不取之理，今年注册交费等手续颇繁，已分列各教室办理比往年有秩序，出校去东城，五姐等皆不在家，只何先在家，与其谈托王写信事，即又去东安市场绕了一圈，要买一把被我弄丢了英的伞那样的却没有，出来遇令泓二姐及其丈夫，还带了小孩子，出我意外，随便谈了两句即分手，我归途又绕去尚志医院与九姐夫声明托陈老伯来说事之原委，到家已四时半，略息用了一碗炒饭已五时许，又急出来，车放车铺，到绒线胡同等公共汽车半晌方来，令人焦急，此时已六时许矣，比英信所约五时半已迟半小时，到前门急赴华乐，白日戏方散，进去不见英影，一问七时方开夜戏，无法只好又出来，随便看看两旁商店，鲜鱼口及前门大街上人甚多，十分热闹，大有车水马龙，实际讲来，北京繁华区仍在前门，东西单王府井大街都比不了，在胡同口上大街旁看了一刻旧书摊，快七时了，才往回走，走进去看见英在打电话，看我来了，便挂上了，她也等急了，以为我不来了呢，进去坐下告诉她考上了研究院，又谈了一些学校事，帽戏乌盆记下去，即上正戏天河配，不过加了些砌末，彩头，花样，略改剧情，且多添了一些与本戏与关的枝节，只是大锣敲的耳朵嗡嗡直响，实不好受到十时三刻就散了，陪英步行回去，离她家不远，本来今天有些感触，加以闷了几天，好似有一肚子话要与英谈似的，可是在戏院内却不能畅谈，一路上与她略谈，话长路短，不觉已近她家，约定十六日下午到校再见，午领先颇静，脑中甚乱，因为矛盾及困难种种问题扰在头中，一路寻思，不觉即安步当车，竟一直走回来了，许久没有走这么远的路，半晌亦未曾想出个所以然来，更令我十分的困惑，到家收拾睡下已是一时多了，——昨日由小徐家回来，从两次其太太向我声讨新旧两代人的不合适与他翁姑种种意见不合，令我特别感到娶了一个不知体谅丈夫，不懂人事的妻子，使这个做丈夫的是如何的为难，真有点令人兴现在娶妻难之感，我自不好劝徐太太什么，只好唯唯诺诺而已，加以看见大宝二宝等及三表兄等的言谈态度对维勤颇有赞许之意及前后神气之不同，使我又多知道了些人事，多懂了点世故，又受了点教训。

维勤家境困窘，以前甚于我此时，自考上北大农学院，看出时势所趋，至今造出他这么个小英雄，至今小得意，未毕业时三表兄等尚不加可否，大宝二宝等尚看不起他，可是那时他就努力念日文，并且程度日增，课外除了交际及玩外以，还兼有他课，自力亦作了一套西服穿上了，皮鞋亦着上了，外表逐渐改装，大宝等初尚窃窃之私议，他有这份本事成，电影院音乐会亦常参加，玩，运动会等亦有他的活动，日本教授联络颇好，毕业后小事不错，于是出差每日八元，薪水白拿，分外富裕，一人花，足高乐，于是大异寻常，也请客，也打牌，居然大人矣，于是孩子们亦就青眼相加，大三哥长短齐来，三表兄亦赞一句，“此交际之功，混出来了不错。”我只能说一句他算个聪明人，可是像他各此的登龙术，交际于这一帮无聊朋友，却大非我所愿为，请客玩乐，打牌，更不是我志趣所趋，我只好心中冷笑，又造成了一帮中国这种铲除不尽糟心的家伙！可怜，可叹，可恨，这种生活，这种应酬，皆非我所取，实不敢赞同，我亦做不来，办不到，我承认没有维勤那份活动的长处。

今午在陈老伯家看见南方朋友大孩子们来信谓，去年三月去缅甸，不久在瓦城结婚，旋因战事回昆，衣物全失，步行回来翻山越岭，一路挖野菜山芋吃，或遇无主小野猪就地拾柴杀了烤吃，腥臭不顾，又云南国热带风光又是一番景况，步行一月终又返昆，闻有机会或去印度玩玩，读之不禁令人神往，欲南游之心亦怦怦动，非我根本不想去，实早有此想，因环境根本不许可，即不想，今阅此信又勾起这压抑在心深处的老念头，有机会能全家前往更好，如能把家弄清楚，放下心我亦去走走，我要多看点事物，要多走些地方，要看看这世界如处是什么样子，这次事变不知造成了多少青年创出了新的道路，学识了想不到的本事，看见了想不到的事物人情风景，在生活的一页留下了不可泯灭的印象，我为什么不能利用一下这个非常的时代来划新一下我生活的方式与内容呢！晚上送英回家时，终忍不住向她吐露了这番意思，她高兴得很，她说，“你要走多好。”我自己也骗自己的这么如意算盘的想了半天，想想这每天生活都成问题时，那不有余力谈别的，母亲，弟妹生活没有着落甚至连我本身也成问题，还想什么!?

今日报载李培与辅大美术系林小姐于福寿堂订婚，周长海现为晨报副刊编辑亦于今日在津与辅大教育系王芝兰订婚，陈老伯长男次女亦皆在南方结婚，闻青年因同学在离乱中结婚者甚多，何以如此容易，喜事何其多!?

9月14日　星期一（八月初五）　晴和

避免无聊时间最好方法就是睡觉，今日竟是十一时半方起，自己也觉自己真成，虽是躺着，可是早就醒了，脑子没有休息，尽在想，自己家的问题，家庭生活的问题，但使我这个赤手空拳的人能有什么办法呢！午后看鲁迅杂感集，半晌闷闷不乐，在院中散步，懒懒亦心无所属，理想希望被丑恶的现实打得粉碎，不知何年何月方能如愿以偿，五时许又倦，和衣卧倒，六时起，短短一小时，做了一个怪梦，晚饭后又训弟妹，与娘等谈天不觉又是午夜了，看完了鲁迅的杂感集，又看了一刻书，二时许方息。

9月15日　星期二（八月初六）　半晴和

又效昨日的法子，十一时离床，午后看书，亦引不起兴趣来，三时许走在院中与马蜂蝴蝶打了半天架，在暖阳下倒也舒服，算了做了一小时儿童的梦，四时出去理发，回来补写三天的日记，晚上因细故令娘与李娘吵了几句，却使我想不到的事，真无趣，晚补日记，这就是生活，困难日迫，我不知如何去解决应付，一个理想家庭，如同空中楼阁，在半空中可望而不可既，生活不安适，心情便不安宁，生活安适了亦没意思，我愿意生活得有点意义，紧张点才好，平平常常浑浑噩噩，不是我所想望的——午夜大雨一小时始止。

9月16日　星期三（八月初七）　半阴，晴

昨夜一时半到二时忽降大雨，雷闪交加，约一小时始止，蚊虫打扰，久久方入眠，于是今日又起不早，想来现在好似在享清福般的过日子，终日无所事事，但我却不愿意这么过呢！好似毫无目的的生活，太无味了，只有约定能与英见面的日子，便似乎这件事就是我这一天生活的目的，下午看看书报，三时去学校，今日是各系交费注册办理入学手续的第三天，今年改了办法，人走来走去仍显得乱，在学校转了一刻，未见英，不知在那，到主任办公室把我毕业论文借回，想再抄一份自己留着，可是看看那么多，现在真没那份心情安心再抄这么一大沓呢，先拿回来再说吧！快四点了英才来，约半小时方办完手续，在学校遇见朱君，他也不办入学手续，不知到底如何，英出来一同奔北海，进去问藏文班事，事务处已下班

无法接头，才上二次，要上大约还可赶得上，只是英是有路便行，所以又迟疑不决，在茶座坐了半晌，阴天没什么游人，进来时还下了几滴雨，现在又止了，快黑了出来，一路与英推着车走，一边谈着，英邀我同行，这是最好不过，也是我顶愿意的事，但现在的环境却怎能丢下母亲弟妹们的生活不顾而去呢，于是和英谈起这不得已的原因，可恨我有此好机会不能去，不知英今因此番谈话而对我失望否，谈来不觉已是走到前门，遂伴其到前外大街分手，见英走去，心中十分怅怅不快，难过得很，真不敢想我在此地生活本已十分无味，如再失去英时，不，英如离平时，我又是如何打发日子，若能与英相偕与此壮游又是多么写意！受点苦又有什么?！但为了我作长子的责任，良心的谴责，我怎能丢下一走呢!？唉！想来心中十分痛苦！走了不少路，晚上雨后泥泞难行，到家觉倦。

我至今仍认为世事多是矛盾的，相对的，我近年来因多看书的关系，思想比以前清楚，有条理，进步许多，看出许多家庭中与个人的行为与思想方面的错误来，近几年来可算是懂得点事了，可是脑子深处思想的根蒂，因年幼时日日耳濡目染，根深蒂固，终未去净，不时浮泛脑际，就是由儿时听来得及看书上所记的各种迷信，虽受过新思想及科学的教化，对之绝对不信，并知其所以然，但日前仍为一种自己下意识所形成的迷信，所困扰了一两天，想来颇觉可笑，事情是这样，九月八日我将英的一把伞遗失在影院中，伞是值不了许多，但在以前不多日，我曾择那家中梨树上最好最大的梨前后送与英六个吃，加上八日夜的事，想起有一种预谶谐音的迷信，“六梨失乎”与“流离失散”同音，一时神经过敏，以为这就不要是我与英将分开的预兆吗?！这实是一件无稽之说与胡猜想，但可见先入迷信之见，对人影响力量之大，而我自己矛盾处的表现由此地亦可见出，至今想起前两天自己烦苦自己，那种心神不安的样子不觉失笑，英如知道一定也会笑我的。

近来脑子为生活的重压所搅乱，几乎失了作用，可是今日难得有感想发生，这片断的感想，我愿捉住她，不使它失去，留在纸上，不管它根本对否，但可见我对英爱敬之心的恳切，不必非要英晓得不可，说句笑话，现在英与我在一起的时候，已以使英时时挨饿受累，因英与我在一起，谈天，或出去玩时，有时玩得晚了，或谈得高兴时，时候晚了，但我袋中不裕，不能请她吃饭，有时还要她不坐车陪我骑车，或甚至步行，往往过了她家吃饭的时间她才回家，现实我自己家中困难的情景距我想象的景况还远得很，更不知何时才能如愿，我自己不幸，我的命运（?）不好，自无话说，一切罪过困苦，都应由我去承受，为什么还要拉一个爱我的人——英——与我同受呢，如果她家庭与我相差不多，也还罢了，但她却与我大不相同，更不愿从她那舒适的环境中拉她来与我同受苦，即使她愿意，我自己亦不愿如此，更不肯累及她来共享此生活苦味，所以曾起一奇突的思想是，为了真正爱她，而自己放弃她，让她去另外找一个美满的归宿，使她一生过得快快活活的，自己默默的退下来呢，还是要咬紧牙根，忍受一切，努力奋斗却向目的地前进，勇敢坚决不屈的仍就贯彻始终，不可轻放自己不易寻到的幸福与快乐的寄托者！同时自己并怀疑前者的办法，是否就是真正爱她所取最对的方式，而她亦能谅解我的苦衷而不怨恨怪我突然的转变呢！自己还是给自己解释决定仍然努力于后者的目标，至于那些关于贫富的世俗之见与讥嘲，我向来只看见英个人别的都未念及，至于英本身，她也是极明白的人，这些也不必多虑，一切自可不攻自破，英呀！我将忍受一切，与这些恶环境奋斗，愿你耐心等候我！

9月17日　星期四（八月初八）　上午晴和，下午半阴

上午十一时许去渐兴取那一点点款子，回来去尚志医院九姐夫处问他托陈大夫售旧话匣子有无回信，他诧异的问我昨日如何未去拍卖行，我说不知道，他说他礼拜已告诉我，我说我没听清楚，他立刻漫怨我不肯替别人想，自己的事得自己去接头等话，言下颇不高兴，我听了亦不怿，心想自己事当然自己去接洽，他们说话不清，不是我故意不去，前几日去东堂子胡同亦去了，亦未怕远，命苦自是受累，但我腿终是肉的，胡跑没结果没用何必白费力，我自己事如何不关心，托人事当然希望早日成功，有回音，不问皂白，立即颜色相加，心中实是不快之至，只是不好意思对之发作而已，出来打一电话与陈大夫，冷冷答以下午送回，岂我谓告我送在那

一拍卖行自去接洽，以为我不信任而着恼，令我自己去接洽者，九姐夫告我乃陈大夫之原意，不明何故，再进去问九姐夫是否要再去拍卖行，亦冷冷答以由你，一赌气出来，气得我虽已中午，却不觉饿，遂又驶往崇内大街，遍导不见礼和门面，只见有一福和拍卖行进去问，看并无话匣子踪影，又寻到苏州胡同鲁麟亦无，不知陈大夫到底送在那处？白跑一趟回来，到家匆匆进午饭少许，愈想愈好笑，愈有气，闷闷不乐，下午三时许由张得荣送回，自己一检查，机器被拆开过。螺丝钉皆松，丢了五个，转锤本丢一个，又被弄丢一个，亦不知是被弄拆一个，又去了一个小弹簧，片子据四弟送去时数过少了两张，东西没售成，还得罪了人，还得搭人情，惹九姐夫生气，怪我不懂事，真是倒霉到家，东西弄坏了，也不好意思去问人家赔，正是失意倒运时候，处处触霉头，可以说是我此时正值穷愁潦倒，无往而不倒霉也，想来烦甚，下午小憩，想不到会生这一场气，亦想不到今日如此过来，七时许朱君忽来访，谈了半晌，今日谈，他在与安笑乔相识以前，尚与张乃芝曾有一番过从呢，据朱言为安所破坏，不知确否，随便谈谈先生与学校，又借去文选及文心雕龙，十时许辞去，那么大人胆小，伴其行出校场口，他腹饥立食炸豆腐二碗方归去，我则一人踽踽归来，夜气觉凉。

9 月 18 日　星期五（八月初九）　晴和

起来的不早，十一时正要去建署问林志可的回讯，忽力家老张来谓五姐打电话来唤我上午去一下，不知何事，先不去找林十一兄，径奔五姐家，到那已十二时，好似去赶饭，但这却没法子，匆匆老远跑去，还以为有什么好消息，原来没什么事，五姐今晨去七姐家，两位老太太坐在家中想，谓求人不如求己，意要我自己写一封信与老汪，告以实际困难，再去见他，这真是老太太想头，汪非普通人，或相识者，根本不认识怎会招呼你，也不是那么容易见的，吃饭时，托河先今日下午见陶时再问一下，觉得这顿饭吃得特别不舒服，饭后略坐，一时辞出，因难得跑到东城去，遂顺路去郑三嫂家，因闻岳兄大弟回来了，去托他向汪说说，正好在家未出去，都在堂屋坐，宝钧多年未见仍那种神气，懦弱得可怜，身体亦不强，大弟身体发育甚雄壮，他太太亦健康，歪头为美中不足，大弟神气冷峻颇令人难堪，他正忙打电放叫汽车欲去万安公墓省墓，俟他打完电话觑空将求他向汪探问之意说明，他初皱眉亦知其难处，预留后步，他已慨允下礼拜见时当代进一言，说明实际情形，因生疏见面无什么可谈，与宝钧闲扯，三嫂亦不言，局面颇僵，与他太太更不熟，更无何话讲，那种场合空气我实受不了，但皆不得已而强忍下去，涎面说完求他进言之话没得说了，留下履历片两张，他有事先去，又与宝钧略谈亦辞出，顺路去找林十一兄，在客厅等了半小时才见到，他原来一直未与殷头说，又问我以前见汪情况，又知我说亦托李律阁，问我何以不亲自去见李，其实他无什力，他又不敢在殷面前讲话，怕事胆小，又极滑头，素不帮忙，这次真睁错了眼，今日看他那副推托马虎不热心的景象足矣，知其不可为，绝不再来麻烦，归来四时，想想这几小时不知如何过来，见这些人物已受此种精神压迫，实无趣之至，北京实无可留恋者，这一帮亲友足矣，愈离远愈佳，有机会一定与英离平，想来不觉气满胸膛，不是为了找事供母弟等生活，岂有卑言屈色去看别人脸色与神气！受此无形侮辱，吃饭难，找事难，求人难，这种世界时局，真不知应如何生活也，但有一分生路绝不踏入此恶浊社会与万恶政界中，弟妹等不知就里终日昏头昏脑，难矣哉，今日之生活，人生实无趣，此一环中的各种面型我已看够了，归来与娘及李娘谈半日经过，亦只皆为生活，徒唤奈何，因毕疼我，不忍我受此肮脏气，但亦爱莫能助也！心中烦躁，易怒，晚看西风丛书，英国戴维斯原著“流浪者自传”一气看了十六章，到夜一时半方睡，有风便凉。

9月19日　星期六（八月初十）　晴和

闷闷家中一日，昨日岳先允代进言，且看此着效力如何?！迷惘中作一奇梦，梦见英来我家，午后看书及整理家中琐事，下午巡长来查看防空设备，令于起居室内门窗置黑幕遮光，无钱家中又怎么办?！无事忙，闻汉口南京有被空袭说，北平不知何日亦遭此劫，晚得英来一信，内附相片

四张，为前在中南海所摄者，成绩不佳，晚补两天日记。

人如是白痴或是一不知不识者亦佳，在此时生活定不觉苦恼，而生活亦优哉游哉，就怕是还有点明白，不太糊涂，在此时便痛苦，明白的程度与痛苦的程度变成正比例，我若无什思想，不明白，无志气亦罢了，糟就糟在此矣，还不太昏浑，于是痛苦烦恼就来了，尤其是不愿做的要迫我却做，自己想做不能实现时，其痛苦更加倍的重负于我呢！

9月20日　星期日（八月十一）　晴和

前两天写信与英，请她今日上午到公园去玩及看中德学会的德国画展及木刻，为了昨夜得英寄来的四张相片，一时兴起，也想照照相，今日天气好，又未在公园摄过影，于是决定用先前借来尚未还人家的小像匣子，并叫四弟同去，好给我二人照合影，在中原买了胶卷，进了公园，四弟先给我照了三张，我二人摄影意见不同，在水榭前椅上看书等英，不一刻英来了，她还带了三个侄子，侄女来，三个孩子在儿童体育场玩呢，四弟为我与英在花坞前照了三张，又在儿童体育场及花架前及草地上照了九张，英，及其三侄子与英还照了一张，十时许四弟先走，他另有事，三个小孩子就喜欢蚂蚱，捉起来跑来跑去没完，又嚷又叫，闹得满头是汗，渴了又去喝茶，在树下憩了半晌，孩子们是不能老实上五分钟的，英侄子老八倒老实，跑过了阵子就乖乖跟在英的身旁，原来他有心脏病，看看鹿又往回走，我把一卷胶卷全都照完了，到水榭看德国画展及木刻，多是关于宗教的名作，出来又找小孩子一同走，时间不早还有画展及相片展览也未看，一时多与英们出来，在西交民巷口上分手，因为孩子打扰，亦未与英谈谈天，她明日去校，我亦想去学校，没找到事，先听听课去再说，归来饭后已是二时多，近来身体泄气了是怎的，因为天气好，还想出去走走，因觉倦即未再出来，整理一些家中生活的琐事，看看报，下午看完了那本“流浪者的自传”，黄嘉德文笔译的很好，起初这本书倒很吸引我，后来便不成了，像作者那么一个大半生的生活亦有趣，晚灯下作一信与英，谈谈心，写来不觉已竟三页，时间亦近中夜了！

近一月来我的生活，常是每日每一分钟都把自己沉浸在苦恼中，实在太痛苦了。如果长此继续下去，是很危险的，有自己把自己毁了的可能，幸而我时时振奋起来，把那些不快的思想驱逐净尽了，且在烦苦时，只有会晤英时，才能脱离了苦恼和刑罚，只有英的安慰与一颦一笑都是具有为我解忧的能力，在我看见她时，愉快便把烦苦从我心中完全逐走了，她能无形中对我精神上的不安与以极大镇抚的力量，这是她不知道的。

我近日相思英的情绪又形高涨，正是秋高气爽，没有风时，爽朗晴明，不冷不热，真是好天气，我往往在跳出苦恼圈子，屏去不快念头时，常常想及英，如她在我身旁时谈谈笑笑多好，有时在沉思时，会蓦地抬头想找英的影子，看不见时才想到她尚在她家中，不觉十分怅怅，有时在看书的时候，发现了什么美好的句子，或什么问题，不觉低呼她的名字，想与她共赏讨论时，又不得她的回应，惘然举目四觅，只落得个低声叹息，好天气，一人枯寂在家时怎禁得不会及她，英！你可知道？花前月下，形影相吊时，若能与她相伴，相与谈笑，好景好书共赏，又应是多么快乐，许许多多时候念及她，写也写不完，正是良辰美景奈何天！这一切对现在的我，只有去梦中找安慰吧！她也是热情的青年，她可也曾感到抑闷？可也曾有想念我的时候？可亦有动于衷的时候？我常想，在我一人孤闷的时候，不知她在家作什么呢？恨不能立刻插翅飞到她的身旁才好，近日更加倍的时刻念及想看见英，不愿离开她，要永远伴着她，永相厮守！

9月21日　星期一（八月十二）　上午晴和，下午半晴

今日是辅大开学上课第一日，研究院历年十月一日方始上课，今年与大学一同上课，未找到事，在家闷闷，亦去学校看看，有什么喜欢的课堂亦上上，同学新旧相混，来来往往颇多，还是新同学多，旧同学多不肯就来，找了半晌未见着英，不知她来，在国文系办公室待一会，旁听一小时荀子研究，乃梁启超先生的弟弟梁启雄讲，广东人说北平话，还不错，讲书时亦爱讲些英文，引些外国地名等等，颇似江绍源，但说话不那么随便，出来仍不见英，送回来，天气满好的，昨夜写与英的信又照带回来了，跑了一趟，没见着英，总有点闷闷，有两小时头一堂的必修科，英要往这赶，家距校那么远够瞧的，冷天骑车恐她受不了那顶风的苦，午后看书，闷闷，天转半阴，精神又倦，卧床上欲小睡，狗吠，赵君德培来访，他今日方来平，上研究院又在两可之间，带来一点枣，小坐旋去，另寻他人，他来一刻，把睡神驱走，坐看书，鲁迅等译“一个秋夜”短篇各国小说集，译文有的多艰涩，也许是出版是一个小书局排印马虎尽是错字，五时看完，天气晴和，弟妹上学，在抛开烦苦思虑时，一人在屋中沉思默坐，或在院中散步时，特别感到寂寞孤独，亟需要一个伴侣，慰此寂寞，不知此时英在家作何事体？不知她亦有与我此时同感否?！五时半将买的水果白鸡礼物送去与强表兄，终年烦扰，此实应该，送去适值表兄归来同进去，谈半晌关于我谋事事，沪方有一吴某与殷同熟，已写信去请其来信，不知可否，又将前二日之消息告诉他，谈顷之归来，归途去中原取昨日所冲胶卷，大失所望，像匣有毛病及摄影技术不佳，无一张好者，此我照相以来从无此等坏成绩，真是倒运人无处不倒霉，处处不如意，昨日期望半晌与英合影全成泡影，令人生气不快，那破匣子赶快还人吧，白白损失二元，倒霉，归来闷闷，连日焦急内火上升，两眼不适已五日，晚卧床上略憩，旋睡。

9月22日　星期二（八月十三）　晴和，晚半阴

八时起来，急匆匆弄清楚一切，顺路送去与强表兄的信，到校刚上第二时，余主任新课史通研究，听的人比以往课程较少，教室未坐满，但亦有三四十人呢，主任略批评史通对于文史的关系，并谈谈版本及优劣点，一小时便过来了，英没来上课，不知何故，昨日亦未见她，下课绕了一圈找她未见，看看功课表还有胡鲁士的课，胡先生要下礼拜一才开始上课，走过去，果然英因第二时来晚了未上，不愿白跑想上胡先生课，告诉她才知道今天不上，她去买了讲义，因没什么事了，遂伴其一同回家，一路走

一路闲谈，她过了节要买车，伴其到前外义利车行去看，没有中意的，分路各归，一上午算过去了，一下午好天气，又不知如何过了，午饭吃不多，亦不香，近月来因生活问题，终日重压心头，食品店量大减，每饭亦不知饥，看过报，又觉倦，难舍这好天气，白白辜负怪可惜，三时乏了只索到床上去倒倒，正朦胧中，大宝忽然来了，出我意外，随便谈谈，没有事，多日未来，小坐，她有口福，新煮了玉蜀黍及李娘新购回的包子，四时半把辅大年刊借去，睡意全消了，心中终不安宁，看不下书去，在院中走走，只看了一点书，眼看日光西斜，又过了一天，快！晚上又重翻翻自己的论文，虽是内容简陋错误不少，终是自己费了一番心力，自是爱惜她，有空抄出一份自己保存留作纪念。

9月23日　星期三（八月十四）　上午阴，晚晴

连日生活真若，实际上并不算得多苦，而无形的精神上却十分苦恼，处处事事都威胁我，压迫我，使我精神没有一刻舒展宽适过，心情的不安宁，使得我近月来每夜都不安眠，从前在床上稍看看书，关灯不一刻就可睡着了，近来不成，加上蚊虫打搅，翻来覆去，半晌未必入梦，愈睡不着，心头愈加烦躁，幸未大失眠。

今日上午去校，第二时又迟了三分钟才到，进去听顾先生唐床诗一小时，仍扯闲篇，未正式开讲，英今天又迟到了，在外边站了大半堂，一同上第两小时，第一时说说此课大概，中国佛教史概论，乃论六朝以来中国佛教与史藉之有关系者，非讲佛教史，注意听讲，一小时很快便过来了，英去女校稍坐，我亦去图书馆小坐，在女校操场等她一同出来，英请我伴她走，一路谈天，我偶说如要出城便去香山看红叶，她听了大高兴，出我意外，立时规定礼拜六就要去去，此时恐尚没有红叶呢，但我又担心，她没有那么长的力气，骑不了来回那么远，可是她执意要那么去，走到前外分手各归，九姐夫又循例送来廿元与娘买物，李娘已持去买物，买了些肉菜回来，此节面及配给者，肉临时发到铺子，大家挤买，难为李娘李人家受此苦，我本拟买物送英过节略表心意，昨日家中无余资，今日有裕，下

午写了一信与俞仲亮兄问其近况，托其另外找事，并问其父好，出去到前门发了，在前外大街买了六斤水果一蒲包自己亲自送与英家去，六斤提在手中轻轻的，我不注意亦不知店伙为我称的足分量否？心中总觉不好意思进去，送到她家，令其车夫拿进去便径自回来了，专为此事跑出去一趟，英告诉我她父前一周连跑去津数次，过节后又将去沪，不知又忙何事，那么大年纪还那么跑，归来略憩，又到土地庙自家买了点水果回来，娘喜吃白梨，在前外为娘带回一斤来，李娘二次出去，又买到猪肉，此与周前无处购肉又互相对照，为过节不能不吃肉，此亦北京市民之特性?！下午出去，每家肉铺前皆有数人至数十人不等，年，节非吃好的不可，因不论何时何地，此亦我大国民特性之一乎？我突然送去与英，她会惊奇吧?！只是东西太少未免有点寒蠢像而已，但力仅能至此，亦无法事也，由土地庙回来看报铸兄来，持二匣八封，月饼，大约他人送他的，又代买了二斤肉，他以为我们买不到，倒还关心，难得，坐一刻回去，今晚吃饭已八时许，上午阴凉，秋意十足下午又晴，晚间一轮皓月高悬中天，光华普照树影在地，星光全敛，夜气已凉，念家中用度浩繁心中又不快，晚两眼又觉不适，早息。

9月24日　星期四（八月十五）　晴和，晚薄阴

“金风送爽，桂子飘香。”时序移人，又值中秋节了！

因为遇节，中学放假，弟妹们全在家，我因辅大不放假，去旁听主任课史通，并可以看见英，于是九时便去了，到校不一刻就上课了，英又迟了两分钟才来，今日讲的是史通第一篇六家，也只大略一说，详细还需自己去看，英下课去取借书证等，等她一同走，伴她到峻记车行去看车，一路商量什么时候见面，她没准主意，她起初想与我赏月，继又游移不定，近来每想与她会晤，终想不出一个适当有趣的地方，北平这些公共场所都引不起兴致来，英一路趟不知她心中作何想，面上好似显出不高兴，我不知道为什么她又不高兴，我自己又好猜疑，是否她觉得我太麻烦了她，是否她与我在一起没意思，我想不到沉思梦想的想看见她，支看见她这么一付不痛快的面孔，我什么地方得罪了她呢，当时心中也有点难过，我对英

总算尽了我现在力所能做到的全做到了，我对她是全部的热诚，未曾有一点虚伪，也许她是因为骑车累了，心中不耐烦，这些都是我错怪她了，她这次上研究院没住校，走读并且骑车，她以往没有这么劳累过她的腿，所以每天由家到校，再加上为了赶时候，常觉气促腿酸，回家则多到前门便下来推着回去，或是雇了一辆洋车，连人带车一齐拉了回去，这对于她可算是一件苦差事，太烦，太累，恐怕日久这样是不行的，第一时更不易来，冬天的寒冷她也受不了，一定要改方法的，她还要去香山，恐她支持不了，幸而她自己今天打了退堂鼓，陪她走到大蒋家胡同南口，约定明日下午在北海见，回来午饭亦吃不多，近来食量大减，午后看报，只是“一样天边皎洁月，照在人间各不同。”两句话特别刺我眼，使我又忆起，“月儿弯弯照九州，几家欢乐几家愁？几家夫妇同罗账，几个飘零在外头?!”还有因秋节而自杀的，就有过节而大享受的，社会人世间就是这么矛盾不平等的！午后天气半晴无风好气候，想起中午英的样子，不由人心中闷闷，神倦，什么都无心绪作，于是财气去睡，由三时睡到五时半，我是梦中过了一个中秋佳日！无味！六时半上供，拜过父遗像给娘及李娘拜过节后用晚饭，五弟不听话出去玩，七时半方回，上供吃饭亦有鸡，有肉，想不到这么又过了一个节呀！更不料五姐会送来一块肉，本来多少天前就买不到，昨天买到了，铸兄又代买来，今日又有她送来，反而多了，想不到，忘了不应画寝，应去强家，陈老伯，郑表兄处走走才对，晚在院中望望薄阴的月，不大光明，我代英想，她在家亦无意思，应时觉枯闷，除了打毛衣及念书以外，在家她父成天忙事情，未必有空和她谈天，所谈亦示必与她性情合，高兴的也谈不到一起，除了论论家务以外，她哥哥不必提，嫂子恐亦不过与她谈得家长里短，侄子们小，那她岂不在家亦无趣吗?！不知她今日如何过的，她每日上午去校，下午都作什么呢?！我简直是一时也忘不了她，正如Radio中放送的歌曲“我却独把相思害……无奈何只好把相思来卖”压得担承不起时，竟想卖吗？好笑！谁要？谁买？怎卖？我真为这一份柔情所束缚了，怎么也排遣不开，唉，希望英能与我以安慰，免我对她这么热烈反而得的是大量的失望，她个性虽倔强，实际却也十分感情质，往往一些悲怜的事情即可很容易的把她眼泪引出来，当她

在看见电影中表演悲剧时，她会被同情心所驱，不由得流下泪来，虽然她自己也晓得电影中那是伪的，但她就不由自己的流了泪（我也常如此），她似乎一时抵不住那一阵感情的冲动，并还立刻挽紧我的臂膀，征求我的同情，等我看她时，她那种有点害羞，有点不好意思，两眼带着泪痕望着我的神情，我真描写不出，使人爱怜之至呢！可是英温柔的情绪，常为她坚强的理智压在下面轻易不浮上来！

昨日下午亲自为送英的水果跑了一趟，今日在校出来英又送我一盒月饼，虽然我知道我和她的情谊不在于这些来往上，但我现在尚能及此时，便这么表示一下，八月节每家晚上都要团聚，不能出来，让水果代表我伴她在明月下过一个快乐的中秋节吧！但英中午那一阵子好似不悦的神色，使得我半个下午亦不快，她的一喜一怒，一颦一嗔，对我的反应与影响是如此的显著，重大，这是她不知道的。

晚九时后，天转晴，天净月出，一片清光，素华耀辉，月下独自徘徊，久久不能就去，此时如得吾英相伴，其乐何为？恨我非诗人，不能道出心中感想与情绪，四外现寂，远闻无线电放送戏剧而已，默默中度过了中秋，亦可反映现在社会的贫气与空虚，人生的凋疲可怜。

卧床上低吟唐张九龄“望月怀远”诗：

> “海上生明月，天涯共此时。情人怨遥夜，竟夕起相思。灭烛怜（？疑谁）光满，披衣觉露滋。不堪盈手赠，还寝梦佳期。”

诗人的惆怅，远道不可见，只有竟夕相思，终无可得，唯有到梦中去求下意识空虚的安慰，这也可算是无可奈何的悲哀，他那里还是怀远，远而不能见，而我之念英，英距我并不远，但同时亦不能晤见，相思之情与之相同，但切且过之，反复低吟，不能自已，我便只好亦怀着满腔无可奈何的相思去梦中寻英过那佳期吧！

俗谚有“男不拜月，女不拜灶”，或仅闽俗如此，今日与英谈及此点，她家拜灶俗皆由女人主祭，此迨十里不同风之谓了，月下漫步，忆见时（约十年前）亦曾因急于食供月桌上之月饼水果，而跑去拜月，则男不拜月，亦未必绝无，晚饭后，大家围坐分食果饼，笑语喧哗，此今日唯一欢乐之时也，大家笑容满面，总算又过了一个节，肉也吃到，水果，月饼亦尝到，一时不禁感慨满腹，娘与李娘共谓，昔年大家共食时，忙了半晌，累了半天，一切预备齐，末了大家共食那份抢劲，才难看，亦吃不饱，还许闹一肚子气，那有现在自由，吃得舒服，现在唯一只缺些钱而已，唯有穷困时，才显出经济力的效力底大来，尤其现在这经济操纵一切的社会上，这玩意是缺少不得，除非不想生活！什么崇高的理想美丽的幻想，在此时如不仗钱的相助，一切全都被丑恶的现实击得粉碎！

9月25日　星期五（八月十六）　白日晴和，黄昏风，阴

又过了一个节，并且还算平稳的过来了，没有遇到什么困难在现在这时的家庭环境也有点可算是奇迹，在没找到事情时，只有在能与英见到的日子，才能使我兴奋，才觉出这时间过得有点意义，切盼时间的到来，如果是上午能见英，而这个下午去常常是在烦闷无聊打发过去，一见过了英，时间也似失掉了存在的意义，今日是有能与英晤及的机会，所以起来后心身都觉有个可望的目的，便很高兴起来生活中的琐细真多，每天一起来的整床，穿衣，洗脸，早点及要睡以前的刷牙，濯足，脱衣等等，都觉得很费事，耗费了我许多时间，现在衣服尚少，以后日渐加多，到了冬天更讨厌了，但又没法避免，真是无可奈何的事了。

理发距今十日。发已是污了，上午洗洗头发，坐在太阳下看书并且晒干了湿发，中午前看完了巴金自传体的散文集“忆”饭后想起明日五姐生日，今天去一趟，并去三嫂处问问大弟所代探询如何，一时许出去，二时到郑家，五姐一早已避寿出去，河先夫妇在家，沈表叔叔之二女小五妹，八妹及宝钧在，还有一女不识，河先礼拜殊缺，人情不懂，令人可恼，稍坐即出，郑大弟出去三嫂睡觉未进去，即去北海，河先少奶及宝钧等亦去北海玩，我本与之同行，与英约本在三时半，因在东城未耽误时间，故来到北海方一时三刻，知英不会早来，于是先到白塔西南“北海园”去看书，在报纸杂志阅览室内看了几本书，到了三时半下去，在桥下看见河少奶等在划船，我在靠前门处椅子上看书，等英，天气真好，没有风，游人不少，想起先头在郑家那一刻，看见河先少奶及那几位小姐，所谈不过穿

着，吃，玩而已，全是绣花枕头，不过是上等的所谓没有灵魂的动物，实使我看不惯，瞧不起，与我英的思想相比真是差得远，坐在椅上晒得到我头的太阳已西落，被团城所遮，四时一刻时英来了，她问我先头上哪了，奇怪，原来她在三时半左右来了一次，进来没找到我，我没想到她会来这么早，这在北海图书馆内，她故没找到，她于是又去找她同学去了，因她本拟不去了，在那小坐又来了，托词出来，她和我一般不会编谎话的，几乎露了马脚，我又与她同去北海图书馆看看，五时出来，北海图书馆倒也清静，看书的地方比太庙好得多，绕山路走下来，绕到漪澜堂，本来晴和的天气，突然天涌阴云，秋风骤起，一时凉意侵人，好似欲雨，与英觅地避风雨，走上拟去日塔前之小亭，寂无一人，此时风吹树响，游人顿少，秋意满园，据高远望，全城为风土所蔽，蒙蒙一片，顷刻风止，阴云渐开，夕阳反射，云隙中，金光闪烁，一条一条，斜射下来，颇是好看，暗绿的树梢及皇宫与景山上的琉璃瓦上，为落日斜辉抹上一层黄色，偏傍亮亮的，甚是好看，可惜这好景是不常的，现静的小亭上，没有人来打搅，倒是个休息座谈的好地方，与英谈谈功课，说主任讲史通第一时所说的，又一同看看鲁迅的华盖集，英初本要回去，我说这多天来就没有一个比较长点的时间让我和她在一起，要求她如不大变天气今天就是此看了月亮再回去，现在的天气是早晚上凉的很，中午又颇热，有点像沙漠的气候，英没打算夜里回去，所以穿得薄一点，有点凉，偎着我坐着，靠着头低声谈天，英不大肯与我亲近，我也就不去打搅她，就这样温柔的偎依我已得了莫大的安慰，我告诉她每天下午在家是如何的念她，告诉她我昨夜低吟的诗，告诉她我在她身旁坐下时，才觉得心安定，实在的，除非有什么事，而现在想看英，只是想念她而已，并无何事，在家，无论作何事，看书，写字等等，全都沉不下心去，但分明的觉出，在英身旁时，心便安宁下来，说话与否倒没关系，只要是与英在一起便好，我问她，她在家亦想我不，她说，“不!”我不相信她会一点也不想念我的，我真高兴我能尽情地向她倾诉我心中的情愫，她却基于女孩儿家的羞愧，不肯说出而已，天渐薄暮，大约有七时左右了，于是又伴英去漪澜堂去用晚饭，有一帮中国人在外边围坐一圈，吵闹得很，这边又有一桌日本人神气亦颇可厌，

我与英吃完即出来了，懒得看那些面孔，此时云彩已净，月已升上半天，英因连日骑车腿乏，又穿得薄，觉冷，先头那个小亭子上已有二人在，不便去凑热闹，于是下来去白塔寺前小佛阁前居高临下，并好望月，上边亦有二人在，月下望不清是谁，因上边没有坐的地方，想下来找地方坐，听见那边有人唤我，原来是刘君曾颐，想不到他亦和他联襟同来，我们在下边，有藤椅坐下，我又去叫了茶来，与英共坐，且饮且谈，怕英冷，脱下上衣与她围着腿，我把预先带来的毛背心穿上也不觉冷，与英谈谈月亮，八时许天上又生云彩，月儿时从黑云中挣扎钻出，好看，曾颐等亦在等一友人，与我谈谈天，后来果来了，原来是志成事务部职员陆先生，饮了一杯茶上去，此时方九时廿分，我因夜凉，恐英冻病了，久坐不便，遂相偕下来，曾颐等亦去，循路下来，此时来游园的人已是很少，秋夜寂寒，不耐久立，此时南方黑云北上，取车出来已降数点，幸即止，陪英坐的车走，她问我冬天骑车味，我告诉她种种不好，她还有点不信，说我吓她，等到时骑上她就晓得了，她还要过些日子买了新车，九日九日要与我去香山鬼见愁登高呢！恐怕她累不了，归来方十时，觉倦即休息。

9月26日　星期六（八月十七）　晴

现在天气好，也不会多么热了，太阳除了中午那一小时觉得热一点以外，其余时间，可以在院子晒晒太阳，上午习习小字，看看报，中午吃蒸饺子，个大，吃了廿个，饱得很，下午未出去，一直到夜饭时间亦不觉饿，午后匆匆看了一本小说，又看华盖集，其中有几篇是写女师大风潮的事，不大爱看，一个下午的时光便在院中及书本上留过去了，晚上补昨日日记，想现在是个最自由的人，时间完全由我自己来分配，但若有了事作时，这白日的时间全都卖给了别人，现在不出去整日在家，尽情享受这家中各种时间的滋味如何，以后不易尝到了，想来一笑，聊以自慰而已。

9月27日　星期日（八月十八）　晴和

上午整理清楚，看过报，因前夜曾颐谈曾履已找到了，在开滦，日前回来，今天去看看他，并拟打一电话与五姐，遂去四眼井刘家，不意其兄弟全出去了，打一电话五姐等又全出去，放下电话，他二人回来，原来去买车票及行李票，明天早上即去了，行色匆匆，何甚忙迫，好友一旦远离，不禁黯然神伤，惜表之情，溢于言表，在曾履屋坐坐，互嘱时常通信，本想下午请他出去玩玩，他因有其他事未办，有的亲友家要去一趟，不果，一晃中午，借了一本书回来，午后翻翻，因为是法国浪漫派小说并以希腊艺术眼光来描述一件近乎神话的有含意的故事，内容情节皆大异我国的风俗人情，一时心情不佳，没有心绪来欣赏，他很喜欢这本书，想先送还他吧！又略看看其他书，每日上午很易消磨，眨眨眼就过了，再加以如起得晚，便可以没有上午，而每日的下午却不好过，沉闷冗长，无聊孤寂，一颗心，一个身体不知放在那里好！难过！曾履倒有了事，四时多出来，到西单那坏底板勉强晒出来，不大清楚，打一电话与祖武，他在家，立即找他去谈谈，约有两个多月没见了，他每日很忙，由西效跑东郊，晒得黑了，有点粗了，不似学生时那么文弱了，他前进书之心甚强，在校颇为师长们垂青，祖武不大会谈话，说了几句又没什么可谈了，他与同学都少通信，他说忙累，无空暇之故，实则是他懒，写几个字能费多少时候，他二兄亦搬出，其表兄杨沛霖又搬回，东南屋空出欲出租，他毕业时之便装像不错，要了一张，五时许辞回，看看别人都有了职业，只是自己尚在不可知之数，不无闷闷，怅怅回来，进屋闻有烟味，原来赵君德培坐候，他又不想念研究院了，不知到底打何主意，谈顷之，他邀我出去吃烤肉，这年头请吃饭可是最好不过的事（一笑），于是又一同步出，到西来顺去吃饭馆买卖真好，人甚多，等了一刻才有空，肉切的慢，得等着，火旁烤得很，二人断续吃了十三碟，不算多，吃过油嘴油肚，满脸还有油光，热烘烘的，又走到冷风中，精神一爽，才八时许，遂又步行去西单商场转转，在南商场忽遇见日本同学姚子靓（日名川口晃），他还带一中国女子，不知何许人，他很客气的与我们鞠躬，打招呼，互相谈谈，他在实报馆当记者，又在日本大使馆，给我一名片，上印副领事补兼秘书，现在米市大街青年会住，这小子能钻，想不到此时此地会遇见此人，与赵君到启明茶社听了三段相声，不十分钟就要一回，说的都听过，没新鲜的，出来买了点东西，九时许觉乏，遂赵君上电车，分手各归，我亦不料今日如此过这黄昏，每日我不知这一天是如何过法，且发愁会闷闷无聊地过一天，今天倒有些小起伏还好，因倦早寝。

9月28日　星期一（八月十九）　晴和

孔子生日，不知到底那一天好了，以前全是以夏历八月廿七日为孔子诞辰，而今年偏由国府（汪精卫氏的南京国府）定为今日恭祭，全国代表全去曲阜拜去了，孔子有知连个准生日皆没有，虽受拜祭何欢?！好在孔子已死数千百年，于地下亦不会出来，与他们打架，他们爱改在那日便算那日吧！为了孔子诞辰，各机关，银行，学校等全都放假一日，弟妹又可多玩一天。

昨日强表兄令四弟持一条回来，令我今日上午十时去大红罗厂找一顾某系其表侄，谓或有机缘，代我谋一职惟愿与我谈谈，今日上午写了几篇与同学，先去强家问明，再去找顾某，在门口等了半晌方请入，昨日熬夜，由床刚起，睡眼迷蒙，神情可笑，年甚青，气宇平凡谈吐亦不大清楚，惟热诚可感，愿以极大努力助我，并嘱改缮履历片，又略谈甚所在之新民印书局内容情况，旋辞出，去郑三表兄有小坐，临出与大宝二宝等略谈，过强家，表兄出，与表嫂谈见顾经过，归来匆匆用过午饭，看过报，把四弟从铸嫂处借来的几本三六九画报报翻翻看，亦无聊之故，四时左右李娘回来，谓大弟云彼已见过汪，汪云现在不再采用，早些回音，岂不早令人放下，不再东找西求，可恨，我倒不是非在那里不可，现在可以尽力他方了，今日顾某方面如真有办法，亦不错，且看这方突然自出的路子如何？心头闷闷，在院中散步顷之，下午没出去，腹中拟定明日与顾某之信稿，进来写好，又缮清改过之履历片，曾任职务下，随便添了几条，不知妥否，晚灯下写日记，昨日晚向云俊兄来，示见，前闻李準谈他离平，原来未走，连日两眼不适心火作祟之故，下午看完鲁迅的“华盖集”。

9月29　星期二（八月二十）　晴和，小风

上午去校时，有点小风，街上土甚多，可厌之至，往北亦较费力，想英必更吃力，顺路把送与顾某的信投去，不知此路可通，等候，等候，不知候到何日?！到校上了一小时史通，在国文系办公室见到赵君德培，他不上研究院了，已写了呈文请求保留学籍，又在各处走走，在图书馆前遇到英，略谈，她又选了牟先生的宋元学术史，第四时有课，一礼拜八时小，我及赵德培杨智崇与朱君在国文系办公室谈天，自朱君在校为主任助教无形中该室为我等聚会室了，又看了看同学的论文，不觉第四时已下，与英同行，在景山西街又遇朱君，在前门与英分手，去行为四弟等取了校饭款，归来，午后阅报，觉倦，方卧息不久，向云俊兄又来访，他原来月前曾赴河南开封建设所供职，其母月前病故，返平与其兄办理白事，略谈在开封经过，他们定于下礼拜三在西四广济寺开吊，请我去帮忙，答应去，他又邀我与之同去其家代写发与同学之讣闻，到其家稍候，代其书廿余份，又被留谈天，共饭，又看看其悲感而作之追悼其母之文，同学做事，今各处皆有济南，开封，天津，保定，四分五散，再聚不易，同学网亦愈来愈大，当年同窗，多今年毕业出而应世，我们开始步入社会，作推动此洪流的一分子了，晚八时许回来，看看书，想来做事，不是舒服事，把精神，时间，自由全卖给了别人，才能换得了生活，此际逍遥或正是此生最自由，间散，舒服的时期，但在精神上亦最痛苦之时期，世界上事大半皆矛盾，无可解释。

9月30日　星期三（八月廿一）　晴和

有学问是校长与主任（陈援庵与余季豫）同，唯以讲授论，还是校长的口齿比主任强，陈校长（辅大）能在讲别人以为枯涩无味的史学及佛学

中，令听者津津有味，时或间以谐语，是其特长，今日上午九到至十一又听了两小时课，下课后等了一刻英，她今日未骑车来，女校有人出售一辆车，还不太坏，偕其到车铺看看，不觉已是中午，伴其行到南腔北调长街南口分手，在景山西街南口遇见小徐，英今日伤风更重，嗓哑，鼻壅，不知是否我那晚强留其在北海望月穿得少时冻着否，心中不安，今日好似她有什么事，怔忡不定，一路曾三次唤我自回，不知是她不愿我与之同行，抑讨厌我的啰嗦，还是好意不愿我多跑远路，但我伴其同行似不大高兴，想不出何故，归来心中闷闷不乐，其实伴之同行又有何不利，对其不便了？想不透，午后看过报，又无所事事，想起谋事匪易，更加愁闷，二时许卧床上休息，迷迷糊糊一觉睡到六时方起，大好时光如此开发了，本拟下午用优待券去新新看电影遣闷，为睡所误，一懒亦终未去，晚上忽无电大窘，白日不做事，晚间亦不能做何事，自己太不该画寝了，因大街工匠修理线路，只此数家无电，讨厌之至，晚团蜡坐，昏昏然不便之至，烛下算账，此月截至今日止，竟用三百余元之多，且房租未付，欠款一部未还，不知哪来如许多，如何用这么多。

夜步院中，念自己这一颗脆弱的心灵，已经过些起伏风波，为何英脸上的喜怒却能与我以此此大的影响，今日使我半日不欢，自己尚假设许多猜想，如真个英说“以前错了，我不爱你了，现在讨厌你了……”那时我不得去自杀吗？对英热烈，希望愈大，稍为改变，所与我的刺激亦使愈重，英恐不知道我把她看得多么重大，否则恐她也不会轻易使我不快吧！也许是她今日不舒服所以有点不耐烦，一时又想英这么热心于学问，她大约将来想成一个女学者吧！不然这些实与实生活无大关系呢，她向学之心固强，唯读书的工力却不足。

10月1日　星期四（八月廿二）　晴和

今日是辅仁大学成立纪念日，放假一天，于是我就未去学校白听，昨夜又胡乱做了一个梦，睡得不安适，于是早上卧到九时左右才起，这几日，天气都很好，上午看过，觉闷闷，因每月家用无着念之焦灼，而找事结果，迄今毫无反应，如何会有心情做什么事，中午习了一页小字，鬼样大退步，手腕因多日未写发酸，午后翻读唐宋诗，匆匆翻看完了一本，三时半与同学杨君承钧去一明信片，向云俊兄又来，又请我代他写几个与同学的讣闻封面，又希望我送他挽联，因恐怕是日没有多少，不好看，我因车带坏了，四时同向兄出来，在达智桥分手，补带后行到绒线胡同车带又坏了，几乎跌我一跤，赌气推回，换了一条外带，十二元一条，B. S. 牌的，车上老头带当年换时二条六元就够贵的了，不料此时二倍以前却只换得一条B. S. 牌，差了三倍，五时半到五姐家，还在睡，何先夫妇出去应酬，打电话律阁出去，白跑一趟，正与五姐谈时，三嫂来，六时许辞回，来去匆匆，白跑一趟，正与五姐谈时，三嫂来，六时许辞回，来去匆匆，换了一条带，车显着好骑多多，有钱时好好把车整理一下，骑着舒服也值，也痛快，晚上看看书，又过了一天，说难过亦难过，说易过亦易过，不管得过不过，时光不停留，不过也得过，得过又且过，一天一天，一月一月，如飞而去，不知何时方能过那舒心的日子。

10 月 2 日　星期五（八月廿三）　阴

心情不好，加以看见这种阴沉沉的天气，实在使人不痛快，刷牙洗脸用过早餐，一时高兴，把车擦擦干净，看着也顺眼一点，看过报，也没什新闻，习了一页小字，一个上午完了，午后看看而已集，天阴沉沉的，颇有凉意，还落了几点雨，看那样子大不像会下雨似的，在家实闷，二时终于出去，到那有两个多月未去了的王家去看看，庆华母已由沪回来，小孩子都上学去了，只老太太一人，正好谈天，谈起在沪的情形及剑华大姐组织家庭经过，二妹在其姐家住，大姐现已有喜，犯恶心，不再去办公，治华生活亦甚好，每礼拜与其未婚妻张小发姐同游，庆华在津心脏病又犯，大夫嘱其静养，不可食蛋白，肉类等，这些岂能适他个性，他近况如何，因疏于音问亦不知道，其大姐及二弟去一趟皆有所成就，不白去，只他各处胡跑一气，至今一无所得，但盼其二妹亦不白去一趟，谈来不觉已一小时余，三时一刻其父回，我亦辞出，一人去太庙看兴亚画展，中西画雕塑油画等全有，四时半出来，归途去朱君处，不在家留一条，朱姐向我要糖吃，小徐太太处尚欠一份呢，到家又觉无聊，出去亦无聊，回来亦无聊，总之生活中充满了无聊，现在吃饭好似应酬事，照例吃过了而已，晚看书。

10月3日　星期六（八月廿四）　阴雨，凉

现已是快到秋末了，平常晴和的日子，中午太阳照在人身，还令使你觉得有点热的过一小时，午后在阳光下看书亦可令你懒洋洋的一刻，可是天一变，就大不同了，昨日阴天已是凉了许多，今日阴且小雨，于是立刻由凉竟变到冷了，到了下午我终于着上了薄毛衣，本来心理就不痛快，终日浸在愁苦中，加以这缠绵不绝，淅沥不断，冷风侵人的秋雨，阴霾的天气，益发觉得令人闷煞了，昨夜复了剑华大姐一信，又翻阅英来的信，一时心思如潮，夜及今晨毕未安枕，近月来晚上常睡不好。

小妹日前在校借来鲁迅译的《桃色的云》，及李霁野先生译的黑假面人，（设想剧本，前者为俄盲目诗人爱罗先珂在日之儿童剧本作品，后者为俄安特列夫作品）皆看不下去，纷乱不宁的脑子，近来不能用在读书上，只想沉静，弟妹上学后，家中相当安静，但近来不时觉得吵了，家中有猫狗鸡，五弟看狗，小妹顾猫，动物打架，二爱护者亦加入战团，其次是鱼与难亦分属两部，隔壁日本邻居，每夜十一时木屐如厕已无声，却改增了三种家禽，一条狗不时叫，一只公鸡，不论阴晴日夜，高兴了便伸直了嗓子高叫起来，且是那么单调，下午，上午叫，半夜亦常叫，讨厌之至，还有一只猪，夜间似乎什么打搅它不安而作声，此三物皆放在我屋后，有后窗户，纤细皆闻，鸡犬之声，一唱一和，大吵特吵，夜间刚入睡突被惊醒时亦有，但不知此三物不相容，如何皆放置于一小院落中，不知他们如何处置，西院有简易小学，还是旧式家塾教法，齐声如唱歌般读书，抑扬顿挫如有节奏，初听有趣，久即生厌，再久充耳不闻了，只每日聆其所读似总是那一课，所唱之歌亦只不过反复数首，读有“我爱太阳明光光，太阳亮，太阳红……”大约已二年，声调前后如一，不知是已是数

班念一书，抑学生太笨，总学不会，总念，教员时以讥讽之语训示弟子，但其奈弟子不明深意，毫不脸红何!? 此校有趣，惟下课休息时间，在一狭小长方院中沸及盈天，叫嚣吵闹，先生竟不加管束，不知何故，岂此乃学生活泼之表示，不明其理。

昨日未去校，不知英去否，今日阴天，上午看报，习小字较昨日略有进步，午后看书，无聊，觉寒风侵肤，念天气又将冷矣，每日生活费且无着，更何处去寻炉火费，念之栗然，不觉闷闷，卧床上一时许起，雨止，冷，加衣出打电话与五姐，今日因雨中止去找李律阁，明日天好再去，街上亦颇寥落，购些什物回来，发昨夜复剑华信，晚得天真嫂复信，华子已去本溪，彼在昌黎女中，不久亦将去寻华子，他倒有了职业，晚看“而已集”。

10月4日　星期日（八月廿五）　晴，下午阴

早晨半睡时，做了一阵子怪梦，好似胸受重压，甚是难受，卧到十时许方起，头痒，上午洗头，擦身，精神略爽，近午向云俊兄又来，与我商谈其自撰之祭母文与挽联，等我午饭后同出，我径驱郑五姐家，妈同去东西十一条李律阁家，第一次去，比河先家又神气多，两个人住许多屋子，屋内颇堂皇，律阁躺在烟榻上，头一次去，五妹谈话颇多，我开口颇少，不一刻又来一林姓青年，现在物价处理委员会内做事，一同谈天，律阁谓学文学与做事毫无用处，是学文学者皆废物也，闻之甚气愤，几欲面斥其妄，继念其不过一赌棍，随口狂呔而已，懂得什么？看在五姐面上，不理，不与计较，直若无闻，胸中愤懑之至，勉强听五姐说完，律阁高声言道，“每月至多百廿元，辅仁大学毕业。”不禁令我苦笑，此乃生活所迫，如不念在母弟，若我一人之故，绝不听此，宁可饿死，不受此辱，他竟先为我等了价，大学毕业就值这些，不如事变前十二元，可怜，可叹如律阁这种人会如此神气，令其享受如此！比其能力强多少倍的人却反而那么苦，他凭什么？他可配？出来不由人冷笑不已，我想难道除非求这些大人先生们我才不会饿死了吗?! 愈想愈气，归途找朱君未在家，又去向君家

小坐略谈，又到马家，永涛兄今晚或归，略坐即出，明日再去，晚习小字看书，吃饭求生难。

10月5日　星期一（八月廿六）　晴，晚阴

为了向云俊兄之挽联故，上午去校，并拟听顾先生课，到校才下第一时，在国文系办公室找到朱君，托其代拟改挽联，闻安笑乔拟去昆找其丈夫，出来在图找一英，告诉她，遂伴其同去寻朱君，与之略谈，请其姐约定时间地点与之一谈，惟英言近期内不拟南下，不知又因何故，反正我知她之走否，绝与我无什大关系，即绝不因我而定其去留，此说近日不拟走者，不是闻路不好走，或天冷，或正念研究院，或其他……种种原因，绝非因我而留，念之不觉暗自惘然！因伴英与朱君谈约安事，第二时顾先生课又未上，下楼来看看学校布告，英由图出，同到校西车摊商议整理英旧自行车事，以四十八元成交，英谓其昨日出城，见他人持红叶她亦极想去香山，我亦未问其出城为何，到校门口她自回家，忖其态度不愿我随伴，即中止，进校在国文系办公室候朱君第三时下课，改妥挽联文略坐十一时半许辞出，到家中午微觉燥，上午八时许去校，在宣内大街遇大马稍瘦，约以下午去看他，午后看报，稍憩，作一信与庆华，作一信与云门表兄，不料出来车出小毛病，买挽联打格，修车，去平民市场找零件，耽误时间不少，到向云俊家，与其看联文，再同出买物，我又去小六部口找同学王大安求其写挽联，但其不在家，只好又去找端木留，略坐托他即出，再返回南沟沿去找大马，已六时左右了，太晚，不意他出去沐浴尚未回来，与其父母略谈，他由沪返来带些小物件拟卖了可以稍赚点钱，如领带毛衣皮鞋一双甚好，惜我此时无余资购来，天将暮他尚不回，遂先辞归，灯下略习字，午后一时有感，与英作了一短信，不过稍抒心感而已，近来见面似无何可言，在校亦颇局促，英在校亦似不愿与我显示亲近，如同行共话等，故有时只好故作不识亦颇可笑，晚作一信复天真嫂，实之夫（即华子）已去本溪湖，此次非在煤矿又去一制械厂，不知所任何职，晚得中学同学杨君承钧兄来一信，乃六月五日发，我十月五日

方收到，走了四个月整，真怪！他谓李永及庆昌皆无信，不知何故，白日晴天，秋高气爽，马路上多土，晚阴，且风，凉，跑了半日觉乏，又混过了一天。

10月6日　星期二（八月廿七）　阴，下午半晴，凉

上午跑到学校上了一小时史通，不知何故，英没有来，同学王大安兄代书了两副挽联，不错，第四时宋元学术史牟先生告假了，各处不见英，不知她是在女校没来抑来了又回去了，心中怅怅，在朱君办公处稍坐即回，午间七姐忽来，饭后与娘等谈半晌过力家，今日九姐夫生日故也，午后赵君德培来，小坐，他还不上研究院了却又想回家，不知他到底打何主意，二时出来，他去看别的同学，我借电话打与刘家，问问，她家黄妈接的，还问我好，大约以我多日未去在奇怪吧！因我疑心英或有什不舒服，原来没有，因无事，遂挂上，未与她说话，便到蒲伯扬医院去打针，再到向兄家去，今日看见了他大嫂，被他大哥丢弃的可怜人，在那里整理别人送的帐子，预备明日办事时挂的，我略坐却辞出，去看大马，不料他先一刻钟出去了，又白跑一趟，怅怅，心中殊无聊，闷闷回来，坐院中看了一刻书，微觉冷，因心绪不佳，烦闷之至，加之阴惨枯凉的秋日暗淡光景益发令人不欢，我从四时许一直到七时左右晚饭之间，全沉浸在苦恼烦闷中，不知如何是好，饭后看了一刻书亦无聊。

为了家事烦苦，而近日无缘无故似乎与英之间有了什么隔膜，她似在学校与我多谈两句亦不好意思似的，似亦不愿我与之同行，不知何故，但她不明言其故，若直接表示意思我亦心安，如此迷迷糊糊，实令我心中更加苦恼，我本来质实的性格易惹人讨厌，也许在什么地方无形中得罪了她，为了免得她更加讨厌起见，在学校见着她时，显得拘泥，她不示意我即不便与她同走，但心里总觉得有什么缺欠，有什么嵌在胸中一般的不安，吵嘴打架吗？我们又没有?！那又是为了什么呢!?

10月7日　星期三（八月廿八）　阴，晚雨，凉

既阴天，又有凉风，不觉冷飕飕，今天第一天穿上了夹袍，在宣外过大车等了约七八分钟，急跑到校则上课，上了两小时校长课，下课与英只谈了三四句话，有风，她觉得冷，匆匆便回去了，不知何以近来我与她之间，她对我神情比较淡漠了，也许是她喜欢她所谓“淡而携永”的态度，但我只觉得如此只有淡，而并不携永，她愿在恋爱时如同在研讨什么，开会般研究学问些的，不愿嬉笑，人生本来够苦，再把自己放在严肃的圈子内，甚至美妙的恋爱的时期也要在严肃中过去，我只觉得那只有可笑与虚伪，恋爱只有坦白率真，如愿讨论什么，那不如去参加什么学术研究会不好吗？在恋爱中没有谈笑的自由，那也太滑稽可怜了，我也不是主张，在恋爱期中一味只是沉浸在无味的无聊的谈笑中，只是在生活中，二人不见面时，尽可为人严肃努力自己的生活，在见面时，当然不可以略略讨论交换些什么学识意见，只是总是板起面孔来讲学问，那去找教授谈天不是更实益得多吗？英不喜欢尽自说些无聊的话头，我也觉得此点，但未必就非尽自说些什么大道理，近来不大会面，更没有什么时间和机会让我们谈什么，不见她时是甚为想念她，即使如果与她在一起，一时倒也还想不起谈什么好，这样维持着淡淡的不大见面亦好，在一起多处一块，时间晚了回家去吃饭，又觉相处时间太短，在外边不回去，让她出资我不愿意，我出钱自己又常在囊空如洗，不吃，累她受饿自亦不好，不在一起我自己亦省一点吧，不但家庭方面受吃饭的压迫，就便现在与英会面，可恨这吃饭问题在无形中已与我以影响及干涉，可恨，可恨！——不知英今天是怕冷，是有别的事，还是讨厌我，（既无机会与我同在一起散散步，连谈几句话的时间都不肯）就那么匆匆而去了，她有事？我不知道，看她那急忙忙的样子，本想与她谈的话，都急忘了，她自去，我亦怅怅推车回来，推着车走，懒得骑，一直推着走，看看护国寺的两边的小摊，到太平仓才骑上去广济寺，不预备回家了，因为今天向云俊兄请我去帮忙招待旧同学，他今天为其母开吊。

近来除了忙急家计以外，脑中时刻浮泛着英的影子，关心着她的一切，常想她在家中活作什么呢!？时以为念，不能片刻忘怀，想什么也不想，自己又无此魄力，也许就是我没资格出家的原因吧！

广济寺大约可算是北平最大的庙了，很有名，可是我今天第一次去，庙内地点房屋都甚高大，大雄殿，更不让于皇家，亦是琉璃瓦，一个小西院，四合房，已颇不小，甚余可知，向家兄弟学工，朋友皆是工界人，上午没有什么人，挽联只八九付，幛子较多，午饭一时左右用，一时半陈懋祁去了，略谈旋去，他改变了许多，二时到四时，还没什么人，因为今天不是礼拜，四点以后人才逐渐多起来，林志可亦去，我在那助招乎挂挽联，看幛上的字，五时左右，旧同学才来了些，王书田，臭得很，不大理他，杨君福爱开玩笑，大说笑，李凖亦去，赵祖武，叶嘉谷，王景瀛皆去，老同学会在一处，自与王景瀛同学迄今约八年，今天算是与他谈话最多的一次了，五时半送库，走到沟沿，阴了一天，此际下起小雨来，送库后客皆散，无事，我亦归来，到家衣尽湿，晚得曾履来一信，谓开滦煤矿生活苦甚，什么亦没有，觉倦，早息，睡到十时左右醒来，一时睡不着，开灯看了一小时多书才睡。

10月8日　星期四（八月廿九）　晴，上午风凉

秋风飒飒，甚凉，一天比一天冷了，街上铁铺的应时货炉子烟筒等全已摆出来了，不由人想到那满天飞雪的冷天气不久就来到了，可是煤，炉子，烟筒等全都没有备呢，上午十时许去看大马，今天可在家，随便东谈西谈，大马是不大会谈天的，我反而说的很多，结果没什么说了，他又正在整理东西，大马出去一年，神气仍是那样，他对我不要尽自着急，想开一些，失业的不止我一个人，不知有多少，更不知有多少比我更苦的，我不是现在尚勉强还能每天吃些东西吗?！想来亦是，十一时许回来，中午饭时，朱君忽来，原来他昨日见着了安笑乔，代英约定今日下午二时在公园后门，她二人会谈一切，可是上午我与英皆未去，他便不得已找我来了，我便陪他出去，借电话打与英，告诉她下午去，此事却劳朱君跑一

趟，归来想我此时精神上生活甚苦，难得快乐，皆盼在见英时，能从她处得一些安慰与快乐，只要她能善颜对我，有机会稍为谈一些便能与我以莫大的安慰与快乐，她却不知，但近日见英她却是落寞的神情与匆略地谈话，真是令我有点失望和怅怅！在家空自着急，亦无济于事，极力放宽心胸，于二时许出去到中央一个人看电影“灵与肉”，又是那一套，弱女子，被迫失身，遗弃，惨亡，故事相当悲惨，（女主角英茵不久以前在沪自杀此片乃成其最后遗作）演的不坏，看了心中不舒服起来，想天下苦人何其多，可怜人太多，享福的不过是少数又少数，出来默思社会种种的畸形与不平，真是花钱找不自在，出了影院又无处可去，终又闷闷归来，烦闷终于排遣不开，不知英与安小姐二人谈得结论如何？下午考询五弟课业，都不确实，实是又加我的急气，晚得强表兄来一信，谓联银恐无望，问我愿去保定否？暂顾目前，以俟他机，一有事，再找较好者则人皆更不大热心，皆以为有事何必忙矣！生活！生活！

10月9日 星期五（八月三十） 晴

近来常作怪梦，昨夜看完了“决斗”，夜间又曾作一梦，晨间醒来，觉得疲乏，未睡足，又卧到九时半方起，弄清一切即赴财署去找强表兄，问其保定事之真相，他不在屋，坐候顷之方来，他又请来仲亮兄，他谈，保定事尚不大保准，惟如愿就他写信去问，香河十一月初有一事，准可有位，惟生活比较困苦，报酬不多，如仅够我一人开销，实无什么意思，但有个事总比无事强，且看这段时间的变化如何?!中午回来，不知命运之波将把我载到什么地方去!?

午后得英来一信，原来她并未怪了我，连日心中的烦闷去了大半，一时有感，立时答了她一信，连发牢骚不觉写了三页，她还劝我找不着事，不要着急，我想现在既无读书的福缘，又不能贯彻始终，何必去校滥竽充数，亦告诉她不一定去校旁听了，我不想作学者，文人，虽欢喜念书，只是喜欢自由读书，不受什么限制才好，下午天气不坏，三时许出去，只是大街上车多土多，寄了信，明日邮局放假，后天礼拜，这封信恐怕礼拜一才能送到，一路去到内务总署要了考行政人员的简章，去五姐家不在，就又闷闷回来，不知英在家都做些什么事，五时许回来，才坐下，向云俊兄来请我今晚就去他家晚饭，他先去还请别人，五时五十分去他家，后又来数人连其兄嫂共八人，还是那天素菜，两样荤的，饭后其兄及其友人出去，我等年轻人在一起高谈阔论，颇为高兴，什么全谈，李準去晚了，大家一同谈到九时许同辞出，我与王书田一同走，送其到上斜街家，我亦独归，如此又混过了一日，仲亮兄处如能有确讯，亦得下月了，等候，忍耐！

10月10日　星期六（九月初一）　晴，小风

又值双十节国庆日了，多难的中华民国，希望她一年比一年运气好起来吧！同胞们生活亦一年比一年好起来吧！

生活太松懈便易流于颓废，今日弟妹等全放假，上午起来，擦身上及洗头发，并问问五弟的功课，上午便过去了，饭后一时半去找朱君，昨日留条约他在家等我，不料他竟未在家，亦未留条，不知何故，把他处百廿回水浒上册借回，秋日暖和，清爽晴和，正宜郊游，但我心中烦闷，一人更无此兴致，遂又闷闷回家，顺路去看看九姐夫，三时左右到家，烦甚，我深深感到，不仅是自己家中生计无着，没找到事情而烦恼，即使找到了职业，我亦不会多高兴的，乃是心中更深藏着更大的深刻的悲哀不安，不是我个人的问题乃是大多数人们的苦痛，在院中阳光下坐着看书，心中安不下去，亦看不下去，精神有点倦，闭眼养养神，阳光下微风拂体亦觉凉，太阳威力大减，走走，看看，正在烦得不可开交时，忽力家老张送一条来谓五姐打电话来叫我即刻去李律阁家，不知有何消息，一时不觉略显兴奋，遂即换衣骑车驰去，五姐一家全出，遂一人直去李家，律阁与其太太坐在烟灯旁，谓他已见到殷同，代我荐言，殷谓本应先受训，现且通融明年补行，令与署长接洽，嘱我依言代其写一信与建署周署长，遂即坐其内花厅中书桌上写，笔不少，皆破旧不能写字，可见只是摆样子，平时不大用，写毕交与他看，嘱于明日下午来取信，后日去署持信见周署长，此

着是否有效亦在不可知之数，我学文科去建署恐无何大发展，此时无事，暂先进去再说，出来已七时，遂到市场转转书摊，在佩文斋买了一张历代兴亡帝王世纪表，在五芳斋随便吃点就是一元五角，出来一时心动到东华门东口，天增咖啡馆一人坐下，听话匣音乐片子，静坐闭自静聆，为我近来能屏除一切杂念，心境最平静之一小时，九时一刻回家，下午枯坐时，念英不知她在家作何事，下午出门遇多人去香山归手持红叶，郊游之念不禁心动，去年香山游，如在目前，而时已非昔，自己已脱学生时代，不知明年此时又变至何种程度，晚在天增食堂有音乐听，亦尚安静，颇好，饮一杯咖啡可以坐上半天，甚是合算，拟那日约英同来，先去真光，出来在此一坐，到六时许回家，亦好，归来说与娘听，有点希望，也是高兴，朱君等明日去香山，今日不来告我，即不参加。

10月11日　星期日（九月初二）　上午阴，晴和

昨夜不知何故，竟不思睡，静夜独坐，思潮起伏不定，种种问题，不快，及不如意之事，皆不能解决，想来十分烦恼，特殊的精神不倦，卧床上看书，不觉已是三时半，减灯息，今晨七时许朱君来，邀我去香山，我不惯仓促出门，且夜间睡少，其同伴皆不熟，临时亦皆来不及遂辞而未去，他走后又卧到九时起来，上午阴觉凉，穿上大夹袍，把院子扫净，看了舒服，十一时左右得英亦九日来一短信，问我在家作什么，约我今日下午二时去公园，连日愁烦，为之一扫，心中喜慰，今午饭开得慢，匆匆吃过，换衣出去迳赴公园，今日礼拜，下午天气转晴，阳光普照，尚有暖意，游人甚多，父母携子女于游戏场者甚多，有坐于草地上者，大人亦有，“请勿践踏草地”牌子如同虚设，在公园遇见余光振兄，他亦因他事，而未去香山，略谈即别，我在门口附近左转右转，徘徊半晌，见来来往往人甚多，独不见英影，初还疑她来我未见，附近一找亦无有，大好时光，逐渐驰过，看表已三时一刻，奇怪是她忘了，还是有什么事？迟到向未晚这么多？实忍不住，打一电话与她，好，她还在家呢，下午有二同学去找地方去，她正要沐浴，因她以为礼拜邮局不办公，我接不到信呢！她知我

尚在公园遂说就来，好，我那一小时过的多冤，这才放心先到水榭去看看张一飞及李沂的画展，李工山水，张花鸟人物，都不错，李是志成先生，张不知是做什么的，看了一刻钟出来，又到行健会前网球场看人打了一刻球，又在门口坐有十分钟，四时了，英才来，我把昨日买来的历代帝王世系表送她，这对她比对我有用，午后二时到四时最美好，阳光充足的时光全放过了，可惜我这空耗了两小时，把我先头去时的兴头销去了大半，每次她几乎全要用些时间来磨炼我，现在正是练习生活在等候忍耐中，何况是为了等英呢?！今日行健会有男，女二场篮球赛，皆不大精彩，与英略看即走，又走到后河柏林，忽然英说要回去，看看表她才在公园内不足卅分钟，为何如此匆匆，又不爱在此了，又是什么不对？小姐实有点难伺候，走到儿童体育场北边，花架前椅上坐着谈了一刻，这个地区性方，便是七月卅一日夜座谈的地方，谈起礼拜四她与安小姐谈的结果，安所知与她所知差不多，安等那位在沪的太太同伴，英前数日在公理会见到她同学的朋友，告诉她可通之路与安相同，且甚安全，她闻之甚喜，却不知我心中多少有些不愿，又谓有二同学近日要行，她却不走，她谓因她家事，及等过了她母周年，阴历十月初再行，不知那时如何，何人与她做伴，她虽以别人小姐气不能行，她终处身好环境，她虽想去吃苦不打紧，恐怕事到临头也要觉得不比那么想想的好办好受，但她有此思想与此勇敢的精神却大可钦敬，我从来对英抱定别的都是次要，第一她身体健康，第二她思想却十分正确可佩，为一般女孩子多不可及，不是注意外表及麻木的脑筋，尤其是在她那种环境中更为难得，至于她的家人，环境我都未曾注意过，我只看见她个人的一切，她今日仍有些不大高兴，她问我与朱君说些什么了，她说安小姐问了她许多，我只和朱君说过走不走的问题，别的亦未说什么，是安爱问，又谈起去香山事，她说她将与经四同学同去，她说我不去，我何时说不去，奇怪，想来这两礼拜，过得好不难受，不是她显出她不要我伴她同行，后又匆匆来去，连与我多说话的功夫亦没有，我只以为她不愿在校与我同行多谈话，便顺从她意思那么办，又想起上礼拜她与我说她看见别人持红叶回来她也想去，当时我脑子不知想什么，一时未说什么，她就以为我不愿去呢，多冤，我如果应她“等你车修理好咱们一同去”就什么事也没有了，那几日我局促的神情及疑我与朱君多谈什么而使安知道而问她，几方面凑起来使她不高兴吧！那她有时敏感反而误会我了呢，我要再说她显出不愿我与同行及多说话，我好似与她疏远一点似的，其实心中十分不安呢！（她不知道。）她许会又生气，便忍下不说，好容易见面了，又吵嘴作什么？她又说一月以后她要走了，我心中十分不舒服，她又说了一句与我在一起常常碰坏天气，我听了心中一阵子十分难过，她不晓得无意中说的这一句玩笑话，却刺伤了我的心，现在是我倒霉的时候，时乖运舛，连天气也受我的影响吗？也太难了，其实她与我同出时，也遇过好天气，后来东拉西扯的谈得又比较高兴些了，此时逐渐黄昏游人已稀，晚风颇凉，太阳已落西山，英走了我精神上更无处去寻安慰了，这要一别，不知何时再见呢，我真不敢想，将暮出来时我说，她去了，在那边等我，她笑答好吧！我说人事不可逆料，也许我有机会去找她呢！出来看她回去了，我又一人直奔东四北十一条，李律阁家去，今天请客打牌，我未进去，在门口取了介绍信即归，建署署长即在彼处打牌呢，到家匆匆用过晚饭，因昨夜睡得太迟今日又未昼寝，英说我俩眼都红了，此时觉倦了，收拾睡下，才八时一刻，如此早睡，近年来稀有的现象。

10月12日　星期一（九月初三）　半晴，小风

一觉睡到早晨，弟弟们去校仍未睡足，九时半起，不知此时英回家来，十时半去建署见周迪平，（字评月）等了一刻，蒙接见颇和气，只以所学与建署不和，且人位亦满容后想法子，谓与殷同谈谈，又谓令我与总务局魏局长见见，又等了半晌才见，先让在局长室，正与别人谈开封粮食事，又与一日人谈，日语十分流利，不愧他作局长，等了一刻又打一针，才与我谈，看了信仍是那一套，第一人满无空，此时难以安插，第二此时未受训者亦不大好，但允极力想法，此一信言语我已猜到，本来我学文，荐在工事地方，根本不合适，已是中午，怅怅辞回，又是一场空欢喜，午后闷闷看过报，一时半又卧床上休息，前日那么不倦，今日却又那么倦，到三时半起来，四时许去五姐家，拟告以经过并去李家告以情形，想请其中外想法，到五姐家又全出去，只李华一人在家，打电话问津阁不在家，遂在五姐家听了一刻无线电及话匣子，快六时了黄昏回来，晚心中烦闷不宁，加之想起不久将远离我而去的英，更是怏怏不乐，坏命运加在我身上，不知何时方去，如有机会与可能令我与英同行多好，这一层现在对我真是如同梦想了，我怎能抛下一切不管而去呢！我知道在此处找事做也是英所不愿于我的，唉！我又何尝愿意呢！为了生活，为了一家的生活，在我现在我有什么别的办法呢!？…又有什么好办法呢!？……除非……死而后已！不知英会原谅我这莫大的苦衷否?!…………我实不该这么想，是否我这坏命运，不知要奋斗到几年才能否极泰来，那么是不是耽误了英的青春时光，或是我这个坏运穷苦的青年，根本不配与英这样的小姐去谈情说爱，交友已是过分了？否则只有互相增加痛苦，我不知这两个闪电的念头是对不？因她不时刺激我的神经而使我不安呢！而放英走好，还是不放她走好，这也是使我始终不能完全决定的一点。

世上的事大皆矛盾的没有一件事物，人……等是完美无缺的，恋爱是快乐的，但有时亦与你痛苦，情丝缚得愈紧，苦恼时候反响亦愈大，对爱人应是坦白无私，心中有什么便说什么，我就是有什么便对英说什么，一点也未曾瞒过英什么，自从与她相识以来，我可起誓，我是对她绝对忠诚的，无丝毫假借于其间，但似乎人与人之间终有一层薄膜在不定什么时候便出现，有时我这不假思索说出的话，却得到意外的反应或谈解，真是令我难受，难道不能太坦白了，有时我想解释些英误会我的地方，又怕愈解释愈加深她的误会，反而闭口无言忍耐，沉默有时亦有用，“气恼”在一对情人之间时时微妙地存在着，时在此小小误会之后，情谊反而增加如此苦恼在情人之间的价值与意义，是与常人大不相同，反而看重了，谁都有自尊心，尤其年轻人还加以意气，故有时不免作祟而藉误会什么的而有不快的发生，在一对爱人之间，譬如我上上礼拜三看见英几次问我为何不往西各自回家，她如说不必伴她走，省得绕远，也无什么，她却不说，只是问我怎么不往西走，明明是陪她走吗，还要问，分明不愿我伴，又不明言，继之神情落寞，一时不愿再多惹她讨厌，便也从她意思而不再伴她走，在校无事亦不多与她多谈什么，我从来没有违拗过她的意思，这次想来太无缘无故的神情与我疏远起来，不由愤愤不平，从昨日谈天口气她分明怨我，她也受我这几日突然亦异样一些的神情的影响，更加上些误会，不料她亦在怪我呢！真是哪里说起！这些都是情人间的小纠纷，思之可笑。

晚补写日记，心中种种不快，不如意事，见自排遣不开！找不到事不高兴，找着事也不会高兴多少，英决定要在月余后走，就是使我心中不会再高兴的主原！谁能挽回呢!？谁能助我与之同行呢！唉！她如走了，我想我的生活永不会活泼快乐的！除非再见她。

10月13日　星期二（九月初四）　上午半阴，下午晴

不知如何摆布自己的生活。上午十时许陈书琨老伯来看我们，七十岁的高年还来望我们，关心我们的一切，这种感情美意实是可感，令我亦惭愧，许多人很看重我，但我又会什么呢！陈老伯那种热烈希望光明将要来来临的心情，永远燃烧着他，又说了许多令人兴奋的话，北平实是没什么可留恋的了，但我又怎能抛下母弟们一走呢！否则他们又怎么生活呢！不是更没法子办吗？我近来对这么一种思想一日比一日坚固，就是如能离平去看看这广大的世界时，决定出去走走，如能与英同行时那又该是多好，现在的情势，恐怕这个念头终成空想，机会，可能不知什么时候方才来到我身上！而英先行时，她一路上我确实是十分不放心她的一切！她自己却不大放在心上，而我如行时，母弟们的生活问题我却也实不放心，自要把从头安排得好了才好，而弟妹们的教育问题我亦不放心，有责任在身实不安宁，好受，这两种矛盾的念头，近日实苦恼了我，世无两全的事，由此益发证明其无误。

昨日本拟去向律阁报告见周署长的经过，不料他不在家，五姐亦不在家，白跑了一趟，今日午后拟去，已一时许，恐又不在家，先去四眼井同学刘曾颐家借电话打与五姐嘱此时去律阁恐不在家，下午五六时再去，又约定四时许去七姐家一谈，又在那坐了一刻，二时半回来，看见桌上多了一个报纸包，娘告诉我说是英叫人送来的，才走，急打开一看，除了还我两本书以外，还有一信，很短，只几句话，说在家她很闷，要我出去玩一

会，在新钟四时许令我去中南海东门等她，末后写了两句，可爱人儿的可爱的话，“不看见你时，想看见你，见了你又发烦，我也莫名其妙。”多温柔的句子，她不看见我时，也是想念我呢，末了一句，“如何是好。”更是幽情十分，恐怕她也怕想在她走后不能见到我的相思吧！一看钟已快三点，就是新钟四点，急忙又出来，想来恋爱中的人是不顾一切的，我为英这一封信，抛开了一切，我曾为英忘了一切，曾因她而兴奋，默坐沉思时会无缘无故想起与英在一起的欢乐，不知不觉便微笑起来，高兴起来，愁苦的心情，没有什么能使我高兴，就是妈妈劝也变不回多少，但只要英来了一信，或是她与我谈谈，劝劝我，立刻会舒展得多，心头快话得多，这就是恋爱的力量，从她那里得到安慰，但有时也会苦恼，愁急，失望，在与英偶尔有什么小误会，或什么意见不合，吵个小嘴架什么的，便十三分的不快，那时心中的不舒服，苦楚只有自己晓得，说不出的难过，十分的不耐烦，谁也劝不好，除非英来解开这个结，那时便会想到，恋爱到底与人乐处多呢，抑是苦处多呢的问题来，恋爱的热火，能毁灭了一切，亦能建成一切！

下午二时三刻，为了英写来的信，急急跑到中南海东门去，尽在门内徘徊，等了将尽三时半了，想英怎还未来，听娘向她家仆人说我出门未在家，如她听此回话，则不会去了，继想我回来时已二时半，她还先去东城，三时左右去中南海，则她已出门，没听到此回话，则有来的可能，果然在三时半过一些英来了，她还说想打电话回家问呢，一问便不会来了，幸而未问，一路又到瀛台东岸择一水边椅子坐下谈天，她又为她同学去打听走的事，又谈了半晌，她大姐在南方月八九百，如此三百购一面盒而言，亦不为多，她来照相匣子，为她照了一张，因背光，不知照得清楚否，说说笑笑，很是快乐，但谈走的事，她却是高兴，我却不大愿意，后来有二初中学生在不远地方打架，讨厌得很，走开不看，这些都是中国将来青年，教育如此，大可悲哀，中国的教育大失败，走到西边，迎太阳英为我照了一张，又在水涯石上坐下谈天，英今天颇为高兴，两个小腿，一悠一悠的，如同孩子一般，她本想请另外一个同学来谈事情，并要请我一同去吃饭，可是打电话没有打通，我打电话问李律阁亦未回，英今日带了夹大衣出来，她说她馋了，今天预备晚上回去，我看她那么高兴，不好拦她高兴，本定四时许去七姐家，与五姐谈昨日见周署长经过后，再去与律阁回话，现在只好急在心中，失约不去，心中不安，累老姐姐空空等我半晌，但换来在英身边亦值，五时许与英同出，走到公园后门处闻天安门西，东两门已关，不得已又得雇车绕远，去帅府园颐园吃饭，叫了三个菜一个沙锅豆腐，烤面首真松软，又是英付的账，总之我心十分不安，饭后又在市场走走，在颐园又打一电话与五姐，先对她说对不起，累她空自久候，她说天黑才回来，又说律阁先头打一电话去五姐家，问我见周情形，我只好昧心撒个谎了，说有同学来本能去，此时就去律阁家，此时从市场出，往西走过天增音乐咖啡社，英心中高兴，又一同进去坐，她要了一杯蔻蔻，我要了一杯咖啡，叫来了又后悔，想起上礼拜六夜睡不着就是因为喝了一杯咖啡，今天又叫，今日又要睡不好，静坐听了一刻音乐，与英谈天，英今天对我真好，那么温柔，又谈七七事变时，她家人离散各处的情形，她随她母回山东，又到青岛来平，先在津住了约一年，后始来平考大学，谈得娓娓不倦，此种畅谈，实在少有，难得，她说得高兴，我也感到十分快乐，现在是能多与英同坐一刻是一刻，她如能行时，谁知道再在何时会面，英也舍不得我呢，虽然谈起她能行时那么高兴，她在饭馆和我说，“我走时，你不久亦去。”我亦答应她，天呀！谁知道我何时方能走呢！心有余而力不足呀！唉！英！你能明白我的苦衷吗？你能原谅我吗？我只盼我能与你同行呀！此时与她同处固甚快乐，但同时良心上亦实在有点不安，我应说那是我应受的，也只是我的过错，没有英一点关系，我应许七时时去李家此时与英畅谈已过九时半，心中自是不安，我不开口告诉英说我有事，她怎知道，何况她那么高兴的与我在一起，十时十分，一同出来，又是英付的账，虽是不多，她既要付，与她也不必虚伪只是心中想，我爱她，我要为她造幸福，我要待她好，不在这一点点上表现，后来时间长着呢，等我以来天天好好爱护我的英吧！看她雇好车，独自先回去了，心中颇不安，她伴我玩到如此晚，我还不能陪回去！我想这么晚了，是去李家抑是不去呢！后来决定去，抽大烟的人此时绝睡不了，只是这么晚不大方便罢了，但现在却顾不得了，一路急驰，又往东西北十一条去，一路上见有日本警察，宪兵，中国警察等，不远即有三五站立，不知何故，天黑我亦无灯，幸未被截问，顺利赶到李家，先问能否进去说话，幸即请我进去，今日律阁颇和气，不似往日倨傲卧在烟榻上，今日下来，坐我对过椅上谈天，静聆我向之叙与周见面情形，他说没关系，因明日可与周见面，当再为我致意，殷同既允为我找事，他即请周去催殷，殷一人身兼十余职，自易安插一个人，言来颇有把握，并联谓亦不必自己择什么地方，明日他再向周代我声言，时已快十一时遂辞出，如此晚来他家，自己亦想不到，顺路过五姐家，心中终于不安白日失约之事，遂又去五姐家，她已睡，遂在床前及其儿媳一同谈天，告其一切情形，一时气盛，胡发了一些感想，不知五姐会怪我否，约十二时辞出，河先夫妇尚在西厢房与苏苏（李安子）谈天，这么晚的客人，今天我竟连作二家半夜不速之客，亦有趣，午夜街上静荡荡无一人，西单亦有日警，日宪，幸亦未问我，因我车仍无灯，静夜独驰颇有落寞之感，人生奔驰，有如车轮，到家精神仍兴奋，想此时英该睡了，随手翻看“爱眉小札”诗人徐志摩与陆小曼二人的爱史，真是热烈，恨我笔下笨涩，写记不出什么悠美的字句来记录下我与英快乐的过往，二时方卧床上。

10月14日　星期三（九月初五）　晴，晚阴

昨夜睡得虽晚，今日仍八时许起来，匆匆弄得来去校，第二时终于晚了三分钟，没有进去，在图书馆坐了一刻，上第三时的校长课，下课去朱君处取回一本书，是小杨子（智崇）由小徐处转借的我的书“鲁迅批判”，出来寻英不见，后来在门口看见她，她也在找我，又一同去看她修理的车，电镀部分全弄好，整理如新，只是车条未拿来，陪她走到后门雇了车，走到前内分手，说好礼拜六去香山，不知英骑得动否，午后闷煞似昨晚未睡足，又倦，拟做些事，不能支，二时半又睡，一直卧到六时方起，和衣卧不大舒服，胸口觉不快，晚饭后写信复曾履，又添建署的两份履历书，及其总务局局长信，又补写了一些日记，脑子乱极，记不成文，笔不成字，现在找事及家计的苦恼反在其次，为愁英将行我不能与之同行

一节所代替，连日只是苦思这个不能解决的问题，我怎会舍得她走，即便我能行，又不放心家中的一切，翻来覆去，脑中尽中这些问题，不安，苦恼，今日闻英言，她有二同学，又不去了，天下尽此不平事，想去的不能去，能去的又不去，英极盼我能与之同行，我却偏又不能动，可恨！可恨！恨我自己负英美意。

10月15日　星期四（九月初六）　晴和

好天气，但盼后天亦是如此好天气，今日在太庙开什么教育者大会，中学全放一天假，弟妹们皆在家，上午因想事及懒在十时许方起来，今日英所整理之自行车应交出，我应去校看看才对，一懒未去，可是急忙弄清一切，先写了一封信与新北京报戏剧栏张先生，托他售话匣片子，十二日新北京报代邮嘱我开详单，并问行信是我何人，不知他与行信如何相识？上午自己检查一回钻石唱片，列表示出唱者姓剧目，片数，价格，忙到十二时许才弄完，又略看看报，下午天气甚好，午饭晚，二时出来寄了与曾履兄的信，又送新北京报张先生的信，又送建署魏局长信，因天气好，本拟约英出来走走，打电话问她，她车还未弄好，那个姓叶的修车的真可恶，亦太不为做面子，她没车我也不邀她出来了，本来一半亦是可以使她试试新车，这下子却吹了，她说叶修车的允下午送去，只好明天再说了，她不出来，我一肚子高兴又消了，又无处去了，多日未去郑三表兄家，去看看，只二宝在家，小孩亦在家，六嫂及其他几个太太在打牌，在那座谈了一刻，去的巧，又为二宝作了一小段短论，四时半回来，到家觉乏，其实亦未作什么累事，精神亦倦，晚补日记，为行与不能行两种矛盾思想所困苦，又念英不止，连日心情不定，亦未看书习字。

10月16日　星期五（九月初七）　风晴，凉

昨夜闻得大风怒吼，今日未止，天气骤冷许多，夜又未睡好，一懒，赖在床上，十时左右才起，看报，昨日开公益奖券，今日登出号码，上次

中了一回末奖十元，换了一张，今日随便一对，末奖一字，已没有，其他希望更小，随意看看其他号码，出我意外，在六奖中发现了一个与自己相同者，一百元的奖金，令我反而怅怅，要中便多中，这一点点作什么都不够用，要多了，至少我可以与英同行多好，十一时出去，到前内宏大商行去取了应得的奖金，伙计还要喜钱呢！顺路去前外买了些牙膏等东西回来，去年今日，五弟的生日，晚上全家去吃烤肉，今年那也未去，给五弟两元花，因为这意外的收入正好充作家用，午后风小，二时许到曾颐家，他在睡觉，借他家电话打与英，她昨夜关窗着凉，未睡好，今日上午怕冷，未去校，她车昨晚已送去，这时就怕冷，冬天怎么办?！她那里受过这个，我问她要什么，我出去买东西，她要与我同出去，约好在天增等她，出来先修理笔，买一瓶墨水，再去天增，先要了一杯蔻蔻，一边听着音乐，等了半小时多她才来，顶风骑车她才知道是很费力，若这么累，昨日如何去跑远路，座谈了一刻，她要看电影告以没好的，我又没带眼镜来，就不去，四时半出来，在市场略转，又买了半打牙刷，陪英去百货售品所她买了一件夹衣料，取了车又到干面胡同找一家裁缝店，伴她出哈德门，我在平住了十余年，此是第三次出此门，她到家我才回来，又跑到西长安街买了点东西方回来，晚上又吃“臊子面”。晚算账，没处买到米面，已用了几十元，才忘了半天愁烦，想起这吃的问题来，又不快，明日要去香山，今日早点休息，明日好用力骑车跑路上山。

10月17日　星期六（九月初八）　晨雾，晴和

因心中有事，昨夜没有睡好，清晨六时许起来，天气已是甚凉，匆匆用了早点出来，戴了手套，手仍甚凉，大可带毛皮的了，一条单西服裤亦觉凉，晨雾甚浓，在中南海门口没有英，遂往东迎着走到西皮市北口仍未见，又走了一个来回仍未有，在树林内又稍立，大街上清晨各色各样的人全有，有的小姐仍光腿真成，不知冷吗？何苦?！是真摩登，是没钱，是锻炼呢？等得快七时半了，又往东走，走尽西皮市仍不见英，再往西走司法部街又回中南海进去湖边小坐，再走出来，仍没有，往东再走几步，猛

回头看见南便道上英在那里，过去见着，此时已近八时了，把她带来的东西放好，一同骑上走，她车座子又出了毛病，松，往后仰，不好坐，走到中南海西门修理未成，走到府右街北口才修理好，在灵清宫东口突然遇到舒令泓，她戴着口罩看不清，她回头望我，才看出好似她，匆匆点过头，各自走去，不知她现在不上工大上那了？不知她看见英否，要看见了才好呢，正好那时英还遇见一个同学，英嚷着告诉她说去香山，如舒令泓听见了更妙，省得我再多废什么话，这就不言自明，我早已另有好人儿，与她始终不过是朋友而已，这倒巧，这次碰见亦好，在西安门大街为英修车时，突又遇到二宝，立谈一刻，她本亦想去，让她同去，仓促不去，与英行到西四北大街，又遇到姚世义同学，他叫住我谓，现在有两个机会，他只能去一个，如我无事，可就一个，一个是助一法神父编辞典，一是教书，教书我从未想干过，一时不假思索，加以律阁方面答应很好，费了很大的力，于是便辞谢了，因恐英等久了，匆匆分手，出西直门亦未有所留难，出西直门不远，见前面道上，有许多中国这方面的治安军，好似出发行军的模样，不知开到什么地方去，英今日骑了新洗澡的车，骑得很好，很快，快到海淀时累了慢慢走，过燕京北边小桥，往西不远，在溪边有小鸭子处为英照了一张，又上车过颐和园，因一路上处处和耽搁，过颐时已十时半了，在去玉泉山路上，英还骑的不慢，过了玉泉山抄近路，越田径走的，近许多，以玉泉山塔为背景为英摄一骑车相，越一大高岗，乃是去万安公墓路，英累了，骑了一段，下来推上那大高坡存了车，未憩未进茶水即又进香山在一进门小白桥上为英摄一影，路上人不多，而在香山存的自行车已有数十，皆来得较早者，我等到时已中午，在双清别墅有许多日兵在聚餐，因已午，我与英亦打开包吃起来，我不甚饿，吃不多，我们在双清南边花台上坐，背阳吃起来，英带来一菜，烤馒首片，约坐一小时，日兵去，我等下来在清泉饮用了数杯，双清好似有五六个德人在住，看书下棋颇闲适，出双清沿山路又去半山亭，上有六七个中学生在摄影，我为他们全体摄一影，旋去，我与英俯视平畴，树屋如豆，香山群树丛列，西南片片红叶殊觉悦目，在半山亭上互摄一影，下来遇一售鸡蛋老婆，苦言饥饿，与之饼饵，直念“您将来多得几个大少爷”，我听了好笑这可早着呢，不知英听见未，她听了定要不好意思，顺山路下山来，在路旁一屋栏上坐息，英累了，又渴了，才不多时候，直喊渴得要命惜未带水壶来，叫我好不着急，一时找不到卖水的，只好往上走，遇到几个人及几个中学生带了水壶，中有水响走，我一则嫌他不净，一则不好意思，人家带水多备自用，如不愿给时，岂不讨没趣，想上山路上当有卖水的，我未代英要水，英因甚渴，有点不高兴，她想自己要，终于亦未要，幸走了不太远，终于遇见一个卖水的，英饮了一瓶多，我心中为英渴为难了半晌，这是才释然，英喝过好了，高兴了，我下次要再与她出来，一定要带一个水壶，以免着急，英因以前无此经验，故忍不了饥渴劳累，我一路却不大觉渴饿什么的，饮过水略憩，以入阳洞上山，不远处又有两卖水的，才喝过，亦不用了，顺崎岖山路上山，凹凸陡险，丛莽刺足，英初怕她自己走不上去，经我鼓励，鼓勇上去，她今日穿了短的衬衫，外衣蓝布西服裤子，新绒布鞋，比我皮带底鞋还好走，半山路上照了两张相片，在将到鬼见愁路上，又遇到了售水的又喝了一瓶，另外还有一个外国人及一中国人坐息其旁，此时群山起伏，远近在望，又继续顺路上去，终于上了绝顶鬼见愁，在危岸上，互相各摄一影，以作纪念，惜无第三者为我二人合影，此时四外皆收眼底，东南一片平原，玉泉，颐和，飞行场皆隐隐在望，北，西，南，皆是高山重岭起伏蔓延，不知引长到多远，如由西山走，真是容易，先头看见的那个人，一中，一外，远远见他们越香山残垣往西南，多半是探险远足去了，山上风大，冷，不能久坐，一年一度此登临，去年亦是今日来此，今年一切与去年又不同，更不知明年能再来否？这壮阔锦绣山河，我们这一代的子孙，不知能够对得起你否，四时许下山来，此时已晚，今日礼拜六游人较少，售水的及游人全下山去了，寂寂空山，好似只有我二人在此流连，这小小世界是我二人的了，尽我俩游赏，静静的由我们漫步玩赏，英直说真好，空谷足音分外清远，山影日长，顺路下山，上山费力，下山亦不舒服，不觉多累足部为鞋磨得疼，我们不曾采什么红叶，顺路拾了些别人遗下的，因为红叶留在树上看多好，采下来，如同采花一般杀风景，下山来在茶社内又饮了些茶水，与英将中午余下的食物全部又吃光，五时半骑马车下山来，顺坡溜如飞，如腾云驾雾，英想望多日的飘飘欲仙，今日才实现，我初以为英以前未曾骑过这么远，一定要骑不动，不想骑到了，慢慢走，还有的说，上了山，还上了“鬼见愁”，下山来，即也骑得不慢，一路人少无车，由我二人飞驶，昔日与英并骑遨游之念今日已实现，心中十分高兴，未十分钟过了香山，不到半小时过了颐和园，此时方六时许，旧钟八时才关城门，一定晚不了，遂放心慢行，又与英于暮色仓茫中飞驶西郊道上，她要走了，这种机会不再，英腿不累真是奇迹，只是我与她一般，只觉大腿后股与车座子磨得很，香山还有三四十人在等车，近来公共汽车改用炭气常出毛病，我们走近了西直门才见三辆公共汽车赶去，在那等得岂不心焦，进了城更不怕了，慢慢走，快到西四牌楼时，英想雇车没雇成，走到府右街北口实受不了，下来坐在马路沿上息一会，正好一路上车少，总不见有空车，只好慢慢走，有一三轮车，非要八毛，英还与他生气偏不坐，走得慢，一路又使我着了一阵子急，因为英此时定甚乏了，却偏找不到代步的，英累了，不大高兴时，就不大爱说话，快到南口了才找到一辆车，赶快雇好，连人带车将英送回，在和平门分手，东西都由大手提包内取出，一边皮带子反而折了，不知何故，八时半到家，腹内又饥了，临时又煮了点东西吃，闻吾吾（那近于白痴的可怜的大侄女）今日忽来了，原来是因病在九姐家住，又闻伯良由苏回平来看她父母来了，五弟同学何元敏已在家等我四小时借像匣子，我忘了这碴，没照完，颇不愿借他，可是事前已经答应了，十分不愿借与他，还有大半没照呢，又闻四弟言同学李国良来访，等一刻仍来，九时许，李国良果来，谈顷方知他已在津市某职校找到一位置，月入百七十元，他在暑假前由工商学院刘神父介绍为一巴神父（法人）助编法华辞典，他因有事不能辞，巴神父又找他，他不去，愿介绍二同不代他，他想到老姚及我，本是想刘镜清，因同学皆知我要找比较多一点报酬的事，又不知刘是否回来，今知我尚无事，故今日下午由津回平特来寻我谈此事，我因律阁处费力不少，一时不敢贸然答应约定明日俟其与巴神父接洽以后再定，十时许辞去，本拟回来即息，不料一阵忙乱，竟又到十二时方睡。

10月18日　星期日（九月初九）　晴和

想起昨日早晨老姚为找事曾想起我，国良兄为巴神父事特意由津回平代为接洽，当日下午即来找我，提及此事，如此看来，我在同学中的人缘印象还不错，为近来烦恼中稍能自慰的一点，昨日跑了一天，今天八时多便起来了，要接洽事情，不顾得累了，先到郑三表兄家小坐，随便谈谈，闻三表兄在法学院又找到了几小时课，现已不大打牌，不错，日有起色，九时半去学校，等了半晌，未见国良兄来，快十一点了，刘镜清兄路过，招呼他站住，谈及编辞典事，同立一刻，一同往西走，不远见国良来，遂在路旁谈及此事，今晨国良往见巴神甫，缘此事原为国良的，乃于暑假前国良曾去天津一趟，由工商训育主任刘神父介绍他与巴神父相识，并参观其工作概况，后国良等了多日未见其来信，遂进行他事，恰于其去津后之三日，巴神甫与其去信，他以事已找到不能辞卸，故回来拟代介绍同学前往，初想介绍刘镜清及姚世义，正好姚兄亦由学校介绍前去，他又不知刘镜清回平未，因知我无事，故又拟介绍我前去，今日与巴神父说好，明日上午十时再去会晤，再定一切，每日工作七小时，月致酬百廿元，无一切额外利益，大约明年夏即可完毕，容我二人考虑，明日决定，谈毕国良另有事先行，我与镜清兄谈，此时皆因生活问题而找事，第一薪金较少，一人勉强可以，借以赡家则不足，第二无一切额外利益，第三事情不长，明年仍要另外找事，何苦，第四在助偏期间不能辞退另谋他事，则于此期间，如有其他机会皆不能舍之就彼，此层十分碍难，直如有期合同一般，故我二人皆不愿做，我拟去问过律阁有无信息后再谈决定，中午在学校小饭铺吃的，想不到毕业后礼拜日会又在此用饭了，饭后在校打一电话与五姐，全家出城登高，今日重阳佳节，天气又晴和，正好出游，再去东四十一条，律阁正好刚出去不久，白跑一趟，闷闷回来，又到镜清兄家与之谈天，言及找事种种困难，生活所迫及种种失意事，大发牢骚，他家情况除比较我稍好以外，其余困难情形亦大同小异，结论是“我们此时失业，找不到合适的事做，是应该的。”三时半辞出，到强表兄家去，亦无何消息，谈及有此一机会，他劝我先做，第一在平找百廿元事不易，第二无色彩，第三至少可以维持到明年夏天，我也以迟迟不决者是（强表兄所说亦是应做的三个理由）第一既出来做事我即要把家庭生活改得较好一些，如仍在难苦中打滚，何苦我出去受这一番累，第二事情是否作得来，感否兴趣不说，律阁方面费了大力，如他不久找到一事，又不去，将来再有事托他，不好开口，第三助编其中不能辞事，第四现在生活所迫才做事，否则不做事，无一切别的津贴米面。对我的不相宜。不比仅是我一人而已，有此数点，加之如万一在助编期间另有别的机会，是去是不去，生活实在需要较好的地位，去又对不住介绍人国良兄，将来无颜相见，故使我实在踌躇不决，强表兄又谓，此时找事不易，现在可算各方皆无头绪，即使找到事情，现在时局变化不定，能否维持多久不知道，此亦实情，容考虑后决定，四时半回来，路过取回定了两个月的眼镜，戴上眼镜看东西清晰多了，昨日虽劳累，今日终未休息，跑了大半日，今日重阳，各处玩的人一定很多，天气颇佳，不知英今日一天如何，不知把她累成什么样子，昨晚走到府右街，她告诉我，她长这么大，从未如今日这么累过！不禁使我可怜之至，一时又找不到车来为她代步，心中焦灼得很，她和我同出，多半是使她受累，渴或饿中时多，怎么好？抚心实在惭愧！使她在家舒适惯了的小姐，却来尝尝各种苦味道！晚上精神不振，乏了，早息，明日还得跑呢！就是这样的命么！！！

想来做人真不易，生活在人群中，处处皆要顾到，不是那么简单的，生活便显得复杂，变化加多起来，人是脆弱的，动物天然抵抗外界的力量又小，于是生活的变换花样需要亦特多，而偏偏值此乱世，一个青年初入社会本就难以插足，何况又身负重责，事情难找，难于理想数倍不止，一点小事即不知要跑多少路，费多少力气，看多少人眼色，承多人情，说多少好话！

10月19日　星期一（九月初十）　晴和

连日天气不错，上午九时许到刘镜清兄家，我仍因种种关系，尚未完全解决，我拟今日见过巴神甫谈后再定，刘镜清兄笑我无决断总犹疑，净想做官，实非知我之言，更不知我之苦衷，约十时国良兄来，与之同去德胜院内见巴神甫，巴虽为法国人，而作法华大辞典之工作已多年，中文相当好，且中国话说得很好，国良倒是尽为我与姚等说好话，巴拟请刘兄亦去，一同去再解释工作情形，以免空耗时间，并老姚同往，遂约定明日上午新十时再去，今日只略及大概，详情结果，明日方能决定，约十一时许与国良兄同回刘镜清兄家，告以明日同去，惟国良下午即回津，只好由我带他二人前去，因我今日也见过一次巴神父之故，国良尚有他事先行，我被留在刘兄处用午饭，乃其太太亲手所作之汤面，还有二菜，颇快，饭后一同去找老姚，幸我记得他的门牌号数加以带有地图，很顺利找到他，亦在家，他在亲戚家附住一间小土屋子，颇湿陋，谈起方知他向我谈的乃是八中的事，专任教员一席，每月廿小时左右，改作文本是比较累，但月薪大约有百七八十元，这种报酬却比较适合我的需要，只是因被我一时疏忽推辞了，李永侒方面已另外推荐别人了，悔之不及，同学相聚，畅谈无忌最乐，遂又托姚兄再代我去询问有无机缘，那方是否已经找好人，此事原来即系四弟前夜所说的事，皆因太着重于律阁方面，所以这两件事，临到我身上，始终未曾敢断然决定去就那边，就是因为事前对律阁方面费了许多力量，他又说得像煞那么回事，于是使我在同学面前蒙了迟疑之讥，刘镜清兄还以为此二事皆是我先知道，须由我选择定后他才能决他的去取，他却大有怨我不决断，间接亦误了他的机会，这却是有点歉然对他的，从姚兄处出来，我又到学校去与朱君泽吉谈此二日经过情形，四时许去廖七姐家，到了才想起明日是七姐夫生日，有些客人，与五姐略谈，她在打牌，李娘亦在，与七姐夫谈知三督在今年双十节在南京结婚，二督增武亦已在南方结婚，他三子大事皆毕，他二老可以安心了，五时许先辞出，打电话与李律阁家不在，不必白跑去，看见增益（大督）的少奶，也算摩登现代的女孩子，可是能与七姐相处偕和不易，又肯动手下厨房助做饭做菜，搬取东西，真不错，人亦颇老实，七姐这个儿媳妇确实娶着了，这么听话难得！在此时代潮流中就是不易了，不去李家，闷闷，不愿再去七姐家，遂回家，顺路去理发，坐下身体安静了，脑子仍不肯休息，对于国良介绍之助巴神甫编辞典事，所以不想做的原因已如昨日日记所记，有点愿作的是乃藉我自己同学朋友之力找到的，没有仗着这些小大人，先生们的力量，比较心头舒服一些，但我素来不愿为外国人服务，普通一般人在外国人组织的地方做事以为荣，我则特别反对，如此次去作，亦违我宿志，连日脑子乱得很。

10月20日　星期二（九月十一）　半晴和

奔波的人生，上午九时到刘兄家，姚兄早到，遂一同去德胜院见巴神甫，我为刘姚二人介绍后，遂我等去其编辞典之工作室，一部一部指示，解释给我三人听，别室尚有四人助编，一姓刘今年哲学系毕业，一姓李名浩，亦今年化学系毕业，还有一吴炎前南开大学英文系毕业，已助编三四年，身体瘦弱，大似有肺病者，说话连气力皆不充足，在辅大教法文的南舜生先生每日上午亦去，还有一法神甫姓杜的亦是主编，辞典是法华对照，按十大类分，再层层往下细分，一类以一号码代替，一字，一词之相似的字辞全将其集合于一处，再择尤加以解释及举例，大部分工作皆已作好，满屋满抽屉的卡片，有未曾分好的由我们加以分类，分好再详排其次序，定取舍，加以补充、举例，难是不难，却是此种工作甚为麻烦，干燥，不大感兴趣，巴神父今日又谓第一月致酬百元，因我们第一月的工作效率小故，第二月起才给百廿元，时间规定自上午八时起到十一时半，下午一时半到五时正，本拟今日下午即开始试验，时限一周，我们说明日开始吧，谈来中午方辞出，又为刘兄留在其家中午饭，出来大家谈来，皆不大感兴趣，刘兄尤对巴神甫之小气与国良兄所说报酬数目，第一月少廿元一点不满，今日午又在他家吃烙饼，他太太做的还是很快，吃的多，吃得很饱，匆匆饭后，一同去找葛信益，葛颇滑头，亦不热心，神气大有我既先推之于前，今又要挽回于后，不大好办，他既不大愿意帮忙，犯不上再向他说什么，即请他再代问李永倰一声辞出，我又到学校看看，即与刘兄分手，遂又独访李兄于四中，不在，留一信，遂直驱前外浙典取那一点点款子，打一电话与英，约其出来，拟与之谈谈，以抒连日抑闷，她说半小

时后见，出在天安门内地摊走走，约半小时即到公园前树林内候英，又半小时，此时已三时许了，心中不安，遂骑车走西皮市迎她，走到前门无有，注意看来往之车辆，两目为之疲乏，约一刻仍无有，又过五牌楼，将到东珠市口仍未见英，心疑英已过去我未见，或走东边未遇，或此时已在真光等我亦不一定，遂急驰往真光，到那一看亦无有，此时已四时许，距打电话已一小时半多，不知何故尚未来，心中连日烦闷不快亟思见她一吐为快，不料她竟如迟迟，令我空过焦急等她的时间，心中愈急愈觉时间长，她来得慢，不禁心急如焚，又猜疑出了什么事，如此徘徊不安度时如年般，两眼望穿秋水的滋味亦只有身临其境的人才明白是何情感，真的，英在等人方面实在大大的磨炼了我，我为等她不知空耗过多少时间，望乏两眼是常事，心中急不用说，为情人受委屈自是不用说，也是应该的，但我总觉她应让我少等她些时候，少盼她一刻，少着一些急才对，快四时四十了，第一场都散了，英仍未来，又过了一刻才见她骑得如牛车般慢地来了，真是阿弥陀佛，可来了，奇怪，先头等她心中的焦急与不快，一见她时便风消云散，不忍再怨她什么了，一同进去，刚坐下，她忽然想起今晚六时她二哥请她吃饭，她不去了，得打一电话回家，告诉一声，她二哥为什么忽然请她吃饭，其中心有文章，不禁我心中一动，但我亦未问，电影殊无趣，出来看明日预告是“未完成的交响乐”，还不如明天来呢，六时许出来，我二人皆不甚饿，谈起来才知她家去一亲，她陪着谈话，到她父回来时，她才出来，在天安门还等我一刻才来，先到王兴去取了她洗的相片，在香山照的几张全照好了，我在半山亭的一张最好，我二人互换的在鬼见愁上亦照好，我给她照的那张亦好，头发为山风所动，颇有风味，她亦喜欢，回来把车存在市场买了炒栗子，我请她去中原公司吃饭，我二人皆不大饿，吃得不多，本公司同人亦在聚餐，屋小人多甚热，饭后我即与英详谈连日生活奔走的经过，由礼拜六晚上一直到今日下午止，还把巴神甫送我们的辞典样本给她看，她看后说无用，难为他们费这么大力去作，因为外国人方习中国语言文字，想造句找适合意思用法的字辞，能看懂此辞典，亦不必再查找，自己程度已相当可以了，如巴、杜二神甫就可不用此了，想来亦对，昨日我们亦怀疑他工作的价值，且英对神甫的坏印象与

朱君同，不但神甫及外国姑奶亦相同，因在一种特殊环境中她（他）们皆养成一种特殊不通人情的性情，难对付，英如此一说使我心冷一半，中原八时闭门，我与她一直谈到差五分八点方出，她告诉我她在十八日下午还骑车出去，与她父及侄子去游武英殿，腿是日不甚疼呢，这也大也我意外，礼拜一去校未上课，下午躺着休息，八时多伴其同回，一时疏忽（以前与她晚间骑车多未买灯）未买灯，行到前外为警所拦阻，将车捐要去，英的亦为要去，又日麻烦，无事找事，英倒未怨我，又骑了一程，陪她推车走到家，我自回来，这一路仍未点灯，也无人管，车捐的事，又不免要去麻烦小杨子呢！

10月21日　星期三（九月十二）　半晴，大风，冷

昨夜又未睡安，半夜闻起大风，心中烦腻，明日要早起往北走，起大风对我是大不利的，可恨今晨起来风不小，天气寒冷，因头一天去，不愿迟到，以免与外国人以坏印象，所以早上顶风力行，颇是费力，德胜院在学校的西北，快到新街口了，大北边，这一趟南北直路，大顶风真够瞧的，好不费力，好容易走到了，幸未迟到，还差五分钟八时，姚兄已先到，其余两位刘、李二位及吴南二位亦先后来到，杜神甫正与姚兄谈什么，后来巴神甫叫我看引的那一部分，令我二人先看其内容，得一大概的关念，然后再分类、编排、补充，尽自看那干燥无味的卡片，实是无味，刘兄今日未来，大约不愿干，卡片中多重的，错字，还有许多可笑的例子，取自小说中的亦有，字词多采自标准语辞典及词林二书，此二书难道就没有错的了，未必可据，看时久了，亦无趣，与姚兄坐近，各人有工作，各不相干，遂有时起立走到姚兄处看看，或拣出可笑者互相示看，天气冷，屋大人少，冷气袭人，走久不耐，只盼早日到时出来，耗到十一时半一同出来，我往学校那面去，风大，沙土扑人，可厌之至，到校先到编辑室去找葛，问他问李如何，不料李鑫午亦去，大约他亦想去，他立了一刻自去，谈谓拿粉笔无谓，可是他在找教书的事，我只当用听不见，葛去中学教书未回，他去，我又等了一刻，葛谓八中事，已由慕贞校长

介绍他人，不与李永俊相干了，遂不再麻烦，出来自去用饭饭毕将出，不料遇见了王树芝，他院亦不通知我，我曾与他去一信退回，正不知他何往，他上学了亦不告诉我，等他吃完，一同去他住所辅成公寓坐一刻，与他同住之人等皆甚放浪，不是用功的人，他在这种朋友中却甚危险，我看不惯那种放荡懒散的情形，遂辞出，他陪我出来，一路上遂直言相劝，因将到上班时间，遂辞去，又回到德胜院，真是坐冷板凳，对那些卡片十分无味，看看，歇歇，对之实不感兴趣，不想继续下去，屋子甚冷，今日穿少了，这几个月逍遥惯了，蓦地过起有规律的生活，甚觉不便，下午更不爱看那些劳什子，看的更少，好不闷闷，耗到时间出来，大家一谈皆不感兴味，刘兄因巴神甫写信叫他去谈谈，出来谈国良所荐本来无我，我闻之心中一动，我又不想作，还是自退，不要误了刘兄的机会，走到护国寺心中想与李律阁打一电话，不在家，今日有应酬。忘了今日是礼拜三，是他们打牌的日子，黄昏晚上风虽小，可是甚冷，走到西单不能通行，绕道走到绒线胡同又不能通行，又绕路到宣武门又拦住，传说是防空演习，只好站住等候，被拦车辆甚多，遇同学王君书田，一同说话当不寂寞，等了一刻，见许出来，方走到铁栅栏处又拦住，避进西边平民市场，时月光高照甚好，只是晚风甚凉，衣少觉冷，警察气势逼人，见一拉车夫在烟，走过去立刻又踢又打，连打又骂，拉车的跪下叩求不见，非带走不可，防空演习，烟火在卅米以外不见者可以自由，警察不准打骂人，只有劝解带返的权力，看了实在使人气愤上冲，他（警士）大有打一儆百的样子，忘了自己吃什么，作威作势干什么？给谁看，带到街心为坊里长说情又放回，可恨，今日不知何故竟等了有两小时，防空演习应早晚了，又饥又饿实不好受，无灯，小买卖全收了歇了，想买点东西吃都无有，好容易等日本警车开过一刻才放走，一时满街挤满了人，比等火车还多上数倍，一时与王君失散，走进上斜街即一直跑回家来，小胡同及住家比较松得多，挨了半天饿，到家匆匆吃了点，亦未吃饱，露立半晌，寒风迫人，幸未冻病已是便宜，晚多加被衣安寝，以御室冷。

10月22日　星期四（九月十三）　半晴，风，冷

上午风仍未止，冷得很，不料一起风，天气骤然变得如此冷，尤以严寒一般了，晨起院中鱼缸已经结了一层厚冰，昨日工作不想再去，于是看到这般天气，索性不去了，起来晚午饭后打电话李宅因律阁要出去，遂未去，风仍未止，讨厌之至，报载昨夜已有一穷人冻死，是为今冬第一牺牲者，天气一冷，衣服就得穿多，处处都不方便，实在不喜欢冬天，可是没有严寒又显不出酷暑来，天冷食物对人特别显其重要，衣服较少尚可，肚内无食则更冷，穷人冻死，多半亦因饥饿之故，冬日之人体如火炉，食物如煤球，冷饿时，饭后立暖，故饥寒二字相连实不假，冬日的煤火与食粮尤不可缺，午后闷闷在家，德胜院不去，须写信通信，遂与巴神甫及姚各一信，说明昨夜因防空被阻受寒病不能去，又因路远以后恐误其工作，望其另外找人，婉转辞谢，下午四时许出去寄信，修车黄昏时候方回，天凉甚，今日穿多，毛衣上身，沉闷过了一日，近日因米面购买不到，配给者又不发下来，加以家中经济困窘之至，连日尽吃小米稀饭及小米面蒸之司糕，果然现在到了这种情况了，而我有此百余元之事，我却辞了不作，实是不愿干，但因找事无着，在家时看娘与李娘二老操作一切，因无钱整日愁急于当卖中过活，而我一大男孩子却无丝毫能力助益于家中，一念及此心中万分愧急，良心责备，精神痛苦甚于实际千百倍苦恼，静坐细思自己个人身上之缺点，与此同时惭愧之事甚多，必时时警告自己，以免负疚更深，此种自觉之良惩罚，甚于一切责备更有力量，有许多事，是平常，是普通，一般一皆知，但一般人皆不做，我亦常犯此病，知而不能行，是我大毛病，是方深知圣贤之如凤毛麟角般稀少称贵之原因，为人中正平和，俯仰不愧，大不易为。

10月23日　星期五（九月十四）　半晴风，冷

按家中情况讲，有事便应去作，我却偏要选择，有这么一个百余元在

平就算难找的事，我丢掉了，今日上午去学校想问问李鑫午君到底他进行如何了，因我亦颇有意于此事，他如有望我自放弃，同学不可相争，我也犯不上那么无义气，去得晚一点，未看见他，在图书馆前看见英与薛蕴玉，旋她去女校，我正与葛君谈天，见安笑乔来，我告诉她英去女校了，她手书是还朱君的，我一时多事要过代她去还，她又要朱君说两句话，我自己找差事，遂立即代她不书与朱君，并传语，朱君有事，又托我代话告诉安说上第四时后在刘记见面，我又去告诉安笑乔，她自去，我亦去国文系办公室与杨智崇等谈天，谈笑中偶尔想起将罚车捐事托小杨子托人去要，又代英说，他半玩笑似的说不管，去年十月许就来了这么一次，今年十月又来这么一回，一年一度呀！朱君出去回来，谓遇见英向女校走去，那么她未上第四时，不知何故，正与朱君及杨君谈我这二日情形，英忽来找我，坐在一旁亦听，我说完朱杨去图书馆找书，只余我二人，英问我等一会有事否，告以中午拟去东城李宅问问回讯，她说那就没事，因她与那姓田的约好，下午三时见面谈天，我如无事，在校陪她，她说完先去吃饭，我因话已说出不便再说不去，她也定不肯，心中着实愿意伴她，正好遇朱回来，骤又想起先头忘了将英的条子亦交杨去办，当面他当不好意思拒绝，现在她走了，只好作罢，中午与朱杨同行，我因去东城与杨智崇同行，伴其到家我自去，到了李家，律阁及其太太正在用饭，我不便扰她，伪言用过，坐候一刻，饭后他立即吸烟，询他见周迪平如何，与五姐谈相同，惟云现在正在开各种会议无暇及此，官场事不大可靠即托至殷同，只好静候，惟他处有机会，亦尽可进行，官场中事不过如是而已，难为他以前说得那么好，于是辞出，又愤愤回校，为他一言误我机缘不少，走到北海后门，忽然车不能行，下来一看，好，我用以挡风的蓝色头巾，本放在车袋内，不知如何会出来，又绞在飞轮上了，弄了半晌才取下来，已是百孔千疮，不能用了，近来真是倒霉，如取眼镜竟会多给了一元，理发将领夹丢了，回家受冻在街头上两小时，有事送上头来，偏给推辞了，（指教席事）今天又把一件好好面巾毁了，不知何时这倒运方才走完，在校附近用了饭，到女校找到袁筱舟小姐处找英，未在，略谈辞出，在门口远远看见英往里走，因相距过远，不便高呼，工友进去已找不见，只索罢了，回男校，在门口遇见李鑫午君，他谈他由慕贞郑校长介绍，今日上午已见过李校长，（八中）唯因谓今年才毕业不大满意，成否不知，下第一时去女校见英出来招呼她，告以又回来，找她不见，旋姓田的来了，我即走开，由她与田某去谈，因所谈走路问题，不要第三者在，以免田某生疑，约半小时左右谈毕，田某走去，英又来找我，谓前闻因治强运动河南方面有战事，或不能行，今日田某言无甚紧要，惟近日不可轻行，又谓近日各处战事颇紧张，载昨日有美国制飞机袭冀东，传炸通州，北平早晚亦来，如此近，怪不得前日戒严通行如此之久，英闻行路无阻碍，颇有喜色，而我却因她将离平可能而心中骤然不快之至，取了车同行，风较上午小，未止，我拟与她谈谈，遂去景山，大冷天去景山，亦人少，进去绕到后山，择一椅坐下，我为英挡风座谈顷之，英今日穿得较多还冷，我只着二单裤，她着了毛裤甚好，我想她听我话而高兴，反忘了自己冷，因我常劝她裤穿厚一些护腿要紧，今日乖听话，她说北平真好，可是她将丢开它去了呢，我说离开北平亦没有董毅了，她说讨厌，她亦不愿听呢，有风冷，上山，在尽西边亭子门槛上坐下，迎阳，挨她坐下，英将大衣脱下围盖着我二人腿，暖和多多，据高远望北平全城，北海、故宫等高高下下全在目底，与英谈些这二日的生活情形，英仍盼我能与她同行呢！我因种种关系不能实现此愿望，每一念及便十分痛心，我每次都被英那种热切恳挚的声音所感动得要流泪，更不敢看她的眼光，当时只觉心中难过得隐隐作痛，并坐在一起，我手冷，英就用她手为我捂暖，英对我许多处都是真温柔，好处太多说不清了，坐了一刻，离处风较大，下来时，英说，“我要走，与父亲说还不定肯不呢？”我当时问她那么七月七日夜告诉我，她父允许了是假的，她说那次答应亦是带气允许，近日心绪不佳，不知能允许不，那只有伺机进言了，出来英又说要她打的毛背心早日交给她，否则恐她走了便来不及了，想来心中又是不快，她老念念不忘“走”字，她代我织了，穿在身上留个纪念，睹物思人，倍培离绪，怕遇上防空，便一路回来，路上她告诉我廿日她二哥请她吃饭是要给她介绍朋友，她临时出来陪我玩，没去，她二哥不高兴了，她父亲亦说她来着，英自识我以来，她为我不定受了多少委屈，得罪了多少人，我是知道的，我真得感谢她，如此为我牺牲，如此对我好，今日此话，那日我已猜到八九，如她二哥知那日是与我在一起，当又作何感想，不知她到底作何打算？她不着急吗？她总以为她自己还小吗？可是她家人却代她着急不是在代她物色朋友吗？她大哥由沪的提议，她二哥的请吃饭，刘律师的关心，也许她父亲的谈话，亲友的好意皆免不了与她有关系，过去的尽管过去，未来的不知多少，她将应付无穷的，难道，她想走是她最好的一个好法子吗？她妈妈不在了，这终身大事，只有她自己来打定主意了，任何人不能摇动，改变她的定意吗？由她二哥想介绍朋友看来，那么我在她家并未起什么反应，是我这些日子没去她家，她二哥不知所以，故疑心我与英不好，才又想起为她介绍朋友吗？她曾说过我是她的挡箭牌，恐怕现在挡不住了吧!?（见七月卅一日记）我又猜疑，她父终是商人脑子，嫌穷爱富，如此我二人的将来，她家庭方面恐有问题，想来十分闷闷，归来得英发来的信，乃寥寥数语，嘱我找裁缝者，天真嫂亦来一信，嘱我代找一教体育者要女性，这点却麻烦，我那认识这种人，英说安下礼拜四走，这时走可麻烦，愈走愈冷，也比较不大方便，英还不知何时动身呢，我一想起她要离平时，心中便十二分的难过，惆怅之至，既不能换之不行，又不能与之同去，眼睁她离我而去，如何不使人悲痛呢!?今日她自动提议要为我改打背心，她对我终有心，她如真走了，我每日穿着她为我打的背心，如同她在我身旁，唉！无生机的物件怎能代表英呢，又怎能慰我相思她的百分之一呢！及念及她兄欲为她介绍朋友事及她行事，满腹为之不欢，怅恨欲死！又白跑一日，前途仍在不可知之数，午虽听朱君之言，试托孙人和先再向八中一言，有效与否亦不可定，将来生活不敢想，即现在又何曾易解决，院中已冻冰，炉未按，煤未备，生活，生活，空袭，统制，配给，动乱……一股脑儿全重重地压在头上，心绪脑子乱极，因之一周未写日记了。（补）

10月24日　星期六（九月十五）　晴，微风

连日天气因风而骤寒冷，直如冬日，不知何以今年冷得如此早，今日无风，好多，但今日却穿得较多，亦不觉暖，且不时仍觉冷，怪事，因昨

日英谈及其二哥请其吃饭将为其介绍朋友事，不禁有感，脑子乱得很，一时联想甚多，由早饭后即坐书桌前与英写信，思想芜杂无秩序，时思时写时辍，心绪紊乱之至，午饭后仍继续，到下午四时方写完，尽四张纸，我问英到底打定主意了没有，她父兄对她提议她将怎样应付呢，又对她叙说了许多心曲，我近来愈发感到我之需要英，比需要任何一切都强，我需要她，她也需要我时时，为什么我俩不能长在一起呢!？我要求她永在我的身旁，不知她如何答复我，我想她个人当无什么问题了吧！

以前（三年前）我仍是十分幼稚，对什么都没有深刻准确的认识，对恋爱的观念亦不正确及彻底的认识，自在钦佩学识与端重的外表，正确的思想，高尚的人格各方面的条件下认识了英，最初的开始既不是世俗的偏见，且极慎重，后来与英谈话逐渐认清了英的各方面，深深景慕之为人，更为自己窃喜得友如斯之可庆，遂倾全力，精神，时间，热情，真正激励了我的爱情，专注在英的身上，为她兴奋，为她痴思，为她幻想将来，为她悲恨现在……感情上种种的激变，皆为前所未有，这其间曾为她废寝忘食，曾为她魂劳梦想，曾为她不惜空耗时间，曾为她不惜忍受自己良心的责备，更不惜得罪他人，若有何错误，皆应由我自己负责，因为那些英都不知道的，她只晓得我是有工夫在伴着她，她怎知道我有事没有，当我不告诉她以前这都是我情愿为她而牺牲的地方，是我感情质呢？是我比较热情呢？是男孩子比较不怕羞呢？我在信上尽量放胆叙述我的愿望，感想，热情……与她，尽量地写，尽量地说，但英来信很少，有比较感情化点的言语，就是谈话时也是甚少，是女孩子固有的娇羞吧!？她说她不会呢，那是实在情形，我真想教教英以新的知识“爱的功课”，就我所知道的，别人或许讥笑我日记中尽充满了与英相爱心中的情绪，相思的热烈等的纪录，笑我“英雄气短，儿女情长”，实际不然，我认为人生不是简单的方式所构成的，不是单纯的，亦不仅是为着什么而生活而已，人所以异于其他禽兽处，这也是一点吧！他（泛指人类）不仅觉得能生活就够了，就满足了，他还要追求别的需要，欲望，想法改良现实环境，于是才有了竞争与进步，才有种种不同的发展与活动，而“爱”便是其中主要成分之一，“爱”是世上一件最伟大的“精神统治者”，任何一切事物，全被她所蒙泽，也可说世上一切的生机活动，全由爱的力量来推动，爱分若干种，其中最主要的是两性之爱，阴阳相济，万物始生，（天地交泰），这是人人知道的，人们偏又不开眼，这种极普通平常的事实与现象，却也奇怪，我认为两性之爱比圣人所云更合乎人情，合乎自然，又比圣人早若干年就沿袭至今的大道理，人们反不肯，不屑去研究，去恭敬，至少亦应认为无足奇怪，合理自然之事方对，却反而以为奇异，污秽，淫邪，以为是“不可道也”！忘了他自己身由何出，自己又如何传代延孙，真是可笑可恨，现在学校生理卫生，修身，地理，历史，国文，英文，日文等等，都切合实用，比那些理化数学都更切合人生，因为人们势不能全为化学家，物理家，科学家，而人人皆必需生活着，求生必须会的技能知识不是更重要吗？有许多青年在讲生理卫生时，多感羞怯，实是从前旧思想未曾消灭净，此种正确观念尚未接受领悟，人不能仅仅生活而已，他自有他的事业，志趣……但更主要的是他（泛指人类）更需要爱，（他能感到人世间爱的温情爱的力量可爱，他才还活得有生趣）！需要父母的爱，兄弟姐妹的爱，人类的爱，尤其是异性的爱，事实“胜于雄辩”，无论是作什么的人最高文明的人到最低不开化的野人，他们有他们的家族，有他的妻子，最有本事的英雄伟人领袖，最低能的苦力乞儿，亦皆有他们的家眷老小，除了他本人的生活需要以外，他们必须要有爱来维系着，培养着，这是谁也不能否认的，既然无论什么人都需要爱来加入他们的生活中，于是英雄美人的风流故事，就代代相传不绝了，所以我除了自活以外，我也需要爱来培养，安慰，更需要的是异性的，无可讳言，我现在便需要英的爱来增进我生活的力量，需要英的陪伴，这是生活中的要素之一，爱既是在生活中占有如此重要的地位与价值，那么对于爱的知识不是亦甚重要而切实吗？不是亟应该知道的吗？所以我要教英以新的功课，关于爱的知识，英如对之先有我上述的一番认识，当也会欣然学习而毫不觉得羞了，因为爱是在生活中显得格外有力，有生机，令人快乐的，为什么不多知道一些关于爱的种种知识呢!？话又说回来，生活终不是单纯的，所以生活亦不仅是只有爱便能完成了的，我亦不赞成如此，是在爱时要尽量享受去爱，其余时间仍是要努力，振奋去作一切事情，那么爱情怎么误人，并且爱人有知识正可助你振作，计划，激励你工作的效率，帮助你事业的成功，增加你人生的快乐，若每日尽在爱情女人堆中打滚生活的人，只好去作宝玉第二，且恐怕连宝玉十分都比不上，那成了什么人，那不是社会上的罪人吗？这点不可误解了。（此段乃十月廿九日补）

今日下午与英写完信，脑子略憩，白跑了一周，一事无成，心中不免又烦，在院中徘徊，秋风飒飒，落叶满地，满园秋色，倍增感慨！心神怔忡不定，一日未出，又念英，不知她在家作何事，念念不已，愣愣呆呆，走走，想想，过了一个小半下午，晚饭后即倦，即未大劳力，又未大劳心，何以精神如此易于疲倦？灯下补写十月十七日日记后方息，夜来月色甚美，今日风止，不似昨日寒冷，今日为夏历九月十五日乃朱子（宋人名僖）生辰，报有特写纪念之。

10月25日　星期日（九月十六）　晴和

昨日频念英不止，今日拟见她，上午十一时许去刘曾颐家，曾履来信，言辞颇滑稽，另有风味，打一电话与英，本想约她出来，正好她要带她侄子等去三殿玩，遂邀我亦去，她家今日吃的早，已用过早饭，半小时后去，我遂回来匆匆用过午饭，十二时四十先出来，今日晴和，穿了毛衣，颇为燥意，在西门她家拉车夫在等我，一同进去，她们在三殿前等我，三个小侄子，两个侄女全来了，还有三辆车，领了五个孩子一同进去，不记得我曾来过这里不，大约以前曾来过，故宫到似去过，亦早忘了，还是与英近来去了两次，才留一些印象，三殿及午门上历史博物馆，西门武英殿的古物陈列所，好似全未来过，三殿只是太和中和保和三殿而已，内有残存宝座，屏风，香炉，挂屏，榻，几，椅等零星物品而已，中和殿中多设佛像，似大香炉之铜质塔形物置地上，外表颇似北海白塔及白塔寺之白塔，还有多尊佛像由是可以知道宗教入中国人脑子之深，迷信误人之切，平学人民家不说，说帝室内宫，如将关于宗教之陈设建筑撤去，宫中地方及物件能少约一半，是时信佛之深，由所敬佛处，物，像之多可知，真是多余，三殿甚易转完，不一刻即看完，无什么意思，时不过方二时许，皇家宫室殿阁皆极高大庄严辉煌之至，惟所费人工财力亦可观了，两芜房屋亦比普通大多，不知清时皆作何用，如有一精清室掌故者一路指说昔日情况当平添无限兴趣，时间尚早，欲去故宫则来不及，遂又去前面午门上历史博物馆，进去，先在外边阳光下凳上坐憩，并把英们带来的点心包分用，远望对面太庙内日人不知在作何集会，欢呼之声不断，可厌，进去先看东边，排列周汉等代的缶，瓶，尊，鬲等陶器，还有锅，灶等，石刀，石斧，钉花等石器时代之物，皆考古学家由地下掘出者，第二室为历代石碑文字，第三室为在河北钜鹿县旧址下所掘出之宋时物品，乃当时当地王董二家日常用品，黄河泛滥，将城淹没，掘出时，杯著皆在桌上，可见当时水来仓促之景况（见该室壁上说明）北大殿，列有清时皇帝诏，敕，手谕，大将军府令，布告，讨平吴三桂之诏书，殿试卷子，清帝实录稿本，各衙门印章，各代墓之石人像，还有清末时搜捕汪兆铭氏检查之清单，及永远监禁之谕书等史料，皆有历史价值不知汪氏此时如见此纸又生何感想，还有其他物品零星甚多，因将闭门，匆匆未能一一详阅，西北室存旧式枪炮，南边存各代铜钱，其余二室已闭，未能得窥全豹。下来一同回来，此时四时许，英等用饭早已饥了，她们一同回家，我带了她最小侄女老九走，我把昨日写的信，红豆，相片等交给她，又把秉诠兄来信问及我二人之喜的信给她看，她还装糊涂，问我给她看是什么意思？她真成心，别人都想我俩将来有结合的可能性，而她本人还成心装不明白呢！走到天安门外，她忽然想与我去天增不回家了，她五个侄子侄女先回去，她骑了车与我去市场，今日礼拜车多，等了一刻才存上，遇见了王光英及其女友，又看见了王燕㛤，他已入了准备，饿了先解决肚子饿的问题，走过经济商店结束大减价，她又进去买了点手绢，一副手套，转来转去，想找大鸿楼没有找到，结果却到东来顺对过春兴楼去吃，白面没有，猪肉亦没有，此乃现在饭馆之怪现象，随便吃了一点汤面、锅贴就出来了，后悔还不如去五芳斋或颐园去呢，出来想找卖炒栗子的，绕了一圈才找到，买了一包，取了车，又同到“天增”去坐，一进去，曾颐在西边与几个同学座谈，他们与王天增认识，招呼我，过去说了几句话，过来仍与英谈天，今天由王天增自选唱片，有好几张好听的音乐片子，英今日穿少，将我短大衣围在她腿上坐着，一边谈天，一边听着音乐，又提起社会对男女待遇之不平等，她谈卢三（绍员三哥）对他太太如何不好等，卢三谓为夫妇志趣不合，一举手一投足皆是讨厌的，又谈及她家，她即因她二个嫂子被她两哥所遗弃另娶，而大不满意她两哥哥，她们（与她姐姐）极同情她二个嫂嫂，她谓“如不是累于这几个孩子，我真劝她们（指她二嫂嫂）离婚再改嫁，我往往这话到口边又咽回去”她又谈她二嫂有时亦恨极她二哥，谓亦就是嫁在她们家，如嫁在苦一点小家庭，与丈夫和美，不是比这快乐得多吗？由此可知精神痛苦，比实际享受要苦得多，宁可生活吃点苦，精神上快乐亦好，而多数人多忽略了精神，注要实际的享受而出卖了灵魂，这是普通一般无知识、远见、思想糊涂可怜女子悲剧所以产生的原因，谈了一刻停止下来听音乐，英就拿出我今日与她的信来看，本来有什么话不是可以在见面时候说吗？可是有的没有机会和地点向她说，且借着笔墨也比较方便一点，便写在信上了，且面交，且她又当面看，这未免有点滑稽，但此亦只情人间的把戏，别的朋友不会如此的，英面色很平静地看完了我的信，没再提及我信中的言语，反而谈些别的话，她真稳！心头未必不为我信中的言语所扰呢！是她一时不好意思？是没想定怎么答复我，坐到九时许与英同出来，幸今夜没有防空演习戒严，今日仍未点灯，倒未有警察管，出来凉了，英穿上我的短大衣，可是腿冷可管不了，陪其到家，我亦自归，到家近十时，娘与我谈天，问我英到底与我如何，英与我甚好，不好肯总与我在一起，至于其家庭对我二人之意又如何，不知，娘谓她家如嫌我家穷，自不必言，如谓真想你将来还有出息，一家出资办事者不是仅有，如廖七姐之三子在南京不是皆是女家办理？三督只一人前往，什物皆无，七姐夫妇一子不花，如我同学王庆华之姐在沪订婚后在平结婚，不是亦只其夫一人由沪来平，什皆未带，更无亲友，一切皆由王家办理，此事固有，但其情形与我不同，乃家不在之故，且此事只有出自女家本意，无要求如此办理，且我亦决不肯如此占人便宜，自家空无所有，此时不必想结婚，我却不忙，只是英对我真好，误她青春，我心中倒实不安，不过意，回忆这一年来我二人情谊逐渐的演进，早已超过普通朋友程度，日益亲密，而达成熟时期了，不但知我者皆如此看，即她家仆人亦无不看出者，恐亦惟时间问题而已，我虽因经济关系而不忙，但望英能与我一恳切的答复。

10月26日　星期一（九月十七）　半晴

晨醒卧床上思念各种问题，十一时方起，阅报知汪兆铭氏已于昨日下午由宁飞抵京，出席本年度华北全体联合团协议会致训词，昨日五弟与同学去香山玩，这么小这敢跑那么远路了，近日外间谣诼甚多，有南京政府移北平之说，惟阅报知连日各地战事皆显紧张，各地反攻，轰炸不绝，午后因念奔忙数月，所谋职业各方全无消息，无形停顿，心中不由烦恶之至，念家中现在主要先解决生计问题，内约可分为经济问题（实则此一条可包括其他）及职业问题两方面，次为我近来觉悟之精神解放及旅行问题，再次我才想到我个人之婚姻问题，而目前种拮据，捉襟见肘，半月来米面无处购得，亦无钱，预购存贮，吃小米粥，窝头，司糕等已周余了，午后愣了半晌，实无好法子，烦甚，补写两天日记，四时半去看陈老伯，闻日前着凉泻肚，他老人关心我们，我自应去看看他，坐间有一陈某谈话中有一段谓他“真替现在的小姐们危险，别人或会讥笑我是‘杞人忧天’，因为现在考大学的女生比男生多，因为现在生活困难，有大男孩高中毕业了，先赶紧找个事做，对家中不无小补，而有女孩子如能考上国立院校不贵先去念书吧！在家亦是闲着，于是考学校的女的反比男的多，阴盛阳衰，在大学毕业了怎样，什么都不会，程度高了，大学毕业了，那么眼光要高大了，结婚要找个留西或留东的，但留西留东的未必全是好的，且多半已经结了婚，哪有那么巧，哪有那么多留学生任人选择，且你喜欢别人，别人是否喜欢你是问题，女孩子一过廿五六，多嫌岁数大了，多不肯要，男人年岁大，娶廿左右有的是，女的却不成，可是程度高了，低资格的不就，这就难了，我街坊就有三位小姐明年大学就毕业了，托我作媒，真难，家风仍守旧，又不能与人现去先交朋友，叫我介绍，也得给我个标准，且自家没什么钱自己又不大类，程度又高了，实在难找合适好对象，一年两年耽误了青春，只好去为人作添房，（风气势力之大可见于此语中）所以我真替这般高资格的小姐着急，怎么说婆家？……”这一段话，亦是此时之畸形现象，爱记于此，不知这般小姐们心中到底作何打算?！青春不再，时不再来，程度高的小姐理想眼光愈高，一时找不到如意郎，便极易误了自家青春年少，看见听见，不少是教育误人吗？我与陈君实有此同感，没朋友的小姐们何岂太忽略了自己的青春呢?!？等到时间一过，悔之莫及，那时才是莫大的悲哀呢！六点钟归来，晚间一时兴起，为那路远的多日不通信的同学写了共七封信，入了社会全仗朋友，我信朋友过于亲戚，故应时相联络方是，晚间训教五弟读书，又为之急气，我为四弟，五弟二人念书，实费了无穷心力，百般开导，舌敝唇焦，训教不只数十百次，硬来责打责骂，软的讥讽婉劝，好，二人如同木人，皆无所动，无什大效，思之殊为伤心失望，他人不知，定以为我为兄者不管他俩，岂知不听话至此，作兄长欲负责任，大不易为，晚因闻四弟云，同学李君鑫午谋八中教员事未谐，如此则尚有活动希望，心中稍慰，决定明日去校找孙人和先生再说。

10月27日　星期二（九月十八）　半晴，风

上午十时许去校，找见了英，她与薛在校园内立谈晒太阳呢，嘱她等我别走开，上去找朱君，宁二爷，智崇皆在，杨已把我车捐要回，可是得请客，遂出来，请他及朱头二人去刘记吃早点，一元钱比受罚少三四元，据云已罚过一次者，又罚加倍，不知确否，回来见英站在布告牌前，我将相片底片给英，又取了几片红叶给她，算是去香山一趟的纪念，我又把毛背心带去交与她，又在校园小坐，不一刻已是快上第四时了，她还有一堂课，我即去教员休息室找到孙人和先生，交给他一个履历片，又略说些始末，孙先生说他亦是转托一人去说，成否亦不可知，最好我能另外再托人进行，这么说来，亦未必见效了，心中闷闷，孙先生走去，明日见那人，后天或可听到回讯，一人去图书馆坐，若入八中得找一较有力之介绍人方可，忽然想到方鸿慈，他父曾任教育总署署长，又时新大人，平时不去，有事才去，有点不好意思，没法子，去试一趟，想其父当认识教育局局长

王养怡，不一刻已是第四时下刻，等英一同走，今日虽有点风，但还不算冷，伴英走到前外分手各归，风不大，土可不少，若厌，午后闷闷，心绪不定，什么事懒作，已约三礼拜没有心绪看书了，三时许得四同学来信，老姚信写的亦不佳，字亦难看，或因系与同学遂随便，张思俊兄来一信，他亦未进联银，约我有暇去一谈，曾履来一信与其家信相同，颇有趣，德培亦来一信，日记体，有感则书，无感不写，积数日之久，东一段，西一片，上下左右写满，此种信倒也别致少有，亦可见他在家之无聊赖，他尚频频念丁不止，亦神魂颠倒，他又曾梦见丁，真魂梦萦绕之矣，单相思彼殊不知何，礼拜日晚在市场我尚遇见丁呢，不是我看不起赵君，如丁之外表与为人（外表与为人可以联及）与赵之古板派颇不相合，丁亦绝不会喜赵君般人，赵君真空劳怀想了，若坚不信，则劝他顶多碰一会钉子，去试一下他亦好死心，现在同学已多入社会，惟为个人遭遇机会不同，成就亦各异，总之际此乱世，多不得意，今读诸友来信，不禁生许多感想，我自己想办的事太多，要助的人亦太多了，只是自己现在心有余而力不足，否则请赵君在家住，供其食住，以便找事，又待何妨，只是现在连这点力量都没有，我常不愿多开空头支票，因为中国人是以说了不作，甚至不说亦不作出名的，我则极力避免这个毛病，最好是作了亦不说，或作了再说，没作先说显得夸大口，先许愿，何时还愿还不知道，但在日记上自己向自己说些将来想做的事也没关系，设若将来自己能够有些力量时，当尽力为我的朋友同学们帮忙，使他们减少困难，决不辜负好朋友同学，只恨现在自己力不从心，而自己一在自顾不暇时遑论其他，正是空负凌云志，偏遭蹭蹬时，乱世显英豪，我今欲何之？我等青年此时找不到适当愿意做的事是应该的，刚步入社会，尚未奋斗努力怎有成绩，无成绩自不会得意，且得意不是易得，青年必需受苦以后才有幸福，容易得来，亦必容易失去，自己此时失意，自是合理，惟不免又令自己心中闷闷不快，一时烦闷卧床上小憩，黄昏时候，铁铺来按炉及烟筒，一切皆旧存，尚完整皆未坏，否则一节三元五，四元五，十余节又是数十元，明年恐不得不换了吧，本望今年在书房多加一炉，此时事无所成又成泡影了，谁叫我赶上这年头不好呢，晚灯下补写日记。

按说自己为找事费了无穷心力，跑了多少路，且见过了汪财务总办，事且托到殷同，这些时彦们实在也认识几个，份虽都不算小，但有交情否，及肯热心相助否，又是问题，故有时同学谈起，多以为我家在此多年，亲友甚多，找事当不成问题，岂知，识时彦名人新官僚不少，但却至今仍未找到职业，亦好。读唐诗杜诗茅屋为秋风所破歌中有两二句，“安得广厦千万间，大（或作尽）庇天下寒士俱欢颜。”我实亦有此感。

晚随便翻翻同学录，北平市各处皆有同学住，东南西北城每一角落都有同学住，亦有趣，见本系同学合影，亦不禁生感，相片实是好纪念物，能将一刹那的印象永留不灭，聚集师友同堂，真是胜会难再，此一辈子再把这些位同学聚在一起，直不可能，此时就这几十人，已分散在各处，难得相晤了，也许这一辈子不再见亦不可知，再检以前旧相片，从前儿时，中学等过去事一幕一幕如同再演一回，时不我与，若不及时努力，悔之晚矣。

10月28日　星期三（九月十九）　阴，下午微雨，凉

晨起阅报，大半登载全联会议情形，及汪兆铭训词，天气阴霾，下午更下薄雾，继以微雨，气候甚寒冷，倍增凄凉，枯坐无聊，百感杂集，任意高吟唐诗数首，多是叙别离者，益显闷闷，若英行时，我将何以自遣呢？于是另择其他数首读之，暂记一切，聊以自慰，继执笔以抒胸臆，并补写日记，此种凄凉天气，最易令人生感，又念不知英在家作何事。

大众的力量与现实总比理论希望来得强大得多，所以对那些知青识缺乏的群众，能够激之使发生一种动作，其力量的效果尽比那些名著广告宣传单等来得彻底实效得多。

独坐自己分析自己甚是明白，我自己是富于保守性的人，亦可算是老实人，在此时代青年人学坏的道路，坏习惯我皆丝毫不染，男孩子淘气的地方亦不会，因我交友谨慎之故，坏朋友亦相识就是不与之学，不与之接近，敬而远之，故我朋友富贵贫贱皆有，我相信我具与之交往多接近行差行为知己的人，都不是没出息，或荒唐的人，而我自己戒己克己尚严谨，

自己自重，清白的人格，生怕自己堕落，这不是每一个要强上进的青年为人世间应该如此的道路吗？既应该如此，就是如此，那又有什么稀罕呢!?

年轻人都是喜欢生机勃勃，变什不定，有生趣，新奇方式的生活，绝不喜枯燥，呆板，安定的生活，为追求自己理想美丽的希望，亦不惜牺牲一切，而英之一行，其目的恐即是与此意相同，此种青年之热情与勇气，亦正是异于老年人之处也，亦其可爱之处也。

10月29日　星期四（九月二十）　阴，冷

天阴看不出时间早晚，上午看报，一下午及晚上全部用作补写日记，下午五时许去访方鸿慈尚未回来，晚上防空演习，不准灯光外泄，聚坐一室，倒省电。

上午偶翻阅以前日记，过去种种如又现于目前，如读小说亦有趣，英要看给她最近写完的本本看吧！

沉闷中过了一天，细思以前自己（半年前）对找事及立身于此之希望思想错误，忘了所处环境的情形，妄想求一比较适裕的地位与报酬，来维持家中的生活，实在错了，自己既不愿强出头，那么就找一个不惹人注意的地位，能够先勉强维持生活，暂忍过此一时，以后再说，从前从未想及过的教育界，实是个暂忍比较还清白，还不改行的地方，应抱苟全性命于乱世，不求闻达于诸侯，这两句虽亦不免令人说是失意时的遁词，应奋身而起，挽此狂澜才对，但在独力难支时，还是暂时沉默，好自修养努力自修，多读多习，养精蓄锐，伺机而动，应时而起展我所长，达我宿志，救我同胞，何在此一时之躁妄不安。

人固要有大志，宽阔的胸臆，将来方有所成，但亦应退一步想，（此又合我矛盾之说）当我读卢照邻长安古意中有“……别有豪华称将相，转日回天不相让，意气由来排灌天，专权判不容萧相，专权意气本豪雄，青虬紫燕坐春风，自言歌舞长千载，自谓骄奢凌五公，节物风光不相待，桑田碧海须臾改，昔时金阶白玉堂，即今唯有青松在……”这几句使人惊醒，荣华富贵一切皆不能持久，节物风光不相待，全得变色变形，老松经

历沧桑多，又骆宾王《平安京篇》中云“……古来荣利若浮云，人生倚伏信难分，…朱门无复张公子，灞亭谁畏李将军？…春去春来苦自驰，争名争利徒尔为，……当时一旦擅豪华，自言千载长骄奢，倏忽搏风生羽翼，须臾失浪委泥沙，…”亦可令人猛醒，芸芸众生，争名争利多无谓，能有一碗饭吃，多享几日清福不好，故我亦想能不愁衣食，得存温饱，伴而英，读我爱读之书，吟我喜吟之诗，随意研究，种花树菜，无案牍之劳形，无丝竹之乱耳，无世俗之烦冗，安乐过此一生真不啻神仙生活矣，城外小居，依自然傍水种柳临溪钓鱼，其乐又应何如，但岂易得哉？！

10月30日　星期五（九月廿一）　晴和

生活虽无着落，但精神上应紧张些方是，昨夜防空演习，今日又令速备齐一切防空设备，警防团将来检查，门口土，水等备好，十时许出，先到陈老伯家看他，老人日前病了，今已好，且出门，我与伯母略谈，谓九姐夫前允秋后借二百元事，又成画饼，我根本不愿向其开口，此皆娘之意思，我知其本既甚是为难，百孔千疮，欠债甚多，无力助人，故我根本未希望能成事实，且其怪癖异于常人，此时因乱时局，大多皆自顾不暇，无力济人，亦是实情，亲友固是亲友，惟其无力又奈何，故我听了并未如何在意，自家穷困自家受罢了，穷又不是怕人笑的事，略谈即去校，在图书馆看见英在专心看书，不去扰她，亦在一旁看书，将上第四时她出来，遂与之略谈，她去上课，我即候孙先生出来，问他可有音讯，他谓已托另外一人向八中校长去说，尚无回音，只索等候，出来想去张思后兄家去找他谈谈，不料他不在家，又回来，在朱头处小坐，等英下课，伴她一同回去，在前外分手，午后晴和，在院中散步，阳光下去甚快，天气短多了，才三时左右已是满院树影了，把最近写完的第十八册日记拿出来从头看一遍，回忆过去时光亦有趣，真是在烦苦愁闷中浸了一暑假，除了会英以外，过了一个从未如此难过的暑假，发现了不少错字，不通的字句，仔细看来，这日记，除了关于我个人私生活以外，太没价值了，写的也太坏，晚饭后去找方鸿慈，出门了，又白跑了一趟，晚看日记，娘因九姐夫之无亲戚之情曾生气，我力劝不必，如谓以前他们曾受父助之惠，那他可说是受我父之惠未受我之惠，据陈老伯言他颇误会我们的情况，总以为我们不真实，为话匣子事还在怪我，我东西未售成，反而坏了，没处去说，他还赖我！不必多辩，我是抱定“笑骂由人笑骂，好坏我自为之!”的态度，误会尽自误会，没有八面玲珑，各方面不得罪的人事，没法子，他那怪脾气几年来将就，犯不上与他生气，我等实际真穷困否，亦不必非要他的谅解，吃苦自家受苦，自己努力争气，挣扎，奋斗找事，养活母弟等是正经，这年头是只有求己，求人是耻辱，亦只有等着饿死！什么亲戚，还不及朋友关切！自己努力！求己！不求人！

10月31日　星期六（九月廿二）　半晴，风，凉

天气是说晴不晴的样子，风也说大不大的刮了一天，不停极为惹厌，到了晚上，风转大了，烦死人！一有风气候便凉了许多，上午看看报，亦无什么可看的，前英托我找的裁缝，力家厨子老张的女婿，今日回来了，由王三领来，姓吴，乃由增茂洋行散下来，手工当比别处强，拿一条裤子去放改，下午打电话后再告诉他去英家，午饭去曾颐家全出去了，借电话打与英不在家，不知何往，方鸿慈亦出，找一同学（方）说如此不易，怅怅回来，闷闷不乐，无事，无下可去，仍在家中，翻看刚写完的一本日记，五时半即吃晚饭了，饭后半晌才八时半，看书，闻风声烦，吃饭早，天黑早，睡在床上方十时许。

11月1日　星期日（九月廿三）　晴，和，微风

昨日起了一日风，可厌之至，今日止了，晴天便比较暖和多，上午九时半去找方鸿慈，今日当在家了，果然没出去，可找到了，鸿慈本人倒是很好，见面亦颇亲热，只是他家有一仆人，神气特别可厌，狗仗人势，但无事不去，有事方去找他，心中亦有点不好意思，但既有此机会，亦说不得那许多，先与他谈点别的，后来及此事，请其父代我向王养怡一言，不

知有效否，姑一试之而已，又座谈顷之，十时半左右辞出，在纸铺打一电话与英，约明日令裁缝去她家，今日天气晴和，本拟下午约她出来走走，本想去看白云剧团，又想去看马戏团，可是想与英一起尽是玩，问心亦不安，且近日阮囊羞涩，遂忍而未言，她又说下午去故宫，我不想去，她带她侄子们去，她不言，我亦未说去，去了又得沾她光，不好意思，回来看看报，午后颇闷闷，正无聊赖，拟翻翻书看，小徐来了，正好，遂一同聊天，谈谈近况，小徐下礼拜日想请客，有我，朱头，小杨子等，还要请赵德培，不知能来否，不知小徐怎会有此雅兴，四时许同出，他回去我去孙人和先生家，问其有无回音，托其问八中校长事，先到朱头家，告以小徐请他事，即出来，不料走到东交民巷西口，迎面遇见英坐车来，招呼她，原来她没去故宫，她又不想去了，不知何故？是因为我没去吗？（我却把我自己看得在英心中影响那么大，恐怕大不如她在我心中影响之大吧！）她侄子们去看电影了，她亦出来买东西，看去脸色颇似闷闷，如知其不一定去故宫，还不如约她出来走走呢，却害我闷了半日，她嘱我礼拜二去校她等我，我总觉上午时间特短，不一刻便到中午了，下午不见英，精神又不安宁，这是多次的经验，往往上午由校伴英回去，下午念她尤切，真是无可奈何的事，在路上说了几句话，便分手，我沿交民巷走，出东口，又走顺城街，地理生疏，路又不整齐，带了地图还找了一刻方找到，进去与孙先生谈，他谓那位先生找李校长二次未找到，但以我太年轻及无教学经验为碍，仍是那一套，又得等过了礼拜三，今日无结果，白跑一趟，近日天黑早，又恐防空演习，遂即匆匆辞回，孙先生家甚偏僻，距东便门不远，我家则距西便门不远，来回一趟，亦不觉累，心中一点话亦存不住，又写了一纸信与英略谈，近来晚饭用得早，五时半到六时左右即吃，加以天黑得早，饭后半晌方八时半，九时多，而精神倦得亦早，可练习早睡早起。

11月2日　星期一（九月廿四）　半晴和

上午去前门代四弟取回校饭款并买了一点东西，吩咐吴裁到英家去做活，并带去书一本，信二纸，午后头痒洗发，一时许李庆成忽来，本约定今日上午来，却因戒严未过来，谈了半晌，又谈谈旧同学的情形，我想不到他与庆璋二产弟兄对我还不错，实际性趣脾味不太合适，因我终嫌他俩有点近于放荡，又谈谈像匣子摄影，看他谈来颇有心得，借去陈九英的仿徕卡匣子，三时许一同出来，在平民市场转转，没买什么，又一同遛着走到中南海，他等电车，我偶遇见前辅大体育教员柏芝慰先生，想起天真嫂来信托我之事，遂赶上问他，他允代我去问一下，回来仍闷闷，晚灯下看一刻书，作同学信。

一则自己书念的已告一段落，一则年龄亦长，加以近日常闻在南方之诸亲友之子女，时多结婚，在平之同学亦大多皆结婚，一半奇怪何以在南方他们如此容易结婚？是一切从简，是两人皆有职业之故，每有闻见，不免自己亦心中怦怦然动，但一念及自己现在身负的责任，现处的环境，不觉悚然，不敢再生何妄念，“结婚”离我还远得很呢吧！

11月3日　星期二（九月廿五）　晴和

前天英嘱我今天去校，十时许到校，因第二时已下课一刻，在图书馆及校园各处找英不见，后见朱君谓英在找我，到女校看一下，她车尚在，出来迎面遇见英走来，谓我在那，叫她好找，她第四时不想上，遂同她一同出来，骑车归家，一路上谈谈，她告诉我王秀兰回来了，昨日去校找她未见，今日下午她去找她，约定下午二时在天安门见，一同出去走走，她本来今天要给我毛背心，打得这么快?！因为昨日有亲戚去她家，她昨夜赶到十一时，未打完，所以今日没带来，她说所余线大约不够打一副手套的了，在前内分手各归，时已十一时半，今日晴和，穿得多便觉燥热，午饭后，看看报听过西乐片子，一时四十分左右，才出来，在天安门等了约一刻钟，见英及王秀兰一同走来，英推着车，王步行，见面招呼后，遂一同就近去公园内散步聊天，走进去不远，就在柏树林下，用树木作的几凳上坐定谈天，谈王在唐山培仁女中教员的生活，等等，王因防空谣传北平被炸，又想家，竟告假回平四日，礼拜五再回唐山，只教半年，下半年不去了，谈了半晌，总之是做事总不如作学生舒服，正谈之，史学系助教尹敬坊及另一同学走过，招呼又一同谈顷之方别去，我等遂亦往西走，逾社稷坛进中山堂（现改名为新民堂）内看看兴亚展览摄影大会，匆匆看过出来，又走进方筑好之音乐台看看，新式的建筑物矗立在其中，与古老的建筑与环境一对比，十分不相衬，十分不调合，社稷坛的原状被破坏殆尽，可叹，因已暮，遂一同出来，一路走一路谈，直送王回家，我二人亦骑车欲归，方走不远，英忽又下来，谓让我陪她再到别的地方去走走，我亦正不愿就回，她说让她请我去吃饭，不许我心内不安，不忍拂其美意，遂一同走，先说去颐园仍吃烤馒头，后来英不想去市场那一带，遂又往回走，说去吃公园后过那菜根香素菜馆，又折回，但公园恐防空演习，不存车，处处无光，遂又出来，又往东城跑，我车灯带来，此时正好用到，进去叫了菜吃，烤馒头没有，烤花卷亦不错，一边吃时，一边给她赵君德培来的那封苦相思日记体式的信看，她亦忍俊不禁，中午谈及小徐八日拟请些同学聚聚，拟给赵君及其他同学介绍一朋友，英谓我可不去，今天一边吃一边谈说，一边吃，促膝共餐，乐何为之，我吃得不少，与英在一起是用不着装虚伪客气的，我在英面前顶随便，率真，处处露出是真我，饭后与英并座谈天，英问我想她不？哼！怎么不想，天天想念她！她也低声说，“我这几日特别想你！”我听了心中多么感动呢！她是想多与我在一处一些时候，叙叙心曲，所以她的好友王她也未邀请，单请我吃饭谈天，有第三者在，谈天总不大方便的，她的深情美意我是深领的，她又告诉我她二姐在九月五日已在昆明与黄刊结婚了，还是她大姐来信说的，她大姐大约也想结婚了，可是尚未定呢！她又谈及十七日去过万安公墓祭她母周年后，她不久即要离平了，我听了不觉怔住，心中一时烦乱已极，事情就是这么不如意，我不能走开，她却要远离我而去，可是我二人又偏相爱呢，她也是舍不得我，可是又极想去，我又不能与之同行，所以常想与我在一起，说起将行，她心中又难过，眼中含泪，引得我眼睛也潮湿了，她走了，我的幸福也远了，她走了，何时再见呢!？一路上的安全，她想不去昆明，想先到别处去看看可以找到什么事作不，省得连累她姐姐，可是在人生地疏她这个办法我却不赞成，一提及这个问题，立刻使我二人不快，我只呆望着她，想不出什么好办法，又不愿说“你别走”的话！在这又有什么好处？除了有我以外，她各方精神上苦恼亦不好，一时我又不能与她结婚，此时她固是在我身旁，半月后，她或许就远在千里外亦不一定，那时我到何处去找她？我处去唤她？相思，心悬两地，此本现在记载我与她在一起的快乐，再隔十余页，就该总写上些愁思苦忆了吧！我真不敢想她如行时我精神何托，生活还有什么生趣?！她也同意我所谓暂时无可发展，暂找小事，维持生活，再利用此时努力充实自己的一切，以备将来应用，两情缠绵，真不知如何是好，真是“偏得分开一对情人”的无可奈何的悲哀，搜索枯肠，此时的我实想不出什好办法来，座谈到八时半，一同出来，真是现在感到没有一个方便地方供我们谈天坐憩，二人皆怀着一肚子的惆怅，即一同回来，我点了车灯，送她到家，我亦归来，觉倦即息，想起英将行事，中心如捣般难过，翻来覆去的不安宁，晚四弟与五弟又因细故打起来，真不懂事，不值与之生气，但总不免说他们几句，难哉，不知何时方明事理。

11月4日　星期三（九月廿六）　上午风，晴

昨晚得陈老伯来一信叫我去，不知何故，上午九时半去，原来是他代我去托那姓陈的希望能代我找个事做，那姓陈的要与我谈谈，由老伯写了几个字在名片上，持去见，姑且一往，不忍拂老人好意，略谈出来，到学校找到英，等了她一刻，与她一同回来，在什刹海看看新设的养鱼池，一路走走谈谈，有风扬土，十分可厌，在前外分手，约好明日下午再见，归来饭已用过，又为我现作，近一月米面买不到，不料此时生活竟是如此，不禁惘然，下午想起烦事，心头烦闷之极，念英将行，连日能总与之在一起才好，思英真是柔肠百回，愁肠欲断，令人不知如何是好，笨笔描写不出我自己此时的回环不已排遣不开的心情！一时无聊之，遂卧床上去小睡，昼寝却是近来少有的事，四时许起来，写信复赵君德培信，饭后灯下又复梁秉诠及李国良兄信，告其未去巴神甫处事，不知英今日下午如何过，她之欲行，对我亦是柔肠百回，无可奈何吧！她今午说，她“看出了

现在她走，她父尚不觉得难这一点，故她此时赶快走”。可是却顾不及我的难过了吗？人事多是不能完美的，恐这却是顾不了那么多了吧！谁叫我不能与之同行呢！夫复何言?!

11月5日 星期四（九月廿七） 上午阴，下午晴

上午九时半出去，问方家，鸿慈没有信条留给我，不知有望否？又去见陈老伯要我去见的陈先生，不在家，遂回来，因为据英言她离平之确期已是不远了，心中十三分的不安，正是事不关心，关心则乱，连日反复思念英行问题，生离死别的滋味实是人生苦差事，想来怎不令人黯然魂消，怅恨交加，晨间洗脸时，不由低吟王摩诘《送元使安西》：

渭城朝雨浥轻尘，客舍青青柳色新。

劝君更进一杯酒，西出阳关无故人。

低吟再四，不能自己，午后看了一刻书，二时许出来，跑到太庙已这了十分钟，今天英比我倒先来了，她昨日下午去烫发，为了烫一次大可过一年之久不变，省得理发，今日上午她们亦未去校上课，在家整理东西，我真不喜欢听这些关于她走的话，她今天带来了给我打好的背心，变了一个花样，我试穿了一下，有点瘦，她说比我原来的还多二十针，也许熨一下就好了，她又拿回去给我弄好了再给我，今天又把毛线拿去，她给我打手套，她正在给自己打一件薄毛衣，预备带去的，我又出去买了半斤花生进来一同往后走，绕在后边西墙外，迎阳坐在砖地下，秋阳甚暖，又无风，甚至是舒适，我剥花生与英吃，她一边毛衣，一边与我谈话，身偎心上人，同晒暖阳，静谈无人吵，多好，惜我不能远飞，今在我身边卿卿我我之吾英半月左右后即将远我而去，再晤不知何年何月矣！能不令人怅惘?！英只不过想去那边找一事作而已，她好强之至，甚至想不愿去连累她的姐姐，座谈来，日已西下，又闻振铃声单乃太庙内殿关门之警告，遂与英走出，又在柏树下椅子坐定，低声谈天，英又柔声问我，“何时去找她?”我闻了心中十分难过，依现在的情势与环境，我又怎能敢说一定什么时候呢!？她又说她那天走想不告诉我，又说不要我去送，她行前一天

陪我一整天，她不让我去送的原因，因为她怕临行时看见我她哭了多不好意思，我注视前面的柏林，眼前好似现出了我最恨的那一日，英行的那一天，“大家在车站上送英等走，我两人好似有千言万语说不完，可是到时又只会四目相视一语难发，不久车动了眼看分别在即，二人不禁皆眼含热泪，满眶欲流，继之是我一人独自垂头丧气奔出了车站，不知如何安排自己的生活，又好似看见了我二人各在一方互相苦思不安，不自在痛苦的生活着。”我真不敢想英走后我的生活又是什么情形？现在已是十分无趣，幸不时有英伴我，安慰我，她如去时，还有什么生趣!？活该我是这个苦命吗？该多遭受磨折么!？天日渐就暮，园内电灯已经亮起来了，移在较宽适的树下椅子，偎着英坐着，低声说着，想想现在我身边的爱人，不久将远离我数千里外，再见不知何时，怎不叫人心酸，愁闷，拥着英低低诉与她听我的心曲，不禁低下头吻了她，她也那么温柔的依在我的胸前，断续低声关于她行走的谈话，成了我俩近日见面谈话的中心，脸儿相偎，她一时也情不自禁地吻了我，抱着我颈，相偎无孔不入言，缠绵相爱，各人怀了一肚子的无可奈何的悲哀，约六时半一同相将出来，还有不到半个月吧！她或许就行了，这几日每天能看见她才好呢，可惜不能，明天有同学去找她，约好礼拜六下午二时去中南海，并说好过几日一同去摄一合影送行，请她吃烤肉，我向她说我还不及她手中打的毛衣，她还可常与英在一起，还可伴英同行，英为我打的背心，有心送于英，伴着她，好似我在她的身旁，但总不如我，即使留在我的身上，它的手泽，亦大不如英好，我闷了它亦不会与我谈天，我烦了更不会安慰我，有什么用，睹物思人，反增离绪，出来有点冷，到家已七时许，途中买了点心回来吃，一意尽想念，“英要远别我去了，怎么办呢!？”的问题，亦不觉饿，随便吃下，灯下得刘镜清兄信他已去山东曲阜省之师范教历史，月薪百四十元，津贴在外，好运气，美差事，当时答一信贺之略谈，灯下念英，此问题横互心中，未尝片刻释怀，即目前家庭生计困难压头，反置脑后，回环往复，愁肠欲断，而对当前事实又无可奈何！现唯一希望能有一大激变，变动，我个人亦好，政局战事亦好，我个人变化忽能与英同行最妙，因其路途上我最不放心，政局变，则英根本不能行，静候此希望中的变化实现！

因家计之迫促，每日食每日购之情势，又无额外任何收入，又苦找不到职业，李娘竟牺牲售其由福州带出的四个黑漆皮箱，物确不值多少，但终是随她多年之物，现竟不免脱售，我心中着实不忍，只恨自己无能，昨日拍卖行却未售出，今日又转托鲁麟，令老人奔波不已，心殊不忍，有事，却又不能如此逍遥与兄相晤，但为生活所迫，不得不谋一职，却又偏寻不到，可叹！

11月6日 星期五（九月廿八） 晴，风

一念及英将远离我而去，便满肚子难过，不敢想她走后我的生活会变成什么样子！终日为此问题所苦恼，真是中心如捣！

上午十时去见什么陈先生，今日在家，进去座谈顷之，他初极力应允见了他朋友代谋一事，在本月内有确讯与我，后谈及尚托人去说八中教席事，他谓此事亦佳，或助我谋成此事，十时半辞出，冒大风去校，无缘无故又刮什么风？满街是土十分可厌，到校在朱君处坐了一刻，见着孙先生他皱着眉说不成，所托商先生如此说，亦未说何故，好白盼白跑了多少路，结果不过换来不成二字而已，还得向他致谢，回来路过去陈老伯家小坐，告以见陈经过，并看见其三女在昆明结婚相片及来信，一切从简尚用二万余元我真羡慕那些在南方有职业的人，看了又不禁怦然心动，可是当前多少困难问题等待解决，想在此地熟人如此多尚多日未能找到事做，在那边人地生疏更不易为吧！不敢再多念，徒自急苦，李娘所售箱，前日未拍出，今日去问前来看者，又谓欲购之人去津，不知何时方回，偏偏皆逢此不如意事，午后闷极，看书亦看不下去，坐在椅上呆呆打了个困盹，在屋中来回走，亦终想不出什么好法子来，真是束手无策，难道今年头真令我束手待毙不成！耗到晚饭后去找方鸿慈，那么巧，今日值班，他家仆人说要到午夜方回，在学校做事，亦要值班吗？这倒不知道，又碰回来了，不料找这么一个大学助教亦如此不易，回来买一点酱菜，二日买时才四毛八一斤的酱萝卜，今日竟六角四了，一涨便是一角多，怪，真是倒霉之至，米卖到一元二角左右一斤，小米七八毛，如此高的生活程度如何过

法，在此六口皆要吃，还有狗猫鸡，却无分文收入，恐怕长此下去，早晚成了难民吧！归来愈想愈烦，当前困难问题太多了，什么时候才使我略为舒展一些心情呢!?

11月7日　星期六（九月廿九）　晴，下午风

上午看看书及报，天气确是凉多了，在太阳光下露着手，风吹得有点凉，在阳光下站着看书报，亦不觉暖，便拿了扫帚把院子扫净满地的落叶，看了亦舒服，午后一时半出去，先去叶家还了于运弟的照相机，借来约有三四个月之久呢，差十分二点到中南海，呆坐在椅上候英，柳条垂摆，绿水粼粼，秋水涨深，这个环境倒也静穆，坐直有半小时，今日却不见英来，前日未迟到，今日又来晚了，真情为徘徊走走，又步上立刁斗的小土丘上望了半晌亦不见来，下来已将近三时了，方拟打一电话去问，蓦地由门外迎面英含笑进来，她说今天一磨时候便晚了一小时，一同往东走在船坞前，迎着阳光一小椅上坐定一边与英谈天，她一边打毛衣，只是此时起风，吹得凉，又往北走，在流水音边一椅上坐了半晌，她今天带来了打好的毛背心，一熨就宽大了许多，又还我几本书，那本日记（No18）亦还我了，她说她看完了，也替我看急呢，她建议我去教教家馆，她又与我看她在今年春天时候做了一首新诗，题为“独语”，述她那时的心情，还有一首是她二姐作的“念母亲”周年忌日作，她略改，新诗我根本不懂，亦不会欣赏，坐了半晌，夕阳西下，秋风阵阵颇寒，没有风便暖得多，又往瀛台走去，在西边山石上坐下，又谈了半晌，她告诉我她明日或去上坟，因为是十月一日，俗称寒衣节，（或名鬼节）为亡人送冥衣时，我问她，在她走后，我自然尽力想法子去找她，如果两年后我仍未能去时，希望她能回来，她说，“好吧！”可是过了一年二年后，尚不知又是何情形，座谈不觉已是黄昏时候，园灯已亮，约已六时许遂相偕出来，晚风觉凉，我将她为我打好的毛背心着上，比上次在太庙时试时宽多，一路上与她谈及舒，她不明白我与舒友谊之平淡，反有怪我之意，实则扪心自问，并无惭愧负心对舒之处，晚饭后记家用账，连日购到一些米，可以换

换小米面的口味，闻英同行伴侣下礼拜三还回天津则其行期尚在十二月初左右了，灯下作一短信与英。

晚将毛背心与娘看，也没量，没比，英打好，穿了甚合适，花样亦不错，娘说英真能干！今天分别时，也忘了向她道谢。

11月8日　星期日（十月初一）　晴和微风

上午九时许未起时，陈九英弟就来了，急忙起来，早点后，与之漫谈各人家庭困难情形，他家亦有许多为难之处，他比我更年轻，而所遭遇的要他解决的困难比我更难更复杂，家庭的问题是最烦复，也不是别人所能代为解决的，人生苦恼事原多，谈到十一时许一同出来，他回家，我去访方鸿慈，今日让到他住的屋子去，这么早便生炉子了，热得很，他屋很简单，有些他采集的矿石标本，还有许多电影明星照片，他喜欢梅娜劳埃，（美女星名）还有一书架子的合订本各种电影杂志，真是一个影迷的屋子，倒也名副其实，他告诉我他父已经代我写了一信与王养怡，尚无回音，因已届午饭时间不便久坐遂辞回，午后正在院中看报，杨善政及另一姓杨的四弟同学来座谈顷之方去，二时许宋秉泽及索维垣二位来访，进来时，我一时竟未认出，一别约有六年之久，且多少改点样子，故友重逢，相见甚欢，原来他们出去各处观察黄河情况，一礼拜前回来，方见我信，略谈，因我要出去，三时许遂一同出来，在宣外分手，我遂去小徐家，本拟不去，因无什么意思，在家亦无聊，到那只朱君一人在，徐太太的朋友则全来了，只有二位不曾见过，她们同在里屋坐，我自与朱君在外屋座谈，顷之，杨志崇来，五时许尚未见其他人来，赵君大约不来，徐仁熙又出去请了秦西焕来，六时许即开晚饭，菜皆由徐太太一人做成，真不易，想不到徐太太还有这一手?!菜甚多，堪称丰盛二字，此时吃饭，倒也实惠，（一笑）大家不客气，吃得很多，虽不大熟，偶尔也谈得甚欢，在快吃完时，孙以亮兄来了，来晚了，只好吃残汤剩菜，约八时许小姐们先行，我们又聚谈了一刻，约九时一同辞出，因不太熟，谈的不甚狂热，小姐们不见得多大方，不大说话，还是我们互相谈得多，只是脾味不合，没有多精彩的谈出，徐太太倒比以前大方许多，亦会应酬人，大家都赞美徐太太的菜做的好，她颇高兴，只是一个女仆，男女主人不免显得忙乱一点，并且还得顾及小孩的一切，那么小的屋子，真难为他们，只是因为年轻人的缘故，我总觉得朱杨二人有时谈笑的态度未免过于不庄重，太随便，旁若无人似的大说大笑，小徐今日请客的意义，不外一，他新生的小宝宝，大约有人送礼，二，代她太太的朋友想介绍个朋友，三，是同学朋友们欢聚，此一餐亦要联银数十吧！归来微觉凉意，觉倦，早睡。

11月9日　星期一（十月初二）　晴和

上午十一时许去陈燕荪先生处，告以前昨由孙先生及方家所得之回执，略谈即辞出，今午吴裁缝去英家送衣服将前夜之信带去，英亦无回信，不知她昨日去万安公墓否？因昨夜得朱天真嫂来信告以昌黎任教详情，今日午即又赴一条及来信送到师大体育部柏先生，不知他能找到代课之人否？午后看报，力家老张来谓力十一兄请我过去，不是说欠房租事即是说卖房事，想起来欠租已是对不住，再卖了房，往何处搬？住又来威胁我，衣，食，住，行生活四大要素，样样现在都威迫我，总之是生活压迫我，经济力困促之时，处处无法办，奈何，午后在家听无线电中广播的中山公园音乐堂音乐表演，一直到四时许才听完，过去力家与十一兄变天约一小时归来，初以为他将谈房租及搬家事，不料他倒未怎说，只谈些其他找事等事情，现在人民都是受苦中，没有得意，全在高度生活下强忍呻吟，我自动向其道歉欠租事，他倒未说什么，找事数月竟至一无所成，真想从英之言登广告去做家庭教师了，晚看书，沉闷中过了一日。

我下意识地又觉得英之离平，或有不果行的可能，或不能通行之可能，因有多人皆谓现在不好走，又为英等危险，怕她们路途出什么烦苦乱子，固然不怕这些枝节才可走去，但亦不值作无谓牺牲，想有什么可能性发，要预先想好应付的方法才好，不知她们有谈及此点否?!

11月10日　星期二（十月初三）　半阴晴

疲乏了，去睡是休息，可是我连日起来反而觉得疲乏，奇怪，终日心中烦躁不宁，什么事皆作不下去，午后闷闷，二时许代李娘去东城鲁麟拍卖行，去看四个皮箱子卖出否，到那已开始拍卖，结果没卖出，懒得再听别的，四时左右又闷闷回来，无兴致，无处可去，结果仍是无味，各处至今皆无消息，我找事数月，至此竟成无形中停顿了，念之不禁烦极，晚铸兄来又说了半刻，好似我什么都不晓得，也懒得与他分辩，他哪知道我这几个月如何费力奔波，再起起王弼大姐来信所谓各家皆困难，赶得这年头奈何！

连日炮声，飞机声不绝于耳，空气显得颇紧张，于是便觉得离平旅行便有许多困难，或竟不通，而今晚铸兄来谈有多人南去，走亦颇易，我心亦不禁油然而动，经济力一有余裕，立刻达此志愿，唯将别吾英，心中又不觉怅恨不已。

近数日用饭早，约旧钟六时左右即开晚饭，五时半天即薄暮，六时已黑，而饭后半晌方七时半或八时半，觉甚早，九时许亦觉疲倦，自己亦觉奇怪，十时左右即睡，今日九时半即休息亦为我近月来少有之情形。

11月11日　星期三（十月初四）　晴和

晨八时半，吴裁缝带来昨日英与她的信，约我今日下午三时去元元等她摄合影，我本来说是下礼拜三，她却说今天去，好在我亦无事，今天天气亦不错，上午十时出去买点东西，并且去理了发，才三个礼拜，可是已长已污并痒，理过发舒服多，中午看看报，午后得朱天真嫂来一快信谓不必托柏先生代找代课人，昨日已经去信与柏先生，只好再去信请他不必费心了，因看报换衣耽误，三时方由家中动身，急忙一路驰去，赶到元元，看外边没有英的车，方认为英尚未来呢，进去方看见英在里边坐着等我呢，她已来了一刻钟，此时有三个辅大女校同学在照相，遂在外边等候了

一会，与英合照了两张不同的底板，被摄影师摆布得木木然似颇机械，态度恐不自然，我亦戴上眼镜，有眼镜照相却还是第一次，可是在照时颇快，还好一点，一坐一站，我觉得坐着那张比站着的好一点，出来走到中原公司去，英换了东西，出来略转，又回来，进去二人吃了六个包子，一锅窝面，没什么事，处处怕防空演习，多黑漆漆的，英说回家有事，遂一同回来，约定明日下午去元元看样片，英也不怎么一时高兴，归途在正通买了两张公益奖券，到家才六时半，今日吃饭晚，本在中原公司吃了半饱，到家又吃了两碗多，饭后已八时半，下午发来配给面票。

11 月 12 日　星期四（十月初五）　阴，霰，晚小雨，凉

阴沉沉的天气，直睡到十时方知已迟，昨晚吃了两次饭，吃多了，胃中不舒服，夜生噩梦，睡不安，上午李娘出去，取回一袋配给面粉，可是同时又有四十八斤的土豆，亦随面粉同时强制配给，如不买土豆，则连配给面粉亦不售与，配给土豆却未听说，如只备钱购面粉未备钱买土豆者，即不能购得廉售之面粉，此理向谁去讲，闻此系余市长夫之主意，日前并以土豆宴客，以资提倡，她就吃了那么一顿！可恶之至，不顾民人困苦，午饭后出去，在路上遇见了鲁兆奎，正未说几句，又碰见多年未见的初一同学曹乃文，这家伙还是那样，现在不写小说了，不办游艺画刊了，现在却当了金城广告社的副社长，能混，随便谈谈即分手，到了元元，取出样片一看，坐着的却不好，立着的反较好，等了一刻英来了，亦同意立着那一张，洗四寸的四张，看完相片样子，又无事了，遂一同步行顺大街走，穿过天安门，进公园前门，在行健会看看木刻展，此时间音乐堂中张君秋的霸王别姬散场，张君秋出时，多人围观，在后河椅上略坐，因天气阴沉沉颇凉，又无什么事，遂同出各归，天阴得很利害，没风还不觉多冷，心中烦闷不欢，路过朱君家小坐，因欲雨遂辞出，心情正如天气一般不如人意，颇不安适，烦懑得很，觉甚无味，生活无趣，灯下看看书及唐诗，因念英，觉其中送别之诗，似多对我而发，亦多代表我心意者，更觉惘然不快，夜颇凉，一日鬼天气。

11月13日　星期五（十月初六）　上午晴，下午阴，大风

未起以前就听见大风在屋外狂吼不止，上午十一时许代李娘去东城鲁麟拍卖行取回款子，百元，在此物价特高之时，此一点款子够作什么用？大风十分可厌，吹得电线哨子般尖叫，确实是冬日的情形了，幸昨晚下雨地下湿湿的，今天才没什么土，可是凉得多了，又想起现在已是这么冷的天了，英如离平值此严寒天气，多不方便！现在是时时处处要念到关于英的一切，英要走的话，不知可已向其父正式提议过了没有？是否彻底允许，尚不中知，偏赶在此酷寒下出门，多不舒服，大风天骑车最受罪，中午回来吃饭，不知英今日上学否，人家都是归心似箭，她却有点去思如飞呢，她连日整理预备各种东西似乎甚是忙碌，恐怕亦无心上学念书了吧！想起生活是这么漫无目的，多么无味，大闲人一个，成天在家无所事事的待着多无聊，找事数月却到现在反而成了一事无成，好不烦煞人也！总这么闲着，终非了局！下午看书，大风阴天，很冷，又无处可去，听听收音机中放出的音乐，又助娘把屋中窗帘，窗缝糊严，以挡冬日冷风，配给面刚想法买回，今日下午又来邮局人寿保险，娘不知昨日强写了两元，今日来要，老邮差说得可怜，只好付他二元，下月改为一元，如我昨日在家，不保亦无，又来要铜三斤，这时生活以外的花样真多，由收铜，一时又想起家中各种废杂无用之物甚多，每日在家待着也是待着，也可利用此时，彻底大加整理一下无用的物品，完全去掉，换些有用的东西岂不是好！晚看书，生了一个火炉，屋中便显得暖和多多，今日是令泓的生日，因懒及风便混过了，也没送什么，算了吧！不是本来自始至终就与她维持着普通朋友的关系吗？也许她二姐与她现在正怨恨咒骂我也不一定，实在说起来与她极稀谈的过往事，还不及我一个普通的男朋友，同学来往的随便频繁呢！

近日得暇便盘算英的行期会在那天实现！心中同时也十分难过，她各行时，正是千山万水分乡县，此别相逢在何年？谁敢保险?!

11月14日　星期六（十月初七）　上午晴，下午阴

光明和温暖，终是令人兴奋振作的，昨日阴沉沉寒冷的天气，令人闷闷不快，今晨阳光满室，使人精神一振，阳光给予人精神上一种刺激，安慰，觉得比看阴天总要高兴得多，虽然心绪好否的主观力量度亦很大，上午本想出去沐浴，因时间不多，遂在家看看书，想做点什么事，只是心中怔忡不定，不知何故，午后一时许，朱君忽来访，座谈顷之，无事闲谈而已，三时左右同出，我即去西单庆华兄家，他前日回平旋于次日即又去津，他即忙且懒，与其父母略谈，其母取一相片与我看，问我相识否？乃与英同系毕业之祝小姐，问我关于彼之一切，我只知其甚大方活泼，余不悉，其母托我探问，乃庆华一月前在津由人介绍相识者，闻过从甚密，庆华在津与友人合资开一洗染织补及售皮鞋之店，也做起买卖来了，其母言，每日甚忙，老太太话都愿意扩大宣传，一般的现象，庆华三下子忙，怪不得没功夫写信呢！谈约一小时，要了一张治华与张小姐订婚的相片，无别事，无处可去，遂即归来，方坐未定，小徐来，又出我意外，他原来是借像匣子来的，可是已经还人，临时无处找，白跑一趟，旋去，晚七时左右陈九英及宋宝霖忽来，座谈至九时方去。

11月15日　星期日（十月初八）　晴

“弃我去者昨日之日不可留，乱我心者今日之日多烦忧。”

夜作奇梦，不得充分休息，十一时许出，先访陈某，先其太太谓在家，继又言出去了，大约是在家，因所托之事无结果，不便见我，无以复我于是避而不见，顺路又去访方鸿慈，其家仆可恶，等了半晌方得通报，进去略坐，鸿慈谓尚无回音，请其父再为催问，他明日即去密云考查地质一礼拜后方回，因近午遂辞出，午后无聊，天气虽不错，只是够冷的，想想亦无处可去，遂在家看书，又翻读唐诗，二时许吴裁缝送来英信一封，短柬，聊聊数字，叫我明日下午在天安门等她，有事相商，还有千万二

字，不知何事，一想又可看见她时，心中便觉高兴，实则才三天没见，每日只盼她有信来，一听狗吠便以为是英的信由邮差或她家人送来，可是多令我失望，今天才在意外得她数字，下午三时许庆璋来，庆成倒没来，送还陈九英的像匣子，与庆璋谈照相等事，不觉已是五时了，因天欲暮他即辞去，庆璋有两三个月没看见他了，长高许多，他去后又读完一本唐诗，灯下看看摄影机说明书等，此时屋中无火，已觉冷，身上穿多还好，两足却总冰凉，今晨至晚忽然总是眼跳，不知主何吉凶，初还以为今日公益奖券开奖，今日又中了！晚上听收音机中报告头三奖又落空了，白白欢喜！

想起事情无丝毫结果，令人焦急，总想找到个职业见着英亦好，总找不到心中十分惭愧不安！她将行，拟请其来家午饭即为之饯行之意！

11月16日　星期一（十月初九）　晴

近二日早晨又见冰凌，今日窗上已有一薄层水晕，满地严霜了，冬又降临了，人就在送夏迎冬中过了一生！

上午去沐浴，积垢一清，身心一爽！

饭后二时到天安门，天气到还清和，只是太阳光显不出什么热力来了，快三时了，英才来，一同进公园在走廊上坐定，英却轻轻吐出她后日上午就离开北平了，一时犹如半空一个霹雳，立刻令我怔住，心中浸在醋及辣椒内一般又酸，又辣，不料她此时才告诉我，不料她这么快便要走了，她还约好薛蕴玉来谈什么，与她略谈，薛来了，她俩在一处谈了一刻，绕走一会，薛先走，我们略迟亦出，英初疑有人听见她谈话了，直怪我嚷的，她自多心，她不知道我那时心中是如何难过，不愿与她多辩，临别再闹一个不欢而散何苦！？只有沉默忍受的份，看她气还是不小，出来往学校去，一路气汹汹的，先找未找到，又到校她去问个同学，又等了半晌，再出才找到，进去坐了一刻，六时天黑，一同归去，本想请她吃饭，她明日是她母二周年死忌，上午无空，午后想去长辛店看一同学母，五时又须去公理会找人，晚又要在家与其父叙叙别情，没有时间了，连与我在一起多坐一刻的功夫全没有，我奇怪她为什么要看人什么的不在前几天

去，临行还要这么忙，否则安安闲闲等着走不好，也可仔细想什么东西应带，什么事应办的，不知她何以忙了多日未办清，约好明日午伴她去长辛店，我主要是要见她，与她谈谈天，一则是长辛店没去过，顺便去看看，与她分手后，怀着异样的感觉归来，七时许到家亦不觉饥饿，只是坐着发怔，也不知在想什么！匆匆用过所留的饭，灯下抽笔与英写信，现在录信于下以表当时情绪：

“淑英：你为什么不早些告诉我呢？我还想请你来我家吃顿饭，谈谈，玩玩，过个大半天呢，我想至少也还有半月左右才与你分别呢！心想还有几天，所以那两三天就在家沉闷中过去了，否则我定要多见你几次的，今天下午你还是那么慢腾腾地出来，和平常一般，无事人似的，你真成，你真稳得住！

你知道我听见你说你在一两日内起行时，我心里是什么味?!我觉得当时我全身血液全凝住了，心脏那时也停止了，从心里边往外发颤，我全身无力了，一时脑中茫然，空无所有，我没有了立着的力气，只好颓然坐下来，我不晓得我的心何时又跳了，又延长继续了我的生命，真的，想不到你这么快就走了，好，你真忍得住，直以此时才告诉我。

今天下午在公园内走，我一步一步的，好似在荒郊中，一肚子的话可是说不出，道不明，我想你也许会明白我都要与你说些什么话？想来你真不该，为什么不抽出一天空暇来，使我俩仔细想想，互相要说的话。

是我心突然受了一个大刺激？我全身一直都在轻微的颤抖中，初还以为是冷的缘故，回家来，进屋有火，甚热，直到在此时与你写信时，仍是有点抖，是心中激动不宁吧，希望这不会成了毛病，并且还微觉心中有点不舒服，怪。

心中像一团乱丝，也像一大块大理石堵在那里，死别的情形我已经过，现在再来尝一下生离的味道。

关于分别的情绪，除了觉得悲哀以外，我不有‘恨’，恨我自己，除此我不为你欣喜，并且羡慕你，其余我觉得不必再多说什么了吧！英，你会了解我的情绪！前代诗人的话，确能代表一点我的意思，现在择录一些如下：

“千山万水分乡县，此别相逢在何年！?”（第二句乃自拟加者）

“河水楚云千万里，天涯此别‘恨’无穷！”

“别后能相忆，东陵有故侯。”

“江送巴南水，山横塞北云，津亭秋月夜，谁见往离群?!”

“荆吴相接水为乡，君去春江正淼茫，日暮征帆何处泊？天涯一望断人肠！”

“青山横北郭，白水绕东城，此城一为别，孤篷万里征！浮云游子意，落日故人情，挥手自兹去，萧萧班马鸣！”

好了，不再写下去了，否则我心更疼得利害了。

英，别后你会想念我在北平的不自在吗？只要你能不时念及我，在你高兴，快乐的时候，我便很感激你了。

英！我将永远记念着你，你将天天为你祈祷祝福！你应记住在遥远的地方，在你爱恋的故都，还有个人儿在翘盼你每一封千里外的来信底安慰与鼓励。

亲爱的英，让我再这么称呼你一声，你是我最亲爱的人，是不？我不能伴你同行，你会原谅我这千万重不得已的苦衷吗？告诉我，一定要告诉我，走前来不及告诉我时，来信亦应告诉我，一定的，英！一定！

自然我在极力想法能去找你是最好，如果万一办不到时，英！你一定要记得，我们“二年的约期”，你会回来的，你不可以为我在前些日子说此话时是玩笑的，我没一句假话的，我们互相信任，互守坚贞！

我沉静坚毅的等候你，你也等候我，实际我精神上早已与你订婚了，如有人看见了我俩的合影，也许会疑心我们已经订婚了吧！我本有此意，但因其他不得已的原因，终未开口要求你付诸实现，我娘亦怪我为何不早说，我想一切又何必拘于形式，我相信你，也相信我自己，虽然或会有人为我来担心什么，英！你说是不！你相信我，更相信你自己，再说一次，我相信你！

你之走与我一半儿欣羡，一半儿悲愁，但同时反省又觉得自己的可怜！你总在前进中，我却停滞在此上下不得，不但停止不进，反而不有退步的危险，你说是吗？

我说在平不自在，这三个字形容的很好，身体，精神……种种方面都如此，尤其你行后，不知何时方心宽气舒，英，除了这些话以外，我还要嘱咐你几句话：要注意健康，二，记日记，三，每周与我一信，四，二年后归来，五，不作无谓牺牲（每月下略）。

你将步入人海中，更深切的明略人生构造的复杂，生活的面面观，更多知多识了许多人，事，物，理，一扩见闻，应是多么快活的事呀！我真羡慕你。

这封此时止在平与你最末的一封信，不过是一伸手便交到了你的面前，以后便不知要多麻烦才送到你我的手中，我真怕不能通信，这是最不利于我们的，万一有此事发生，我仍想法写去寄去，希望你勿因不大接到我信而不来信，仍要时常来信，"悠悠洛阳道，此会在何年？"唯念"海内存知己，天涯若比邻。"以自慰而已，写不尽的心意，敬祝一路顺利！

这次你出行，我在任何方面都未能稍为你尽一点力，觉得甚是惭愧，不安，（甚或反而有时阻碍你），你对我之好处……都留待我以后长久的报答吧！（信后又及如此数语。）"

本拟略写数语，提笔不觉已尽五页，我命何其蹇塞?！家庭生活不如意，好不难才找到一个异性知己，得共终身，偏又遭此波折，正是"此会在何年"呀?！

11 月 17 日　星期二（十月初十）　晴

从昨日下午英告诉我她将行起，心情一直在紧张中，今晨八时许起，觉有许多事要办，急匆匆写一信与姚兄，九时许五弟忽归来，乃昨日上午他与劳作先生声辩，为训育主任章先生听见，勒令停课，并须家长前去方始上课，自己心中已是大不痛快，可恨无知小弟，更增我烦恼，无法只好先与之到志成一趟，见过章先生，代为一言，约一刻钟辞出，看他上课方出，先去渐兴取了那每月一点的六十元，明年二月即止了，不知如何是好，因为听英说知今日是她母忌辰二周年纪念，我早晨特意写了一个黄签套，封了二元，上午自己送去，并附一短信，未进去，（那一点点，不过略表寸心而已，不知其父会笑话我否?）遂在劝业场前存了车，到前外车站转转，多年不去，内外皆改动不少，候车室，食堂等皆变样，各处看看，外边改建地方宽大许多，次序亦好，约十一时左右，走到西交民巷东口仙乐咖啡馆去坐坐，人甚多，中外皆有，日人亦不少，中人多附近各行行员，内有四五髫龄女侍，司账者亦一中年妇，座客有醉翁之意不在酒者，声容可憎之至，我在此不过略憩，候时间去找英，不料此中如此形状，早上十时多吃的早点，但此时又略饿，又吃了一点点心，看看报，到一时十分左右出来，走到轻油车站，还未卖票，看看没有英，尚未来，在附近站着候，在车如流水马如龙的前外大街旁等人眼睛够累的，时间不停，一分一分地过，开车时间渐近，仍是望穿秋水，不见伊人，是她忘了昨日之约，是她又犯了迟到的毛病，忘了火车是不等候人的，还有三分钟了，还不见她来，一会工夫，车开了，得！完了，今天去不成了，明天走，也不用去了，我白忙白着急了，白天也白在前门附近空候她闲荡了四小时，不知她何以未来，心中十分懊丧不快顺步走下来，还望或可看见她，不陪她去长辛站，亦愿今日再见见她，明天不是就看不见她了吗?!顺大街走，心中终忍不住在一个铺子内打了一个电话，说早上去西山万安公墓尚未回来呢，好，去公墓也不先告诉我一下，令我空候半晌，昨日说不去了，不知何以今日又去，怅怅出来，才走未多远，一眼看见英与她侄女老九坐一三轮回来，这一喜非同小可，急忙上前叫住，她说她在一小时半前往回赶，结果仍迟了，还去东车站那边去找我，亦未找到，她未吃饭呢，此时已一时五十分了，还带个小孩约定一小时后在天安门等她，我自在大街上慢慢走走，又到前门去打听一下车价，因为英走时所坐之车经过天津，我拟乘此机会，坐它一遭，去津一行，耗到二时多，去劝业场取了车，慢慢推天天安门，又等了半晌，快三时了，她才来，此时时间多宝贵，她还这么耗着，她先头告诉我，她行期改在礼拜五了，心头才松一点，又一同往天增去，她雇车行，一时失散，找了半晌未找到，只好在天增前等她，这么一小块地方，我俩走散了都找不到，何况将在不久的将来，她走入茫茫人海中，我却往何方去寻她呢！思之心中十分怅怅，正在立着胡想，英来了，她说昨晚薛打电话告诉她，她们行期改在礼拜五了，我只道她明早便行，今日是最后一次会晤了，如此还有二日的工夫，刀子说明日下午再邀我伴她去长辛店一次，我自然应允了，又把昨夜写的信交与她，因前约今日四时他们还同伴聚谈一次，她即去公理会，我在此等她，我想想应该还有什么话要与她说的，有什么事应办的，也代她想想，未一小时英便回来了，是那姓田的未去，大家便走散了，英今日跑了不少路，一直未歇下来，觉得头有点疼，又乏了，遂安坐休息，看其娇喘微微，心中十分怜惜，如非在此公共地方，定要抱过她来，好好安慰她一番，容她安静的休息一刻，她好一些了，遂略谈，她因行期改了，尚未与其父谈及此事，因她觉倦，遂即在天增用晚饭，做得不大好，吃的颇不舒服，饭后又陪其略憩，她是乏了，靠椅假眠片刻，也谈了些话，可是此时却已想不起都说些什么，大半都还是谈论她行的一切，九时许一同出来，一同步行到南池子南口她才雇车回去，约定明日午见，归来心神仍怅怅不能自已，兀自独坐愁思不止，又想想念念些关于行的事，及我要想办的事，明日是娘的生辰，预嘱弟妹明日回来好与娘拜寿，不然他们就许会忘了，心绪烦甚，也未看书，也未记日记便睡了！（廿四日补）

11月18日 星期三（十月十一） 晴和

因昨晚李娘谓五姐昨日在电话中嘱我今日去其家一次，不知何事，幸今日英未起行，遂得暇一行，九时半一人先给娘拜过寿，与李娘道过喜，十时许去五姐家略谈，方知五姐欲为我另外托人向汪去说，我早对之无意，不忍拂其好意，遂写一履历片付之，略谈，因欲去买东西，辞出，今日娘诞辰她说忘却，我遂亦未提，去市场为娘买了十支冰糖葫芦，就是二元，在月桂商场看看书，值得买回一看的太多了，快十二时，又买了一点东西等赶回来，昨夜大约下雨，各胡同地下多是湿泥，回来急匆匆吃过午饭，换了衣服骑车疾驰往前门，动身时已一时十分，仗着骑车多年，在小胡同及不平整多人多车的地方跑，用了不到二十分钟赶到，又把车存在劝业场，知道不会晚了，心中方宽，英已到，正怕我不来，我一到立即购票上车，不一刻即开车，我未去过长辛店，她们亦第一次去，在西便门马厂车站，等了半晌才来倒换的车，却是一辆轻油车，好似一辆大电车，椅窗设备与火车上相似，过卢沟桥站，过小铁桥，不久便到长辛店，乃一大镇集，只一二条街，附近不远，西北有兵工厂，辗转找到所要去的朱家，先与其二姐同学之母谈，一老太太，半截乡间衣服，又等半晌，其同学之三叔打完牌，又谈了一刻，问明找其同学之兄的地址，约一小时，回北平之车将开，遂辞出，即赴车站，一同归来，亦未再去别外走走，看看，一则无时间，一则我俩惹人注目，车到西便门停住，倒去前门车要一小时半后方到，于是遂与英越野顺铁路进广安门，一边谈，一边走，不久便到了，此时已快六时，天将暮，此时心中一动，即已走到此处，何不邀其到家晚饭后再送其回家，娘生日晚上吃汤面，我不言是娘生日，她不知道，正好，免得她又要如何，我说完她答应，遂即雇车同回，静悄悄的，我同英回来，她们都想不到，四弟同学盟兄宝霖在，让英进屋有个小火坐，娘初不信，后来怨我突如其来，一切没有预备，第一次在此吃饭亦没什么吃的怎好？临时叫来李妈帮忙，娘总是好面子，其实与英客气什么，应示与英以平日生活真面目才好，没有仆妇又有什么关系，吃什么便也请英吃什么便了，不用客气，虚伪，我给娘买的糖葫芦，弟妹们吃了几串，客人吃了两串，下午力家来了三四个人，十一兄，伯良亦来，还到我屋来看英的相片，把花生全吃完了，也没东西请英吃了，六时半左右，吃汤面，用小红花碗，比平时饭碗大，我们都用如此大的，后来才想起英不惯用此，还是满满一碗，她也够勉为其难吃下去了，饭后又略座谈，在饭前我曾将所存广雅丛书与英看，多史书，因她回去还得整理收拾行李，明早便送往车站去了，七时半与她同出，雇车到绒线胡同，等了一会，不见公共汽车前来，一问才知新八时后即无车，遂同雇三轮，在前门王牌楼分手，约定明日十一时在公园见，她自归，我亦不便去其家助其打点收拾，思不觉怅恨，我自去劝业场，取了车归来，不一小时打个来回，可是英却回去了，想时间飞快，别日不久即临，人生离合不定，念英远行，不觉怅怅不乐，因英将行，临别戏嘱小妹多看英几眼，回来方知，适才小妹进屋大哭一场，两眼为红，并作诗一首，虽走韵，却可见其文学天才，兹录其诗如下：

“英姐将（原作之）别离，使我多悲凄！

此后之（作长字较好）岁月，以何为相依?!”

有点意思，小妹人甚聪明，明白事理，亦肯读书，似对数学亦不大感兴趣，她看文艺小说皆不俗，非一般初一小孩所读之无聊无意义之小说，我以前由校借来之小说她亦皆看过，家中所存文艺小说几全部看过，现在在校所借回之小说亦多为世界名文学译本，亦属难得，虽其理解力比较弱，由书中所得暗示启发比较少，但终比看无聊小说要强得多，她偶尔亦写几句好似小诗的作品，亦颇有新意，已可见其文学天才。前夏日二小猫病死，尚有哭小猫诗四句，今又有此送别英姐诗四句，皆能表出其心意，可喜，我应善为诱导，注意其读书兴趣，能力所及，决定供其读大学国文系，将来或成作家亦不可知。（廿四日补）

11月19日　星期四（十月十二）　晴和

上午十时许出去，因听英说想要几张名片，于是想找个地方代她印上几张给她，上午跑了几家，不是不印，便是当日得不了，走到西单舍饭寺一家小小印刷局，可以印好，比较贵点，也不与之争多论少，订好晚上六时来取，再跑到公园去，已是十一时十分，初冬天气，又不是礼拜日，游人甚少，各处显得凄凉，树叶尽脱，分外萧条，念以前与英共游，如今与之道别，前后相异如此之大，中心怅惘，莫可名状，在前门附近，绕一圈子，踽踽独行，益增惆怅，看绿水作波，不禁一时有触，诌诗一首，“秋气飒飒绉绿波，五程离绪悲伤多，为君再唱阳关曲，如此风光奈若何?!”

以末句自以为得意，盖其中蕴有深意，各方面不如意之情绪，皆包含其中，走至东边廊上，又有所感，又诌诗一首，“落叶萧萧已寒时，万里征途独自驰，羡君得遂青云志，唯我满腹恨谁知!?”十一时廿分英来，她说看我一人在此坐地，显得格外孤凄！若她行后，悠长的岁月不是益令我在孤凄中过度么！今晨她行李已送去车站，一切办妥，只待起行了，因早上至今她未吃东西饿了，便相将出来，去东城，顺路在元元取回上礼拜三的合影，照的不错，我存了车，同去中原公司去吃成份的饭，四个菜两个汤两串敦饭，都很好，便宜，又叫了包子，吃的甚饱，英吃的不少，和我差不多，我俩在一起，是没什么可客气的，饭后，就在那座谈，将诌的诗给她看，并将小妹昨晚哭了一场并做诗一首给她看，小妹今年才十三岁，初中一年，确有点文学天才，英也甚是赞美小妹，并嘱我应当注意指导小妹读书，以往我倒未尝注意过小妹读书，近来才觉了一些她的兴趣来，又谈了些别的事，总之这些日子都是以英行将离别的一切，为谈话中心，事后思思，亦记不清都说些什么了，我又告诉她在一小本上作来往信件纪录表，因来往日子多了，易于查核，有无遗失的信件，并嘱其作日记，出中原进市场，买些东西，她在丹桂商场我劝她买了一本地图，各小地名皆有，旅行宜用，我又代李娘买点村桔饼治咳嗽用的，又在王府井大街文兴纸行配了一个小镜框，很好看，三时四十时分，我去天增等她，她去公理会有事，我一人在天增坐听了半晌音乐，又想想英走有什么应办的事，偶尔遇见强表兄的表侄顾承运，亦与一友人在坐，过去招呼略谈，旋即先去，一人枯坐闷闷无聊，等了约两小时尚不见归来，不知何故，遂出去在街头立候有廿余分钟，甚凉，又进来，又一小时左右，忍不住又出去，空立一刻余未来，此时天黑人多车多，看不清，只好再进来，英已在坐，不知她何时进来的，我先头将小妹的诗，及我上午在公园吟的诗写在一张相片后作纪念，另写永相爱，长相忆！六字，她看了有点不好意思，因为她回家还有事，急匆匆告诉我今日先头姓田的告诉她们一路上找谁，住那，如何行法，如何说话，应注意之点等等，不料竟耽搁四小时左右，因无合适闲静的屋子，竟在院中立谈如此久，英亦匆匆告我大概，我给她买的小本子，正好用作记录之用，收好东西一同出来，雇了车伴其行，在前门分手，约定明午在仙乐见，我告她将送其去津她亦允，她回家，我又跑回西单取了她的名片，她又告诉我，她的行期又改在礼拜六上午了，因为礼拜五即韩秋凤她们几人先走，又可与英多晤一日，英名刺已印就不错，回家随便用过留的烫饭，心中有事，不安，亦不思食，只是坐着发怔，念英行的事，心中难过万分，非言语笔墨所能形容于万一。(25 日补)

11 月 20 日　星期五（十月十三）　晴和

昨晚归来见赵君德培名片，知他来平，不知何以如此迟迟，因姚兄已来二兄催促，遂立即出，去刘曾颐家借电话打与他住的旅店，不在，嘱其今晨九时来，与刘曾颐太太谈，知他已有事，在这务监理处做事，已去半月左右，目有防空值班，略谈即辞出，今晨九时许赵君果来，迎入谈顷之，方知他现在其家中聊乡办事处做事，暂不拟来平一试巴事，不愿即作罢，又谈些其乡间琐事，我一边谈，一边洗脸浴发，早点并出购物一趟，畅谈半晌，留用午饭，我真服娘，我近一二年来因家道中落，一切待客皆不如前，家中亦无余裕物品，自是差事，而我每留同学在家用饭，娘与李娘辄能与匆促中整理中四盘比较看得过去的菜来，显得并不寒蠢，是我服娘之点，难为的很！今日又配了四盘，吃过我因时间已晚，换衣出来时，已一时十分了，伴赵君行至上斜街，他遇友人，我即先行，赶到西交民巷仙乐，英已先在，遂进去，她讨厌仙乐这个环境，因其中有女侍的缘故，女顾主甚少，且顾客的面型都很讨厌，布置及所放音乐亦俗卑不如天增幽雅，好在是借地谈天，昨日英听我说要伴其至津，今日竟代我购了一张二等票，且是来回票，她真代我想得周到，我兴致勃勃地与她我加速与她印了名片，她一看反皱了眉说不喜欢，我大失所望，心中有点难过，原来她不愿意把"若梅"二字亦印在上边，想再去印一份，不知来得及否，她今天将所走路线及所找之人名等等，一一告我，以备我南去之时好行，约三时许一同出来，她到百货售品所买了一个旅行用暖壶，四时多由市场购完物出来，一路走着，一边谈着，回忆起来，十分伤情，亦记不得尽自说些什么?！一直走到大蒋家胡同南口方始分手，这是在平末一次的同行了，约定明日上午在车站见面，她今日早点回去可以与家人聚晤一下，想想应带的东西，沐浴，早点休息，我又翻回绒线胡同买了六元点心，预备明早带去车上备英路上用，又去西单重印名片，订好两小时后去取，因为在回她家路上说，她不是不喜欢“若梅”这两个字，而是以为这两个字，只应我二人知道才对，我听了很是，所以特意又去代她再印一份，只是名字三个字的，我先回来用晚饭，八时多又出去，取回名片，在亚北打一电话与英，她正在沐浴，由其二嫂接，告以另印一份，问其要肉松不，又购一桶，送她回来，心中七上八下，不知自己心中是什么味?！明日此外，她便离我数百里左右了，无可奈何下，只索去睡，明日送她去。(25日补)

11月21日　星期六（十月十四）　晴和

今天是我断肠的一日！（现在已是十一月二十五日，在补写廿一日的日记，一提起笔心中便百分的不自在，极端的难过，心中和捣一般的难受，只好放下笔，暂且停下，过了许久稍为平静一点再来写记。）

我十分惭愧，我的笨拙与浅薄，我这支秃笔写不出百分之一我今日一天的起伏与悲伤来，描画不下来我二人衷心的悲痛来，死别的味我已尝过，这生离的滋味如今也令我来经历了，我觉后这生离比死别要难过的多，“死”是没法子的事，而“生离”却令人有所企望远念不已，尤其是一对青年情人的分离，这个痛苦的滋味，不是身受的不知道！一想起来胸中便如煎汤一般难过，翻滚得生疼，我晓得英今日亦是十二分的悲伤不忍的，但她终于去了！

心中有事晨六时即醒了，七时许起来，七时半出来，带好东西，与娘告辞，先把车骑到车铺存下，雇车到绒线胡同口拟等公共汽车去前门，不料不见影恐迟了，便又坐三轮去车站，八时十分到，下车即遇见薛蕴玉及其妹，招呼同进车站，薛先见着送她的亲友，我各处一找，皆无英的踪迹，奇怪，还未来，我足不停步，各处尽皆找到，都没有，时间过的快，不一刻便过了八时半了，心中如煎，津平通车已经放人进去了，薛先进去占地方，我仍在外等，先看见一中年妇人携一毡子去买月台票，颇似英二嫂，因有四月未见，不敢即认，后出来，忍不住上前一询果是，急询英在那里，说时英已提一手皮箱前来，后随其大嫂，急接过英手皮箱一同进站，尚差十分钟就开车了，英真有此稳劲，幸薛先占好地方，否则没有会的地方了，走进好远方始上车，遇李维芬亦送人，在月台内又遇李景慈，亦是送人，不一刻车将开，送行人皆下车，薛之妹两眼哭的已经，英大嫂二嫂亦留泪，我尚戏谓薛言令妹哭得两眼皆红，薛言小孩子脾气，但旋车开，我促英上车，薛自己已忍不住坐椅上流泪不止，不敢看送行人，英亦笑薛是小孩子，我与英此时皆未哭，我没会在旁边椅上，就坐在她们前面薛的箱子上，与英相对坐下，握着她手谈话，出站车渐快，此时是多看英一刻是一刻，多与英在一处一时是一时呢，车走一阵子，便使我离英的时间要早阵子，把饼干肉松交与英收好，名片这次满意了，我也高兴，她来事让时匆忙，昨日买的暖水壶忘了带，她在新印的名片上写了几个字交我，嘱我在津，代她去看一下病中她底大侄子生，糖拿出来薛先吃一块，英今日亦不怕人，在车上，我紧挨着她坐在对面，握着她手谈话，她们亦不辟人，她在与生写几个字时，要我剥了一颗糖喂在她嘴内吃了，她不怕人了，车是快车，实际并不太快，还有三个个站要站一下的，过了廊坊，薛坐在我占的椅上，让我与英并坐好谈天，先薛在打毛线后大约打毛线亦不能遣愁，旁边我俩又喁喁不休，英亦带来毛线要打，薛叫她也打，她不肯，要与我说一会话，后来薛不打靠椅背上假睡养神，英后觉不好意思了，又拿出毛线要打，心不在焉，打的极慢，如此宝贵短促的时间还能叫她用在毛线上，她也无心打呢，我用恳求她停止的眼光，她立刻放下，又与我谈天了，车不停的前进，我与英分别的时间亦愈来愈短了，我心中不由一阵子极难过，禁不住留下泪来，薛在假睡没有看见，我极力想忍，忍不住，英劝我她走后我的生活要严肃一些，规律一些，不可尽在沉闷苦恼中生活，我自答应她，谈着谈着，不知说些什么我俩忽然又笑了，英削了两个苹果，一个与薛，一个较大的我俩分吃了，就在这么短短的两小时多中，甜，酸，苦辣，一阵一子错杂的浸过心头，好似在遍历人生的滋味，快到天津时，过了北仓站，我与英在两车之间的过道上站了一刻，比较凉快，车内甚热，与英略谈，她问我知她此行真意否？我说她要自立，要作点事，要去看看姐姐，要看新的地方，她说你只猜到了一半，还是要离开这个家，这层我也知道，只是此时没有想到，更没想到她对她家会如此厌恶，乘无人时，我只轻轻吻了她的前额一下，这算是临别一吻吧！过天津北站了，快到了，也就是快到津了，快到我俩分别之处了，因有人上车，便同进去坐下，在津约停廿分钟，去浦口的甚多，英看我将行，不由挽着我右臂，想她心中亦是十分激动的！行人上下时，她忽想起要与我的东西，急忙打开她的手提箱，找出两个小玻璃鸟来，还有两双花线袜子，小玻璃玩意是小孩子脾气，送我留着玩的，还是愿为比翼鸟的意思呢，她又想起，没有送我表带，今天不知忽又何以送我两双袜子，本当不要，只以临别匆匆，不忍多拂她意，只好收起，她锁好箱子，我也得下车了，请薛过来坐，我拿了大衣及手套，向薛致过一路顺利的祝语，下来，英还送我下来，我二人此时满肚子心事，无处诉?！千言万语亦无从说起，生花妙笔难写我二人当时纷乱难过复杂的心情，两人互相怔怔的望着反而无言！英只说一句，“反正说多少话，还是那些！”此时车将开，英即又匆匆上车，唉！天！此别相逢在何年?！车蠕蠕动，我心欲裂，急迫中亦无一言，默默看英上了车，我看见英坐下用手巾拭泪，她终于也忍不住亦哭泣了，我只能站在地下怔怔隔窗望着，薛又走到车门与我告别，车走，我想起来，立刻先跑到车开的方向，在站台的尽头等候车过，英似乎没有看见我跑过去，亦和薛先头似的靠在椅上不敢看我在流泪，经薛告诉她，她才靠窗瞪大双眼，车过时，她注意在找我的神情真感动人极了，（我写到此时手一劲的发颤!）我永不会忘了她那一刹那与互相摇手道别的神情！英！唉！我们俩为什么非要分手不成呢!？车是无情的，霎时间走得无影了，我一人兀自在痴望不停，车去了，伊人远矣！一时悲恸交集，我再也忍不住了，不禁掩面痛哭起来！英！我知道你此时在车上也在暗泣不止吧！你不会晓得我心中是多么的伤心，你只是伤别而已，而我呢，我心中却有无数的委屈悲恨呢！自我父亲故后，我未曾各此痛伤心的，我心中抽搐激动得难过之至，生怕站上别的人注意，但感情是制止不了的，泪尽自往处流！英！你去了，你走远了，你把我的心亦带去了，快乐，生的兴趣，全带去了我怎么活下去！我实舍不得你呀！我没想到我俩分开后会如此悲痛

的，早知道是如此，我定不肯使你如此轻易地与我分离的，（现在写到此心中十分的难过!）我觉得英之行固是她自己早作如此想，而我自己亦有一小部分促成其实现的力量，如我不是极端赞成纵容她走的好，她也不会如此下决心吧！但我之所以同意她，是对的呀！可是我俩皆心悬两地的苦相思的痛苦是免不了的呀！矛盾！矛盾！可恨！这次乱世的远别，茫茫人海中，我俩何年相会呢!？谁会答复我？我实应该与之同行呢！唉！天呀！做人真难，我又怎能走得开呢?！娘是爱我的，谅我的，允许我走，但我自己良心上又怎能说得过去呢!？在家境如此困难下有我在此还有办法可想，我再离开直有坐以待毙，亲友亦将目我为何如人呢！人终是生活在人群中的，处处都要顾及，想想吧！这真是人间的悲剧！一个可行，一个无力起行，而两个人又都还明白，脑子亦清楚，能行的自是前行，于是无可奈何的悲剧便发生了，尤其是两个热恋的情人，心中的悲痛应是如何深刻呢！我自己不得已的苦衷，英今天在车上告诉我，她是明白的，她原谅我的，古人云忠孝不能两全，天下事两全的太少了，而现在爱孝亦不能两全！令我悲恨不能自禁，（补写至此得英自济南及徐州所发二明信片，不知此时她到了何处?）我感情激动得过于兴奋，几乎无力站着，靠在铁柱上休息一刻，才喘过这口气来似的，我微微听到自己心跳的声音，嘴唇兀自微微颤动，英车行的那一阵子，我只看见一个小车窗中英的一张脸，她走后我眼前还晃动着一个小车窗的影子，半晌方消，我极似个懒洋洋的人，英走了，我来津的任务与目的已经完了，还有什么意着，怀着极度恶劣的心绪，十二分的懊丧踱出了车站，九年前曾来此小住一月，本未认清，如今全异往昔，一点也不认得了，这才晓得要是在一个陌生的地方，没有认识的人，该是如何孤苦无依！毫无目的，懒懒的顺着大街走，不时眼前浮着英的影子！天津马路利于步行，心中不是滋味，便随着自己意一条马路一条马路的走，过了万国桥，越过三四条马路，才觉出饿了，调来一辆三轮车先拉我到法租界去吃一顿午饭，虽饿了，亦吃不多，一碗炒面，一碗面汤，味还不坏，买卖好，中午人多的很，各界的人都有，出来坐车去英界十四号路找伽宇，找到一问，已经搬家了，问明搬在英法交界三乐里十九号了，出来一找，走了不少跑，问一警察，天津口音乐德不分，又往回折，找到一个颇污秽的里巷，没有，后来一打听还有个三乐里，找错了，冤枉白跑了许多路，白花车钱，一气先去马厂道天和医院去看炳生英的大侄子，因左肺有病割治，甚是危险，现已出险期，英无暇去看他，趁我来津停留之便，代英前去一看，我自己本已想去看看他的，马厂道在英界边上较远，医院还不错，进去一问，上电梯二层楼，209号特等房，生在睡，在外稍候，特别看护即招呼我进去，很大一间屋子，两个床，一排柜子，一件大沙发椅，生想不到我来，他已恢复许多，已能看书报，能谈话，他左肺割去一半，有一什么周铁路局局长，左肺整个割去了，现在医术在这方面已够好的了，将临行时英塞在我口袋内的糖分他几块，问问他病情，略谈英走的经过，将英写的片子交给他，他似亦不大难过，他说三个礼拜后即可出院，他说这次病好后，他就什么都可以做了！言下甚是高兴，坐了一刻，又换了一位特别看护，一天三位（与小妹六年前在协和重病时一样）见一条，十一月十五日止已共用叁仟数百元（3144元），此时病都病不起，坐约半小时即出，仍坐原三轮车再去找伽宇住处三乐里，这次找到了，不易，打发车夫走去，我在北平极少坐三轮亦不愿坐，而到天津不过方四小时，却坐了约三小时的三轮，上天津来过三轮瘾来了，想不到车资却花了小三元，伽宇太太王祖琛（以下简称王）看见我来了，大出她意外，很热烈的把我接进去，问长问短，她与伽宇已有三个小孩，小焕见过，（十岁）还有一女孩（九岁）一男孩（六岁）都与焕相貌相似，王仍那么矮小，显得老的多了，也是生活磨炼的，好似个半老的小老太太，据她说八月时，力伯长（九姐小女）曾来津一游，上礼拜六行佺曾来津一行，住在同学家约五六日方回平，这却又是想不到的，谓见他汇回百元，又来取大哥存在伽宇处之物，礼拜三方回平，王还问我们，行佺含糊其辞，不知王与伽宇是不知道家中现在分居的情形，抑是忘了，王很热诚的欢迎我，才四时要作点心，实际我这四小时内，一阵一阵时时念起英来，便要哭泣，热泪时盈双睫，心中只是想念英在路中的情形，心中十分难受，倒忽略了王对我的好意与殷勤，炸了一盘馒头片，还有白糖，吃了些块，我心中只是念英不舒服，只想静坐，休息一刻，可是吃完点心，王立刻穿了大衣，要陪我出去走走大街，不愿负人美意，便即一同出

来，过了大街不远，坐绿牌电车，在梨栈大街上下来，顺大街走，此时已黄昏，商店已逐渐点灯，我哪有心情玩赏什么，随便顺眼看去就是，实则两眼已有点倦了，夜间街上情形亦看不大清，只觉人，车甚多，汽车亦绝少，商业区可以看出走出法租界，走入日租界，到中原公司内看看，火焚后新筑的大楼，比前略小，货物比北平多许多，三层看看，上边是食堂便没去，可称百货齐备，代四弟买了一条皮带，出来又去劝业场及天祥市场转转看看，亦无什新鲜，与北平市场相似，只觉人不少而已，电车以色分，有红，黄，蓝，绿四种，所走路线不同，有如北平之分路，车身比北平宽，上下售票生吹小喇叭颇别致，秩序比北平似稍好，人亦较少，路过稻香村王进去买些东西，我亦买一包糖果与王的小孩，坐车归来，在门口碰见伽宇回来，他亦不料我来，进去不一刻吃饭，王为我买的一只酱鸡，猪肝，牛肉等，招待一气，心中念英未尝忘怀，他夫妇二人虽殷勤相劝，亦吃不多，饭后拟休息，不意伽宇亦高兴陪我去看回力球，在义租界相当远，坐了两节电车过了万国桥，又走了一节路拐了几个弯才到，很高一座大楼矗立街头，回力球场甚大，一进屋，屋内烟雾弥漫，空气甚坏，一面有铁网，三面墙，网内是打球处，球员皆西班牙级，身体皆甚强壮，手眼身法步皆需极灵活方能打此球，求甚坚实，充头必能击晕，球员右手带一如鹤嘴形竹编大勺子，用以兜接摔打球用，每次六人，打下一人一分，以先得五分者为第一，一方为看台，可容数个人，买票处分多所，分买号码及位置，有如买卖马券之次第与猜票，有 Boy 专代客人买票取款，你可安坐椅中不动，此比买马票中的可能性更少，作弊的机会多得很，外国人想尽方法骗中国人钱，看他们打了两场即出来，没什么意思，看过便算了，时已十时左右了，不知英此时路中情形如何？如何用饭？过济南时亦不知其买到卧铺否？伽宇小气，不肯雇车竟走了回来，我今日虽乏，身体早倦，走的路不少，脚亦吃力觉疼，但不能示弱，终亦走回来了，王未睡在等我们，小孩都已睡了，屋内热甚，脱了外衣与鞋，灯下看了会报，与王略谈，等伽宇洗过澡，因其家中方便，我亦洗了一个澡，他们大床让我一人睡，此大床即九年前父在津时所用，我亦曾与父睡过此床，回平后即与伽宇，不期九年后我又睡在此床上，真令人不胜今昔之感！伽宇现所租之屋独自一院，甚小，而灯水地板卫生设备俱全，极合夫妇二人及二三子女小家庭所住，侄也很好，屋内两个小火炉，因屋小又严密故甚热，屋内门窗亦皆西式，墙上亦尚洁净，方期今日甚乏，心神交疲，洗过澡好好休息一下，不料他床上被枕不大清净，先自不大舒服，却不料晚上臭虫甚多，被咬多处，一夜未睡，又念英不止，不知其车上睡安否?!（25日补记）

11月22日　星期日（十月十五）　晴和

想不到那么一座干净的小房子还有臭虫，而且那么厉害，足足使我一夜未能安睡，开灯捉臭虫有五六回，小孩子和王等，都睡得熟，伽宇虽翻来翻去，却也不见如何咬他，大约他们都被咬惯了不在乎，我可大倒霉，为臭虫先生们看上来了异味，大嚼而去，我却有点吃不消，脖子受伤最多，臂腿次之，清晨臭虫们退兵，我方能安睡一小刻，可是小孩们又起来了，屋子小，又是地板，乒乒乓乓又不能睡，王的小女才九岁颇乖，自己会招呼自己，省人心力，早晨起来悄告其母谓，“二公公一夜捉臭虫，没睡好!”小孩子乖巧，昨夜与伽宇说的，她醒来听见了，迷卧到九时许起来，洗沐后早点，烧饼五分亦似比北平五分的大，五分一人油条可特大甚好，十时许与伽宇一同出来，我先去耀华里六号去找光宇又出去了，他昨夜去找我的，我出去未在，我即又雇一车去英界四十一号路去找梁秉诠，此次顺利，一下便找到，他方起亦想不到我来，他住在他堂兄家，一间地下室内，很阴暗，略座谈，一同出来，坐车去找国良兄，他住在宝祥里与伽宇家相距不远，据秉诠兄言津市三轮只准在英法两租界内，不许去日界及中国界，而车多地小，于是在租界内车价无形中减低，差不多远近，皆以二角起码，如是则我昨日之近小三元的车钱不是太大手乎，找国良初不在，后在街头相遇，他亦不料我之来，异地故友相逢欢晤良快，在其室内小坐，他租住同学王炳辰家，（王为本年西语系毕业同学）一同出，梁秉诠兄请我在恩利德吃午饭，心中仍思英不止，吃不多，忽前后曾打二电话皆未打通，因恐伽宇等候我吃饭故也，饭后偕步街中去光明影院看西班牙之夜，乃在平拟与英去而未去者，在影院中因候开演尚有时间，写出所谄诗与梁李二位看，他二人当场即有和诗，影片不坏，但终不及西洋片，如庚戈丁或战地笙歌之动人也，我听见天津人说话特别可憎，出影院，又到劝业场及泰康商场走走，无什么意思，左不是那些日用的东西，我哪有心思来玩，我此次来津主要目的就是送英一程，但“送君千里，终须一别”！英走了，我在津停留亦没什么意思，除了自己想去及一半代英去看看炳生以外，再没有玩的兴趣，不过随便看看久别的津市，及二三同学而已，同学好意请我，亦不忍指其美意，大家聚聚谈谈，我实则想找一个清净地方，尽兴的大哭一场方痛快，随他俩走走看看，皆非本心，六时许国良请我二人在恩兴成吃的饺子，亦吃不多，出来陪他二人走走，秉诠买一条围巾，我因恐光宇又去找我，（昨晚留话说今夜再来找我）七时许回来，未来，他们尚等未吃晚饭呢，我因连日跑路，今日又出大半天，昨夜未睡，今日此倦了，和衣卧床上休息，九时许兴，光宇迄未来，遂脱衣睡，卧床上看了一刻报，王饭后出去，约十时方回，又带回点吃的，犯胃病的伽宇与我皆略吃点饼干，我因本想今天回平，一则王苦留多玩一天，一则想与同学见见，还有来回票是四天限，明天尚有效，于是决定明早八时廿分特别快车，十时廿分即到平的车回去，没法子，又来喂臭虫先生们的血，一夜又不得安然，结果比昨夜的伤痕更多，脖子上几乎满了包，真是大牺牲了，就为了臭虫先生就没法在天津停留了，不然还不把我咬病了，她得失眠症了，尤其在租界内住心中不舒服，租界真是中国的一个大耻辱，中国主权地带偏有外国人管理的地方，天津市的真面目我还未看见，因为只在租界内转了，还未去过中国界地，可怜，这只好等下次了，在租界内只看见一座座洋楼大房，洋味十足，早晨里内阴森的不见天日，真不好，显而易见着是一个新的商业海口的都市气象，那种环境气味全不合我的口味，我不喜欢天津，觉得别扭，我还是喜欢北平，觉得她十分可爱，可惜现在闹得乌烟瘴气的，四不像，不得安静，英也说她爱北平，北平的确可爱！不知道什么时候英才回到这个可爱的故都！连日苦念之不止，每一念及，辄不禁欲泣，不知何以自己竟如此儿女态，今午秉诠谓我等皆惭对刘，她能忍抛儿女情态独上长途，我等如行身后妻子一哭，就难了，英坚毅不折的精神与勇气，的确可佩，女子中少有，国良见我不欢，谓但盼其一路平安，苦念何益，二人此数语却是实言，不是先头不久尽自说些开玩笑的话！英有勇气走！我难道就是那么一个没出息的孩子吗？甘作雌伏吗？我有不得已的苦衷呀！不然与英同行，不是一个绝好的机会吗？正是“即今相见不尽欢，别后相思复何益?!”徒思何益?!我亦自知，但怎能禁我不想念她呢!?（25月补）

11月23日　星期一（十月十六）　晴，风

果然不出自己所料，与昨夜一般，臭虫先生们毫不让步，又与我周旋了一晚，不得安睡，六时廿分起来，洗脸刷牙，倒也方便，只是屋小，不免搅了别人，一切弄清楚，王亦起来，已为我备好早点，吃得甚饱，拿好一切零碎东西，伽宇遣人叫来一辆洋车去车站，时已七时半左右，与他夫妇告辞，赏其仆妇二元，小意思，清晨较凉，但似乎总比北平要暖和一些，到了车站方七时三刻，还有半小时多才开车，补了一张急行券，进去在站上徘徊，又来到此地，前天中午在此与英分袂，令我断肠，今日重临，思之不觉令人悲不可仰，热泪盈眶，几欲夺眶而出，徘徊半晌不能自已，上车来二等已无什位子，幸一人尚好找，旋即开车，此是特别快车，八时廿分由津开，大小站全不停，十时廿分到平，准两小时，甚快，较前四小时快一倍，前日来时与英所乘者亦快车，但因沿途停站，共亦约行两小时半左右方到，一人独坐无人谈天，闷闷枯坐，连日睡不好，遂依大衣而睡，只好如此遣发光阴，迷糊中不觉已到永定门方十时正，因将进站车速减低，差两分钟十时廿分即到，下车后，出站时收票，未问亦未检查，出站来，北平前门又赫然显于目前，一切依然如故，而伊人不在，怎不令人伤心，因生托带言语于其母，打二电话皆不通，无奈何只好雇一车去其家，在门口与其母及婶谈生病况甚佳及将出院事，被邀进去坐，我是无法来此，以前（七月卅一日后）未再入此门，岂又能于英行后又入，在门口外略谈即辞回，因两眼泣红，恐为彼二人见，故戴墨镜以遮蔽，洋车行小胡同，大蒋家胡同，亦我与英常行之处，胡同小人多车多，坐车上担心，中国人行路皆大有唯我独尊之概，慢慢散步，不知尚有其他车人亦行此

路，如碰了他，必要大发脾气，这种悠闲自适潇洒的态度，亦唯我中国人特有，他国皆不及，外国人皆每日生活紧张，一味前进蛮干！中国人确少此精神，至少现在北平近于麻木的人民是如此，可叹，可恨，可怜！雇车到宣外在车铺取了车回来，一路愈思愈不是味，正是去是双双燕，归却孤鸾飞！未到家已经泪流双颊，到家财物思人，处处触我伤表，忍不住令我又痛哭一番！（悲肠百回，难过之至！）自英走后心中便如捣一般难过，就没有一个地方与机会令我痛痛快的发泄一下我悲痛的心情，在津站，车行是实在忍不住，以后悲感是无时无刻不在冲动中，皆努力压抑着，今天回家来，一下又迸出来，一发而不可遏了！真哭了约半小时，两眼因失眠本红，这下更红了，唉！英也真忍心远去，这次一别，什么时候再会呢!?午后，匆匆看过三天报纸，与娘等谈谈在津情形，唉！在津那还有玩的心思！回来才想起，忘了去看一下笠似四兄，闻娘言上午力十一兄遣老张来找我，此时在家心中兀自排遣不开，四时半且过去与他聊一会再说，过去他取了相片方回，昨日他与伯良伯长小胖三人去公园，北海图等摄影，他不过与我要租钱，没有找我去，他又邀我一同去力六兄处坐，随便去坐坐，没有事，只不过批评相片，伯良与其母不在家，无聊，小坐五时许回来，精神乏了，依床上小睡一刻，精神是倦得很，两夜未睡，加上心中万分不快，更觉得疲乏不支了，晚饭后八时即上床去睡了，时刻念英，不知她现在何处了!?食住安否，行李有遗失否？念念不能稍忘！（廿六日补）

11 月 24 日　星期二（十月十七）　晴风

在书桌上看见英的相片，睡时，起来，都看得见英英俊敏朗的姿态的微笑学士相片，进屋来又望见与英的合影，处处引起我的悲愁，伤心，都收起来不看，也不成看不见就不想了吗？上午看过报，决定自己要革新生活，努力前途，好好利用在平这一段时间，来充实自己，方不负此番与英忍痛远别的牺牲，上午坐在屋中想了许多事，做了半日寻英的梦，我如能行时，一定去找英！这么想念太苦了，我想不到我俩分别后我自己是如此的痛苦！英恐也够难受的吧！正义理论是正义理论，感情是感情，不是那么容易控制的，午后补写了一天日记，三时半出去，在实报及新北京报各登了一小广告待聘的，从英的话，求人不如求己，求人之事，至今一事无成，毫无消息，又去王家，与王母谈半晌庆华与祝交友事，庆华与祝相识方一月有余便迷惑了，定要与之订婚结婚，其父母打听出祝系曾离婚者，已嫁之女，不满意，至五时许辞归，下午见妹又作诗一首，亦不恶，为之改一句及数字，妹确有些文学天才，晚补日记，时刻念吾英不止，不知她现在何处，口中时哪哪呼呼不绝！皆情不自禁也，英你可知道？不知她现在何处？到了那里？连日可好？实不放心！（26日补）

11月25日　星期三（十月十八）　上午半晴，下午阴

报现在亦没什么看的，终日念英不止，总是不放心，今日不预备出去，从早上起，一直到下午都在补写日记中，赶快写完了，心中少一件事，亦可开始做一些别的事，看看书什么，从新整顿家中一切事物，愈回忆前一礼拜的事，心中愈不好受，七日的日记，使我停笔多次，念英此时当过归德已到亳州，过去与否，就是这几日的功夫，她亦应有信片来才对，惦念英的行程，心中十分不安，使我坐立不安，总盼邮差送她信来，平时在平一信有时尚走二日，还嫌她走得慢呢，这下老远，更慢了，更令人急煞！好！在今日下午五时半终于收到了，英来的两个明信片，一是在济南车站发的，（廿一日下午八时到）一是在铜山车站发的（廿二日晨六时到）二片，同时到来，只匆匆数语，告我一路平安顺利无事，已安抵徐州，等四小时后即可又启行，得此二片心中大慰，放心多多，只盼她一路平安，比什么都强！但一细想这一路无事，本在意中，可能发生事故，即在商丘以后，这一段，她在商丘应有片与我，一时又不觉心中起伏不定，自知苦思呆想两无益，自警自己亦应乘时努力，勿负英望，但终念英不止，连日天气晴和，不算凉，正宜远途旅行，想她们应愈走愈暖吧！但盼她们起早时是好天气，一路无事，顺利为祷！总想去找英！何时方能实现!？晚亦补写日记，念如此困顿生活，何时方熬出来，何日方是出头之日?!（26日写）

11 月 26 日　星期四（十月十九）　晴，大风，冷

连日好天气，不算冷，而一月风便觉冷，今日大风，甚凉！上午出去购物，近日小米面出去迟了，便买不到，今日只好先买回一些棒子面，有点米面留起来，不好买，舍不得吃，中午整理一些屋中什物，看看报，屋中有个小火，中午不觉多冷，老人便受不了，午后整理旧物，复友人信四，在旧存高一志成时去南口八达岭旅行时之名单上发现有英的名字，却出我意外，那时还不与英相识，不料此时于五年后方相联系识相爱，而今又不得已原因而暂分别，人生离合变幻无方，令人难测！黄昏时习大字，晚饭后习小字，念英此时应已过界首，当在起旱途中，此段不知她有大吃苦否？天气寒否？行到何时方有车坐，食住如何？抑有无何意外发生，一切均在念中，令我不安，灯下补写日记，念英徘徊久久不已，因天冷，晚生大炉子，一室成春！

11 月 27 日　星期五（十月二十）　晴

报上小广告已登三日，亦无信来，大约没什么用，本未抱何大希望，姑妄图之而已，只是空花三元三角的广告费而已，上午整理什物，看看报，未作多少事，家虽不大，杂物却不少，有的一时又不愿尽弃去，甚是难整理，连日小米面价既涨，又买不到，附近各家米面铺皆如此，不知何故，杂粮准许流通，官价亦取消，反而上涨无货，奸商可恶之至，现在为生活及经济所迫，一切皆被压在下面不能动，不能实现，实在无法可办！徒急无益，值此乱世，如闻不久无食，又将如何如何，皆无用，全市人民，不止一家，这是大家的事，只有混过一日算一日而已，午后出去，到元元取回加印二寸一张与英的合影，再去学校，路过景山东街，心中一动，此时方鸿慈应回来，遂去北大地质馆内找他，馆于民廿三（五?）年建就，一切甚新，光线亦佳，地大屋多人少，他在三层楼上办公，一日无什么事，只是上课，甚舒服，在他屋稍候，他正好上来，谈一刻，问其父

尚无回音，看他颇不热心，遂辞出，直驱学校，看看布告无什么事，遂去女校，找英托我找的曹小姐，出来谈些英走的一切，请代收信事亦允，书尚未收齐，容后再往取辞出遂去陈老伯家小坐，他老人家近来景况亦维艰，惜我无力相助，略坐辞出，路过西单修笔，购一些物件回来，晚饭后铸兄来小坐，谈半晌他亦决意于明春将行，尽谈半天行的一切，听他说来，我欲离平英之意益固，是我此时无法脱身，无法走，家中丢不下，否则一有办法，立刻去找英刀山剑道我亦行，怕什么麻烦困难危险，英都有勇气走，我独惧!？唉！以前与英多次讨论，皆看在将来光明的前途，而忍痛分别，我二人皆未想到分别后是如此的痛苦！她恐亦是没有料倒是如此的悲惨，我如能再见到她，无论如何亦不再与之分别，生死与俱了，做人真难两全，处处顾到实不易，尤以做一负责任者更难，为了英行令我百转千回，穷思不得一法，生活上偏给我加上许多不如意困难问题，真是好不难过的日子，晚上尽自想有无办法如何走，如何去寻英?！连日天气晴爽了约有一周，不知河南天气如何，如是好天气，不是很便宜于旅行的人们吗？不知英今日走到了那里？

11月28日　星期六（十月廿一）　晴和

今天天气真好，实在说起来，今天不算多冷，都近阴历十一月何况还有一个闰月呢，今天阳光下暖如初春，开开门窗颇为痛快，这么好天气对英们很好呢！这几日想已过交界不知有发生何意外及麻烦否，一路有吃何苦头，上午看书报及整理什物，下午习半页小字，并整理抽屉，半晌似乎无什么可不要者，有许多留亦可，不留实亦无不可的东西最讨厌，不留恐有用时又没有，留则一时亦无用，白占地方，没有英在，阳光下共坐，看看书，谈谈说说又应多么快乐？但现在伊人何在?！出去触目处处尽伤情，看见以前与之共游之处，见他人双双对对，皆足以增我忧思，生我烦恼，不如且在家中坐，做点事情，下午五时左右，力十一兄忽来，谓我顷闻九姐谈刘将行，他特来问讯确否，九姐怎知定是上礼拜五，力大嫂来李娘与吴裁缝来谈知道谈说的，一点事情嚷嚷多人知道皆妇人长舌讨厌之处，我即告以英已行一周，并略告其所行路程，他一时有感又谈了些他与姚分别以来之痛苦，我实亦尝此味，他又盛称英之勇敢，决心，与坚强有为之意志，并云此时她一路辛苦奔波，尚不深觉苦处，等其生活安定后，方开始忆我，那时方觉相思苦处之味实不好受，以后来信或会云，深悔不如仍与我在一处在此种环境下共过比较快乐的生活，他现在与姚两地相隔，互相苦念，因经济等关系，一时不能分身，细一寻思，我与他情形大同小异，可称同病相怜，一是他与姚本在南方，他来此，因其母生活等问题而不能走，一是我在与英同在此地，英走了，而我亦因母弟妹等生活而不能走，两地相隔，相思痛苦也，原因亦相似，畅谈至六时许方去，晚饭后回念种种问题，心如刀绞，只唯一愿望，能有经济的力量，则我之一切愿望理想皆可实现，二人暂时分别可增加爱情，如长久则生问题，恋爱是绝对的自私，不容有第三者参加其间此点我却信任吾英，惟青春在女子方面是宝贵的，男子三四十岁犹是壮男不显什么，而女子一过卅则大变矣，吾惟惧此别再会是何年，一路英是否平安，时在念中，力十一兄谈，只自长安至宝鸡一段有大车，过此则皆是公路坐长途汽车，每公里年前是五毛，如今当在二元左右，自宝鸡至昆明约二千公里，约四千元路费，食还不算，无什耽搁约行十天左右，车在途中时有出毛病，一等若干日不定，只有静候修理或代送车赶来再行，且由昆至贵阳路中，过一山岭名廿四拐，往返回折盘山而上，共廿四次始达山巅，然后一冲而下，山路甚险，且有翻车之危，每人只准带廿公斤，多则加价，如此说来，一则英所带钱是否足用，岂在长安即须售物充旅费，二则即时使到长安后，此一路去昆途中是否平安，食住如何？所携东西过多，有无办法，且无火车，皆仗汽车此去若到，回来若无充足旅费亦不易回，思之心如火焚，烦闷不乐，于是晚饭后精神极劣，早睡，力十一兄劝我忽焦急，有空去他处座谈，英！我们何时会面呢!？小妹廿六日晚又偶写四句白话诗，亦能达意，吾英可知我之心情？小妹则猜知！诗如下：

英姐待我如此好，此去之后如何找?!

我倒无甚大关系，只怕二哥想病了!?!

诚哉此言，力十一兄今日又谓，我们此时穷小子一个，唯一财产即我等之身体，如再有所损伤，将来一切更成泡影，此话实不错，我想英是必然者，但亦时自警惕，爱惜身体，能不病便佳，此时病了，药亦吃不起，此番忘了在陈老伯处代英在西安互兑些钱备用，悔之不及，此次一行，英当亦可知无钱时之为难矣。

11月29日　星期日（十月廿二）　晴和

心中的纠缠终解不开，细想家中情况，实在令我有点茫然，如此景况，窘时，每日生活立成问题，如何是好？我的行期愈发在虚无缥缈之间了，想来欲行之望遥遥无期，怅恨欲死！初拟全家南下，仔细一想，实不可能，有些东西不能出售，寄存他人处亦不便，一路定很辛苦，老太太如何受得了，再寄居他处，我亦不愿不放心，就是我能行时，这个家我实在能放得下否，亦成问题，弟妹们是真能听娘话否？五弟已显桀骜不驯之态，娘话他亦未必听，我一走他们将来的教育问题便不好办，娘又不大懂得，实在麻烦，全带走亦势有所不能，作一个负责任的人处处要想到，便种种问题皆发生，难矣成为人！今日止，英已行八日，不知她现在已抵何处？念英之情唯有日切一日，实无完全好办法时，亦无法，实顾不了许多，我不可失却这伟大时代所与我以自己创造自己的机会，我从现在起便时时在准备中，一有机缘，经济力方面一解决，便上征途！人生不过百年，早晚一死而已，无声无息一生，轰轰烈烈走南闯北，亦是一生，为什么不把自己生活变得丰富有趣，多变化，有生力，有希望的方面去呢！英不是已经踏上此条大道往前进了吗？我要急追，赶上前去！不可落后。

连日心绪极恶，恍惚不定，不可言状，烦乱怔忡，连郑家三表兄及昨日陈老伯两处生日我全忘却了，今日礼拜日，且去各处看看，午后出来，先到陈老伯家坐了一刻，约半小时辞出，昨日铸兄曾去，他倒是交际大家，处处应酬俱到，去强表兄家，在睡遂，遂先去郑表兄处，向其道歉，他处有客在，我与小孩子们谈了半晌，维勤亦在家，见面无什么可谈的，陆徽惠兄弟于廿三日亦南下，近来南去之人甚多，唯恐太多不大像话，过些时候此路有何变化否？大宝姐妹亦极想走，但亦半因经济力无从办起，三表兄亦未必允彼等此行，想来又忘了，郑家十二表兄不是在昆明吗，忘了为英兑一点钱了，唉！那几日胡急，有用的地方全未代英想到，悔之晚矣！谈至五时半左右辞回，过强家表兄又出去，与表嫂略谈即辞回，生活的重担压在身上，令我口口喘息不得，怎么办？那还容我妄想其他，若无何特别变化，为此延拓，数年后我亦未必能成行，英！那时又怎么办呢!?我真不敢想，懊恨之至，心绪极恶！晚五弟不听话，态度不驯，我竟为之大怒！责训了他一大顿，一时竟动了真气，什么话我都说到了，教训，劝解兼施，依然故我，不懂事仍然如此，令人气煞，我总扪心自问，我这个做兄长的总对得起兄弟，我所能办到的，所知道的，无不尽力去办，去说，告诉他们，指导他们，尽我力之所能及，尽到了做哥哥的责任，无何愧对之处，小孩子又懂事一至于此，实令人伤心失望，我时时幻想一理想的，合乎时代的，（不是外表时笔，是生活合理化去掉一切坏习惯）科学化，整齐，清洁，温暖，和美，恬适的快乐家庭，两弟的恶习屡戒不改，实令我寒心，此理想何时方能实现??

11月30日　星期一（十月廿三）　晴，风

晨起于枕畔发现一小纸条，乃小妹所写，语甚恳切，可见其心情，缘我昨日责五弟的话，妹娘，四弟，李娘等在里屋坐皆听见，小妹谓她以前生活迷迷糊糊，听我昨日一番言语方明白，愿我亦教训她，并希望我如能去南方时，能带她同行，“去见她渴望一见的人（英与冰心），她愿学英的志气，冰的笔风。”（应是笔调风格之谓）我看了很受感动，小妹确是五弟，四弟二人要聪明许多，感情质一些，人亦明白，说的话，她能领悟，不似五弟好似顽石一块，坚固不化，小妹一切亦省人心力，此一页纸上的话，可见其有出息，我确是多说四弟五弟二人念书为人，很少说她，妹便以为我不大管她，少注意她，我并无轻视女子之心，只是她错处较少，也许我对小妹比较少注意，如此看来，或许小妹将来反而比两个弟弟还有出息，我则不可不亦用些精神注意在妹身上去指导她，南去本是麻烦的事，经济力的问题，生活问题，那面的教育问题等等，还有路上方面便

否等等，小孩子总麻烦，当然能全带走方好，恐势有所不能，除非有雄厚的经济力作后援！这问题却不好解决，但小妹之志可嘉！上午补写日记，近午时，炳生遣人来取书，他本谓三礼拜后方回，前日突然一人独归，病痊何其快耶！闻英有二片一信到家，不知发自何处？她已过界首，当无问题，只是此时在何处殊念，明日且发一信与她，不知途中有失否!?

自英行后每日晨晚，皆望英相片低呼英名，英在何处？可知我不放心苦念之情！此孽债何时得偿!? 何时再会?!

廿八日下午，力九姐夫忽送来两千斤硬煤，倒是需用之物，不知他又那一阵子心血来潮，送来此礼！因此时迄未购煤也。

现在已感到目力之不足，凡是要看书报时，用目力之处稍久即感不支，非戴上眼镜不可，大有不能少此君之概，又想起不知英所与玳瑁边之眼镜带去否？

下午在愁思中，因生活的重担压得我喘不过气来，生活不定，便毫无心思去做什么！书已有二月左右未正式看了，有许多事可办，只是心中不宁，烦躁不安，什么都懒得作，下午复剑华大姐一信，终因心情不好，写的很乱，又与炳生一信问其英寄信回家说什么，拟与英写信，要向她说的问的话太多了，直不知先从何处写来，五时半得英自商丘来一信，不过寥寥数语，谓已于下午二时（当是十一月廿二日）安抵商丘，一切毫无困难，明日（当是廿三日）即又可启行矣，虽只简单数语，而我连日悬心甚慰，见字如见人，英！你现在何处？现已行至何处？当已到洛阳了吧！恨我不能伴你行！此一段程途我实不放心！即使过去，由长安至昆明这一段亦可有麻烦发生，独自长征何人助你?! 英!? 我真恨不得立刻飞到你的身旁与你相伴同行！唉！我的心！经济方面一有办法，我立刻启行去追你！晚作信与英，不知是信先到抑是她先到!? 我又何时方能到?! 令人如何不伤情!?

12月1日　星期二（十月廿四）　晴，晚风

上午为了代五姐写信，九时由家老远跑到东城去，五姐倒是极关心，

只是老太太不免啰嗦，谈廖七姐夫自己写信与汪时璟，现竟在财务总署做秘书，已上班，现在仍然如此自荐可以成功，却大出我意外，或汪为人脾气特别，头脑较新，愿意如此取录用人，亦不可知，过一二日去七姐夫家一询后再作道理，现在是多方皆无消息，无形中完全停顿，五姐又谈汪生日七姐夫父子皆去，谓此对人皆须滑头，能钻，能捧方可，捧臭脚拍马屁奔走权势之门，谁都不愿意，但或有愿为此者，或因生活所迫而无法者，我实不屑如此，亦绝不肯如此，五姐谓增益因会摄影殷同子结婚及汪生日时，皆曾为之摄影，如说好是人家请他照，或是应酬不得已，说不便是拍阔人马屁，善于钻营，如不去人或谓之清高，能守纯洁人格则在此时不免受苦，心眼能比较活动，所谓圆滑，善于随机应变，应付当前环境（这亦有好坏两面）者便可生活无虞，故廖氏父子之行动，谓之好则因生活所迫不得不如此而已，谓之不好，则亦谓之为蝇营狗苟而已，世事矛盾，正反相成，由人言说而已，而我本心根本不顾，此时能苟活便可，遑论其他，我实不以廖氏行动为然，但口中只好唯唯应付，老人五姐，思想不同，老人永不会了解年轻人，实是无法，坐了一刻，河先起来，只吃那么一点点早点，旋去，我立即代五姐写一信，与她离婚之女婿说其外孙女病事，既离婚又不能完全断绝，反而操心不已，自找若吃，又不愿同河先等知道，自找麻烦，我也得为之一同近似鬼鬼祟祟，自己心中实有些不愿意，急忙代写完了信，就辞出，已十时多了，即又驰往前门代之发了快信，取了四弟校饭款即回来，到家方想起应就近去找强表兄一谈就好了，午后给英写第一封信，现在她虽尚未到目的地，但是此时发信，信到时，她也应先到了，心中的委屈，悲恨在笨拙的笔下，不能表现出十分之一的情绪，略述些近来念她之情，又告诉她在津一日半的经过情形，及见生与他回平的情形，不觉写尽三页，预备多问她一些一路情形及那边概况，在另外一封信上再说，陈老伯来回信中还说及要去的话，都没有关系，三时半写完，其实心中还有许多话要说，都未表达出来，因力十一兄要给他那位姚小姐带个信息去，过去问他，在门口碰见力大嫂，她告诉我陈大姐夫谓古学院或可想一办法，每月数十元，遂先去陈家与大姐夫接洽略谈，他允向石芝一商，辞出即去找力十一兄略谈，他即嘱我告英如姚与之去信，可将一路情形告之，他先闻英将行，以为尚未走，他已受过了分别之苦，劝我勿令英行，或与之同行，否则二人相思殊苦，后闻英已行，今又力促我亦起行，盖长远分别殊有变化危险，且近来闻将行之人甚多，大家尽可结伴而行，如能行时最好早些走，以免路线有何变化发生，他亦想去找姚，口头约定如能行一同走，总之到那边后个人生活问题可无什问题，只是途中受苦，有钱便可走，过去再无钱，亦有法可想，谈了一刻，因今日力六嫂处请客，他还要代他母去打扑克，说他现在的生活方式亦奇怪，以他思想竟在此各此生活，出来遇见伯良，她回来已月余，娘生日曾来我未在家，一直未看见她，今天才看见，坚邀我去她家坐座谈谈，时光如逝，已有四年未见她了，除了较胖声音变粗哑以外，其余一如常态，她年前在川结婚，因病来平就诊，并看其父母，走遍多处，经阅增加许多，谈了一刻即辞回，因力六哥外屋请客谈话不便，回来出去将与英的第一封信送往邮局，不知此信何日方能送达英手，因思索种种问题，甚是用脑，晚上想起今日是铸兄生日，于是与四弟同去坐了一刻，铸兄不在家，略谈即归来，精刘又不佳，早憩。

12月2日　星期三（十月廿五）　半阴明，风，冷

今日天气不佳，昨晚风迄今未停，且半阴天，有风便冷许多，一上午在家补昨日日记及思索问题。

昨日与力十一兄谈，他笑谓，“我固然十分佩服刘小姐的勇敢决心及坚强的意志，但奇怪你们俩这么好，为什么她不想法令你与她同行呢，你又不是不愿去。”我说，“不是那么简单的问题，是因为我之所以不能去的问题，不只是我个人问题而已，且还有我家庭不能解决生活之故。”他又说，“她如果向其父要求恐你家庭生活问题，亦可代你解决，再一同南下多好！我奇怪她为什么不与她父多要些钱呢！在想使爱情达到目的，应不惜采取任何方法与手段，若我是刘小姐我一定助你解决当前的困难，且使你同行，因为力所能及。”我说，“为达目的，而采用一切方法，话固可如此说，但事实并不如是简单，且英未必没有那么想过，知子莫若父，则知

父亦莫若子了，她所以没有这么办的原因，一大半恐系因其父未必肯允，何必自讨无趣，反使其父看不起我，徒增将来的困难，一小半亦因我之不肯如此！”他又笑道，“她父如不肯倒是麻烦一点，她如决心要如此办，总会有点法子吧，这且不提，你说你不肯，那你真傻，为什么不愿接受她的帮助？你认为这是不对的，侮辱你吗？若是你二人家庭环境相反你是否会想法助她解决困难，而使她与你同行？”我点点头，他又说，“那么那样办时，就不以为是侮辱她了吗？说起来我也是为了这一点思想上的错误，男人总是这么想的，所以我一气与姚分别，至今已年余，二人痛苦，不过在你们只是个开始而已，你现在不已是日日不安？此时她在途中疲劳忙乱中她或许还不感觉，等她到了目的地以后，生活一安定，坐在那长舒一口气，再想起你，再看见他人对对双双那种味才难受呢！我们徒自命为新时代的青年人，却在不知不觉中仍未完全跳出旧的恶习及束缚中，更为了一般世俗之见来给自己增加了许多苦恼问题！所以我劝你能行时便急速前往，去那边管保你生活是没什么问题的！最好我们能一同走！因为有伴互相可以照应的，我对那边一切亦比较熟悉得多！……唉！世上没有万全的事！”我听了心中若有所悟，他又说，“你想走与不能走，自己决定这个大前提的目标，再向达到此目的去努力，应作什么去作什么，勿徒自苦恼，那是只有自苦，对事实毫无用处！”这几句话很对，真的，我没有跳出那不合理的旧思想，旧束缚的圈套，终于还有那些世俗之见，而不肯受英有所协助，以致两下分离痛苦万状。

世无万全事，实不错，也是自己脑子只向一方着想，没有多活动些，自古忠孝难全，于今爱孝亦难兼备，固然每个人的环境不同，但亦在乎自己的努力与奋斗，现在亦看透了世事不过如斯，多少总有点牺牲，不能全无问题，如想全部解决，则困难问题多得很，如弟妹等将来之教育问题，生活，应付战乱时代一切意外的琐细，李娘年老等等问题不一而足，实际是无处不需我在此应付处理，实走不开，但为了自己的志趣与前途的发展，却又顾不了那么许多，只好有的方面暂时不管，至于行时带四弟抑带五弟，小妹亦想去，带谁去，留谁，全带，全不带，至今我犹未决定，如我走后生活问题及总有的事无我而无法解决而需求别人的事，这些恐亦只好如此，无法顾及了，世无万全事呀！总有好处亦有坏处吧！我现在生活的目标已经决定，就是一心一意想去南方，主因固是英已先去，但自己亦实在觉得应去那边，在这边将来终是不了，看看许多自己未去过的地方，经历些自己从未经历过的事情，以图将来自己的发展，我真羡慕那些走过许多地方的人，人生不过一世，多看，多走，多知多好！困在一处待一辈子实在太冤！所以现在起便时时准备一切，经济力量一有办法，立刻启行，但在没有确实实现以前，找事等机会，仍各处想法，以期解决当前困难问题！我固知我走，定有许多亲友以为奇怪，不以我走为然，因家庭生活问题，需我解决，我所期望的经济的来源，实是渺茫得很，不是我头脑卑陋，只知钱，因为现在是经济的世界，钱本身和孩子一般的纯洁没有丝毫罪恶，孩子长大了变成了恶人，那是后天恶浊社会所影响的，而钱只不过是人类造成的一种工具而已，她在好人手中便是救世的伟力，在恶人手中便是刹人的大刀，都看人如何运用罢了！现在自己有许多理想希望，没有钱时是什么也办不了，有了钱才能实现，所以近来尽想发财，方好办事，发财的方法很多，普通是做买卖，但自己没有本钱，如何成，做事每月才赚多少，那要耗到什么时候才能办到，最快但亦最渺茫的莫过于发邪财中奖券了，世上尽是些不平的事，有钱的人不会好好利用，用他的钱去作效力最大，益处最好的事，而知道如何用一笔钱去作有用的事的人，反而又无钱，我如在经济力方面有了办法，我一定要好好利用它，如中的奖券而用之南下多好，我如此想来，觉得尽比那些想中了奖券如何吃喝玩乐的人们要高出许多，而无丝毫愧色！我并且一定助那些想走而不能走的人底路费，使其达到目的，以免其受我此时身历想望而不能达到的痛苦！

我真要感谢英，因为她给我在生活方面，思想方面的指示与启发。我起初因为环境与责任关系，觉得自己毫无活动的余地，只有困守此地，以候大时代的安定，但那是要等到什么时候，并且在此麻烦亦多，将来发展更少希望，精神痛苦尤甚！我固有时后悔不应令英先行，但现在觉得如此亦有好处！使我迅速坚定南下的决心，本来以来至少要平静沉默平凡地过个几年才有什么变动，这一来促使我生活早些起些波浪起伏，增加了生的意义，在生命的大道上，又步上了光明有希望的前途！如英不行，我或许会没什么出息，因之而苟安因循下去，亦说不定或许英看出了我此弱点，所以断然先行，暂忍一时的痛苦，先种下将来长久有希望的来日的快乐生活，我因她去了，因念她势必想尽方法南下，遂可借此机会以谋发展，英是极好强不甘后人，不肯示弱，前进不屈的好青年，她看见她大姐二姐都去了，她自也想去，她大姐二姐都在那边结婚，我自然也去才好，免得使他人说就是我没有出息，没有志气，还在此不肯动，这些也许不是英曾如此想，我不过如此猜测罢了！但我现在已经决定一切比较有办法时，立刻就走，一半是为了找英，一半也是为了自己想去那边多经验一番，亦不负此一生！英！请你耐心等候我吧！

心绪不宁，生活问题不能解决，使人片刻难安，加以近来心事特多，百转千回，不知如何是好，是以自十月以来已有两个来月没有正经看书了，那能安得下心去看呢!?

大半日在思索种种问题，信笔在日记本上写了不少，亦可略见我对将行种种问题之反复思维焦思苦虑，午后修理话匣子，弄了半晌未弄好，令我不快，五弟学校又令学生每人在邮局储金一元，在此生活实是麻烦，不仅能维持生活而已，要你如此这般折腾不已，什么献铜，献铁，人寿保险，不过向中国人要东西要钱而已，上学了，能够凑上学费书籍费，车钱，脏衣，饭钱不算以外，又要来储款了，连吃还都成问题，那有余款存起来?! 前日托人售了一件旧式长皮衣，今日便忙着去买食粮，米面早已买不到，不过杂粮而已，杂粮许可流通，官价取消，新粮上市，应该多而且贱方是，偏偏连日购不到，去晚了便没有了，且玉米面售至六毛六一斤，小米面七毛四，六一斤，一天涨二分，明天还不知卖多少，大街上已有售七毛八，八毛一斤者，小米九毛一斤，高粱米一元一毛一斤真要穷人命！念之惘然！熬吧！过吧！反正如何也得活下去！

连日无论昼夜尽在作旅行的梦，何日方能实现!?

一起风天气便冷得紧，一冷做什么都不方便，讨厌之至，食糙粮食已约三个月左右，真有点腻，现在有这些东西吃还不坏，将来再过还不定吃什么东西呢！今日天气甚冷，风止后尤寒气袭人，不知英现在行至何处？一路可吃何苦头否，念甚，晚习小字半页，又作信与英问其一路一切经过情形。

12月3日 星期四（十月廿六） 晴，风，凉

生活上不可避免的琐细事情，每日机械的作一遍，感到直分可厌，上午又补充一些问话在昨晚写给英的第二封信上，我在此信上尽量问她种种问题，一路经过，那边情形，如去应注意之事，应办之事，以备将来去时好走，不知能否投到，陈老伯与其女之家信上亦说走否问题，毫无事故发生，力十一兄亦言无关系，好在我不写此地住址，如能送到更佳，送不到就算了，英行时还嘱咐我小心，勿胡写，如接此信，定奇怪我会如此写，不知她可敢放胆尽量详细答复我信中所问各项问题否？此信不知何时方能送到她手中，念她此时不知已行至何处？一思及便不觉怅怅。

午后出去在李福寿买了两枝很不好的毛笔，便是一元，菜市口的马路犹未修好，绕到前门买了一些东西，现在真是只有坐在家中还好一些，处处触目增我愁思，更是不堪回忆，这种精神上的痛苦实在有些吃不消，还是赶快离平才好，买完东西到财务总署去，强表兄下午休息，找到廖七姐夫，他果在彼做秘书，地位相当好，在客厅内谈了一刻，他虽曾自己写信与汪一次，但事前亦曾托多人，并由驻日大使徐良代其向汪提过，方始生效，谈了半晌辞出，又去强表兄家座谈顷之，仲亮处亦无消息，他在作画，与谈亦拟自作一信再去见老汪一次，他亦云不妨一试，黄昏辞回，晚思索信辞，真不愿在此处鬼混生活，惟盼早日解决经济问题，把娘等生活一切弄好，即可放心一走！但又谈何容易。

12月4日 星期五（十月廿七） 晴风

多年冬日书房未曾生火，毕业迄今仍未找到职业，于是今年此屋恐仍不能生火了，屋冷早上便不大愿起，今天一懒到十时许方起来，时光飞快，一晃便是一日，既定正志，则须趁早着手安排生活，工作，白白耗日子，太无意思，于是上午看过报后即着手继续整理自己的书桌，各抽屉中的书，本子，什物零碎等，东西倒没什么难收拾，只是自己富于保守性，

零碎东西，本子纸条等存留甚多，还有友人来信，有的想留，有的一时又不舍就弃，一时很难决定，后来想留着多少日子未必动一次，亦未必看，未必想起来，于是能够有去掉的可能的纸片什物全丢了，抽屉中空了大半，足足收拾了一下午，收拾整齐了，看过去确实是舒服得多，精神颇愉快，不知四弟五弟二人何以不愿把一切维持整洁，他们永享不到这种精神上的快乐，晚饭后精神有些疲倦，还有三个抽屉明天再整理，我时刻希望有一个整洁简单朴实的快乐家庭，不知何时方能实现，现在家中什物零碎嫌太多，太乱，晚上略习字，一整理东西，想办要办的事很多，只是生活没有保障时，没有心思去作罢了！

算来英离平已近半月之久了，如途中没有什么麻烦，此时当已到长安，或已路过又往前进了，再过十天或半月，她可达目的地，如她找到了她二姐才来信时，那最快也当在卅二年一月底才能接到了，不知此时她确已到了那里!?

我心意既定，找事终无头绪，亦不觉着急，反而坦然了，虽是如此，生活问题的重压，没有一日在我心头轻松过一些！自己固是决定了出去走走，但责任在身，又何能轻动，虽是有许多比我还为难的人们，或是比我年幼，或是独生子，都走了，我又何独不能成行，但仔细一想，我的环境又与他们实不相同，一是他们没有责任，或是他们的父母自己能照应自己，或是家庭生活不成问题，就是有问题，他自己不负什么责任，自还有他们的父或兄去办！就好得多，无后顾不放心之忧，便好得多，才可放心一行，而我呢，头一样家庭生活问题须仗我解决担负，一走便无别法，且一切事情多少皆须我应付，比较多懂事一些的，家中亦只有我一人，母所知少，李娘年老，弟妹皆幼，处处需人照护指导，我去了他们平时的教育问题亦是麻烦，所以我个人身上的麻烦是比别人多，不易解决，令我不放心的事亦多，想来自己想定的长途旅行不知何时方能成行，真不知那时才能实现，令我十分怅恨！英！请原谅我多舛的命运，耐心多等我一些时候吧！其实几百元的路费，再出售些东西，或向人借借，也足能凑出来，只是家中母弟等生活毫无着落，自问良心不安，故不肯就去，如不为此，不是早就与英同行了吗?

昨晚突又接令泓来一信，只极简单两行半问我近况，又谓十月底曾来一信，却未见，我已有三个多月未与通信，初以为去香山日，曾意外相遇于途中，以为她晓得我另外相识有友，又明显疏远于她，或可就此绝交，以免两误，不料她又来信，不知是明白装糊涂，抑是不知，我早就想一封信明示于她，始终不过是朋友而已，以免有所误会，她姐妹的好意只好心领了，我想此事须早些解决，弄清楚，延拓下去，更不好，以前因忙乱与精神全专注在英身上及心绪不好，始终未写那封信，这回却要早些弄清楚才是！

12月5日　星期六（十月廿八）　晴

上午看报，又是一大片庆祝什么大东亚战争一周事的花样，现在娱乐的地方亦无处可去，中午又整理一些纸片，一时许陈书琨老伯来座谈顷之方去，还去铸兄处，因日前他生日之故，老人终是客气，午后种种心事又来，近来无事懒得出去，尽在家中闷坐，只是急于整理清楚，午后拟就自己与汪之信稿一份，明日与七姐夫看看，又整理一批朋友等来信，及以前之账单等无用之物，全行去掉，迄晚方止。

看了这许多亲友的来信中，使我生了无限的感慨，无论新旧同学，来信中所言，皆充满丰富的友情，在远方的朋友同学，都在惦念着我，也感谢我纪念着他，数百里，数千里都不时有信来与我，每一个人来信有每一个人特殊的风格，每看一个人的信，我与此同学交往的一切，此人的形影习性品格一切都在我眼前晃动，而往事不堪回首，如今又远别两地，不能相见，殊深怅惘，我在同学朋友之间的人缘总算不坏，我对人好，人方能对我好，这一比信，便是我获有一般同学的友谊的铁证，我整理一次信件，便要生一次感慨，而看到出神处，真想聚上我这些好友痛快的畅谈一回，如能永聚不散多好，可是事实却不可能，朋友，朋友，天南海北，各处的好友们！你们可知我思念你们的情意，我在我们这一群青年中，是比较爱写信的人，可是还是有些朋友不免被我生疏些，信少一些，唉！这些好友们何时再晤呢!?

人最怕有责任，一有责任，想负责任，能力所及还好，能力不及于是痛苦便踵至了，我每静坐沉思，心事实在太多了，要想办而未能办的事亦太多了，只为了自己现在所处的地位与别人不同，别人可以丢下一切不管就走，我就牵连的复杂，问题甚多，自问良心又何忍如此办呢？那岂不令娘更束手无策吗？我岂无雄心壮志？我又怎不思振翅高飞？怎又不想出去多看些世面?！可是家中责任所累不能离开，深恐亲友们不明真相，以为我是个没出息的孩子，甘自忍等在此，困顿至此，何日方是出头之日!?唉！谁能了解我之苦衷，仔细想来，自己处境及家庭需我，确与他人不同，我既牺牲居此，当然想要把家庭弄得好一些，弟妹们教育问题，亦应成效较著才好，但近来细察，不但弟妹们念书，并不以我在家而更用功，读书仍在自己肯念与否，不在别人督促与否？仰我督促之法不佳，但我总觉我所能知之法皆用到，效力不见如何好，我牺牲自己在此，半为弟妹教育问题，如终不过如此，并不以我在此与否蒙何影响，我又何必在此，事不能般般俱顾到，多少总有牺牲，则我亦不能顾及那么许多了，我近来只为走与不走问题所牵连的种种事项，仔细研讨，且加上良心责任与前途发展念英等等思想的冲突，柔肠百回，不能自已，直是苦不堪言，这种精神上的不安与苦恼，只有自家知！今午力十一兄自己领一日人来看房，不知能否成交，不能解决的问题太多了，房子住所他如售成还亦是一严重问题！唉！为人何苦如此！

黄昏时分曾得曹小姐来一信，内附一信封写刘敏小姐收字样，下书自界首发，十一月十日的邮戳竟走了近一个月，太慢了，打开一看笔迹不大像，口气亦不对，看到末了才明白是安笑乔写给淑英的信，怪不得就是发信的日期亦不对，英是十一月廿一日走的，那能十一月十日就在界首发信呢，里边告诉英一路情形，倒是比较详细，都是由平到界首一切的情形，我前信问英都是多关于过去那方的情形，这一节的详情最重要，对我颇有用处，英已去，算是告诉我了，也许是因为内容如此不免扣了几天，给送到了就不错，只是安信中谓带物不多没有关系，就别藏起来如缝在被中等不好，一经查出有被扣留审问的危险，我看没心中十分不安，一安比英先走约二三礼拜，何以十日方在界首？二则信中谓带物不多无关系，惟不可掩藏，否则反有麻烦发生，英被中确有料子，不知是否会生麻烦，如今是否平安过去，实是令人愈思愈加不安，或安走得晚，近十一月初方行，（或途中有所耽搁）或英等运气好一路无事早安平安渡过，但盼其是如此！敬祝英一路平安顺利！

12月6日　星期日（十月廿九）　晴和

上午十时许急急忙忙跑到七姐家，七姐夫却不在家，与七姐夫谈了一刻，她倒是很关心，我拟将昨下午所拟与汪信稿请七姐夫看看改改，不料不在家，又得耗一二日，托人皆是难，增益小孩十分白胖，闻增武在南方结婚十分热闹，并去印度蜜月，心中甚羡，三都增祺在镇江于双十节亦结婚，七姐多好，三子全都结婚，心事全了，七姐夫及子事皆不错，多好，略谈辞出顺路访李準拟问李永近况，不意不在家中，闷闷归来，中午大家动手吃蒸饺子，麻烦，弄到二时方吃完，午后天气颇好，出去找向云俊，李準，朱泽全不在家，大马与其太太去做礼拜，与永海略谈即出，街上人甚多，礼拜天气好之故，看此芸芸众生，形形色色，无非皆为生活而奔忙耳，独我心中闷极，运气不佳，事事处处不如意，归来看过报，乏极，小睡两小时，晚饭后作信复德培兄，又与律阁一信，写自己所不愿写之信，做自己所不愿做这事，实痛苦之至，但为生活所迫，又奈何？每一沉思，心事众多，为之不欢，所看所知之人事愈多，烦恼说愈多，每拟读书，因心绪不宁而中止，深羡弟妹心中无心事，终日嬉乐，漫不知苦，但却不知利用此黄金宝贵时期，努力充实自己之学识，百喻不解，每为之不欢。

天乎！我旅行求发展，寻英之志，何时方能实现?!

环视诸亲友，各各家庭情形不同，令我生感触无穷，不知英现行到何处，所发发信有无遗失?!

12月7日　星期一（十月三十）　晴，风

我真羡慕那些家境比较宽裕，而身上又无任何责任及担心事的人们，

那份的自由，可以天南海北的一跑，远处去旅行，多好，而我虽未结婚却已为家庭所累，责任所击不能脱身一遂壮志，仔细想来，自己在家中的地位，与待我处理解决的事故，与所负的责任，是与他人在别人家中要重要麻烦得多一些，尤其是这种家境偏又碰见这种时代，非迫我去作那些非心所愿的事，实是无可奈何的悲哀，可是那些尽有旅行的自由的人们，却又多不肯旅行，安于现实的环境，这就是这不平世界中的不平事，愿出去走走的无钱，有钱的不出去，世上就是这么一回事。

昨夜又未睡好，晨间醒来反觉有点乏，上午看过报，习了一页小字，明日什么大东亚战争一周年纪念，即去年明日是日本向英美宣战的日子，时光过的快都已一年了！令学生去东单练兵场举行什么青少年团结成式，又有什么讲演会，看宣传影片，游艺会，折腾得这一礼拜也不能安心令学生读书，这场世界大战不知何时方结束？午后冒风出去，先把皮帽子一顶，（无人戴）水獭的，托应先去售，又到学校去，与朱头略谈，找曹想与她信看，不料一看功课表今日课最多，第二时快下课了，遂在外略等，下课时，把安信交与她，详情礼拜五再谈，因她第三时还有课，路过今日是护国寺，也无心去看什么，理完发回来已是黄昏，虽然英不在身旁，她的话却仍在耳边，她不愿我留长头发，今天理发便剪短了，她虽不知我惟不忘吾英！晚细思吾欲旅行时应带之各种物品，此时作种种打算，犹如白日做梦唉！我此梦何时方能实现，英你能保我早日实现成行么?!

除了一切不提外，北平确实是个可爱的地方，固然自己家在这地方，一切舒服方便，就是北平这个天然环境有山有水，适宜于住家，又住惯了，住熟了，实在不愿离开它，但在此时，却又不能如此讲，别的不说，只是身边无英，终觉少了些什么！心中总不痛快，活得没有意思，这个缺陷，除了英本人，是没有一个人和什么法子能够弥补得完满的！真是什么时候方能补此缺陷!?

想看的书，想办的事太多了，只是心中始终为念英，为谋事。为思索种种问题，忐忑不安，作不下去，看读书检录，迄今日止，已整二月未正式看什么书了，我亦应革新生活，早起早睡，白日多办一些事，现预定上午习字，看报，看书，下午整理东西，访友，晚写日记，记账，写信等。

12月8日　星期二（十一月初一）　晴

天气总算不坏，都入了尧历十一月，终不算太冷，今日节气已是大雪，如无风的日子，白日有太阳如初春，被体犹有些暖意，只是早晚才觉得冷一些，不知河南方面气候如何，是否亦如此，英这一路情形如何，我始终在惦念中，昆明的天气应该漫和得多吧！上午阅报，全是千篇一律的赞诵日军的套子，并庆祝大东亚战争一周年纪念，开会，演说，华北青少年团结成式等等，闹得全市乌烟瘴气，我却闷在家中祈祷早日和平！近午习小字并略看书，又继续整理书桌，抽屉中零碎东西实在惹厌，甚不好收拾，一直弄到下午三时许才弄清两个，又助李娘去糊补窗户，四时半出去买了一只毛笔，备作信之用，家中笔皆为弟妹用秃，五时回来拟与力十一兄再谈南方情况，不意其不在家，晚饭后去七姐夫家，方用饭未毕，信稿未改好，谈顷之，约一小时辞回，托人事无顺利痛快者，为此又需多耽搁一二日，七姐云，九姐夫又请七姐及五姐等明日午吃饭，不知又谈何事，总是谈些心事委屈，白跑一趟，归来坐憩，静思念今后生活大不易处，不仅能维持生活而已，还要应付此非常时期中许多花样，不仅学生能维持其读书而已，亦还有许多花样细民何堪?!我固能行，又怎忍老母弟妹处此水深火热之中哉？中心忐忑不知所以，我想办之事固多，岂奈无力何？独坐长吁，昔日与英同游共乐之情景一一如在目前，车上情禁不已，津站痛肠分袂，皆在在脑中如映银幕，我之念英，固未尝片刻忘怀，其途中亦念我否，此时已抵何处？一切如何？沿途可有信与我？念之不已！

12月9日　星期三（十一月初二）　晴，微风

不知为什么，近几日早上醒来都觉得反而疲乏，总睡不足，睡不好，休息一夜翌晨应是精神面倍的样子，奇怪，今晨若不是裁缝来把衣服改好要比试穿一下，还没起来，也许是夜睡不安，加以屋子冷的缘故总懒得起来，一切生活必需的零碎手续弄清楚，习了半晌字，新买了一支笔虽比较

好使一些，但自己的手笔不传真，总不过如此而已，写不太好，午后天半阴，心中烦闷甚，沉寐的屋子使人不耐，于是出去走走，出来了，又想回去坐，因为看外边反会处处勾烦，既出来了，便又懒得回去，于是随便走去，以前英在平时一人出来不觉得，因为心灵有所寄托，于今一人出来便感到十分孤伶伶的，没有人了解我，没人真能安慰我，除了英以外，走到商场附近到仙宫影院看了一场电影一个人心不在焉的坐在那里，这个小影院，还是第一次来，有时片子上的光线很暗，多日不看电影，片子上许多宣传画，标语，高德明绪德贵两个相声艺人，亦照了一短片是治强相声，说明第五次治安强化运动标语，宣传方法种种全用，令之深入民间及青年学生心中，用意实是可怕之至，夜深沉仍是那一套，一苦命女孩子，为一穷青年所恋，后因学戏，为一浪荡青年所骗失身，又因生活所迫，复清唱，又为一富商所胁诱，为穷青年所知，正危急间，青年解围，富商欲以枪击，为女所阴，反自创，女亦引刃自创死，青年逃亡，每日所听所见皆平民苦痛之声，出拟寻娱乐，暂时躲避现状，却又看的是社会黑暗的情形，中国人民，什么时候，什么地方才有快乐!？此片可见伶星由无名至成名之经过的曲折困难，尤其是女角，其所应付经过之问题更多，片前监制，为柳中亮，周璇前传在沪自杀，又闹婚姻问题，匿于其干父柳家中，其所演片大多皆柳所监制，真情如何不明，此片直无异为其自身之写照，不知其演时及发事后周自己之感想如何？自古道红颜多薄命，信不诬也，现在满世铜臭，经济力的世界，金钱可以办通一切事，可以造成一切事，亦可以毁灭一切事，但人们多用来作恶事，是什么缘故呢？我代金钱本身报冤！出来又黄昏，踽踽归来，孤影分外凄凉！

不知何故，弟妹三人，除小妹稍懂事以外，四五二弟特别不明事理，处处琐细皆需人指正教导，不会爱惜物品，不代大人想，每日浑浑噩噩，糊糊涂涂，马马虎虎的过，我忆我小时亦不曾如此令人操心，劳神，我很早便会自己把自己事弄清楚整齐，自己代自己想，做自己应办的事，时时刻刻在用脑子，四，五二弟却与我正相反，丝毫不肯用一下脑子，且甚懒，即使他们能做的事，知道该做或纠正的事，京是看见了亦不去办，是我把他们看得太大了，他们还小，尚不懂事，实在说来一个初二，一个都高三了，还小吗？我真不明白，是我要求他们太苛了吗？怎么我处处都看他们不顺眼，许多事情都不对，我不知说了多少话，费了多少心力，不知他们何年方明白。

灯下看书，心绪烦恶不宁，一时念英，心中难过之极，这种悲痛滋味，非身经之人，不知其苦恼之深，英此行如有鼓励我之意，则未免过分，或此回忆及思念之痛苦，正是命运与我之惩罚，但此亦未免过重！不知英何时方来信？我之希望何时方能如愿以偿！

12月10日　星期四（十一月初三）　晴，凉

上午十时许出去，打一电话与廖七姐夫，信稿尚未改好，嘱我下午再去取，且回家坐屋中阳光下看书，习字，下午二时许去春明中学看游艺会，观众大半都是本校学生，会场虽简陋，但学生们表演都很认真努力，毫不以一切从简为意，这种干的精神可喜，大家都各尽己力，互相表演坦白的精神甚好，闻本年度新聘之教导主任乃辅大教育系毕业者，同学张光锦亦在彼教初一国文，即教小妹，他主办一半月刊，由学生自己抄，他们倒把一个春明整理得很火炽，看到三时许出来径去财署找廖七姐夫，他已将我信稿改就，比我原稿简要许多，又请来强表兄与他看信稿，因其中曾提及他，恐汪叫他去问太突然，今知之后，心中可先有预备，强表兄云，此信不妨，姑且一试，成否听天由命，即使能准入行，恐本月亦无望，进入明年进去，又须两三个月不定，尚须自己想法过此时期，又谓我未去巴处助编字典事可惜，言外大有怨我不该不去之意，他焉知我心中苦衷，我因初次做事，应以信义为重，第一次即失信，以后如何做事，故毅然未往，一时亦不便与之辩解，且看明日命运如何，此际无事时心中却甚安静，精神上总是坦白的，但不知何时方能如愿?！我岂有意留此!？青年前途正远，长此困守，将来如何发展！我之欲离平，又岂仅为寻英而已哉?!

灯下无法，姑且清缮与汪信稿，成否在此最后一举！

12 月 11 日　星期五（十一月初四）　晴，小寒风，冷

上午坐屋中阳光看了一阵子书为近来难得安静清闲福，近午得大宝来信，她是也要走的意思，使我心中亦十分不安，近来听得走的人多了，要走的亦大有人在，且对此途所知之事亦日详，心中如何不动，实深苦自身之不自由，每一念及怅恨不已，午后二时到联银等到三时半，汪头来，遂呈信，候未一刻钟即传见，略问家中人口情况，不意立即批准允入行供职，出我意外之速，由其手示交与陶秘书，一个中年小白脸，又由其交与一姓华的，领我写一入行之小履历片，嘱我明早十时去行，出来心中甚是紊乱，不知是苦，是乐，说不出的一种滋味，因为惦记着去校取英的信，也忘了出来打电话与亲友通知一下，出来已四时许，遂直驱学校，今日虽晴，但小风甚寒，大有冬意，不似前数日之暖日前（六日）来校时见什刹海上已有人溜冰，今日下午过，又见更多之人在溜冰，我今年却不想在冰上玩了，在去校路上正好遇见曹，在女校会客室座谈，我把英告诉我的全都告诉她了，恰巧在八日英又来一信，打开一看，告诉我已平安过去，已抵界首，心中大慰，曹奇怪我为什么没有与英同行，我就怕别人问我这句话，我听了心中便立刻十分难过，要解释明白，又非几句话所能讲得明白，且有的主料不便与别人谈及，只是自己烦苦之至，会客室甚冷，谈完曹进去，我又与突然相遇的孙以亮谈了一刻，又在院中寒风立了一阵更冷，顺路跑到郑三表兄处去坐烤烤火，本想与之谈谈，不意他不在家，大宝亦未回，坐了一刻回来，路过强家想告诉强表兄得职的好消息，不料他值夜班未在家，嘱其甥转告表嫂即辞回，因已天暮，赶回晚饭也，到家在晚饭时，方说明已定于明日入行之事，娘与李娘喜欢得吃不下饭去，晚铸兄又来（下午曾来一次，我不在家）告以事定，他亦欣喜，又与之谈了半晌将行之事，使我心中更加纷乱，酸甜苦辣，令我莫之所以，种种问题回环脑际，不能使我脱身，不知何时方能成行，为责任，为人子，我又怎能独自不顾一切而行呢!？现在只有暂且应付目前，又有什么办法，说实在的，我今日得到确职，在为人子，生活所迫方面是得到了甚大的慰安，但

在为人了我自己心灵个人思想品格意志方面，不但毫不开心，反而受了污点创伤，是无可奈何的悲哀，是我最痛心的事，我以前没有事是在生活方面感到压迫，精神方面尚还愉快，而如今烦苦的是在生活方面或稍有办法，但心中却感到受有另外一种新的沉重！使我在平的累赘麻烦更多了一层！何时方摔脱一切，独身南下!？我想走，却偏偏动不了，多么难过！思潮起伏，怔忡难受万分！英可知道?!

12月12日　星期六（十一月初五）　晴

命运使我如此！不愿做的事，生活和责任的重压，强迫我硬起头皮昧着良心去作，这是我的错误吗？这是我没出息吗？

昨夜因想起种种心事，烦闷之极，翻来覆去，不能安枕，至夜二时半左右，乏极才迷糊睡去，心中有事，不能安然，到早上六时许便醒了，到七时半起来，八时半去行，先打一电话与强表兄，他昨夜在行内值夜班，告诉他今日已入行，如此快，非他始料所及，因为前日他还猜测我至早也得在明年一月才能入行，因为如今年年底入行，因银行会计年度结算的关系，则今年年底前必定会发表的，本月进去，本月便可发表，当够快的，因为普通差不多皆需先耗一二三个月不定，强表兄听了十分高兴，我又请他转达七姐夫及仲亮，打完电话，即至总务局接洽，领来行员调查表及保证书各一纸，由工友领我上东楼营业局上边，四层最高层，四层走了半晌方到，我被派在计算局，本来在此之辅仁同学即甚多，不料此一小部分，一间屋子内即有二相识者，一为王燕塝，前只知其在此，不意在此相遇，中学同学，一进去，他便过来先招呼我，还有一个是在志成比我们低两班的一个叫王琪的，一个磨姑孩子，还是那样，刚来的人，摸不着门，承王燕塝告诉我不少，我第一次来没有事，呆坐着，别人手上都有工作，觉得这种空气颇感不安，冷眼看这些同事，实与我的个性合不来，没有法子，只好暂时加入他们这个圈子里，在此处我知道的中学，大学各处新旧的同学朋友各局皆有，所以时时可以碰见许多眼熟的人，坐在那里，没有事，只有看看别人工作，后来过来一人，自言名张行翼，今年夏亦在辅仁毕业

是英文系的，十时许见过本局局长，姓杨，一个大胖子，人甚和蔼，亦未问我什么，看别人写的数目字颇精致整齐，无事，自己亦找出纸笔练练，因银行的数目字却比普通人写的要特别一些，今日即有我的午饭吃，在第二拨，因有同学招呼同行，毫不困难，这一点却比别处方便，虽是这顿午饭强迫在饭厅吃，每月扣去廿元饭费，但总较在外边合算得多，在外边廿元一月吃午饭绝不够还吃不好，好的是省心省力，先有的吃，在别处做事，先得自己垫出饭钱来，一天就得一元，吃大米，白面馒头，十人一桌，六菜一汤，在此时候亦是不坏了，在饭桌上又碰见林应复，谈了几句，下午仍无所事事，到下午五时下班，即赴廖七姐处告她今日已入行，七姐闻之拍手大笑，欢谈半晌，七姐夫未回，我因今日是李娘生日，回来吃晚饭，早上已拜过寿，饭后想起，又出去刻一个图章，是李娘旧章，象牙的还很好，七成新，大小合用，晚略整理些零碎，明日礼拜，预定要去许多地方，各处关心我的亲友处去告诉他们一下，但是我心中实终为另一层黑云遮蔽，闷闷不欢，不感一点快乐，明天要跑许多路，早些休息，以补昨夜不足，我有事，总算与娘及李娘二老人以一大安慰！

我心中总在盘算思索如何方能实现我自己的理想的愿望，惦念着英，不知她此时当到何处了，我的心情此时此地没有人会明了的，正是精神意志的清白今已污，是苦是乐唯有自家知！

12月13日　星期日（十一月初六）　晴

为了自己获得了平生第一次（而自己认为可耻）的职业报各亲友关心我的诸亲友起见，今天算绕了北平一个圈子！

本拟早些出去，不料起来晚了，出去到春明借电话打到刘家英父不在家，遂改了路线，先去西四附近陈老伯家，略谈，告以入行，代我欢喜，又谈及陈老伯与伯母及其小女三人，于明春将与铸兄等同行，我听了心中十分怅怅，只有我不能脱身一行，约好走后与我来信，他方能如愿，因为还要去别的地方，即辞出，再到强表兄处，知他起得晚，刚起来，略等，出来谈谈见汪时情形，又谈欲去俞家处，及与陈仲恕老伯写信报告，他亦谓亦将与仲昶老伯写信，十一时一刻辞出，因欲去之处尚多，时间不够，遂先不去郑三表兄处，绕道过学校，今晚又举行第二次宿舍夜，演“少奶奶的扇子”，为粥厂筹款，到女校去送与曹的信，托她转英信及告她近来又听来一些路上的消息，因为我有事，每日下午下班甚晚，无暇去校，只有礼拜日才有工夫，不料今日在信栏内得英来一信，仍是在界首发的，手中拿着信封，心里突突地跳，此又与初次得英来信时的心境不同，持着这由英手中触过的信封，心中真不知是什么味？一时念英不已，好似英信中藏着什么好东西能安慰我，实在得她的信来，心中觉得莫大的安慰与快感，但同时亦使我生无限怅恨，英！英！何时什么时候我们才能会面呢?!命运太捉弄人了！收好信，先不看，怀了神秘的心情，又跑到俞家去，找仲亮，与之谈见汪经过，并致谢意，她父在会客，请代转达，一直穿往东四北，到十一条李律阁处去答谢他以往为我费心的好意，不料尚未起来，留一信及几句话，再到郑五姐家处去，已是将十二时了，见了面都是向我道，“恭喜，恭喜!”我不愿使他们惊奇，他们自也不会明白与他们绝对相反的心理，于是我亦只好显出笑脸来答谢他们的好意，见了五姐二妹，尚未容我说话，二妹先说在十一日晚上陶良回去就打电话与河先请他去打牌，并且告诉我事已发表入行，半夜回来，叫醒五姐告她，与河先少奶二人乐得一夜未睡，五姐又说这，又说那，我预先料到的那一套，果然说了，说玩笑话谓我不早听她话，不肯写信，否则不是早就成功了吗？还笑说要打我，又说七姐，及她着急为我各处托人等，不等我说，反而听她说上没完，只好由她老太太一个人先叨唠，不料国国会去了，原来他现在每礼拜去教季华功课，我在里屋坐与五姐谈了今日及那日见汪情形以后，又打一电话与刘父仍未回来，我不愿被人误为是去赶饭吃，便告辞出来，应酬没有法子，只好向河先致声谢，出力他却无所助我，只是确曾为我注意着急关心，只不过是他谢他以往关心的好意而已，也许看把虽人总当作三岁小孩看，什么都不晓得不懂得似的，李娘及五姐老太太的多余，小心及啰嗦，我实是有点害怕，只好皱起眉头忍着听，其实我也不小了，知道的事亦不少，尤其是这几年人事的经历，使我更增加了许多书本上得不到的知识，有时我的个性脾气是有点不随合，不合时宜，不从众，不会嘻嘻哈哈，不会虚伪，虽然心中亦知道对什么人应如何如何，可是我却就是作不出来，这算是我仍保持我原来的习性没有为社会所染污呢，别人固未必如此猜疑我，可是我神经过敏会想及如何如何，也许地这点是我的不好，譬如今日午间不在五姐家吃饭便是一例，实在也因国国在那，不愿与之共食，五姐近亦知我有时固执及倔强，也不深留我，按我原意在近午时就不愿去别人家，本拟吃完饭再去，后因不饿及还要走别处时间不够便先去了，临行国国竟在勉强面包中对我说话，"二叔有事了，该请客了！"我当时很奇怪，我之个性吃软不吃硬，当时不愿与他以难堪，亦答他问钧钧可有信来？谓许久无信，我不与之多言即辞出，一路想来颇奇怪，后来恍然大悟，他是看在五姐等面上，与我相对，不好意思不理我而已，出来一个人跑到东安市场小小酒家去吃饭，又是与英以前来过的地方，不禁令人怅然，如今人在何方，南北相隔，此亦是使我对什么都不感兴趣，不愿出来的原因，处处皆可触我愁思，念英之情更切，当时真想哭，一边吃饭一边看今日从学校取回英来的信，她已在十一月廿七日到界首，已是平安过了交界，因下雨汽车不能开，大家闷在客店中，告诉我些一路情形，乡间风光，她一路虽有吃苦，她同时亦得许多经验，是她最高兴的事，她平安，我便放心，得她来信，是我现在唯一的安慰！读她信比什么都快乐，我看到她信当时心中的愉快说不出，不能与汪允我入行心中反觉沉重的心情成比例！她说她亦想拉我同行！可是想想我们离得如此远，不觉十分凄楚，分明她亦十分想念我呢！我心中难受的情绪，非笔墨所能形容，她这凄楚两个字用得十分得当！我因此信及职业亦定，且为践允为英送家信的缘故，决定今日去找她父一趟，告诉他英已安然过去，那一路当无何问题，免得不放心，于是在饭后又打一电话，她父在家，谓令我赶快去还有事要出去，遂疾驰去她家，我自七月卅日后虽曾到其家门口，终未进去她家一步，半因不好意思，半因自己暗誓至少亦非在自己找到职业以后才去，许久不去了，知道的或不怎样，可是这次我想自己去了，她家人或会奇怪的吧！为英也顾不得那么许多，到那进去她父在客厅正与一老者在谈话，见我颜色亦无异样，告以英有信来，取出与之观看，因纸薄字小，老人看不清，我即为之读听，他似并不大关心英的行旅情形，说至似沙丁鱼时，他还在笑，我看时只觉得苦笑，又与之谈怕英钱不够花兑钱拨款事，他父谓拨款很方便，又谓英所带钱够花一年的，那么我亦放心，只不知带过多有出麻烦否，信事谈完，无别事，又有人的谈房子事，甚忙，英父谓我明日去即见不到他，或去津，近日又不知忙何事？出来站院中与生等略谈，闻生父将令之明春去沪学做买卖，二时许辞出，即又进前门，去和内九姐夫处，索性今日都跑到了，累一天算了，省得再去，进去九姐夫正吃饭，他亦代我高兴，略谈，他又令我代之向娘道喜谓娘进董家门只望的是这一天，今天才实现，儿子终于做事了！办乏谈顷之即辞回，到家约四时左右，因倦甚，跑了许多路，说了许多话，见一人到一家得像留声机似的演说一遍，实是苦恼，到家遂卧床上休息未几，郑家小三忽来，拟要买我冰鞋，吵醒，昨上灯下作一信与仲老，报告得职经过，并谢其绍介之功，取回所刻图章，明日开始使用它了。

扪心自问，无人明我心意之所在殊苦！我唯念我远游之英，他无所苦！亦惟英深知我，但是天涯各自一方，他可知我此时心情？

看诸亲友见我得到职业，都为我欢欣喜慰之态亦颇感我，我如一旦辞职南下，则他们或将要惊奇不止吧!？难道我就为了这种大家期望鼓舞的空气中在此长期忍下去吗？就撤了我的期望，不再努力令之实现吗？我预定的计划不同之实行吗？不，不，不！不能够，何况即使我离平，那也不是什么罪恶滔天的坏事，诸亲友总应会原谅我的吧！我要坚持到底我的愿望使之实现！

自己的志愿希望理想，要想实现遥遥无期！念之怅恨之至！也许英会后悔此行吧！也许会后悔虽在此，终不能与我在一起吧！也许她一年多便会回来的假使我不能去时！

英在此，我却实在时时刻惦念她，她分去我的精神时间思想不少，她走了，可以使我专心贯注在找事上，但我总觉我识英后，在为人品格，思想，精神，甚至于性格方面都受她的感染影响，她所与我的教训与激励，亦许就是我一生的大转变，进步走上新的生命之途，亦未可知，英对我益处多极了，不但精神安慰方面，便我更进一步了解人生的真义！英！我感谢你！

我有了职业，大多数亲友都为我欢喜高兴，盛情关切可感，可是四兄四嫂，听九姐或今日国国回去一说，一定又得咒恨不已，而我自己呢，虽不见得会绝对厌恨，但为一家生计所迫，又有什么法子?！我自己心地清白便了，以前没有事时，为生活而焦灼，为不能，尽人子之道，而惭恨，如今生活方面或可稍好一些，但心中反觉十分沉重，精神方面，反增痛苦，我就在这个矛盾的人生中生活着，命运就是这么不顺利，处处罩上不快的帽子在我头上，这一切都是无可奈何的悲哀！

12月14日　星期一（十一月初七）　晴

今日早晨照例跑去上班，每日上午八时半（旧时间）上班，十二时下班，第二饭顿十二时半方能吃上，下午一时半上班，五时下班，一天七小时，今天又在那待了一天，什么事也没作，别人手上都有事，唯我一人闲着，觉得颇不自在，没事，也不好意思看书报消遣，看看旁边同事如何写账，问问他如何写法，自己大半时间全用在练习写数目字方面去，不是不会写，是写不了，银行那种格方，比平常不同，说不能写那么匀整，用蘸水钢笔写字，不习惯，中午有饭吃，不必发愁麻烦，倒很好，下午到时一同下班就回家没有地方可去，归来晚家人意见不合，互相不能谅解隐忍，不知我在外一天下分烦闷回来又听耳听叨唠不休，如有道理，实在不知体谅我，使我终日不得安静清闲，自思家庭如此，弟妹不听话，不肯用功，大人亦不明白，我空自如此牺牲，又为什么？岂不毫无价值，一时不禁令我愤恨翡哀之至，谁能明白我的心意，除了英以外，但晚连得同学由各地寄来数信，皆以我事殷殷垂问，关切之深，感情美意，令人感激，阅之知我在友辈中人缘印象尚不恶，亦略慰于心。

12月15日　星期二（十一月初八）　晴

连日天气不坏，可是好时光全闷在屋中，不知同事们都是什么毛病，怕阳光，白日把帘子全挡上，却开灯办事，大白天屋顶上灯总开着，不知是何道理，天然光源不用，非用人工光不可，不可解，太阳光照照不好?！今日组长刘颐伯交我一单，令我练习写数目字，整写了一上午，手指拿笔都拿痛了，屋子汽炉颇热，与外边是两个季节，下午看看报，抽空写了一信与令泓，向之表明最后态度，此信早期就想写，只因每日胡忙，及心绪恶劣之故迄未动笔，表示只能与之做朋友，如此说清楚亦免有所误会，近日着凉，今日肚子有些不舒服，中午在饭厅遇王贻，他见我亦来此，出他意外，他告诉我今日看报（新民报）知庆华今日与祝毓琏于中央公园订婚，我等因上班整日无暇前去，饭后中午前去，其父不在行内，想已去公园，下午下班后，即去其家，庆华大爷劲愈来愈臭，老同学见面亦无话说，懒得理他，什么事不懂，祝大约亦想不到我会和庆华熟，庆华神气颇不耐，他家家庭教育我实不满意，一点规矩没有，与祝亲热劲令人肉麻，何必如此，钟华那一信嘴与治华相同，贫嘴滑舌，十分讨厌，与卢二小姐胡扯，十分无赖，毫无意识，看他们弟兄言谈实在看不下去，闻钟华近亦识一女友，乃贝满的学生，一个一个孩子都长大了！不是看在庆华父母的面上决不留在那里，吃饭时大人们要谦让一番，这种虚礼十分可厌，吃完略座谈，庆华不顾有客与否，亦不管同学如何，径自先与祝卢等去欧林匹亚去跳舞了，大爷还在纸醉金迷中过生活呢，什么人!?想不到他会变成这么一付皮囊大爷人物，我再也忍不住，立刻相继辞出，在后边听见祝在车上告诉庆华谓认识我，与我同班上过课，没有说过话，又谓我与刘好，她想不到在庆华家碰到我，一肚子不高兴及感触，回家来铸兄在，谈了一刻，九时许始去，闻赵君今日上午来，送我花生及三个大糖瓜，劳他破费，虽是一点土物，盛意可感，难为他大老远的带来。

近来不愿出去，因处处皆是足以触起令我回忆与英在一起的心情，更怕看见那一对一对，一双一双的青年男女，今日又见庆华与祝的亲热劲，使我心中又是十分怅恨不快，我的英却远在千里外，何时方能相聚?！英！我们何时方能再会呢?！想来心要碎了！英可知道!?

12月16日　星期三（十一月初九）　晴

去行已是三日，今日第四天，开始令我亦写日记账了，写法亦简单，由同事及王肇庆兄（即王燕塝改名）指教，不一刻即会了，初一写字，写得不好，亦免不了出点小毛病，但终未出什大错，是自己怕写坏及心中不安的缘故，不知还是屋中热的原因，写时，手总出汗，因第一次写，才令我写二页半，上午便写完了，午饭后用算盘自己结算，幸亦顺利无问题，弄清楚才三时左右，大家一同整理分开传票与保单及算清总数不过方四时多，清闲了一小时，可是也不能在那写日记，看出及写信什么的，同事总喜欢与新来的谈谈天什么的，耗到下班时候新时间六点回来，有专人看车很方便，下楼便是，出来亦不想去那，天凉，时晚遂回来，同事终日不是谈吃即说玩，或是互相玩笑逗闷子，大有老死此乡之意，我实看不惯，听不进，与我脾味太合不来了，其中只是有二三人我看还好，即一姓李的，名相崇，前在南开大学毕业，西语系的，英文，法文，日文，德文皆会，相当好，曾在天津学院教过英文，及西洋史，算是大学教员，（教授恐还差点）在此干这个未免有点屈才，还有一个与我坐相近的一个姓章的，名祖谌，前在沪学工，因父故故辍学，人极富学生味，尚未经涉世故，诚恳可靠，还有一个就是中学同学王燕塝，改名肇庆的了，别的我都看不上眼，近有一个姓张的练习生颇知上进，我志本在此，现在滞平是万不得已之故，故我对目前之事，丝毫不感兴趣，对之不过敷衍应付，自更懒于应酬这些志趣不合的同事们了，说明了，我看不起这些麻木头脑的人，中国如都是这样思想的青年，什么中坚分子？不用等别人慢慢灭亡中国，自己就把自己灭亡了，想来痛心！自然有许多人，羡慕我此时的地位，职业，自也有许多人梦想找我现在这个职位而不可得，但我却丝毫不以为意，那日真想当时就拒绝汪头呢！不是我得了职业时说风凉话，实是如此，我如能把娘等生活安排好，一定绝不吝惜的抛下而去，此时是为了娘及弟妹等生活不能解决，万分无奈而暂时为此而已，谁又明白我这点苦衷!？我的理想何时能实现?！想因尽人子之道，尽长兄之责，被滞留在平，而不能与英同行，每念及便是闷闷不快，长此下去，对我精神方面甚有损害，我现在身体虽在此，而心却实追随在英的身旁！

以前与友有及自己讨论思索人生问题时，每以人生到底为何？不得解决，只自己为自己解释，人生活着，不过为活着而活着而已，现在才明白，并不是那么简单，如谓为生活而生活，则我如今生活尚可勉强过得去，并未遭饥寒，应是安定生活下去便了，却偏不是如此，种种不快，处处不安，时时不乐，又是为何?！由此可知求生不只是能维持了生命便了，还有抽象的精神快乐，精神不乐，物质再享受得好一点亦是不会快乐的，如精神方面能得安慰，则生活便苦一些，又待何妨?！唉！如今方才明白人生不仅是为活着而活着便了！惭愧!!!

终日虽是平静的生活着，所谓在幸福平安的圈子内过日子，但是心中终觉缺少些什么！那点空隙，不是北平现在所有的人及物所能补充得了的，只有那在遥远地方的英才有此能力！唉！天！我们何时方能聚晤呢?！我又何时方能去找她去呢?！我不能走怪谁呢？怪命远吗？……我怪谁呢？（晚补写日记。）

12月17日　星期四（十一月初十）　晨雾，晴，风，凉

银行生活是那么机械刻板，到了签到盖章，领下今日应做的一份，开始写联行往来日记账，写完分开传票与报单，再计数全对了，这就完了，这是初入行都经过此一步的训练基本工作。

今日中午开始吃二米饭，用小米及大米合蒸的，本来是规定用大量白米，少数小米，结果蒸出来正相反，大家便尽量先吃馒首，吃得没有了，才吃饭，一桌上本应有一斤肉，结果有四两就不错，办伙食这位先生可吃足了，闻配给面粉亦将没有，联行好的时候全未赶上，未受到利益，却还蒙一个进联行的名，倒霉！

下午下班到朱头家小坐，每日上下班吃饭，路过其家四次，与之略谈，告以入行乃因生活所迫，非本心，他倒同情我不得已的苦衷，略谈即归来，赵君德培已坐候屋中，谈到九时半方去，约定明日下班去找他，我因倦亦未作何事，十一时休息，连日未作何事，亦未看何书，却睡得亦很迟。

12 月 18 日　星期五（十一月十一）　晴

今日写账，自己算总数对了，颇顺利，那些位同事，除了中学旧同学王燕塝还顺眼一点，别的都瞧着合不来，加之我本心就不快，一念及英，衷心如焚般急痛！于是便沉默起来，很少与同事过话，而他们有的总开玩笑，且污秽不堪入耳，不是说吃即是谈玩，多是浅薄无知，浪荡奢侈之人，有月老死此乡，终日得意之概，这是无有肺心之人，此般中国的柱石，青年们，指望他们，真是求鱼缘木，如此类之人，如何能与我说得来，我又如何具与之接近，交往？故在行精神上终是孤寂的，吃饭来回亦不愿与之同行，有数人十分卑污，有数人言谈又十分人俗厌不知趣，观其言行颇可笑，有的又十分臭美，难得有顺眼的人，故我心中多不快。

下午下班后，去三盛店访赵君，他出去未归，在其屋中枯候一小时，方出，约定到时不回不知何故？遂一人闷闷回来，路过广福馆，即俗呼穆家寨，炒疙瘩者是也，难得此时走过，又值找到事情时，遂一人进去吃了一碗，味亦平平，无什出奇处，惟布置尚优雅，亦整洁，此处甚出名，多人皆慕名来此吃，闻先亦如东来顺，乃一小饭摊发起者，夏日尚竭伏很可邓，普通差一点的饭馆，皆竭不起，饭后归来，方到家赵君又送还大衣，又累他跑一趟，他明日无暇，后晨回家，因他事未进来即又回去。

晚念英不知现在已行抵何地?！每日写账多少，总会出点小毛病，得用刀子刮刮，改正，虽自己加倍小心亦不免，皆因我脑子时常想起别的事，一疏神，不免出点小差，所想又多是念英，这却是没有法子的事，这是我自己亦禁止不了我自己的，我日日时时刻刻念及吾英！英！你可晓得?！

12 月 19 日　星期六（十一月十二）　晴

上班，写账，算数目，下班，了无可述。

下班后，到前门为小妹买了一双胶皮鞋，到鲜鱼口去沐浴，空气热且闷污，再多洗一些时候，非毙在内不可，出来兀自有些恍然，下次不去此处，晚看由同事处借来的画报，解闷，四弟下午出去溜冰玩，溜冰到十时左右方与宋，杨二人同回，四弟在公园与同学溜冰玩，大衣鞋皆未存，仅放在茶座上，亦未存，未叫茶房看着，即下去玩，上来一看，别人东西都未丢，单将其短大衣及一双半新皮鞋全丢了，连钱及居住证学生证等全丢了！东西不存丢了就活该，只是单丢他一人全份，实是奇怪！鞋倒没关系，只是可惜那件短大衣，是父从前作的，料子甚好，一件值时价二三百元，我甚喜，四弟好修饰外表，亦拿去穿，不与之则不愿，与之则毫不知爱惜，如今丢了，全完，别物亦如是，若不与四弟五弟等用，穿，皆不愿，与之用或穿，不是不知爱惜弄丢了，就是弄毁了算，杨，宋二人陪其来，怕其挨说，丢物总免不了挨骂，想起四弟实不懂事，我听来气得发抖，因碍于杨宋二人面子，强自压抑，说话声音自觉发颤，四弟太不知道理，娘与李娘二人日日受苦省俭，购置不起一切，卖东西还不够，他还丢东西，我不得已去做自己不愿做的事，为了我一个人吗？赚多少尚不知，就是赚那一点恐连维持家用都不够，哪有余力再添置，气得李娘都哭了，娘就气得大骂不止，他只是无方，默立，又把居住证，学生证等全丢了，又是麻烦，此时只求少事，偏来多找事，我实伺候不了这位弟弟，爱如何如何吧，不是为人念书种种道理不说给他们听，没有听过一样，我总算尽了我自己做哥哥的责任与能力，这两个弟弟将来有何成就，我也不能全管了了！

12 月 20 日　星期日（十一月十三）　晨雾，晴

上午去四眼井刘曾颐兄家略谈，被刘曾泽强销了一张辅大慈善音乐会票，借了数本画报回来看，近午回来，突来一小孩方十一二岁，送来四弟之学生证，居住证，但钱衣鞋全没有了，他谓他昨晚去广德看戏在厕所拾来，看居住证知，故今日送来，意要得些报酬，我们正因此事发烦，四弟一早出去未回，想等四弟回来再令与之去段上报告向之追究，定是大人偷

物，此居住证等无用故意令小孩送还又可得点报酬，岂不更美，小孩说话颇滑，用好话问之不说，郭可言多事，自来坐在厨房内向之多方威吓，小孩坚不吐实，时已将用午饭，遂用饭，此时令其候在厨房，小孩又作怪态，又哭，又吐白沫，又装死，又要上吊，讹诈我等，看他如此小便如此奸狡，定是惯作此事无疑，否则好好人家小孩决不会如此！饭后因他要上吊，李娘气极打了他两个嘴巴子，二时许我先去段上报案，因等四弟未回，我因还有别事，还要去校，李娘五弟与之同去段上，我即一人走去，先到学校看看大礼堂中美术系师生画展，又上三楼去看本校主办之捐款文艺展览大会，多数为各方捐赠之衣物，各种名贵书画古物达四百余种，其中有元王振鹏揭钵图内附张慷手卷一件，何绍基真迹日记数册，价均在千元以上，其余古玩，各代碑刻拓片，及沈院长，余主任之对联等甚多，许多东西都很好，可惜没有多余的，钱，不能买，临行，被同学拉去购了两杯冷霜，五元，只好算作捐了学校吧！今日是末一日，幸而赶上礼拜日才得此时间来参观，出来到女校去看，无基信，怅怅走出，又到郑三表兄处，未在，留一信，与大宝等略谈，已五时，便又驱往曹家，怡孙已回校，取回英的书二册，内附安信，即回家，到家方知，午后那小孩在段上反告我等拘禁他，又打他，威吓他，我们原告反成被告妨害他自己及私自监禁威吓的罪，李娘去说不清楚，后警察又来，将娘亦传去，与小孩现皆被扣在外四区警察分局候审，这是什么事?！我听了心中十分光火，且急恨，都是四弟这家伙一人闹的，家中以往何曾出过此事？真是丢人！李娘及娘等何曾去过那种地方，会拘扣留在彼!？四弟下午回来，去了一趟四区，又回来，还不着急的样子，我一时气急交加，不禁恨极四弟这浑小子！就打了他几下，责打了他一点也消不了我胸中的怨恨，立刻又跑到外四分局的警法科与之交涉，一个小书记与我强辩了半天，不肯先放娘回来，不值与之多费话，遂出来，拟去找九姐夫转托蒲子雅氏找电话要人，四弟去托问杨善政父有什么法子没有，我走了不远，一想去找九姐夫亦不妥，一则这种事，令其知道，定又会怪我不会持家，不知管束弟弟，且辗转托人，蒲现又不在警察局做事，亦不妥，且看四弟问杨父如何，他谓先去何家，我遂亦去何家找他，未去，我突然冒失前去，本待不进去，可是为了母亲亦顾不了许多，进去借电话打到杨家，四弟又不在，打电话时饭又想起，铸兄提起他与住双合盛统税局主任不错，主任之兄即在警察局作警法科之长，势力相当大，亦是多年的职守，遂又由何家跑到铸兄家，幸其在家，遂立即请其到家，他不知何事，到家方与之谈及此事始末，他亦谓李娘不应打人两下，亦不应将小孩留在家中两小时之久，我等不知这些麻烦，只是等四弟回来，及午饭时间，他允立即去找钱家四弟与之同去，我第一次出去时，五弟与小妹在家，即将小米面打出，小妹拌好，蒸上，又将白日做好的菜热上，我回来助之弄好一切，小妹很能耐，她倒会做饭呢，匆匆在极恶的心情下用了饭，四弟不一刻先回来，谓科长不在家，主任先写一信与一王署员，四弟已投过信，王不在署内，铸兄尚在钱家，四弟匆匆用过饭，令其为娘及李娘送些衣服去，我在家与五弟，小妹静候娘等归来，我想娘等在内不定如何着急，又冷，又饿，也许更惦记我等，想来此事全惹在四弟一人身上，现在只怕出事，他偏没事给我找事，生怕我无事，太闲在，累死急死，气死算，想起他那种贪玩，马虎劲，实恨我牙痒痒的，有这样弟弟真不如没有的好，我一日内是又累又急又气，在屋中如热锅上蚂蚁走来走去不停，后来郭可言回来，告以那小孩曾说出他，他饭后去外四分局了一趟，他谓他认识分局的警法科主任，不一刻回来，谓不要紧，后铸兄回，亦谓此乃小事，不要紧，后钱宗超回来立打一电话去，我才放心，时已十一时左右，劝铸兄先回，到十二时左右娘与李娘及四弟方回，幸未吃大苦，人无恙回来就是，东西未打回，却反受急气，真是倒霉！娘等今夜如不回来，我明日如何有心情去上班，都是我无能力却令娘等去受苦处！想来十分惭愧，明日还得上班去给家做事，只索无事，先去休息吧！不料令我如此过了这么一个礼拜日！我命如此，就是这个受洋罪，着急受气的命！

12 月 21 日　星期一（十一月十四）　晴，午后风

今日写了六页账，心绪不好，出了许多小错，结果错了二千元，幸而为吴先生找出，并代结算清楚，心中烦极，处处令我不满意，但现在既做此事，当亦应作得好一些，吴及刘先生对我都拘点面子，我以后当小心写才好，我不是不要强的人，为什么做事会不如他人呢！

今日娘，李娘及四弟又去分局去具结，又耗到下午二三时才回来，分局太不拿别人的时间当时间，一想起那个浑蛋小书记的神气便气满胸膛！真是什么东西！晚铸兄嫂皆来，因闻娘及李昨晚事而来慰问之意，谈顷方去，因倦未作何事即休息！

想来又是令人怅恨，昨日止，英已行一月整了，想来现在当已达目的地，已见到她二姐了吧！我的信不知已到否!？英你不知道我在此为了责任是如何过这苦恼悠长的岁月吧！我们又何时方能相晤呢?!？

元稹作《新政县》诗一首，略可见我此时之感，录之于下：

新政县前逢月夜，嘉陵江底看星辰。
已闻城上三更鼓，不见心中一个人。
须鬓暗添巴路雪，衣裳无复帝乡尘。
曾沾几许名兼利，劳动生涯涉苦辛。

12月22日　星期二（十一月十五）　上午风，下午止，凉

晨何继鹏来，我尚未起，小坐即与四弟同出，上午在家整理书桌抽屉及零星物件，直到二时方用午饭，因今日冬至，行中放假一日，故能在家休息，连日气急乏甚，不愿再多费精神脑力，午后遂随意看些画报，借以休息，四时许复同学片三，五时许先用晚饭，六时许去校，因刘曾泽弟强销我一张票，是辅大慈善音乐会，但日日念与英写信，终无余暇，今日又到学校到女校信栏内看，无英信，走到男校，号房，碰见曹，原来是今年社四同学所办的，有本校弦乐队及其他，主要是近方来平之中国男高音歌唱家伍正谦氏主唱，还不错，只是如今一人前来，并无他伴，即男同学亦无，孤零零一人来去，碰见中学同学及现在同事的王君，与他好友张小姐，想起从前不是与英，亦一同在此屋内看过听过音乐会，如今却天如一方了，想来不禁黯然，末了伍唱“叫我如何不想她”，大家喊“Encore”又唱了一遍，偏偏这个曲子让我听，深深的打入我的心底深处，一人独坐

痴痴，忘却在那，忘却周围的人，心却飞到远方去了，几乎又流下泪来，夜风甚凉，一人独驶，不知英今夜又宿在何处？到家方九时半左右，四弟十时许回来，谓陈九英这个糊涂虫，竟与何继鹏四姐讲起恋爱，将先娶之旧式妻子已离婚，将与何继鹏四姐结婚，何姐亦愿，亦不浑晕，怎么看上九英，而且又如何能成？如九英与继鹏无结盟把兄弟关系，亦可，各此如何成，即便结婚了，将来又如何见人？四弟等问我对此事的意见，我力主拆散，按情说理皆不可能，都是想不到的事。

12月23日　星期三（十一月十六）　晴

整日又是给人家写账，初入行都得给他干两三个月这事呢，机械干燥极无味的生活，长此下去，何日方是出头之日？不是为了一家生计所迫，岂肯失节作此？自己的理想不知何日方能达愿，英与我相隔数千何时方能相晤，想来直令人欲涕，今日只写了四页，不多，下午较清闲，还有一小时多才下班便弄清楚了，看看报书，下班时，今日才见过了徐课长，出来在朱头家小坐，归来得刘镜清兄来一信，亦劝我求职条件勿过苛，友人们盛情关怀可感，并得曹小姐来一信，请我去参加慈善音乐会，内并附有广告数页，我拆开看时，还以为是托我代销的票呢，音乐会是昨晚的事，信是十九日发，廿三日才到，以前闻本城信亦检查，初还不信，由此信本城过了五日方送到看来，此语或是事实了，要是真有点什么事，岂不误了!?

12月24日　星期四（十一月十七）　晨雾，晨凉

晨小风甚凉，今日写了五大页，写了一天，非常机械干燥的生活，整日无聊之至，自己今日打算盘结账，顺利无误，昨日要生活调查表，今天交，近午即与李相崇，苏绍栋二人同时发表，李月薪七十元，我六十元，苏却四十元，同事为我算平均每月有二百廿元，每月实拿百六廿十元，仍不足家用，但总比无事强多，上午即打电话通知强表兄及七姐夫与五姐，他们都很喜欢，中午饭后与王贻谈天，又述庆华变得大爷脾气，摆谱，臭

极，脑中什么全不懂，不是他父母为之撑腰，有底，一切皆为之弄好，不用他费丝毫力量，在外未曾碰过钉子，便有点天望眼，什么都看不起，不知如何是好了，人是不错，就是太深，太不明事理，不近人情，要大爷不大乎劲，如将来不改，必有吃亏之一日，实在亦无何出息，更谈不上什么思想了！有吃有喝有玩有乐，他才不管别的呢！不料会变成这么一个人，可惜，下午通知我要户口单检验，现在是有家眷的（父母妻子等）每月才给一袋面，否则没有，我不以为今天可发面，因为这三天正值本月发面的日子，明日末一日，遂急打电话由陈家转回家，取来户口本及十五元，知家中无余钱，不知如何去打算，等了半晌，号房打电话来，李娘来，本来叫五弟送来，他却跑出门去玩，因今日他下午没课，小孩真不懂事，还玩，不在家念书，不知助家中做事，大冷天，叫老人各处跑，拿了户口单各处跑，好容易才找到验户口单处，原来是检验有否取面的资格，由下月才起始享受权利，本月没有，这气人，要知如此，明天亦可，何必如此忙？白忙白跑可恨，昨晚得曹来一信，今日在行匆匆复他数字，回家顺路送到其家中，晚饭后去铸兄家小坐与之略谈，并告以发表事。

12月25日　星期五（十二月十八）　晴风冷

今日仍写五页，算盘总打不好，累忙了一天，这种生活实无味，这种工作，对自己学识方面毫无进益，时间精神用尽，反有日渐疏忘之势，今天颇冷，胡忙的又混过了一天，结果还是吴先生代我打对了。

今日上午发下本月薪水津贴及饭费等，才去了十四天，从入行日起到本月底止，共计九十六元六角正，这是我第一次正式做事赚的钱，拿着它，一半儿欢喜，一半儿惭愧！

晚铸兄来谈半晌，四弟亦云要出去走走，能去便去吧，我却遥遥无期！难道作长兄的都该闷困在家中苦撑持？

李娘今年比去年便又显得老的多了，怕冷，易累，脚疼，有时摇摇摆摆，生怕她跌倒，买米面，买菜什物等多是她出去跑，大冷天，真难为，每日我看她心中不忍，又生怕她出什么事，但又无法使之多休息，家人不明我心理，反怪我多偏护她，出了什么病事时才麻烦呢！所以当我发现她老态日增，每日奔走工作家中粗事劳苦，我却尽自担心，生怕有什么不幸降临在这个孤苦可怜的老太太身上。

每日回来想做些事，休息一刻，谈一刻天，已是迟了，加以每日剩余的那点精神时间，不容你多做些什么事，精神既倦了，时间亦没有了，看书习字已停止多日！管家操心各处各种琐事都要顾及，一天零碎的事亦甚多，人生真是太啰嗦琐细麻烦了！

12月26日　星期六（十一月十九）　晴，白日小风，晚大风冷

每日的时间，自由，精神全卖给了别人，就是好天气亦不能在阳光下去活动，每日上下四次四层楼，来回走六里路，骑车来回两趟，这是我每天的运动！

今日比较写的快，五页，四小时多便写完了，结算亦尚顺利，有五十分钟的休息，下午增益来找我谈发表事，下班即归家，无处可去，亦不愿去，各处都无意思，极沉闷，晚叫吴裁缝来家，将已穿七年之旧呢大衣翻改，多日之愿，望今日方得实现，晚观书及整理零碎并与同学及友人信片三纸。

今日突得庆昌来一信发自陕西华县，颇出我意外，因自彼去平以后，初尚有信，后渐疏，后断绝音问已三年半，今日突然来信，怎不使我惊讶欣喜，虽只寥寥数语，却如老友重逢一般，那一笔怪字还未改样。

生活匆忙，心神两倦，日记已有多日未写。

12月27日　星期日（十一月二十）　晴

礼拜六亦一整日，休息只有礼拜日了，上午看书及报，午后出去看看陈老伯，谈了一刻，老人有点不舒服，找强表兄不在，即去小徐处，适朱头亦在，谈约半小时许，借了两本书辞出，又到郑三表兄处略坐，无什么可谈的，旋即辞出，到校去看英来二封快信，乃自洛阳发的，一与我，一

与其父的，取出，心中甚是欢喜，现在惟有得她来信是我唯一的安慰，亲她手泽如同近她，由校跑到市场去买了些东西，因迟遂一个在中原公司楼下雅座内吃的晚饭，并看英信，想月前在平与英末一次共饭即在此楼上，如今却只是我一人，怎不令人怅怅，现在却坐在此看她由千里外寄来的信，人事变幻岂可逆料，想英一路在各处皆有信来与我，平均每周得她一信，而我自十二月一日及三日发二信后，至今未发信，一半想等她来信，半因此半月来生活有点变化，四弟生事，生活匆忙，家务繁冗恼人，虽一时无暇与之写信，每日却未曾忘却片刻，时时念着应与英写信，决定于数日内定与她写信，饭后一人去真光看晚春之曲，不算好，亦不算坏，在院内碰见同事吴先生，但女主角弹钢琴不错！

12 月 28 日　星期一（十一月廿一）　晨雾，晴和

今日写了七页多，为写账以来最多之一日，因今日张行翼及李相崇二人调上楼去，人较少之故，忙了一日，但有的颇清闲，一日晃悠悠的颇不公平，反正做事自问于心无愧而已，但每日作此机械工作，殊无趣味，中午打一电话与生，令其明日遣人来取信，与他要借的书及小狗，他言其祖父昨日方由沪回来，去了半月，不知又忙何事，下班顺路先去刘曾颐家代生要了一只小狗，晚复庆昌信一，又补写日记，我总下意识地感到家庭中一切的方便与舒适，做什么都方便，休息，住所，随意自由，物件全，比在外边当随便周全得多，一人作客他方，定有许多不便之处，英在家不操心及讲究清洁惯了，此番在外，不知一切可能觉得顺适习惯否？

12 月 29 日　星期二（十一月廿二）　晴

实际终日写账机械式的生活，无什么可记，虽坐定，但心中时时易念及远游人吾英之旅途生活，时在吾念中，未尝片刻忘怀，每日只是伏案写字，写的太多，因用力持笔之故，中指及拇指生疼，加之看同事们的言谈，都是惹厌，我真耻与彼等为伍，所以我每日生活甚是沉闷，没有一个

我愿与之多功能说笑几句的人，故吃中饭时，我亦多一人独来独往，不愿与彼等同行，免得听那些尽毫无趣味的谈话，充满了两耳，以前在书上及电影上看见那些描写及表演社会上那种卑俗的小人型，我初还不信会有如此样的人，如今才步入社会这一个小角落，已见了许多卑俗的人，甚至比小说及电影院上所描写及表演的还过火，见了他们心中便十分不耐，尤其在吃午饭时，在等第一拨吃完时，看见那些吃完走出来的人，面色，神气，衣着各异，形形色色，什么样全有，恨我无速写的能力，否则这些又是多么好的材料，社会的种种人型。

晚回来整理以前大中学时所写的各门活页笔记，拟拿去装订本子，保存起来，今午炳生遣人来取去英与父信，我借他的小说及荷兰种小狗一只。

现在我每日已不能不戴眼镜了，尤在上班写账时，非用不可，不戴便觉头脑难受，自英行后，我理发便将发剪得甚短，如英所说，她今虽看不见，但我却不曾忘了她嘱咐我的话。

12月30日　星期三（十一月廿三）　晴，风

连日写账多，手指觉疼，今日屋内甚热，加以同事有人抽烟，不开窗户，空气甚恶，午后头觉得疼，微晕，整日伏案写字，甚吃力，椅高桌子硌胸亦觉不适，加以机械刻板生活实是无趣，不想毕业后却来干此事，想来十分心烦，加以念英不止，于是写的不顺利，总不免出些小错误，一半因不感兴趣，一半因心中有事不能专注之故，想英不知此时行至何处，去昆找其二姐未？又在那做事，职业问题如何解决，今日写完账因头不舒服，用算盘结账总打不对，心中十分烦，结果还是吴先生代为算清楚，走到四楼顶上去吹了一刻凉风，换呼吸些新鲜空气，不想自己会在联银大楼顶上随意站立，披襟当风，纵目远眺四周风物房舍街道，尽收眼底，远处四周云烟低迷，念数千里外吾英又在何站方，天南地北，何时再晤，我这里远寄愁思，吾英那里可知，站在凉风中，心中痴望着西南方，那里又是我的目的地，谁又明了我的心事，头疼好一点，进来，不料账在过页的结

数写错了，只好又用红线打掉再写，心中又是一烦，我本是亦好强的人，工作不肯后人，偏又出此误，进屋来屋中空气坏，头又有点沉沉的分明有些不适，却偏又赶上今天是我值夜班，中午饭后曾去九姐夫医院处小坐，未来，我去未三周，因年底结账，先发了月薪已是意外，到行来一月想再无何权利，不料今日上午又发了一笔期末津贴，十九元正，下班急急忙忙跑回来，告诉娘今日值夜班，不能回家，睡，又匆匆用过临时煮一点的挂面，吃毕便又急急骑车跑回行中去，因规定新六时即上夜班，我到那已新七时半左右，进值班屋看看，四个床，一律白被，白枕，白褥，单人弹簧床，一个书桌，两把椅子，翻看以前值班簿上写的日记，屋内热甚，出去买了些花生回来，到全行各处巡视一周，此时白日办公的人全走了，只有工役在打扫，此时全行由我一人管理了，各处走到看看，能走到的地方全走到了，回来不久另外一个值班的亦来了，是代替另一人，名张益重在发行局，随便谈谈收了二十三件各地平快公私函件，前后十八件电报，因明日有十页多的账，怕明日写不完，今日正值夜班，遂拿来此屋内写，此时各处工友皆将锁钥交到此屋，我写了此页，已近十二时半了，应查班的张课长却始终未曾前来，到一时左右，不等休息，床甚舒适，屋中甚热，因很早即有人来此屋取各处的钥匙，很早便被吵醒，于是随便睡了一刻，文书课收去信，电报七时左右起来，有工役打来脸水洗过，由其买来点心，五个小烧饼，两个油饼等即是八毛五分，那一毛五索性给他，就是这么点东西便是一元，吃什么？昨晚临时买了一元，今日一元，值班费两元，全先用了，不料会在联行睡了一夜，这又岂是以前所能预料的，正如此时英却离我数千里以外，这亦又是想得到的事?！人事真难测！

12月31日　星期四（十一月廿四）　晴，晚风

今晨起来（略见昨日日记末后）晓风中看见有数载重汽车，正在装运票箱子，不知运往何处，到行办公室方七时三刻，已有数人来，在赶写账，我先检过昨晚所写数目，便又继续写，一上午写了四页多，还有一点，留在下午再写，饭后去浙兴代四弟取回饭费，并到前外大街一带去找

修理手提包的地方，没有，不知何处会修理，午后上班半小时左右即写完，算盘实在不成，打了两小时之久，总不对，心中十分烦躁，好容易对出二行来，其余还是吴先生代打出来，看他打得既熟且快，真是痛快，东西也在人用，算盘在他手内发挥尽了它的功用，在我手中便无多大用，没事得练练，这也是一种技术，好容易别人代打好，写毕已近下班时间，明日起放假三日，这是一年来仅有的假日，连礼拜三天，亦不补假，便宜了它一天，实放二日，下班即回家，因连日劳乏，昨日不适，又睡得晚，今日又写得多，耗神，又有点热伤风，各种原因加起来，总之是要充分的休息，于是饭后早寝，九时去睡。

“时光如飞，岁月如流。”（好不俗气的两句话）又是一年了，中国人保持旧习惯性特大，虽改用阳历多年，但在此时仍如平日一般，人民毫无表示，大不似旧历年热闹，值此岁尾年头，终不免令人生感，今年年末变化甚多，与我刺激亦甚大，但望倒运之事，随逝去时光同去，好运与新年并临！

中华民国卅二年

（1943 年）

1月1日　星期五（十一月廿五）　晴和

今年是癸未，属羊，是我与英的本命年，但愿从今年起我与英此后的岁月及事业是幸福与顺利的！一切不如意，全随一九四二年永远离去！

从今日起放假三天，是仅有的假，可是我并没有什么计划来如此消遣或利用此三天的时光。半因英不在此，我没有丝毫心情，如英在此，我当会快乐高兴地过此阳历新年；半因中国人保守性甚强，虽废旧历改用新阳历多年，但人民一般对阳历年都极淡漠视之，毫无表示，故与我之印象亦极浅薄无味，如同平日一般。这是阳历元旦日的情况，我只需要休息，想在家歇歇。

又是一年的时光，岁月催人老，与英相晤不知何期？男子到卅岁犹是壮年，而一个女子只在十余岁到廿余岁是她一生最美的最动人的时代，一到卅岁左右便差了，不能与男子比。所以一般人都以花来比女子，实是不差，事实如此，并非有意侮辱，故我曾念及，莫要因我而误了英一生最美丽最宝贵的时光！

昨夜因心事纷繁，睡未安，今日休息睡到十时左右方起。十一时左右过力家访力十一兄，不料不在家。九哥由津回来，与之谈半晌，半为入社会做事经验之谈，半为对当前生活环境社会应采之态度而言。自己一人在家独坐思维有何意见，无处发表，说与弟妹等亦不懂。今日与九哥谈半晌，无意中与我启发不少，心中舒展不少，对我有益。午后与五弟同出，先理发遇黄小弟，后又与五弟去沐浴，甚舒服，发仍剪短，听英话不留长。浴毕到西单商场走走看看，西城东西比东城是便宜许多，普通一般用的全有了。多日不到商场了，想买之物甚多，只与五弟买了一双鞋，吃了些点心。归来晚饭后结算，卅一年度全年共用计达三千二百余元，其间无丝毫收入，不知如何混过来的！

1月2日　星期六（十一月廿六）　晴，凉，风

七时三刻起来，弄清一切，用过早点，坐书桌前，开始与英写信。早就想与英写信，半因忙乱，半因疲乏无暇，延迟多日，其间已连得英沿途来了三封信了。每日总惦念应与英写信事，心中不安，今日预备用此一日的工夫，不出门，全用在与英写信。多日未写，积下要与之说的话，述的事甚多，分开一段一段慢慢细写下来。用过午饭仍继续地写，把我的心曲、意思、委屈完全借笔墨倾泻在几页纯白的纸上，传达与她。

下午四时左右向云俊兄忽来，座谈约小半方去。他近来自己犯疑心以为得了T. B.（肺病简写），后又证明不是，自己闹鬼，心理作用。有一阵子几乎疯了，现在又在忙着找大夫看病，职业又不在意了，又想回湖南老家，不知他到底作何打算，也是一个马虎没有准主意的人。其实以他自身的环境，什么都不难解决，不比我有重大的担负与种种的困难，动身不得。他走后我又继续写，一直到开晚饭时方写完，计共十大页，每页比平常信纸大，字又小，这封信确实不少，总可折过一些多日未与之写信疏忽懒惰的过失。后又附一与毅生表兄的简信，请英代转。今晚、明日再发，不知何日方送达她手，晚看看报即休息。

1月3日　星期日（十一月廿七）　晴，风，凉

昨日用了一日的工夫与英写了一封较长的信，以赎近一月没有与之写信的疏忽。上午九时出去，用快信发出，亦需一月左右方能送到，此之谓快信。而在绝对相反的两个地方，还能通信，已是奇怪的事了。十时半去力家与力十一兄谈天，力六嫂亦在与力九哥谈天，力十一兄仍谓他深尝离别之苦，他已年半不能去找他的姚小姐。他现在已打算令姚来平。他如知英行，定要劝我力劝其勿行。他说的亦有道理。我谓你现在如此完全是为了家中生活的关系，但在此一二年中你就能蓄有充足的力量，使家中无后顾之忧，你还要只身南下吗？且爱国的方式甚多，英如爱我当可牺牲回

来，况现在之时局多不过二年，即可结束。细思之亦是，看现在家中情况，处处少不得我。四弟走却可以，我却动不得，否则不但家中生活无着，许多事多少都须由我在此应付管理，有许多事娘及李娘都不知道，我行亦绝难放心。最好的方法，自是英回来就我，自无他良法。但我却实实不愿意，我亦时时刻刻梦想能离开北平出去看看，长些知识，一广见闻！如能与英一同在外奋斗共谋幸福生活又是多好！我常作此梦想，如令英回来，岂不完全相反。虽然实现之期不可测，但我至少现在还不写信令英回来，一则我的希望未完全绝望，二则英受了辛苦及许多麻烦，好容易刚到了那！一切都新鲜有趣，抱着满怀热望时，雄心勃勃地要一试锋芒时，就是叫她回来她也不会肯的。何况我现在还不肯这样表示，至少也得过个半年左右，我看我这个环境由我努力的结果有什么效果否？再定我的意志，叫英回来或否？那时英或亦尝了不少人生经验，碰了不少钉子，热望消沉，加以念我亦苦，或肯回来，亦未可知。

谈到近午辞回，午后出去，先到强表兄家小坐，即到女校。不白去，又取回二封英自西安寄来之二快信，一与我，一与其父者。每周来校皆能取回她信，她一路各处皆有信与我，思之令我更惭，我真不该那么久没有与她写信，真对不起她。在西安发一快信要二元之多，得她信，心中大慰，收起来，满怀高兴地出来。去找孙翰，不在家。一人到市场去修皮鞋，一人到 C. K. 去看电影，片名《欢歌狂舞》，乃记述华尔滋王史特洛斯一生奋斗史。音乐甚好，看看电影以调剂一礼拜枯燥无聊的生活。五时许出来，到廖七姐家小坐，请七姐夫作保证人。五时半出来，到黄家看看，记似还是阴历年时去过一次，一直未再去，顺便去看看，一切仍是那样。伯贤的小孩已周岁，但甚瘦小，面孔似江汉生，与表嫂及伯贤亦无什可谈的，略坐即辞出回家。伯贤仍是以前那样神态与思想，毫无进步，也许更浅薄无知了，还是只知享受，玩乐，什么都不懂，看了心中甚是好笑。今日小风，但因已入数九天，所以甚凉，回来灯下望着手中英来的信，不禁发痴。如英如此进步思想，有志气，有勇气，可爱的人儿在现在的小姐中能有几个？我可配她？唉！命运作弄，不知何时方能与她再聚!?

1月4日　星期一（十一月廿八）　晴，风，凉

放了三天假，今日又行了，关到时间才放出来。今日只五张账，在我现在写的速度看来，不算多，只是别人多比我们这组的闲，多在逍遥中，我们写日记账的，一天到晚忙。我现在深觉得因为写时，脑子时时想到英，她此时该走到哪儿了，此时生活情况如何？我如能行时又应备何物？应如何？种种琐事，时浮脑际，不能专心致志。所以每次总爱出点小毛病，心事悲苦，非他人所知。同事在阳历年假三日去津胡玩享受，用去数百元，买衬衫，皮鞋等，今日又发了饭费廿元，别人拿了薪水津贴饭费只是想如何玩？买什么东西？而我拿到只能为家中买些粗粮食，尚不够用，遑论其他。我方入行三周，前后已拿回百四十元了，不算少，我领薪金时的心理，只记得如何苦心尽力全力维持这个整个家庭的生活，不能与那些拿薪金作自己找零花的大爷们比。

今午打电话到刘家，令生遣人来行取回英与其父之信。下班回来，在平民市场买了一些文具，又在铺子内购了些点心。到家知今日来通知此次配给面粉发下。明日通知，一等面，要卅一元余。家中尚差十余元，正好我本月饭费津贴取回，真是巧得很，好不紧张的生活。饭后觉倦，坐椅休息一刻，终日伏案不停地工作，用精神力量，如何不乏?！灯下补写以前之日记，现在精神时间全出售了，剩余的精神时间，回来亦作不了多少事，看不了多少书，自己想看的书及要作的书太多了，都无精神力量时间来作，奈何?！

1月5日　星期二（十一月廿九）　晴，风，凉

今日写了七页账，由晨至下午，中饭时休息约一小时，全部身心贯注，手不停挥。写信不了，手指生疼，回家觉倦，晚饭后卧床上小睡一刻，九时起来补写日记，至十一时左右休息。今日上午又来一辅仁同学，乃西语系与小马同学名包叔仁者。

我似整理家中一切什物，但因职业无时间，无余精力，迄未弄清，一看到家中纷乱的什物，便不耐。娘每日家中操作因无仆妇无论巨细，皆躬自为之，劳累整日亦无多余精神力量再去整理。我现在已尽我力所能及，而计算每月所得薪金之数目，因生活费之高涨，即每日吃小米、小米面亦不够用，仍是拉亏空，实是无法，令人愁煞。亦不能用一仆人助娘，仅是勉强维持，奈何?!不知此罪受到何日方止？想来十分不快，我整日亦是辛苦工作，娘亦不见得舒服一点，仍是照旧受苦，我心中实是不忍。但年青的我，初入社会，力只达此，又能如何，如无诸弟妹，我一人自无问题，即使只娘与我一人亦好办，足够，可是如今却是这么一个大负担在我肩上，如何掮得起?!

我每幻想一个温暖舒适，和平快乐，清洁整齐，小巧精致，一切合理化，科学化的家庭，使我在公余可以休息，享受些人生的真心的快乐。这个理想不知何日方能实现？我却不一定要什么排场气势的景象，但求精美恬适安乐卫生化的平静生活！永远与英在一起！

1月6日　星期三（十二月初一）　晴风，凉

今日竟写了九页，为入行写账以来最多之一日。我们写日记账的一组，一天忙到晚，终日伏案，手不停挥，手指持笔过久，甚疼。但别组却有人整日颇为清闲，殊不公平。管分配每人写多少日记账之朱先生，终日无事，坐着，呆着，聊天，也不分一些去写，尽我们数人忙累。行内有先入行多日者，便欺后入行者的风气，即同写日记账者只管写毕即休息聊天、看报等，至于分数、传票等工作全不管，殊难令人心平。今日写到五时半方写完，觉十分倦，弄到五时三刻方回来，还是同事张某代结算清楚。

出行到朱家小坐即出。到家已黑，晚其凉，又冷又饿，又累。赚这点钱，实不容易，可是不到一月已取回百四十元，但仍不足家用。但我现在力只到此，其余不足，我亦无法。现在家中种种处处需钱之地极多，就是没有富余，又有什么法子！因今日甚累，晚饭后卧息一小时左右，起补日记后憩！

1月7日　星期四（十二月初二）　上午晴，下午大风

每日到时到行写账，中午到松树胡同饭厅去吃饭。饭后回来，看看报略憩。下午接着写分数、传票、报单，到时下班回家。机械刻板生活，无什可记，今日写七页，弄到五时半方出来。

阴历新年起，厂甸又开放十天。一、二、三，三天未去，上班后又无余暇，同事有趁中午那一点时间去玩的。我们吃第二拨饭的，吃完即近二时，没有多余时间，不能去看看。其实亦不过每年如是，没有什么，只是点缀新年景象而已。

每日时刻念英不止，虽知无益于彼此，但冲动之感情，自己亦不能强自抑止。也许此次分别，对我二人将来前途有益，或正是将来的幸神的基础，亦未可知。暂时的痛苦，谋求永远的幸福那也是值得的。此次英出去长途旅行，亦好，由此可以令其实际尝到许多经验，多体验一些人生社会各种滋味，及在外奋斗生存的困苦艰难，及相思的味道，是怎么一回事！这些都是她在平时家中比较优裕环境中所尝不到、不知道的，对她也是有益。她来信说她"一路虽不免吃苦，但得了不少经验"，总算不虚此行。日前得其来信自西安发，她已安抵西京，当无什事了，我心中甚慰，但同时心中亦不禁悲酸，因是愈来与之相距愈远了。

我岂因此小职即滞平不行了吗？我没有此缘分，到外边去看看世面，一广见面吗？不！我实不愿久日困守此地，但在现在如此情况下，我又如何能离开呢?！想来自己的愿望，实现遥遥无期，怎不令人闷闷不乐呢!?

晚得王大姐信，里边的方语，仍是与以前一般的亲切，对我真如亲兄弟一般盛情可感。王大姐对朋友都是那么热切，豪爽！庆华不如他远甚，她那种长处及懂事分与庆华一半即可（她如是一个男的，定是一个有出息的人，可惜是个女子，有许多做女子的难处，阻碍了她！）

晚教五弟读书，为了家事，诸多需我顾到，尤以四、五二弟读书令我费尽无穷之力精神气力。强责软劝、训诫，一概不听，自己不肯去念，是毫无办法！但我尽到我做兄长之责任，用尽我所有的能力办法，说尽我所

知之学识，我自问无愧，将来他二人有无出息，只是在他自己了，我如此操劳用脑，老态必会早临吧！

1月8日　星期五（十二月初三）　晴

由今日写账的成绩看来，已是大有进步了。写了七页半，并且是自己打算盘，只打一次，竟全都无误，颇为顺利，心中甚是高兴！今日本来每人只有六页，不算多，偏今日有一个姓王的，那个向例除了写以外，不管别事，告假了。于是我们每人临时又多分了一二页，真是倒霉可恨。晚下班，顺路取回所装订大中学时所写各门之笔记，归来灯下重加检视，并补写日记，即倦。其余想做的书事皆不能做，已是十时，明日又得早起。每日清晨去，黄昏回来，换那一点以来养全家母弟的小薪水，实是不易，中午打一电话，与孙翰弟略谈，多日不见他。

1月9日　星期六（十二月初四）　晴和

今日只写五页账，比较清闲，悠闲慢慢的，可以舒一口气写，这还好一点，否则由晨赶到晚，实在有点受不了。一切弄清楚，还有一小时多的休息时间，比前二日整天穷忙又舒服多了。中午饭后到前外宝音寺宝光代赵兄去取他冲洗的相片，不料即是欧亚分行，尚未冲好。下班到朱头家小坐，适小徐亦在，遂同谈了一刻。在行能整日说不到十句话，与同学在一起便又开了话匣子，随意谈话，颇为痛快。中午到大栅栏，观音寺，前外大街一带走过，看见百物杂陈，什么俱全，真是有钱，北平什么全有。晚饭后到铸兄家小坐，约半小时归来，补写日记，看五弟念书，又倦即憩！时光如飞，一天一天过的极快！可怕！

1月10日　星期日（十二月初五）　半晴，大风，寒冷

未起即闻院中狂风怒吼，心中便十分不快。我最恨风，因为北平土特

多，一起风便起土，冬日已是严寒，再加上北风怒号更是寒冷了，冬冷已是十分不便，加上风尤其可厌。上午一路一直往北与北风力战，直驱学校，去看有无英信，今日没有，白跑一趟，但为了取英信，我是毫无怨意。回来顺风，省力，况且还附带办了点零事。阳历年有十天的厂甸来点缀这个“洋新春”，我一二三日未去，上班时间又无暇，今天是末一日，本拟去随意看看，不料又是大风不已，游兴全消。午后看看书报，与英写了一封信，问其近况及其职业问题如何解决?！并录词数首附去，代申情意。

近日小米面已售到一元一二一斤，小米一元二一斤，杂合面还没有；米零售数斤，一元六七一斤，多无有，整石亦有，非有人方能买到，且暗盘到三百元左右一石；面是配给才能吃到，平常早已买不到了，这次日前配给者甚好，不愿多吃，可是没有别的粮食亦得吃它。连日杂粮食尽，我拿回了钱，全买了食粮还不够，昨晚与铸兄处借来十元，今日随便一用未买什么，已是没有了，真无办法。

北风怒吼一日未停，真要穷人命，我等尚能饱食暖衣，真是神仙的生活。粥厂只新北京一处，（报社办）官私各界联合赈处，至今尚在商议计划调查中，等他们来救济，穷人早已冻饿而死了。大人先生们办公益事向来不忙，大约以为穷人不过比他们穷一点，多冻饿两天没关系，可是他们却一天也不冻饿，如临到他们身上，决不如此慢腾腾不着急了！

1月11日　星期一（十二月初六）　晴，小风，寒

由于昨天整日的狂风，三九酷寒的本来面目全现出来了，今虽无什风却是干冷。今日账少，只四页，一上午便全弄完了。今日开始午饭本来的六菜一汤改为三菜一汤，盘数减少，量数并未减少多少，且质亦较好，还加了两盘司糕，在家在外全吃丝糕了，真糟心。饭后到前外大街买了一点东西，下午没事，颇清闲，看了半晌报，又代同事又是以前辅大同学新来的包叔仁打打结算账目的算盘。现在自己加法算盘分明进步许多，已连着自己打了三天，只打一遍并未出错，不求人，心中颇为痛快。

一下午没事，看了一刻报，又找出一本笔记来随便看，耗到时间出来。明日账又不少，今日闲在明日又该穷忙，出行买了些东西，本想去买看中旅演的话剧，不料已停演二日，布告谓是配角不齐，不定为了何事呢！上礼拜六布告从本月起自行负以下，每月增加饭费津贴廿元，今天发下来，故而又有钱了，可是这点钱够什么用的。以之来维持全家的食用，各物每日飞涨，煤球已涨达一元三四一百斤，有到一元六七的可能，小米及小米面是一元多一斤，玉米渣已一元二，什么日子，就挣这么点，怎么够吃的。别的先不说，我也没有法子，要是一个人这点钱该过得十分舒服了。饭后又倦，是歇成习惯了，还是累的，真是时间精神全出售了，回来自己做不了什么事了。每日自己造一个幻想的希望，以聊慰自己的苦恼。

1月12日　星期二（十二月初七）　晴，风，冷

昨有一份去年的旧账，约有十一二张，结果今日分给了我写。做事凭良心，多写一点也累不死，别人写的少，也不见得舒服多少。现在写了已一月，心中有点底，上午只写了五页，饭后一下午竟赶出六页多。近来因近旧历年关，结算，计算局各组特忙，我写到新六时十分写完。别的同事助我打出来结数，弄清一切，到七时左右方回，尚有五六人在赶写未完的工作。今天回来倒不觉多累，明日仍不少，闻每人约有八张左右，闲着做什么，不是？

四弟又谈他想去南方。小孩子头脑比较简单，没有想周全就听别人说得心动而已，一切那边如何不知，自己更无一定计划目的，自家更无动身旅费及备行李之余资。我倒赞成他走，只是什么全不懂，外边人情世故更不明，自己又马虎之至，一路上实不放心，但愿其在高中毕业以后再行，不管如何，总算学业有一结束。只是他如走了，我行期更是遥遥无日，想来心中十分烦闷。我不是不能走，但我走了一家老小生活如何过？我为母亲等拖累在此，我在此是否便会变更我将来后半生的发展与幸福否？无可奈何？极想出去，可是为职责所系又不能动，实苦极。在此为得谋家中生

活安定，而连日家中生计仍甚迫促，弟等读书亦无大进益，是我在此愿望未达，念之最为伤心者。晚偶有感，作一信复赵德培兄一信！

1月13日 星期三（十二月初八） 晴

终日伏案手不停挥，机械式生活殊无味，且甚累。归来疲乏，惟恐有静坐休息，无多余精神再去自己读书习字。而因冬日省炉火，全家老幼聚居一室，人多事多，话亦多，不得安静。而全家仗我一切入社会之青年来维持，力殊不追，尽我力之所能，整日忙累，而每月所入，并不足用。近日尤窘，东支西绌，百孔千疮，诸待钱用，且生活高涨，全家老幼六口，日非十元不敷支持，而每月所入仅二百，余空奈何。加以种种不如意之心事，时刻起伏脑间，念己肩之重担与前途之多阻，维生之日艰，时局变化之莫测，和平不知何日方能实现，自己之理想更不知何日方能如愿，百重心事烦恼，令我如何会有快乐，故终日多在沉闷不乐中。且行中诸同事皆不顺眼，无同志，遂呈孤寂，我正懒得应付答理，乐得先落个清闲，我行我素，少与他们打交代。但念及种种心事在怀，家中困窘，不知何日方能稍好，我常幻想如何整理家庭，而今日尽我全力，仍不足以勉强维持，正是百废待兴，思之愤恨交并。但我如离此，家中生活更无办法，故常在愁闷中，虽无益于家，反有害于己，时自宽慰，事实所迫，终不能尽释。但反顾街头穷苦人之多，我今尚可饱食暖衣，已是大幸矣。

念英之深切，无一日，一时一刻去怀。不知近日可有信到校否？更其近日生活如何？职业问题如何解决，昨夜梦中与之相晤，欢乐一如在平时景况，醒来伊人不见，惆怅莫名。

在行下午得强云门表兄由财署送来一信，内附促老来信与我一纸，及许潜夫老伯与促老信二纸，内述父生时在杭受人陷害前后状况甚详。潜夫犹追念感佩父亲不止，仲老来信亦勉慰有加，我尝念诸亲友对我期许甚深，所望甚大，赞誉过实，深为惭愧惶悚，不知所以（我又应如何奋勉也?!）。以家庭环境论，以己身责任言，均无离平他去之理，然滞平不行，心又实不甘愿。且为青年前途计，他日发展自当离平远游，然诸般事实所环迫，势有所不能，念惘然若失，衷心良苦，谁能知我？谁能慰我？惟有吾英，却在天涯！吾英如体我苦衷，真心爱我，能为我牺牲，回平永聚否？晚又得华子兄来一信，虽只寥寥数语，意味甚长。年来奔波不如意，所受变化刺激及家庭重担，累其受苦，磨其豪性，往日爽朗飞扬之态亦不易见。平日本与我同为喜写信之人，现在亦懒持笔，不胜同情之至，而力有所限，更无余力相助。好友知音南北睽违，日与俗卑之辈为伍，心中如何不苦？不烦？好友！好友！我等又何时方能相晤耶？天下又何时方太平耶？

个人力量实在有限，国事头绪之繁，变化之多，人心莫测，黑幕重重，中外一理。目睹耳闻日多，对政治日渐灰心，此生无意于此中生涯，惟愿能得一片安静地，读所喜书，以田园为副业，与英永聚，共享清福快乐。或谓此种思想为无出息落伍，任人说，我自愿如此！不求名利，此因亦吾英之宿志也，又尝幻想如能与英同处，如有一职业，日日相聚晤，乐又何如？此幻想又何日能如愿？看亲友之前鉴，此时如无把握，千万不可轻易以家室为己累。再如生男养女，常见者不以为怪，易得者不以为意。初英在平时，不时会晤，不以为意，且尝觉无聊无谓，而如今却相隔万里，那日再会不知，深觉昔日之晤可贵矣，如今只求一面不可得，即片纸只字，必经匝月始获一见！怎不令人愁思不已也。

自己总在矛盾中生活，想走，想去找英，想出去多见闻些世事，想为自己将来发展出去走走，而为了责任，家事环境所迫，而不能实现。不愿在此环境谋职，而为一家生计所迫又不得不昧心忍苦的去做，整个在矛盾中打转，想来我每日生活如何不烦苦？谁又明了我心中之烦苦！谁又能慰我，惟英能慰我，但她却远在万里外！不是为了母弟们一家生计的原因，怎能禁得我远走高飞，独作鹏举呢！又岂肯在此困守不行呢!？谁又知道我蓄此雄心，而为环境所累，不能实现呢?!

忆去年今日按阳历算，今日我得英第一信之日，至今一周年，是日于晚饭时得其来信之欢欣兴奋快乐之状，犹如昨日。若接旧历而言，则是我与英第一次一同出去玩，到北海携手溜冰之日也，当时她即言拟去南方寻其姐，而今年此时，果已两地相隔，南北相望，是当日已伏下今日之预兆欤?! 人事变幻岂可逆料? 更不知明年此时，又是如何也?

今日又是古历腊八，如今米粮如此稀贵，多不循例煮什么腊八粥，家中即如平日，行中午饭亦如常。同人中申言有可代介绍购到米面，但一等面暗盘约六七十元一袋，大米已三四百元一石，是无富资，亦难购到。最厌提钱，但为了生活处处须与之打交道，筹划分配，亦是无可奈何之事。

1 月 14 日　星期四（十二月初九）　晴

日与数目字为伍，了无可述。饭厅自昨日起又恢复六菜一汤，又不好。今日账比较少，因近决算期，连日同人甚忙，写完账无何事，下班后即回来。好似这两日天气比前几日长了些，不似那几日下班时那么黑。今日是我的生日，一切如常，值此家国均在非常时期下，自不必有何做作，只是在父遗像前拜过，与母与李娘拜过。晚上吃的是面，灯下读《花间集》、《绝妙好词》等，令我惆怅不已，我只念远在南国之吾英！如英在此，今日我当又不是这般心情！

本月十日，南京汪兆铭氏之国民政府，正式布告对英美宣战。连日报载英美以前欺压中国种种情形，亦是事实，又暴露南方孔、宋如何利用地位时机，从中渔利。虽非尽是事实，多少总有此恶迹，所述英美恶行亦实，只是在我想来，不过乌鸦落在猪身上，看不见自己而已。且我亦怀疑南方之政治，爱国不敢后人，爱国之方式亦有种种不同，虽在此凭良心来讲，并无愧于一中国之民，总未失却良心，麻木意志，一时因家庭环境所迫，不能脱身，亦惟有尽量利用些时间，努力充实自己。实际我想南方亦未必尽如吾人想像之好，且仍必有许多令人失望之处，看二年前伯法来信可知一斑。我意以为一人前往人生地疏，生活未必比此地好多少、容易多少、有多少发展。假如那方没有多少熟人及机会的话，我如去，亦不会对那边抱有多少希望，只是旅行一番多功能阅些世面，看一些地方风光，可以增加不少见闻，胜读十年书，是真的。但实际讲起来，精神快活总比物质享强百倍，且宁可受中国人欺压，不甘为异国驱使！故我仍以能行为佳，何况吾英在等我呢。

今午见一同事桌上玻璃板下有饮水词蝶恋花一阕，录之于下：

城上清笳城下杵，秋尽离人、此际心偏苦，刀尺又催天又暮，一声吹冷蒹葭浦。把酒留君君不住，莫被塞云遮断君何（行?）处，行宿黄茅山店路，夕阳村舍迎神鼓。

晚读古人词，能代我此时悲苦相思心情之甚多，拟抄录寄与英看。连日应有信来，今午打一电话到女校问，工友谓没有，不知何故？连日又有些话想与英谈，近日当再写一信与她，只是以前所寄之信，因发信地址不是此处，信中不免有随意说话的地方，不知可能送到。此时第一二信当送到她手中，不知她近况如何，念念不能已。

1月15日　星期五（十二月初十）　晴

今日是本月份发薪的日子。扣去储金三元，及所得税一毛，实领百四十六元九毛。食粮奇贵，如今一家六口，一日只食粮即需七元，其他一切不在内。如此高昂生活，我所赚仅只此微数，拿回家来，一分配，杂食五十斤即去其半，其余房租，煤，油，菜，日用品，种种皆须用钱，百余元如何够用，怎不令人急煞！反正只此一条命，尽力只得此数，混至何日算至何日而已，我亦无其他良法。一人负全家经济负担，实非良法，亦太不合理。一家自应各出己力，合衷共济方可应付此非常时期。如今只仗我一人自是不易应付，但目下母老弟幼，只我一人能负此责，弟妹幼小责无旁贷，而我力量有限，大家只好暂忍一时之苦，别无良法。想每日早出晚归，时间全没有空，精神气力又皆卖与行中，自己什么事不能作，累极。

今日上午刘头还说日记账未弄清不可走，而昨日那混小子叫王汝霈的没事了早就走了，他就不说。下午我账又出错，我写及算皆没出错，偏偏报单及总数出错了，心中甚烦，同事那几个自私自利的不懂事的混小子，还真催我，我还抽空分出报单传票，他们还耗着不肯代我分。不分拉倒，昨日我一人分全部传票他们就不说了。不分我自己分，后来还是代分了，那姓王的向来不管分，今日也管了，真不易。偏我分内之传票报单及总数出错，别人代打、代对，因时晚查出，只好等明日再结账。每日受累不算，还得受气，真是可恨，倒霉，赚这点钱多不易，弟等全不知苦干努力向学，令人失望伤心。英！你知我在此每日受着精神及物质上双重的痛苦吗？我留在此实在无意思，命运之神，永不放我走吗？我在此又有何益？于己？于家？于弟妹？我已用尽我所知所能之诱导训诫等教育方法，而毫无效果。四弟五弟二人不肯念书如故，我承认我在家中督促之失败。

1月16日　星期六（十二月十一）　晴

上午一度紧张的工作，因下午计算局迁移到北院，不能工作，故上午赶出三页半，还得分数传票，弄完一切才十一时一刻，不算慢了。整理好东西，很容易，因为我去行日少，根本没有多少东西，在行日多者，有许多零碎，收拾起来亦颇麻烦。昨日公益开奖，今日又成幻影，每月自己给自己造的一个幻想的希望又完了，心中颇烦。中午因出来得早，一人跑到前外大街都一处吃一顿饭，卅个小饺子，五个炸三角，不好吃，一碗馄饨便是二元多，吃的不好，不痛快，还不甚饱，真不值。我不大去吃小馆子，所以也不会尽量利用，下次不来上此当，还是守分在饭厅吃的好。饭后想生活不要太苦，自己想办的事太多，终因钱不够分配，什么也未作成，今日一烦跑到开明买了一张明夜什么彩砌班《七剑八侠》的票，去散散心，太苦了自己，还不急病了，那不空自受苦，又是麻烦。下午搬移一切桌椅文具都有二役去做，我们没有什么事，只是看他们搬而已。北院新修理好，四合房及一跨院，计算局同人全合在一处，又热闹了。我们及统计独占北房甚好，房子当然不如大楼好，但亦比普通的强多了，搬得乱七八糟，自己看着自己东西。这次局长一人一屋比在大楼舒服多了。耗到五时回来，下午曾打一电话到女校问，老箫谓仍无英来信，奇怪，怎么还没有？到家得杨承钧于十二月六日自贵州安顺来一信，则英之来信，当再过数日方有。饭后乏甚卧床上竟睡去，十时左右起，记过账即憩。每日只食粮即需七元，他皆不算在内，所入不过此小数如何够用，此年不知如何过，处处亏空又不知如何补偿也，不知何以今如此倦乏。

昨晚独自散步月下，清天如洗，冬星可数，四外沉寂，夜风凛冽。自入行来，一月余只中午一接阳光，其余早去晚回，很少触及大自然，今夜空气虽清爽，但不及清晨，且寒气袭人觉凉，景况如此凄清，情怀更不见佳，不禁俯仰难安，低吟《叫我如何不想她》一曲，“海上生明月，天涯共此时。”此际英如亦在月下，真是千里共婵娟矣！南北相隔，又是什么情味，每念吾英，而我为环境所迫不能前往时，心肠不禁痛恨欲断，“黯然销魂者惟别而已矣。”真实情也，惟祝福吾英永乐！

1月17日 星期日（十二月十二） 晴和

昨夜睡未稳，今日上午九时左右才起来。每周只今日一天有暇，是自由的，但亦无何空闲，累积的俗冗甚多，要去看的亲友亦得走走。十时许出去沐浴，一切清洁，出来已是十一时，跑到学校去，又无英来信，大约还得几日。只是现在我只有得她信是我惟一的安慰，而连着二周未得她信，不免令我有些失望。为了将来取信方便起见，赏辅仁女大校役三元，这种人给他们点小便宜便好得多，何况以前为我英亦常麻烦他。

由校回来，去看看陈老伯，老人亦好多，谈了半晌辞出。又去强表兄家小坐，潜夫老伯来信，对我可称“有厚望焉”，可是我又怎担当得起，别人期望我愈深，我愈为之不安。午饭拟在家中休息，安闲一时，又听李娘咳嗽得难受，听了都难受，先头出去忘了买药，于是立刻又出去到菜市口买了一瓶“知密子圣”回来。

四时半过力家还力十一兄十一月份房租，略谈，五时许回来。先用晚饭，五时四十一人去开明，今日为新由上海聘来组成之大观社公演彩砌《七彩八侠》头本，为广告所动，只因近来时刻浸在愁烦中，半因念英欲往不能，半因受苦受累为家中生活而奋斗，但仍不足用，于是昨日买了一张票自己去散散心，但一人坐在那儿，仍是不开心。漫无目的，浏览四周，以另一种眼光来看在此院内之形形色色，自己亦不明白何以今日自己忽又跑来此地来坐。中国旧戏院子之混乱及种种不好之处，仍未全除，十分纷乱。戏是无什意思，只是几幕武功开打不错，有点功夫。坐至十一时半方回，坐达五小时半之久，都坐乏了。今晚一人坐地似距去年春与英来看马连良戏时坐位相距不远，回忆不胜惆怅之至。午夜踽踽归，月光人影，反而不觉不胜凄凉！戏票不多，看此半日不贵，只是无味，且亦不开心，反而耗了许多精神，归来即憩，明日还得早起！

1月18日　星期一（十二月十三）　半阴晴

前日由四楼移至北院，新修之平房，不跑四屋楼方便多多。平房在北屋白日光线甚好，可见阳光，是我最高兴的，屋子虽不如大楼一切讲究，但亦甚好，有炉火，加以阳光，白日甚热。今日亦写不少，又是页账，晚归来铸兄来谈半晌，并与四弟谈其欲出门事，并嘱以许多应注意之事，及不放心之处。他欲出去走走，一广见闻，我甚赞成，但因其平常马虎劲及年幼不懂事之处甚多，念之不放心，但人亦需出去闯练，慢慢经历，创造自己的前途生活。尝念我辈适逢此动乱时代，儿童更是不幸，但现在才又念到能利用此特殊时代，所变动产生下之多种机会，而训练创造自己之一切，比以往沉闷平常之生活有意义得多。

1月19日　星期二（十二月十四）　晴和

来来去去，上班下班，写账而已，了无可述。昨日力十一兄又来索前欠房租，我力实不迨，亦无可奈何。晚又与四弟谈其出门带物等事，晚预算旧年需用二百五六十元，但又向何处去筹，四弟旅费亦无着落，来日不知如何过法！

尝读文学新旧书籍，尤以读古文，诗、词等神游其中，细寻其味，能暂时忘却一切烦恼困苦。读书之乐，真是只可意会不可言传，若不喜文学者，难与之语此中乐趣，彼等亦决难享其中真乐。

今日汪时璟巡视行中各处，至我等新迁之屋内看了半晌方去。

1月20日 星期三（十二月十五） 晴和

因决算需人，我们这组同人都助写决算大账。现在写联行日记账的只有四人，而南屋写传票的却有廿余人，以四抵廿余，如何赶得过来。连日我们四人需赶出八九页，整日伏案喘不过气的写，腰酸，手疼，神倦，偏传票总数还尽自出错，而又偏在我这份上，以致连日下班后不能走，过半小时或一小时，今日即过一小时半方回。连日天气晴和甚暖，无风便好得多，移至平房炉火甚大，又有阳光，屋内热甚，热得出汗！只是入冬以来迄未一雪，再不降雪，恐有瘟疫流行。归来与四弟同学卢鸿仁谈了半天，一天大好时光精神，全都卖出了，回来一乏什么全不能做了，要是如此混日子才容易，可是我却又不晕头昏脑的混！奈何！

我曾拟将所见今古人诗词描述别离愁思、念远等之作品，集于一本，手自录辑，并拟定名为“忆悔集”。

1月21日 星期四（十二月十六） 整日轻阴，凉

今日账较少，不到五时即弄清楚，账一算即对，一切顺利才是痛快，比之前两日写了一整日，乏甚，结果账又不对，报单总数竟出错，才讨厌。只是今日轻阴一天，美中不足。天气令人不快，如每日像这样比较清闲，可以休息一小时左右也还罢了，否则终日伏案，累得喘不过气来，久了可受不了。中午去朱君家小坐，借回一本纳兰词来读。今日下班有暇准时出来，因较早，便去圣公会去看看大马及永海，不料他昨日与其舅即已赴沪了，与大马略谈即回。晚灯下读纳兰词，有多首其中词意皆可代我此时心情，念吾英每日为之闷闷不乐，故难见我笑容，尤其在行亦少露欢色，吾深知吾之喜愁，不在生活困苦与否，而在英身上。即使生活更苦，有英在此，我亦觉快乐的。英！在那边可又知此情？预算旧历年需三百余元，春节配给食粮票今日发下，亦需六十一元左右，此皆不知如何筹法，不知如何度过，大家都在高度生活压迫下喘息着。

1月22日　星期五（十二月十七）　晨雾，晴和

日与数目字为伍，了无可述。惟办公室内甚热，同人皆甚卑俗，无可接近者，早去晚归枯燥无味而已。近一二日账较少，下午尚有闲时，否则忙累整日，无稍暇时也，而他组有整日轻闲，逍遥自在，忙闲悬殊，殊为不平，亦一怪现象也。下班去九姐夫处，拟托其寻一押金表藉以度此年关，他亦无法。归来念年关在即，在需款急，而至今毫无着落，如何不令人焦灼！有事便如何，岂不整日在困苦艰难、烦恼焦急中苦熬，何时方是出头之日!? 念来心中闷闷，十分愁烦，不快之至，每日如此心情，如何去抓住现在努力充实自己，没有那份精神、时间。尤其心情，一切困难问题都在等待着要我想法子解决，如何还能安心静气潜心去读书研究?

晚阅同学寄来之近数期之《辅仁生活》，各种活跃，较我等在校时尤生动，捐款亦不少，使我十分留恋学生生活。惜时光不在，环境不允，不得不离此黄金时代而步入社会生活，但愿辅仁无恙，同学快乐努力。桌上欲看之书甚多，堆积多日未动，心烦之至，连日因琐事心烦，精神不济，时间无暇，以致日念俗与英作信竟延迟未写，现已二周未得她信，这礼拜日应有来信，现在唯一安慰便是得英来信，在此终日是什么生活!? 在外劳累终日，回家吃饭等实际物质享受不好也还罢了，只是家庭中那种愁苦笼罩下的不快气氛，与人精神以极不快乐的影响，实是难过！英！我需要你的安慰呀！英！你回来吧!? 英在那边可晓得我此际心情?!

1月23日　星期六（十二月十八）　阴，上午大雪，冷

账少，下午不到三时就一切弄完了。近二日工作较清闲，可以休息一些时候，看看书报，但是明日休息一天，送来礼拜一的传票又多了，每人九页关，不少，又得累一天。趁今日有暇拿来先编好号码及打上字头，有人忙忙的已先写了二页半，何必如此忙。今日曾去找增益，到管理局看看

他，他在画图，现在搬到我们屋内一同工作之统计组，就有划统计图表。归途遇铸兄，他先去力家，旋来，小坐即去，代我问来伯津伯法二人地址。饭后，我即去力家访问伯长，本来早就想去与她谈谈，因时间及心情不佳，且不愿见九姐，故迄未去，今闻九姐今日去津解决伯美事，故去与之畅谈，并力劝其南下寻兄，并一抒胸中近月来之抑郁与杂感，痛快一叙，竟达三小时左右，十时许归来。（今日大雪，今冬第一次也。）

1月24日　星期日（十二月十九）　阴，整日降雪，冷

今年天气有些反常，入冬以来，只有风日较凉，近半月暖和有如初春，多谓再不降雪，必行瘟疫。大前日曾阴天整日，前日又晴，昨今始降大雪，令人一快，天地一白，可谓浊气下降，清气上升，如此病灾当去不少。此虽步入天时正常，但穷人益发受不住矣，事无万全，顾不得那么许多。上午冒大雪，到校又无英信，令人怅惘，念得英自西安发信后，尚未得其信，以后情况均不知，不知何以迄今尚无信来。折回到郑三表兄家小坐，他尚未起。十一时赶到强家，旋四弟亦来，与表兄谈其出门事，表兄亦赞同，并见于所余学费中提出二百元作为其旅费之用，商去金表出售作年关用度，亦无良法，际此时期，年粮吃紧，大家皆不易也。冒雪归来，又跑了一上午，午因细故娘又发牢骚脾气叨叨不休，令人心中烦恶习之至。此皆不过一个穷字所迫而已，人多食众，粮价高，真要每天吃亦混不来，如何，奈何？我力亦尽于此？奈何？年关固亦不知如何应付也，心中烦恶，什事难作，卧床上作白日梦，睡到五时起，灯下作与英信至午夜方毕，又混过了一天。

1月25日　星期一（十二月二十）　阴雪下午晴

今日又降雪，不下则已，下起来又没完，连今日已是三天了。土路尚好，但大地一白，全为雪遮没，柏油路则为日前前雪冻加昨今之雪已成一层雪冰，甚滑突难行，大有雪浓车滑之意。降雪比降雨较好，但行路不

便，暖化难行，又冷，则一也。今日冒雪仍骑车去，因地滑不敢快行，中午步去吃饭，地甚滑如行冰上，如着冰鞋大街上似大可一溜，不小心便可滑跌。今日账不少，八页多，但一加油，账只打一次即对，不到三时半一切即弄毕，略憩，习了半页小字。归来看纳兰词，其中有一部分皆是其悼亡之作，可想见其夫妻爱情之深。读至十一时方止，归来终日闻娘唠叨不休，心中甚苦，毫不体谅我之苦衷，妇人无识又以母尊相压劝解不明，殊为烦闷，加之食用维艰，日用浩繁，入不敷出，近日每天开销亦成束手。不图我虽劳苦终日，名为有职在身，而困窘如此，言之谁信？思之怆然！为年关用度竟至老父最后遗物，数度保留不忍出手之唯一金怀表亦势将脱手换钱以维家用，呜呼痛哉！皆我无能力微，不能支此危局，不能供诸家，不能使家境稍好，而使老母受苦受累，一切过错，皆在我身，夫复何言。心烦意乱，书不成字。

1月26日　星期二（十二月廿一）　晴

今日写账每人本已有八页多，三同事中之一未来，于是每人又多一页多，讨厌得很。大家没法子，只好加油写，到时亦赶完了，结账亦无误，颇顺利。晚饭后过小学同学刘君曾颐家小坐，他本在区务监理处做事，后因解散后，又在家闲自己一月左右，他太太近又生一子，未卅而立之年，已是三个孩子的父亲了，虽是福气，但身上所负的责任亦很重了。闻他谈曾履旧年底将回来不再去，大约是苦吃不消，熬不得了。

归来读毕纳兰性若之《饮水词》，已近午夜，今日中午连访沈、王二处，沈范思（浙兴经理）老伯对我押卖金表事无法相助。王兆麟（中国农工副理）老伯先与谈半晌，谈庆华混随便不懂事等，又告我在银行内应各方留心，多作多学，一切各种皆知方好，美意可感，倒不以我作外人，肯说话。末了我方提及托他之事，允代向其友一询，或有希望。但我因此物为父最后遗物之一，心实不忍，穷迫不得不出此策，心中悲痛之至。

1月27日　星期三（十二月廿二）　晴

大雪三日，虽已晴三日，但地上积雪未清，冻后甚滑，且冷。

终日刻板机械，同样的工作，只是抄抄抄，写写写，数数数，算算算，十分无聊，无是可述，可是占去我一天最宝贵的大部分时间，消耗我的精神，不能作自己想作的事，不能看想看的书，只为了生活。

行中前存有大量大米，有传为四千包，有谓三千包，又谓只千四百包，此数实不少，而不与同人吃，却令同人吃二米饭。闻日前日宪兵队去查，经顾问室及总务科极力应付周旋，称乃行中饭厅所购日用一包，日宪兵允先约此，过数日再来查，如不少，则全部查封，于是不得不寻销费出路。于是今日起行中午饭，饭厅又吃大米，大家闻用白米皆去饭厅吃饭。第一天吃，半因厨房作弊，半因同人吃量骤多，第二拨饭竟不够，下午又闻因米过多，每日即使一石，亦需数年方能用毕，有再分发同人之说，又有白给之说，恐无此便宜事。本月配给面粉，每人只半袋，以后有否尚不可知。

晚铸兄来谓本月卅日移来小住。六时许赵德培兄突来访，出我意外，谈顷之，留用粗粝晚饭，只是丝糕小米粥而已，近九时方去。此来购物，存我处一小提箱，他手交复我信三纸，多牢骚语，并怨其家庭环境影响其一切，此念亦不对，男子首应改造，利用环境之魄力，努力奋进之精神。

晚念吾英不止，前信忘告诉她，沈三老板亦去，不料今夜如此混过，又未作何事。饭后觉心中及头不适，不知是着凉，抑是闻煤气之故。

1月28日　星期四（十二月廿三）　半晴

今日行中发下配给面半袋，代价只七元五角，即得廿二斤面。在此时，实便宜之至，不知下月尚有否。与对桌同事二人各分半袋，发米事不可靠，第二拨饭，米饭又不够吃，第一拨便足吃。皆是同人，如此却不公平，长此则定不可，膳食委员正在商计办法中。

晚得英自西安发来信一封，薄信封，边皆破，三大张，述其仍留在西京朱家，因其二姐有坚决欲回家之意，她写信去问，并候其回信，她却藉此机会畅游西京附近各处名胜，说了些那地方的风景与古迹。西安确是一个历史色彩极浓的古城，她有此福气去游览一番，多好，只是在此时不大好，不知此生可有此机会，俟太平时候，与英联袂同游天下名山胜水否？她信中亦曾提及想家及我，并且花了数百元买了许多名人碑帖，还是不太晓得钱来之不易，尤其在外作客，总不比在家方便，还是如此花。不买不是亦可，以后尽有机会买，何必忙在此时。她还问我些事，及想托人带些她带用的丸药去，得她信心中大慰，连日积郁为之一消。

灯下整理些零碎，已是甚晚，本拟作书与仲老，又无多暇，作了一日事，甚倦，只索去睡。

1月29日　星期五（十二月廿四）　半晴

晨间不知何故宣外大街戒严不能过去，遂到孙祁家打一电话到行，说明原因。多日未与孙祁相晤，今日略谈，亦无何可述，小坐出来已解严，到行方新十时，不算过迟。中午饭后到中国农工访王老伯，前托售金表事，又不谐，他人只出二百元，与我所望只得三分之一，不知是否推托之词，失望而回。下班到铸兄家，他明日即移到家中暂住，看他家中什物整得如何，谈顷之，被留在彼晚饭。他家本存有一些食粮，本月又有配给面二袋及米百斤，是我手中无余裕，否则全买过来多好，他因需款用，已全都出售了。晚饭由铸嫂亲手作汤面吃，用毕即与铸兄同回，与四弟等合力将书房中什物搬移出南半间一块空地，以备明日铸兄搬来放物。他旋归去，又与四弟把屋内什物搬移清楚，家中大衣箱十余个大半为空箱，搬移毫不费力，因中衣物皆典当一家，不觉心中惨然。四弟五弟什事不懂，终日大半荒嬉，不会助理家事，不指令叫做即不会作，不会想，白日在家毫无用处，且常到外边去找同学，到晚我回来方收拾了一切，亲自一同动手。白天忙累，心力交疲，为人不易，理清东西，夜已近午，欲作之事又不能作，终日匆匆忙忙，烦冗琐细，不一而足，生活就是如此。

1月30日　星期六（十二月廿五）　晴

现在日记账写熟了，每日七八页，不在意，只是觉得总作此工作颇为无聊。下午打一电话与此同时刘炳生，告以得英来信。炳生家中亦得一信，英与其二嫂者，与我者所述大略相同。我告以要书及药事，嘱其着人送来。炳生又云，其二姑亦有来信，谓于今春将与黄刊同回，不是想家了，是将作妈妈了，还是有其他原因。下午回家看见许多人因年底在各肉铺前挨挤买肉，真是何苦?！今年物既昂贵，且缺货，年礼送不起，食粮肉食皆不易买到，不吃荤难道不能过年！到家铸兄东西已全搬来，大致就绪，我又助其布置清楚。铸嫂与其弟下午先回保定，年后再回，晚作与仲老信稿，因家中XX相搅，至午夜方寝。

1月31日　星期日（十二月廿六）　阴冷

一礼拜只有今日有暇，但每个礼拜亦有事，不得闲，总得出去跑，就是劳苦的命。上午去理发，因昨日刘镜清及杜林鲁二兄皆来看我，今日上午遂去看他，在西四北近新街口，甚远，幸在家，多日未见，相晤甚欢，畅谈半晌，还是与同学谈天自由痛快，得尽所欲言。出来到强家取回四弟旅费及陈老伯处小坐，老伯先去我家，近三时方回来。尚未用饭，家中亦未吃，我亦不觉多饿，匆匆用毕，四时许卢鸿仁来与四弟谈顷之，约定明日下午去其家，下午写与仲老信，不觉尽六纸。今日中午顺路到校，无与我信，却找到英与曹一信，及另外一与曹信，因学校已放假，遂带回。晚写日记看报。

2月1日　星期一（十二月廿七）　晴

每隔一个礼拜日，礼拜一便比较多，今日又是每人九页账，上午一加油，便写了七页，下午不到三时就写完了。行中存米先不与同人吃，而令同人吃小米丝糕，日宪兵要查封，方又与同人吃用。前传仍甚多，每日销量仍不足一石，又传有分配与同人之说，至今无讯。今午见有数十大车拉去数百石，共拉走若干石不知，闻一说被特务机关强索去，一说系存于彼处，哪有那么好？分给同人大家，还念道行待同人好，并且还为中国人占便宜，如今为卖国人用势力强索去，亦无办法，就是这般贱骨头，欺软怕硬，自找挨骂，不办人事，那些当事先生不知每日都做什么事?！早晚全拉走算完，这次不要饭厅还吃不上米呢。

中午饭后将昨日由校带回曹的二封信，与她送去即回行。因旧年春节在即，下午先发下本月薪水，及本月饭贴，计共百八十六元九角，加上扣去的饭费、储金、所得税等共二百一十元整，不算少了，可是家用月非三四百元不足用。因生活太高，物价较年头（接旧年说）贵有三四倍，食粮更贵得出奇，尽力仍不能应付周全，没有法子。因发了薪水，下班到前外大街及西单各处买了些食物等，即去了十余元。今年过年因物贵大家都省俭，但各食物店仍甚拥挤，皆购置年货者，现在钱实不是钱，东西才是东西，回来计算年底各项用款需三百元余，今只得二百元，奔走各处拟押借些钱皆未成功。如今发下月薪近二百元，至少有此数可以办一些事，心中稍宽，还是靠自己是正经。算来我进行不足两月，前后已取回家中五百余元，全部作为家用，实不算少，岂奈家中用度繁多何？以前每年虽无事，无收入，过年情况都不坏，总还过得去，今年过年情形之惨，为往年所无，一切年菜年货全未购备，只候我本月先发的薪水来办一切事，就是配给的食粮亦全未取来。这个年头，过不过年不过是那么一回事，生活高压，胜过我求生的能力。今年有职业了，一切反不如从前，生活高过去年数辈不止，廖强二处，恐亦无力购买礼宾司也，想来想要办的事，而不能办，心有余而力不足，奈何！

2月2日　星期二（十二月廿八）　上午阴，下午晴

本来今日每人只有七页左右的账，不料忽然那位王汝沛又未来。他那一份分与我们三人，又是九页多，忙起来，倒楣之至。今日心情恍惚，写

账无形中慢了许多。日前与炳生打电话，所嘱书物等全未送来，不知何故，下班打电话未打通。回来得曹信谓她于考试前即病了，至今未愈，其妹于半月前即离平，并谢我为她送信去之意，他无所言。念英此时不知可已到其二姐处否？力十一兄今又来索欠租，欠他情处甚多，我亦无言，但此一点，尚不知如何应付过年。无奈先书一短柬述明苦衷复他。黄昏四弟与同学出，归来谓顷见着柳某旅行事，定于初六日同行。欲购之物尚多，今只筹来二百元，不足用。晚作一信与赵君，略述其来信所言婚事、人生观等我之意见，已是近午夜。四弟浑浑什事不懂，他出门我本不放心，今柳肯亲自送他过去，心中较安，此别不知何得晤，念之不觉凄然。

2月3日　星期三（十二月廿九）　上午半晴，下午晴

生活平平，了无可记。工作今日较少，早晚事四十分钟得以稍为休息，归途略购些物，到家算账，外边欠账本不多，已还清大半，只房租及车铺两大项尚未付款，尚得想法子。本月下旬及下月上旬如何过尚不可知，再远更不敢想也。四弟备物今日购一部分，终日内外操心费力，恭弟考试勉强及格，因品行不佳及旷课过多，今日来信竟被退学。再上他校未为不可，只是如此未免太难堪了，家中如此困苦维持供他念书，还不学好，在校还闹、顽皮，怎不令人生气伤心，我实不知如何教导他方好!?想来痛心。

2月4日　星期四（十二月三十）　轻阴

岁月不居，又是尧历一年，今日是除夕!

照样上班，今日较少，赶完才下午三时许，即作毕。休息二小时，只是不好意思早走，耗到时候出来在前外大街买了一点东西回来。今午又打一电话与炳生，《太皎集》他因忙未找到，不要，其余书药令其送来，以便托人带去，一下午亦未见其送来，小孩子办事不清楚。昨午曾去九姐夫处看看，他还是那样，又在喘，正好增益亦去，他照了一张鱼，一张画，

离不开他的照相机。今午去浙兴取回整存零付最后一笔款子，扣去所得税，实取五十二元余，此数亦办不了什事。晚上只随便作几样菜，上过供，与娘及李娘（上声）辞过岁，忙了多日，行过此简单仪式，便算匆匆又过了一年，又痴长了一岁。生活高，时非常，一切从简，所备食用，待客物品，较往年皆少。年糕价过高，未买多少，肉价格不定，官价虽有，未曾闻及按官价购到者。有自城外各处运来者，有私肉，价格约自二元五到四元左右不定，普通以三元五六为多，牛羊肉较贱，但亦不多，初谓过贵，买不到便不吃，难道就不能过年了!？不料在四弟同学处购到数斤，九姐及九姐夫各送些肉来，于是便有十斤左右，勉强足可过得去，每年总有肉吃实在不错了，尤其是在此种年月，不是吗？行中同事有些知道哪有卖肉的，只是价格较高，故亦未托他们买。好不容易也熬到今天了，晚上还车铺卅元，还差大半，熟人没什么说的，只是力十一兄处房租未还分文，负疚良深，甚为惭对他，不知他看我日前所书短柬肯否相谅。

晚饭后一家围坐共进，也吃了“肉”，实是无量幸福。饭后四弟又去何继鹏家玩去了，我一人亦出来。如何过此除夕呢，先到西单正谊商场，一月前所喜爱要买的那种围巾，全部售完了，令我失望，只好买了些糖果点心，预备明日元旦待客之用。今年因窘迫，强家及七姐夫九姐夫等处，全未送些礼物，尤以对强家，心中更是歉然，一点不送心中实是不安，于是买了一盒糖，送他的孩子们吃吧！九时许一个人去中央看上海影人剧团演《大喜临门》，此剧本我看过，他们略加改编，演的还不坏，讽刺好虚荣装面子的假面具的人们，算是个喜剧吧！十一时许回来，买了一点水果，便是四元，晚上娘小妹五弟等包饺子到夜半二时许，睡下已是三时左右了。

今年过年情形，不但是我家与往年不同，恐怕社会上大半人家皆与往年不同。宽裕的人们，终是少数的，人群中还是普通穷苦的人多，社会主要分子是他们推动，生产的原动力亦是他们，怎能不为他们，大多数的大众们来谋幸福呢。人能力知识固有相差不等，但这都是后天造成的，环境、教育都有极大的关系，可是现在，看待，机会……等根本全不平等，却尽少数人在上面享乐，而令大多数人在下面呻吟受苦，真是不平等。我常因为苦闷烦恼而悲愁，但想想还有不知多少比我更苦的人们在啼饥号寒，流离失所，我便立刻又觉得自己是幸福得很，心情一半儿安慰，舒泰，一半儿又为穷苦人悲愁，人比人气死人，真可恨。看见那些街上的苦人，真不敢替他们想，他们是如何来每日维持他们的生命，“一家饱暖千家怨”。我真不愿那样，我有力量，一定要助穷困人们的痛苦困难，因我尝过此味，现在犹在此中生活。但是此种事情，又必是在社会上有相当地位声望钱财人势的大人先生们办的，真是矛盾无法。现在种种救济金、粥厂、放寒衣等，人不过是临时而已，只是治标，而不是治本，不是好办法！

晚上出来，街上、店内，行人、购物者甚少，显得甚是凄清冷淡，大不如往年热闹多多也。

睡下已是后半夜三时左右，灯下曾凝坐默想，吾英在南国如何度此长夜!？念之怅甚！此情向何诉?!

2月5日　星期五（正月初一）　上午小雪，下午阴狂风

生活一切如常，只是人们规定今日是旧历年的元旦日，于是今日起来心理便觉与往日多少有些异样。昨日把屋内各处都收拾得整齐清楚，以备今日有人来拜年。娘因昨日忙，大约一夜未睡，我想如果人们永远保持似卅晚上那般细心收拾清理的心理与习惯那应是多好！多清楚整洁呢！可惜只是一晚上而已。

晨八时半起来，上过供，与娘及李娘拜过了年，用毕早点。阴沉沉的天空，在这一刹那间，忽又飘起如细雨的小雪花如粉般洒满了一地，树上、地上各处都变白了。陪娘一同去力家陈家等各处拜年。九姐夫处，只太一人在家，显得十分冷清清；力六嫂处人最多，最热闹，九姐、伯美均在彼，人情炎凉可见。伯良的丈夫蓝先生亦见着人样，个子颇似同学宁老二。稍坐即回，十一时许力家一帮人又全过来，全都挤看英与我的合影，座谈顷之方去。每年一度的互相成例似的拜年，算是又演完了一次，午后续写毕昨日日记，三时左右出去。

上午雪止，只是又起风，先去与强表兄家拜年，座谈顷之，又到陈老伯家小坐，郑三表兄未在家，与小孩输送略谈亦无可说的。再顺风跑到后门俞家，都未在家，这倒省事了。于是去看看顾先生，他近来尚好，谈了半晌，再到五姐家都出去，只有五姐在家，留在彼晚饭。与五姐谈半晌，饭后八时辞回，狂风大作，不知为何此时突起大风。去郑三嫂处，因彼昨晚睡晚尚未起，遂回。因天晚风狂遂一直回来，未去之处，只索明日再去。街上车少人稀，十分冷淡，店铺只十分一二开门，多半休息。今日可算是中国人的总休息日，多半因昨晚睡迟或在家，全家团聚。只是忙跑了半日，顶着西风，走甚费力，想不到此时，会有如此大风，吹了一身一脸土。连日倦乏，本拟与英作信，亦未写。中午由力家拜过年以后，暂时安定下来。不禁痴望着英的相片，今她在遥远的地方，今日如何度过，又该十分想家了吧！去年今日我还去她家，而今年今日却相隔数千里了。

2月6日　星期六（正月初二）　晴，风，黄昏止

上午十时左右四弟那几位兄弟全来了，他们按北方规矩大磕其头，我真不高兴，何必如此，大家鞠躬不好吗？他们旋去，我则去曾颐家及孙祁家。曾履回来，但是出去了，未看见；孙翰昨日不在孙祁家住；祁的女朋友徐庄在他家过年，外表仍是个大孩子，恐也是个绣花枕头，好外表虚荣玩乐，不知甘苦的孩子。略坐即辞回。

午饭后先到王家去与王伯父伯母拜年，谈了一刻，便到廖七姐家去。与应先相遇于门口，一同进去，七姐夫七姐皆未在家，增祺新夫妇由南京回来，亦出，未见着，略坐即出。去陶家未在，遂一直到新开幕的国际影院去。声光、设备都不错，也不贵，楼下一律一元，前天才开幕。演的是意大利的文艺巨片，对白是英语，曾得威尼斯金奖，中文译名是《断鸿哀雁》，是个歌舞哀艳巨片，男女主角都不算好看，表演的不算很好，面部表情等终不及美国人善于表演，但在利用天然风景，特别镜头一点，颇能用以增强表现音乐美的力量。剧情平平，述一富家女为父命所迫不能与一所恋之青年音乐家结合，强令与一荒唐之男爵订婚，终因相思抑郁以终，

算是个悲剧。音乐不坏，美丽镜头，虽不如《翠堤春晓》那么好，也有异曲同工之妙，但是在女主角死讯传来时，亦不禁令我热泪交流。不知何以自己近来如此感情质，并且又是那么脆弱，禁受不起一点外界的刺激。此片音乐甚美，惜不能与英共赏，每拟顾身旁而欲有所语，竟是空的，不由心中惘然若失，此情此心谁知，英又可知?！片子虽不坏，可是花了钱本拟来找欢乐，却嫌我流了许多泪，似乎不值。但是在御前献艺的那一幕，相当伟大，中国恐尚无如此伟大富丽之戏院。

出来到孙翰家未在，原来他昨日由孙祁家即去朱宝林家住下，至今日下午尚未回来。一人到市场转，买了一百大洋纸信封，才二元，甚是便宜。时间尚不甚晚，在八面糟清华园洗了一个澡回家，闻下午强表兄、郑三表兄皆来，刘镜清兄亦来，又未遇，坐定又觉倦。连日跑了不少路，灯下与英作信，此时写去，一月后方到她手，她来信，则须二月后，太慢了，真是令人急煞！

2月7日　星期日（正月初三）　晴和

昨日下午郑三表兄及强表兄先后来拜年，强表兄亦未免太客气了，三表兄来，却未料及。

前天约好，今日上午强表兄的外甥陈越荫来谈，告以旅行事项及应注意之点，准于九时来，谈到近午方去，尽我所知，全部相告。正拟提笔继续与英作信，不料小徐忽来，略坐即去。午后晴和，因连日在外跑，拟今日在家休息及与英写信，因小妹五弟拟去厂甸，他们在新年期间亦未去何处玩，只是闷在家中，遂带他们一同步行前往。厂甸一切情形如昔，各种买卖摊贩之位置皆相同，因天气好，游人拥挤之至，简直是看挤人，不是去游玩，亦无什可买的。顺便走到火神庙去看看，古玩珍饰的摊贩，今年十分零落，只摆出了十之二三，顾主亦寥若晨星，景象十分可怜。各处匆匆走了一遍，我只觉得无趣，而去年与杨志崇同来此瞥见英之情景如在目前，如今她却远在千里之外了，谁又知明年此时是何景象。我来厂甸主要还是逛书摊，结果在书摊流连的时间最多，有几本自己要的书，虽是旧的亦很贵，未买。今日遇大友兄弟夫妇及辅大图主任叶先生，步行归来，闻郑河先少奶今日下午来拜年，她亦与郑三表兄相同，皆是多年未来（父故后第一次来）之稀客，这又是那阵风将她吹来，难得！亦出我意外。

晚得暇与英继续写信，连日各处跑不停，每日睡亦迟，觉乏。

2月8日　星期一（正月初四）　半阴，风，凉

匆匆三日短假，一瞬即过尽。时间不够用，多处皆未去，自己亦未休息，今日又照常为人上班矣。大家见面拱手作贺即止，算是拜了年。午饭仍是平常饭菜，中午去朱头家小坐，饭后又到九姐夫处小坐，算是拜年了。下午打电话与炳生，又出去了，晚饭后去四眼井看刘曾履，出门未遇，借他家电话，陈又睡了。因恐陈走，拟托其带走英要的药，催其送来，几乎每日打一电话与他，不是出去了，即睡了，不料找他亦这么难。书亦未找到，小孩子办事马虎得很。大正月初四就得按时上下班，有职业人是特别不自由。闻今日下午七姐携其三子增祺及其新妇（卅一年双十节于江苏镇江结婚）同来认亲，一对美满的小夫妇，看了反使我自己想来难过。连日奔波，又睡不足，灯下看看《饮水词》，倦早寝。

2月9日　星期二（正月初五）　半晴，风，凉

同事之因过年玩乏，告假在家睡觉，于是每人又是十页账，大初六就得加急干。中午再打一电话与生，恰又出去了，不是自己急于要托人带去，也不急催他了，只是不知何以总不遣人送来，而他又偏接不到我的电话，令我着急。我如宽裕，早自买了书及药托人为英带去，也不再多开此口了，偏我这几日手中又窘无余裕，只恨自己力不从心而炳生小孩子亦不大懂事。若不是为英，我绝不肯每日一个电话去惹厌，而他马虎亦可气。下班绕道往访笠似，出门未回，留片而归。今日虽是小风，但顶风骑车甚是费力，每日卖脑子以后还得卖力气，双份用力，够瞧的，就是这个苦命，复又何言。晚想两弟，读书不佳，又不大懂事，不听话，心中甚是气

愤，我如今如此费力受苦努力，深切期望，而今日报我之结果，竟是如此，令我如何不气?!

2月10日　星期三（正月初六）　晴和

今日账意超过十页，不知何以如此多，整日手不停挥，因用力持钢笔之故，右手中，食，拇指全发疼了，而他人却整日悠闲，两者相差竟如此之多。因天气长，下班天气尚很亮，遂去七姐家看看。增祺及其太太，名郭兴业燕大同学，座谈顷之，被留在彼同用晚饭。小夫妻们都很和美，郭并为我及增祺添饭，令我想及吾英，与他们两对相比较，心中十分不自在，饭后即辞回。现在我生怕看一双一对的青年男女，尤其是如增益增祺两对小夫妻，愈与我以刺激，所以我近来极力避免看见这种情形，因为无形中与我一种威胁，压迫的空气，好似对我夸示炫耀一般，想想吾英，不禁心中十分难过。想将来总有一日偕英对他人骄傲的一天，便不由又振起精神，充满希望光明来。今日下午铸嫂由保回平，晚灯下又与英继续写了一点信，整日上班，精神时间全卖给行中了，时间精神不够用。一封信已写了好几日，尚未写完，要看的书亦甚多，全未动。以前寄与英的信，现在主尖有三封信寄到了，近日亦主尖有信来才对。昨日打电话，学校无信，因忙及倦乏，日记又有四五日未写了。

2月11日星期四（正月初七）　晴和

今日又是九页多账。中午吃二米饭，下午打电话，是英父自己接的，允将药今明即送来。下班到厂甸书摊看看，黄昏卢鸿仁来看四弟收拾东西。晚曾履来谈半晌，述其在唐山开滦煤矿上，矿工种种非人生活，直是另外一世界，多知许多知识。多日不见，大家谈得高兴，到十一时方辞去，老友畅谈，实是难得，晚饭后刘家遣人送来《辞源》一大本，药二盒，托人带与英的，不知好带否，近来几乎每日皆有人来访，上班了，白日无暇，下班后是自己时间，但为朋友来访，及其他琐事所搅，自己欲看之书，欲作之事皆不能办，即至办完了他事，亦晚了，每日作不了什么事，且每日睡的都很晚，就是这种匆忙生活。

2白12日　星期五（正月初八）　晴和

今日每人只写七页，不算多，不料又有一同事未来，于是分开每人多至九页多了。我因想下午去车站送四弟，于是一上午努力加油，快写，赶出七页来，如不多多，一上午便写完了。午后不到一小时即全写完算完，五弟下午来，告诉我四弟下午决定走，我一切弄清楚才新四时左右。四时半七姐忽来西楼客厅找我，略谈，托四弟带一盒药丸过去与增武太太。四时三刻我即去前内东车站，在三等车内找到四弟，略谈，亦无什可说，至此时亦不知说什么说?！他能在此时候有机会到大天地，人群中去闯练，实是难得，亦是大时代所赐与者，但将来成就如何，皆看其本人有无出息了，努力与否。临行勉以勿虚此行，勿负好友相助之意，勿负自己辛苦一场。车蠕蠕动，心中难免恻然，不觉竟两次流下泪来，时刻不停，车开看不见时，方怅怅回来。他同学卢鸿仁亦去送他，先回去，此次还是他相助甚多，方能实现，离绪实不好受，想四弟身上不负何责任，个人自由，如今飘然远行，天南海北，任意所之，前途凭自己去创作，多好。而我身负全家生活重责，滞平难行，谁又知我此种心情。如我不知何事，就是此困守，亦就罢了，亦不知何难过，今自己竟多知多闻了些事，偏偏自己脱身不得，看看别人自由想来不觉惆怅之至。此又是我那矛盾相对的学说两种解释，一是我命苦，无此远气机会使我出去看看大天地，世界，增长见闻，困守一隅，对青年前途，甚是防碍，实不得已之苦衷，悲恨莫名；一是我虽暂时滞留在此，不能离开，但在此主要是为了维持全家生活，奉养老母教养弟妹，因此而牺牲自己此种难得出行机会，是值得的，牺牲是有价值的，伟大的，不是在此苟延残喘，而是在待机，不得已为生活问题，而暂时忍耐！烦时只好以后者此想聊以慰自己的苦恼！四弟行后，心中紊乱之至，不知是喜是悲，他如此小，一人独行，个性又马虎，甚不放心，其途中可会照应自己否？漫步回行。

我二时前即完全做完自己之工作。回来有一同事刚写完，另一人到六时尚未弄清，还得助他们作，我如写得比他们慢时，他们写完了，在一旁谈天休息亦不助我，我亦不叫他们，自己来。他们后完，便好意思请我相助，真是没出息，谁不知喜逸恶劳，不过我不好意思说他们罢了。心情不好，那也懒得去，便一直回来了。

四弟长这么大，尚未远离过家，临行娘不免心中难过，我回来看娘幸未再难过。过力家找小妹及去房曾履皆未在，约其二人礼拜日上午来谈。不知何故，晚胃疼，晚饭后卢忽来，谈半晌到九时许方去。本拟晚看书写字，他来谈又误，卢倒还热心。

2月13日　星期六（正月初九）　晴和

连日天气晴和，正好出门远行。今晨四弟当过新乡，一路情况如何颇以为念。终日在行作同样工作，极为无聊，同事们终日嬉笑怒骂各尽甚妙能，快乐逗笑中即过一日。而我身负重责，满怀种种心事，难题，待决之事，不如意之事，皆足以令我心烦意乱不快。故终日难得见我笑颜，环境不同，心绪各异不能与大少爷们混日子相比也，且难得同调，故常自守孤独，落落寡合。

2月14日　星期日（正月初十）　晴和

上午约伯长及曾履来谈，尽以我所知旅行之种种相告，他们当奇怪我亦令知道许多关于这些事情。不料何继鹏二嫂突来，她亦拟南下寻其夫，来寻伴，我允代为找一同行，旋去。至午伯长曾履二人方辞去，一上午又完了，下午到校去，今日无英信，失望而回。过访小徐未在，即去陈老伯处看看，铸兄先在，他家东西仍未收拾清楚。此番老人远行，我既无力又无暇来相助，心甚不字，座谈顷之，又送些斤碎米，闻已定于下礼拜一即离京，本拟去东城玩玩、散心，后又中止。出来去强家陈正将行李移出，运往车站，立谈数句即别，进与表嫂及强表兄略谈，辞回。到家方四时许，要办的事甚多，忙累了一礼拜，星期日亦不能休息，反而特忙，一半也是自找。黄昏时曾履又来座谈，陈亦来，他明日即行，本拟托其为英带药及《辞源》，因药过多，且有蜡衣，恐途中麻烦故，只先带去一大厚本《辞源》，药且俟其来信再定托人如何带去，略坐即辞去。晚饭后过力十一兄处，他对我作买卖，我亦知坐守此一点进款，这一家六口人是绝对不够用的，但是妙手空空，没有本钱，什么事也办不通。作商人必需具备商人的条件，必须有精明的眼光，充足的本钱，富裕的时间，交际广阔，且必须用脑力，仔细打算盘，这都是需要相当的精神时间，有职业不自由，便不容易作。而精神时间全不敷用，精力亦不足，白日大半天卖在公室房，回来亦累了，哪还有那么多的余力再顾及其他，读书人的脑子与普通人亦不同，更与商人的脑子不同，如样样精通顾得到，那定非常人。归来继续与英作信，至午夜一时写完。

2月15日　星期一（正月十一）　晴和

在正月初二就开始与英写的信，因事情、精神及时间的种种耽搁，一直在昨夜才完成。今晨以快信发出与英（No. 7）还要四十日以后方才送到她手，能不丢便是难得了。下班后到厂甸买了一点零食及旧书，回来吃得肚子有点不舒服，坐定觉乏。因连日忙累，公私交疲，昨夜写信又睡迟，今日早憩。铸兄铸嫂连日亦在忙其出门应用之物。

2月16日　星期二（正月十二）　阴凉

今天天阴，较凉，行中火炉减了一个，且不旺，屋中不大热。下班后去郑五姐家小座谈顷之，取回托售不果之金表，遇行佺亦去，我先辞回。晚饭后过力家找力十一兄，不料伯渚、伯渖皆在座谈顷之，半晌他二人先后走去，我将金表托力十一兄出售，并与之畅谈，且发牢骚，到午夜十二时方回。

2月17日　星期三（正月十三）　阴，大风，冷

本年自岁朝春以来，新正数日，日暖一日，颇不春意。不料今日忽起大风，又骤冷。今日有二人订传票，二人写账，每人七页。等他二人不订时，账就又该多了，反正不会清闲。下班后因无他事，想早些回家补写近一周来的日记，到家习了一些小字。晚饭后，不料赵君德培忽来，座谈半晌，十时半方辞去，又耽误了我预定要办的事，要想早一点睡亦不成。每日多是这么无聊匆忙中过来，想办的正经事都未作，想来十分怅怅，又遥念吾英不知她近日生活如何了!?

2月18日　星期四（正月十四）　晴，小风

昨日自己剪指甲，剪得过短，今日手指疼痛，穿衣、写字皆不便，真是自找苦吃。昨凉，又穿得少，今日天较暖，穿得多，又多一火，觉甚热。屋中人多，又有抽烟者，各种烟味皆有，已致屋中空气甚劣，真是没法子的事，与我注意呼吸新鲜空气的原则大相反。

春回大地，大自然与人以无形中的感应。好天气不禁使我联想到如能与英同游又是多好，或我能去南国，与英共赏异地风光，又应是何等心情，因念去年此时，不是正与英联袂游夫之时吗？而今却是孤独孑影，想来极为不快，心情极不是味，未免心酸，又有哪一日心头上放得下英来。我这一份遥盼、苦念、深思的心情，她在那迢迢的千里之外，可又知道?！近日揽镜自照，觉自己面色甚恶，微黑且瘦，终日忙累，满怀心事，心情不好，又怎会快乐。因念英不止，精神上始终不曾真正快乐过。我觉得如果长此下去，恐这积郁会使我发生一场大病亦不可知！但盼英能早日归来！

2月19日　星期五（正月十五）　晴风

今日账少，只四页，一上午便写完了。下午全没事，只是看看书报。

这种情形为近月来甚少之情形。正拟利用此时间来看看书或是习习字，不料辅大同学郝鸿慈君忽来找我，没想到他会来此找我，与他谈了半晌。他谓他拟考联银现在招考之练习生，他有一些产业，我遂对他作些买卖，他颇有此意。他因自毕业后至今，始终闲着，颇为无聊之故。一直谈到下班，在途中又遇王光英，略谈。晚访曾履遇新就社会局长其父，与曾履略谈而回。今日上元节，在家与家人及铸兄嫂吃了些年菜及元宵，也算过了节！

2月20日　星期六（正月十六）　晴和

今日账不多才六页，实是难得。今日天气晴和，中午饭后在阳光下小立，颇有暖意，全身觉得很是舒服，懒洋洋的。不禁又想念起在遥远地方的英来，心中十分难过。在心情安定的时候，不由得就想上班，到时只好关到屋内做事，不能出去。下午五弟来，谓刘家遣人送还书数册，并附一信，为炳生写的，谓他病入医院，昨日方出院，本年其祖父不令小孩去校念书，拟请一先生在家整日教小孩念书，比学切实许多，请我代请一位先生，并请我下班最好能去其家一谈。下班正好无何事，遂去其家，此为英行后，到其家之第二次。与炳生谈顷之，知英父旧年底曾病一周，新年亦未起床。晚过力家与伯长，及易周兄谈顷之，晚又未做何事。

人生之一切，人世之一切事物，我实终认为是矛盾的。无论什么事，我常常想出两种极端不同的说法解释来，而对目前人生观应采取的态度，自己想来，也是迷惑不解。有时认为是做人应刻苦耐劳，努力苦干，孜孜不休，勤勤俭俭过一生；有时又认为人生不过百年，且又不幸逢此乱世，何必多自苦，宜及时行乐，否则生活岂不太无生趣了！各有各的理由，不知到底如何是好，以采那种人生态度最宜！这是我人生经验社会知识不足的原故吧！西洋太重外表及物质享受，及向外，中国古训又太重修养及精神生活，太向内，都不对，都太过分，太激烈偏倚。而子曰中庸之道，取二者之和，当是最合理合人情的生活方式了。

2月21日 星期日（正月十七） 晴和

上午九时半方起，弄清楚一切已过一小时。本拟早上出去办一点事，因时间过迟遂未去。十一时许到力家寻易周兄未在，在力六兄处小谈。午饭后与四弟同出，在西单商场看了半天各种东西，没有中意的鞋未买。出来独到学校去，无我信，怅怅回来。到陈老伯家去坐了一刻，娘小妹与四弟已先在，因明日老伯即启行，七姐因托铸兄带药亦去，老伯之亲友来送行者甚多，因屋小人多，我坐了一刻即辞出。铸兄因为明日与陈老伯同行方便起见，昨日下午即将行李各物拉到陈家，并在彼憩了二夜，明早同行去车站，其余各物皆存在家中，西屋堆得满满的。出来又到强家略谈，又到浴堂洗浴，浴后甚是舒适。晚过力家，与力十一兄及伯长谈顷之，因伯长亦明早启行故也。她兄姐在南方各处者甚多，不愁无人照应。人人自由，皆能远走高飞，惟我为家中环境所迫，不能离开一步！想来怅怅满胸，这种心情亦惟有自家知而已！

2月22日 星期一（正月十八） 晴，风，凉

八时廿分到行，签到盖章后，又出来到东车站去送陈老伯、铸兄、伯长等。进去很容易便找到了他们，分坐在三处，易周伯英等亦去。临别无什可说，不一刻车即开行。近来常到车站送人，出来便感到一种无名的怅惘，半是惜别，半是叹己的命运不好，只能困守此地，今日此番一别，不知哪日再会！

下班后去东城看看，拟买点东西，不料倒运处处不利，在金鱼胡同，一送玻璃者骑车碰我，将三大卦玻璃完全碰碎，一时希里哗啦，好不热闹。送玻璃之学徒人甚老诚，我车在前，他车在后，是他碰我，好在二人不愿打吵子，我很可怜他，按说我不包何责任，算是助他四元。真倒霉，自己要来买东西，什么全未买，先堪我端损失四元，大大的扫兴，把来时兴头减了大半，心中甚是不快。一人在市场内外各店铺看了半晌，合自己

意要买的东西多没有。许多大商店因货物来不了，缺乏，有的是空货架子在那摆着，有的是卖一件少一件，隔架上便空一块。现在如食物、米面等是既贵且稀，米达四五百左右一石，面是百余元一袋，（一等的）还买不到。近日是肥皂，蜡烛，火柴，凡士林油，甘油，举凡一切日常用品皆买不到，即使有那么一点点，亦是奇贵。中原公司无一双男皮鞋，只有三四双女鞋，其他如鞋店全无西洋皮，衬衫亦无好的，大有有钱买不到好东西之势。皮革缺，皮鞋、皮夹子等全贵；因面贵，许多洋菜馆中多无面包、点心等，当成了宝贝。商店近来多愿作暗盘交易，不愿作明盘交易，因为暗盘利大，且在门市卖出，以此价就再买不回货来卖，于是卖一件少一件，等于赔钱。而如今买东西就等于赚了钱，故商人甚不愿意，皆不大欢迎门市的主顾，于是买主反要看卖主的神色，一反从前的习性，这也是商界廿余年的畸形发展。市面如同开玩笑，一切日常用品，一日数价、一日一价者有之，因不愿多作门市生意，而有门面不能关，有主顾来亦不能不卖，于是借口防空，每晚提前上门，新十时左右即多关门不作生意，好重改一切物价。近日突然全市没有纸烟售，无论大小烟店，一概无货，这对于吸烟的人们，可是一个大威胁。昨日还有怎会今日即无，且各处一支无货，实不合理。分时烟商居奇，如此市面，不定哪一种东西会突然没有了，东西物价外表虽贵，但过三四天，则现在的价即便宜了。

两次拟在中原晚饭，不料皆因晚了，而没赶上。今日心中一动，便一人在百乐门吃一客西餐，不算好，却是七元多出去了，吃的倒很饱。归来已九时许，因倦亦未再作何事。

2月23日　星期二（正月十九）　晴，风

近日账少，一上午便写完、算完。今日虽晴，但不时有风，亦不如昨日之和。午饭后一人去厂甸遛书摊，买到了几本旧书，一为《中国的西北角》，大公报出版，乃名记者长江亲自游历西北之游记，一时颇为引人注目称赏。今日亦正是当前重要问题，南方正在开发西北，为数年以前即知此书，想看无暇，后不易找到，学校虽有，但不易借到，今日偶然于书摊

上得之，欣喜之至。二为商务铅印大本之《梅兰芳游美记》，齐如山著，著梅去美前后甚详，内有孙盛芳大印一，疑曾其所有，虽为商务所印，但外间甚少见此书，亦戏剧史料之一。近闻梅自香港返沪后，因生活问题，又再作冯妇之意。我无所究戏剧史之意，无意中购得，随意看看而已。因一时看书摊看得高兴，回行已四时许，刘头有点不高兴，怪我出去没有先向他说一声。下午没事，回来亦是呆等，心中不快，亦懒得再作什事，耗到时间出来，去访大马。其母告诉我他已于明日赴青，就商会职。顺路又去访中学旧同学王景瀛君，同学多年未曾过访这位好好先生，今日突然趋访，定有些出他意外。因拟介绍其到刘家作家庭教师，他尚无事，只是他在上礼拜进行综合调查所事，成否不可知，俟他考虑后再说。因刘家在家教书，比较在学校念得切实有益，找这么一位先生仓促不易找到。人倒是有，只是件件合适的不易，我又不愿为人办事马虎。归来晚饭后卧床小憩一小时，连日精神不宁，不想作什事，精神不济。书、事，要看、办的甚多，皆未作，想来自己又发急发愁。晚得德培来一信，他述及前信所谓之新计划即析产，现正进行，因有不决之问题，来信征求我之一意见，实以我为知己，无背我之言。他有财产反嫌麻烦，处理讨厌，我是无任何财产，真如俗云，上无片瓦，下无立锥，只是缺少一样钱而已矣。有钱在手，则我如今所谓之问题，皆可迎刃而解矣。

又是多日不得英来信，不知何故？殊念，不知其近来如何？

2月24日　星期三（正月二十）　晴

事少，工作便显得松懈一些，不是那么紧张得难过。午饭后到前外大街买了一些东西，现在东西是东西，钱不是钱。今日金价涨达千二百八十元，为以前所无，东西如何不贵。德意在欧非战况再坏，足金价还得涨。中午打电话与生，他家旧家庭教师齐先生有时间了，现已教他们整日，幸我未代他请好先生，否则岂不糟心，小孩子办事不清楚亦不打电话通知我。下午三时半即全弄完，看看报，休息一小时，到时下班，无处可去，即回家。现在想玩，无处可去，且亦无心思，终日怀了满腹种种心事，未决问题，困难不快，实是我心身上的一件大病，不能与别人大爷们整日谈吃说玩的相比。晚复德培兄信，劝迅速以和平方式解决为妙。

2月25日　星期四（正月廿一）　晴和

白日在行中工作，一如往日，无事可记。下班到东城去，在中原公司买了九十个信封，二毛二分十个，很便宜。又到各处去看看，好皮鞋没有。本拟在中原吃晚饭，因已封火，遂一人去五芳斋吃饭，甚是冷清，随便吃点已二元多。因惦念配给食粮来，遂亦未买鞋。饭后一人去芮克看中国影片《盘丝洞》，看的人甚多，因有主演人黄玉华亲自上台介绍，并在每场后还有一段表演。主演人在芮克演前上台说几句话，穿了戏衣上台，说了几句谦虚话，临行前排一小孩仿唐僧口气，说了一声"阿弥陀佛"，全场哄然，即黄玉华闻之，亦掩口葫芦，忍俊不禁也。继为丝弦拉戏王殿玉上台表演，他能用丝弦拉奏出二簧戏，且可学名伶唱腔及流行歌曲、说话等，颇新颖别致，亦难能可贵。以前曾灌有话匣片子，只是不大见罢了。演奏甚好，王殿玉为一瞽目艺人，一瞎子尚且如此努力研究，仗技能生活，或一健全无废疾的青年呢，如不努力奋力岂不愧杀！影片甚糟，道具之假，一望而知，且片中有许多地方颇滑稽可笑，并将戏剧中之做派道白片段采取置于片中，十分不伦不类。忽京白，忽戏腔，忽唱，忽做派，忽近代化表演，看了十分不调和，令人肉麻不快。宣传的多好，不过皆在主角亲自上台介绍表演以资号召而已，其实黄玉华又有什么好看？

看完回来已十二时，到家知四弟定明日再度启行，因旅费多花一个来回，不足，他在杨家假得百五十元，家中又凑五十元。幸我今日未花用，否则又是麻烦。此番他行，只是在表兄处取回二百元买衣物，亦不算我出力，余皆由其自办。想来自己力量不足，未能助他，心中甚是不安惭愧。

2月26日　星期五（正月廿二）　晴和

下午有暇，近三时，去东车站走送四弟，近去找了一遍未遇，奇怪。下来在月台上看见他，助他把行李搬在宽畅的地方坐着，略谈，助以努力，不一刻即开车。他走过一次，路上当有经验，想无何问题。药及信封亦皆托四弟带去，不知能全带过否？看他走去，不知何日再晤，心中十分怅怅。正是关心则乱，爱弟与否，在此时方始真切表出。因心绪不佳，下班即回家，方拟休息静坐，卢鸿仁忽来访。迎入未谈数句，李君国良忽亦来访，卢旋先辞去。李君谈他因家事需其照应，故今春辞去津事回平，现在华光教书，谈顷之方去。晚补写日记。

2月27日　星期六（正月廿三）　晴和

连日好天气，对旅途人甚有益。今日有二同事皆告假未来，又忙起来，一人写八页。三月一日华北储蓄银行成立，计算局调去同人四五个，磨洋工之王群亦调去津，下午只余我一人，分、数、算、报单，忙个不了。下班即回家，无力，无心绪，无处可去，灯下看了一刻小说。

2月28日　星期日（正月廿四）　半晴，晚风，阴雨

上午冒风去校取回英来信二封，虽都是与其父者，没有与我的，但看有其来信，心中已是甚慰，看信面知其已抵成都。回来顺路到郑三表兄家小坐，三表兄未在家，与大宝二宝等谈天。闻四弟已离平，皆甚惊讶，归途又访小徐，未在家，到强表兄处小坐，取回五弟学费。五弟浑、混、昏，不懂事，不明理，不知甘苦，不晓用功，只愿玩，在此时能读书，真如天堂。家中如此贫乏、为难，仍不肯努力，实在令人伤心气愤。下午大宝忽来，谈半晌，她亦想南下寻父事，我实愿助她走，但心有余而力不足，只有抽象相助，劝其努力积极筹划一切，至三时许方去。今日下午不

想出去，连日晴和得很，今日虽半晴，亦很和暖，好天气，令人懒洋洋的，在院子闲步一刻。这是近来难得的自由自在，家务及零碎事真不少，人生就是这么琐碎，没有法子避免。债欠有多日，皆未写，许缄甫及陈仲恕二位老伯处皆须去一信。本定一周与英写一信，但终因精神及时间的不足支配，今又有二周未写信与英了，满怀问题，种种心事，无一日安宁痛快。坐坐休息一刻，整理一些零碎事，又是黄昏时候，又该是晚饭时候。在家只觉一日没作什么事，尽忙了三顿吃了。灯下提笔与英写信，要想说的话多了，并畅述念她情绪之深切，终未写完，一时离绪如奔泉一涌而不可遏，念英不止。晚风，旋降小雨，春意愈发浓厚了！

3月1日　星期一（正月廿五）　晨小雪，甚密凉，半晴和

连日天气暖和多，春意已浓，不料晨间忽又飞小雪，只穿一薄棉袍及薄毛衣，未着大衣，亦不冷。只是雪旋停，较凉，整日轻阴的天气，令人怪不痛快。与我作同样工作之同事，调去一个去天津，又有一个未来，偏今日账又多，一人竟达十一页之多，为前所未有。幸已有两个多月的训练，手不停挥的写，上午赶出六页半来。午饭后去商务印书馆，多日未去了，偌大一座商店，冷清清的竟无一个顾主，情形甚是凄惨。与一伙友谈起，与我同姓，并是旧相识，忆我幼时父携我来此情形如在目前，而今时异事非，不胜怅怅。遍观各物多老旧之货，存日甚多，难得卖出，但有许多真正西洋货的文具，非他处文具商店所存得起的，如西纸的信封信纸等甚多，纸极好，且价又廉，多人不知来此买，只知去大街上普通一般铺子去买，花多钱还买不到好货。我将便宜之大洋信封信纸各购一些，心犹未足，如有余裕，定要大批购回备用。今日为厂甸续展之末日，亦无暇再游，回行继续加油赶完本日应写之日记账，写得快时，廿分钟可写毕一页，不算慢。写完结算等零碎手续，没有一刻停竭，全神贯注，一直到完为止，我做事向例不会偷懒的。

今日行中同人饭厅换了厨子，是六芳斋的厨子，以前淮阳春的厨子太可恶，克扣过重，今日新厨房菜甚好，有鱼肉，恐亦是新来，久则仍是不

会好的。今日起大家同桌各出五元为添菜之资，下午发下本月之配给玉米面，一人半袋，愈来愈惨了。我未入行前配同人二袋白面，我入行之月即配合一袋，今则半袋且是有味之玉米面，越来越坏，看其再坏下月变成什么东西。上午发下本月津贴膳费四十元，本拟下班去买一双皮鞋，又恐近日区上发下本月配给之食粮票，于是便未去买。到家得松三妹来信，知其姐之住址，可转松三信。松三现在美国学航空，他真能干，亦有志气，肯努力，将来他回国必大得意。

因整日精神消耗在那几页账上，回来倦早憩。

3月2日　星期二（正月廿六）　上午轻阴，下午晴风

同事调走了一个，三个人写日记账，不免又显得忙起来。今日又是近九页的工作，由早上忙到下班才完。中午饭后到邮政局知可打电报，因恐电文祝陈仲老六十大庆之文不妥，到财署找强表兄代改，不料未在，留下先回。下班本拟去刘家送英信及谈请教师事，因打电话英父及炳生均未在家，遂中止未去。今日行中领玉米面，懒得拿，明日再领。访向云俊兄未在家，回来正拟整理些琐及复些友人的信件，不料李国良兄忽来访，座谈顷之方去。饭后作与仲老及许潜夫二位老伯信，提笔写来，不觉已尽四页。作人真不易，在人君中生活亦真是麻烦，如懒少去看人，应酬，便会有人怪你，或说你不懂事；如一切皆应付到，则实要费去许多宝贵的时间及精神，否则如用这些时间精力去作自己愿作的事，看书，学些自己要学的知识能力，或是运动锻炼自己的身体，都是很好的事。可是不能那么自由支配自己的时间与精力，这就是在人群中生活的坏处！我真羡慕那些没有一切无谓的应酬，事事不求人，乐其自乐，与好友们不时小聚，（如绝对无一亲友的来往，则未免又走一偏激过分的路上去，则在人生路上又太寂寞了，也不好。）那便是世上的闲散活神仙，最幸福不过了。

自己每月所入那一点数目，在此高度生活下什么也不够。要办的事、待办的事，不知多少，念之心中不免心烦。今日因时间及精神的原故，又未能与英写信！

3月3日 星期三（正月廿七） 上午阴雪，凉，下午半晴

不料此时又下开了雪，上午那一阵子还不小，细密如雨，令人眼难睁开。今日八页账，三时完事，累了也再懒得做别的事，只好休息。与小徐打一电话，略谈，打电话英父及炳生均未在家，遂先去理发。六时半以后方去，炳生已回来，略谈请教员事。英父回来，遂进中间堂屋与之谈生等教师问题。谓英大兄将由沪来平，到时由其决定，遂不再言，又将英来二信，读与老人听。旋来一医士为英父及炳生各打一针，葡萄糖钙谓助消化及补，打完针即去。富人多喜来这一套，奇怪富人亦多有病，如炳生身体却那么瘦，最好是自身健康，百病不侵，不与医生发生交涉。病好主要是自身抵抗力培强，新陈代谢作用加强，自医好自己的病，药不过是辅助作用，如自身不强健多好药亦无用，是一明证，故最好是能不病，不用药！可是富人不加细保养身体，不生病，大夫们吃谁去!?

今日老人一高兴，与我及生谈了半晌生意经及商业经验，亦增不少新知识。老人告我去年十月至十二月作倒把生意赚了两所房子，价九万五千元，月租千元，言下甚为得意。老人又云，开春又盖房，此亦如我们读书人得一好书，念一好文一般快乐，如得一木一石好材料，心中亦十分乐。虽然外行我看不出，自觉极乐，此亦实情，并云将来实业工业在中国必大兴，将来必要办一纱厂，老人雄心不小。不料今日老人如此高兴谈了约二小时，至新九时半方辞出。我尚未用晚饭，枵腹相陪，却未免委屈了肚子，出来择一未封火的小铺子，吃了点心，略略充饥而已。真想不到今日与老人谈了这么半天，这算是我自与老人相识以来，比较长时间谈话之第二次，我真猜不透他老人始终对我的印象如何?! 商人脑子思想，虽始终与我们读书人所想者不同，但英父实一精干之商人，在商界数十年经验眼光成绩总有一点，今日老人好似颇感慨的说一句颇有深意，兼有自知之名，即“世上进钱的道都伤天理!”我说作官贪污卖法刮地皮自是伤天理，作买卖将本赚利也如此吗？老人摇摇头叹一口气说，“不是那样说法，多

少也有点!”倒使我没有话说。回来困乏，未作何事，早憩。家人因细故不容，不明事理，不能忍，思之心烦甚。

3月4日　星期四（正月廿八）　半晴

今日账少，上午写完六页半，下午新四时即完毕，休息了二小时，颇无聊。今日下班领出行中所发的配给之玉米面，与同事合领各分半袋取回。不好，有点味，只是廿余斤，才五元，自是好不了，没法子，拿回看能吃否再说。晚继续与英写信，因要说的话太多，终未写完，近来英在那边不知如何情形，念甚。

3月5日　星期五（正月廿九）　半阴晴

整日刻板同样工作，无聊之至。下班到小学同学刘曾履家小座谈顷之方回，不料大宝已在家等我达三小时之久。留在晚饭，谈其南行事半晌，九时半送其到宣武门内而回。今日觉乏倦早睡，又未作何事，实懒甚。

邻居一老人二女一子，其子虽有微职终日多在外游荡不务正，不上进；老人终年卧病，白日尚好，夜则呻吟不止，状欲死，多亏二女出入操作不息。闻病人声心极厌恶，亦甚怕听，家中虽穷困，幸无一病者，无形中省却许多麻烦及花用，心头尚念好，否则更加烦苦矣。无病人实已甚乐矣，唯人多不觉耳。

3月6日　星期六（二月初一）　晴

终日记账，刻板无聊的工作，实在令人烦腻，难觉兴趣，正是唯有混一日过一日，作一天事拿他一天钱而已。别的不用想，利用余暇努力充实自己是真的。现在是谈不到什么发展，想现在这个局面，也不会延长到多久。终日坐着，下班又骑车回家，觉有点腰酸背疼。晚饭后看看画报，觉乏甚，坐椅上休息半晌，补写三天日记，早憩。

3月7日　星期日（二月初二）　晴

晚日二月初一，是雍和宫“跳布札”，俗称“打鬼”之期。今日二月初二日，京人俗称为“龙抬头，吃薄饼”之日也。如今白面如此贵，饼亦难得吃到。终日在外，礼拜能在家待一刻亦好。阳光身上颇感暖意，春意益浓了，站在阳光中看书报，并在家用所余煤灰，作一些煤泥，摊于阳光下备烧炉灶之用。多日不作用之事，劳动一下筋骨颇觉轻松，出一点汗亦痛快。午后正拟出去，卢杨二人来，小坐即去。四弟因向杨母暂假旅费，杨已知四弟之行。一时半出来顺路先去访曹怡孙，这是第一次登门，谈顷之，知其妹已到洛，来信谓路上颇苦。三时左到北海后门进去找了一刻才见大宝及其同学二人，与他们谈了半晌关于旅行事，五时左右出来。此为英行后第一次足迹踏入公共地方。今日日暖风和，游人甚多，中小学生尤多，见那对对双双，不禁迫我心情，为之黯然神伤。再过些时候，当时花开枝时节了，天气固好，但我心绪并不开展，无英在我身旁，长此下去，生活、精神太苦了，自己应善自排遣一些才好。出来到校去看，又无英信。回家顺路，到小徐家坐顷之，天暮方回。晚继续与英写信，竟毕十二大页。因要与她谈的话太多，写毕意犹未尽。用新买的大信封，既大且好，那么多纸，放在里面，四外还有富余，愈加高兴。礼拜日一天也没什休息，大半也是自己为自己找的麻烦事。

3月8日　星期一（二月初三）　晴和

联银有钱（?）便胡“折腾”！整日动工，不是改这，就是修理这，拆那，工事动个不停，也不知都是谁想的那么些酸主意，搜刮来那么些钱不用，不分润在各关系人身上，留着作什么用？去年赚了三百万，提出一二百万，在北边院子内由日本竹中工务店承办建筑一座大楼，约期一年呢，把原有一座好好的三层楼及平房等全都拆除了。原有建筑物的损失，就是十余万不止，因业务发达，又建新大楼，与旧大楼相连，一年后不知又是什么情形。如恰巧盖好，却为他人所用，亦不可知。今晨去行因已动工，改了入行门路，一时大有不得其门而入的样子，绕大弯进去，不便得很。今日账又不少，整日干劳什子这无趣，总坐在椅子上穷忙写上没完，腰酸背疼，手指亦僵麻，白日大好光阴与精神全耗在这上面，实不值之至。回来倦极，坐椅上竟小睡，再想看书做事，意无余精力，不足支持，时间不敷分配，难再充实自己奈何？下午配给烟卷十四盒，领回拟转让他人。中午曾去德山斋向善政父道谢其助弟旅费事，晚得曹转来陈信一纸，聊聊数语而已，不敢详写，他已到界首，一切已无问题。连日劳倦，早憩，虽每晚皆拟早憩，其实每夜皆近午夜方睡，未曾早过。

此是春日风光如前，不减昔时，春意颇浓，荡人心胸，触景无聊未免伤情，南国春意当更早临，不知英在那边近来如何？

3月9日　星期二（二月初四）　晴和

生活平平，每日不过是到时上班，到时下班，回家休息，看看书报，做些家中零碎事情，这种子庸碌的生活方式，每日如记账式的写下来，殊为无聊。以后如此不变之生活情形，决定不再写下来，否则亦太失日记本来之意与价值。

中午饭后往财署将陈信与他看，略谈。下午打一电话至北大地质馆与方鸿慈兄，他谓未曾来找我，则四日所留之条不知是何人。约好下班去找他，略谈，与他亦无何可谈的。借来几册画报，灯下随便看看而已，因神倦，又未作何事。至晚方忆起一与其同名之同学郝鸿慈兄所留者，一时恍然大悟，疑团顿释。

下午一同事说些无理的闲话，听了颇为生气，继思与这种没有思想无理性之麻木人，没有什么可讲。如禽兽一般整日只知享乐会作什么，不屑去理他，当作大吠，不值与之一争，想自己生气又可笑。

3月10日　星期三（二月初五）　晴和

连日中午那一点时间，亦不可浪费，尽量利用，所预定之行程，已实行了二日。今日去宋宝霖家小坐，我去访他，当出他意外，其父开门。因状颇年青，初疑是宝霖之兄，后始知为其父，却出我意外。宝霖亦考联行所招之练习生，无人，不易取，略谈辞出。下午到多日未去之王家看看，庆华母昨夜打牌，今日昼寝，闻我来方起。我坐下方提及庆华一句，他母亦不以我为外人，便开始滔滔不断的足说了有四十分钟，说庆华糊涂，突又拟定于下月十五日（旧历）结婚，近日祝常闹病，他又忙看病人，上班又顾买卖，忙得胖子亦瘦了，其父母打电话他亦不回来，其父去津，半夜方找到他。其父对其为人大不谓然，谓男孩子不如女孩子，（其父母虽自谓思想不旧，男女一般，但在看待上，显然有别。）要结婚，自己有能力养家，有力有钱再办，父母一点不管，决不能再养儿媳妇。庆华自己是力量不足，知道父母还有力量助他，可是因为失欢于父母之前，一时又挤不出来，想结婚后在津立小家庭，种种问题多得很，谈何容易?！庆华又好虚面子，排场，又向其母要珠花钻戒腕饰手钏等饰物，拟结婚日戴在新娘身上，以示炫耀。他母不肯，直言谓我不愿给他，且谓子女甚多，不能为其开此先例，否则以后诸弟妹又应如何，东西如交与他，他不还其母亦是无法，且明言系留作其两妹之用。女儿不比男儿，又谓下月却要结婚，现在一切皆未有着落，如是时赶不及先去沪看剑华大姐将生养之事。不管庆华事，谈其大姐，谓在四月底左右生产，因系初生，故其母赶去沪上照应，现已在家，赶做小孩衣服。由初生至周岁者全做好，真是母亲想得周到，女儿家还是有母亲好得多，处处想得全，亦会体贴女儿，父亲多少总差一些。又谈治华，谓治华懂事，用功，本拟入内地读书，因订婚二人不便，后悔不及，句句显着夸赞之意。说实在的，庆华父母实不大喜爱他，总是多疼剑华治华二人一些。虽亦是庆华本人有点浑性，剑华治华二人比较明白懂事，但王伯父母多少亦未免有点偏心，都是自己子女何必如此歧视呢！女儿都嫁出了，还是处处照应，另立家庭，大半相助，女婿一人所人亦不敷用！大半由王家照应，这又与养女婿，养儿媳有何大别?！谈话语气对庆华分明苛刻得多，对剑华治华二人又分明宽爱得多。庆华本人固不好，又何必如此压挤他。

我常叹息有许多人有钱不会用钱，有许多人知道如何用钱却没有钱。钱不是没用，不是有罪恶，看那些有钱人胡用，不得其当，没有将钱用在正当途径上，未发挥其最大的效力，极为不平；而又有许多人有很好的环境不会利用，反而日趋沉迷，如庆华就有不错的环境，因为自己太不懂事，只会胡花，享受，不懂事理，自己不上进，失欢于父母。不会利用其环境实是可惜，如我有此好环境我当尽量好好利用充实锻炼自己一番，远走天涯，一广见闻，又是多好的事，还在此忍着，又开什么买卖？多无聊！恐怕他连这个梦都未曾做过。这也难说，在比较好环境中的人们就不易晓得这种思想，也不大肯去吃苦，难有前进的精神，想前进的人们却又因种种环境困难问题，不能实现，实是一种无可奈何的悲哀。但是联想到吾英能独异于众，不怕吃苦，不爱优裕环境的留恋，毅然就道，前进去向前途奋斗，这种精神实是令人佩服，又怎不令人钦佩呢！真是难得，我得有此知己密友，心中极为得意高兴，且足以骄傲于他人，同时又感自己停滞在此十分惭愧，恐怕不配与她做个永久的伴侣。庆华这次订婚，他父母实皆不大愿意，因庆华执拗要办，谊属父子，又无法解决，已存下不满勉强办了。如今又想急着结婚，祝又体弱多病，更不高兴，故多方阻止。他们谈庆华因大姐突结婚，治华亦订婚，他做哥哥的反落在后边了。加之以前恋爱失败，失意，失学，看姐弟比他皆有所成，于是也着急起来。不料祝会看上他了，我真不知她喜欢他哪一点?！与弟弟急先结婚，无聊。有志气男孩子应努力读书，创事业，结婚迟一点又有何关系？且如读书比弟弟强，岂不是好？早结婚又便怎样，由此可见庆华思想之一般，无什不得了。他大爷脾气特大，目中无人，无礼貌，浑昏不得人心，失了友谊，失了父母之爱，如他自知要强，在那好环境下，应是如何幸福。在他那种环境下难得多懂多知念书以外的知识道理的，能抛开而未追求不息的，才是难能可贵有出息的青年，英比他要强上百倍不止，更肯吃苦耐劳，苦干，力求上进，我有何福德，令我择到了英?！每一念及此，便暗自为自己将来的幸福祈祷，庆幸欢欣不止！并且愈发佩服英的志趣，心胸，勇气！她实非一般普通女子可比于万一，我找到这么合意的好朋友，其他那些庸俗的女孩子怎会在我心上呢!？我亦承认物质引诱人们的力量极大，但能摆脱此种力量，无所吝惜时，这就非常人所能为，这亦是英值得钦佩之点。一般人念书，多是书，自己是自己，能照书行事者，百中无一。辅大教授缪先生能行书中之言、理，竟因贫困而亡，何人能及？而英能遂其思想而行，亦极难得之至。

本拟在王家略谈即行，不料老太太谈起没完，被留在彼晚饭，饭后略坐辞回，又觉倦乏，坐椅上小睡，又未再作何事。

廿七年三月十日联行开行，今日是其五年纪念日，但无任何表示！

3月11日　星期四（二月初六）　晴和

上午去行忘了带眼镜，写字十分不便，受不了，现在一刻亦离不开眼镜了。十一时又跑回来取一趟，天气甚热，出了一身汗，到家脱一二件衣服，觉得轻松了许多。天气真好，大好春光，却白白放过，为了生活关系，在屋中不能与大自然多所接触。下午大宝打电话来，在北大图书馆中见面，有话问我，她旅费已不成问题，下班跑去无人，遂回来。白遛我一趟不知何故。到家后，去找曾履，他因有其他原因，一时不能走开，根本仍是他自己无决心走，有女朋友在此拉着他！由此点，不禁又想起英的坚忍果决的意志，能牺牲小我，暂忍一时的痛苦，一人独行。我常自感到我二人此别不是普通一对恋人的分离，二人一行一止，各有各的意义，价值与目的，伟大处可贵处在！也许是我自己把自己看得太大了，犯了自大的毛病，但是实际我为相思痛苦实亦极为难过，此种难过，亦只有个人方知，方觉此中滋味之不好受！

曾履难行，绝不再劝他，徒费口舌。我虽然因个人种种问题、关系而不能行，精神实已与英南行，且我欲南行之意未曾打消变更过，如念英之情日切一日，行意亦日坚一日！晚饭后又觉倦，坐椅上两眼难睁卧床上睡到十时方起，刷牙洗足后再睡。我自己也不好，这两日饭后即觉倦，却会养成了这个坏习惯，到时候不由自主的便困了。晚上时间什么全不能作，自己要办的事，要看的书，全不能作，又何至工作之余会乏到这样。明天起一定要改了不再睡才成，自己此时这么年青，便如此不能支持，亦太泄气了。

3月12日　星期五（二月初七）　晴和

按阳历说，今日是总理逝世纪念日，行中放假一日。总计一年放不到半月的假，今天是假期中之一日，实是难得逢到。平时，礼拜日亦不闲着，今时以在家休息一下，不出门。可是在家也不能闲着，上午整理挪移家中什物，下午继续整理，屋子中地方小，东西太多，不好收拾。阳光下极暖和，着一件单衣，亦不冷。家中连日又窘甚，什事皆不能办，甚至每买菜亦不费心思。为省钱本礼拜在家用所用煤碎下之煤灰渣自做煤块煤球，买来黄土用水和泥，自己动手来搅合抹平，一身汗。大家亲自动手，因为不会摇，下手去掰去搓，于是两手皆污黑。娘、小妹、李娘全作，像这等污秽事，以前绝对不会去作的，如今也得躬自为之。平时叫人来摇摇作作，不是未几毛钱吗？如今贵了，只好大家自己来作了。一年左右没有用佣妇，家中大大小小，无论巨细精粗，一律娘及李娘二老人亲手去作，心中刻惭愧不安。但力所不及，食粮太贵，用不起人，实无办法。近来市面愈发感到物少价昂，生活程度高涨，这都是战争赐与人民的礼物。与威胁前一二年，北平只感物价日高，尚不觉缺什么，近来什么都不易购到，方觉出战争对生活直接的影响。下午在家看书报，补写日记。

现在可以说是家中整理无人，望过去，我有许多地方觉得不满意，不清楚，许多地方不合适，要改过，整理过。可是我没有那么多的时间和精神，还有许多地方不是我能弄得清楚，如衣物等，是非要娘亲自来处理不可的。娘因未受何教育（实情，并未含有丝毫轻视侮辱之语在内。）思想脑袋便差许多，想不到，亦不大会管家，只是拼了全力去作家事而已，不会想如何使家庭中各种事物摆得更美化一些，或处置得更方便合理化些，取舍利用常常分不清。我不能因此便深怪娘，因为娘现在已是每日在不辞一切劳苦的在作家中种种事务，一日三餐已忙得不亦乐乎，加上生活上种种不可避免的琐事，如洗衣，清扫屋中，处理炉子，缝补衣物，收藏取出……等实在忙得很，已无什么时间精神再顾及别的了。我所要改良、整理家中的事很多，只盼慢慢一样一样来进行。自己亦知道应该办的事多得很，但主要手中不裕，便什么事也办不通，又有什么法子。明日知道什么东西将来必会涨，但是无力多备，只好到时吃亏多花钱去买，在都市中易显出金钱势力之大来，无它是凡事皆行不通。家中处处事事要花钱的地方太多了，想来如何令人不烦急。我现在虽已月入近二百的薪水，可是大家吃饭全仗此微数，一切生活支出全仗此微数，就以全部薪金全买食粮亦不足用，遑论其他。故足上皮鞋已破周余，又无他鞋可换，只好仍穿在足上！

3 月 13 日　星期六（二月初八）　上午半晴，下午晴，凉

每日刻板工作，虽不费脑子，但甚耗精神。回家即倦，什么事皆难多作一些，自己要在下班回来后要办的事甚多，至今多未实现，想来真是糟心。近日囊中又空空如也，欲办之事甚多，而又皆一时办不到者，心绪因之常在烦恶中。今日本拟晚饭后出去散散心，后因乏且想将这点钱留作家中正经用，遂中止未出门。饭后听无线电中一女士表演钢琴独奏，弹的很好。八时易周兄饭又遣人来谓，有要事相商，因近日常有人来看房，已猜及定为房子问题。过去一谈，果是为此，谓已有人肯出价四万余元作工厂之用，预先通知我早注意找房搬家问题，并谈及灯水移让问题。我无不可，皆可商议，人家房子，我并未打算住一辈子，即以前及现在住便宜房，人家要卖当然要痛快让出才是正理。所以我对他提出之问题条件，皆与他以满意的回复。我自当极力去找房，但这不是一件简单事，短期内合式的恐不易办到，他亦代我想及可暂时搬在他们房子的西边住，灯水可抵数百元。我亦答应，好在他事尚未定，如何尚俟其母天津回话，亦非一二日内即需办之事，一切皆需从容办理，十时许回来。大约他没想到，我对搬家种种问题会如此痛快解决，故送我出来，他心中甚是高兴。我却搬

家，而联想起许多麻烦问题，我只一人麻烦之事多极，我亦不知如何是好！

英又有近一月无信来，四弟亦无信来，想起心中更烦，不知何故皆无信，殊令人放心不下！

今日起家中，屋内撤去大火炉，亦不甚冷！

3月14日　星期日（二月初九）　晴，大风

昨晚得一奇梦，梦：我亲自到刘家对其父向英求婚，英略询我家中情况，并拿出临行与我合摄之影，旁有英题字为年月日淑英与董毅订婚合摄纪念，是英在离平时，已视此合影为我与她订婚之仪式，是早已允我之婚事矣；后又梦英忽归来，相抱大喜，并见两家亲友，甚为热闹，好似是我俩订婚宴客的情形，旋因英拉我出去而醒。睁眼梦尤在目前，记忆甚真晰，心中尤恋此佳梦境不止，而又忆及英现在数千里外，不知何日再晤，而此梦又不知何日方能实现，抑永成梦境！念之不觉怅怅。英此番远行，知者多为我耽心，我与英虽相识不过一年，而二人互知甚深，英定不负我！我二人虽相隔南北定能互守坚贞，我信任英定会永远念我而不会变心！此梦亦怪，岂日夜相思，晚应而成此梦！

已晨间天气晴和，旋起大家，沙土蔽天，实是厌人。在家看书报杂志，午后三时许冒风出去沐浴，因肥皂缺乏且奇贵，澡堂本月一日起皆不备肥皂，只用碱，不好用。没有洗好，洗了头发，又无粘油压住。现在是凡士林油、甘油皆无处买，到学校各处走走，颇令人生恋恋不舍之意。仍无英信，心中不免怅怅，顺路去郑家小坐。自过年以后未见郑三表兄，今日得一晤，因他有客匆匆谈了数句，在郑家在头上擦了点凡士林油。黄昏时回来，风渐止，晚补日记。

以我现在的家庭环境及思想来说，应找一个知努力上进奋斗有思想进取精神的女孩作永久伴侣，互相扶助，鼓励前进，共同去创造我们将来的前途。这些条件的适合者，幸我此时已经找到，合我理想的女孩子就是我日夜难忘，如今远在南方的英！我常幻想在将与英共同生活快乐幸福的情

景，有英与我永远合作，我当不会是过一个平凡无聊的一生！那种纯女性，母性，或家庭式的女孩子，对我是不大合式的，因为英亦可见有这以后的种种条件能力，而后者的人就未必能具有英那种思想与精神毅力勇气。现在她比我更足踏实地的去实现她的理想去奋进，我现在虽为种种环境问题所迫，而不得不单独滞留在此，但因我不甘沉沦，不愿麻木，不肯随波逐流，时时在自警，时时在挣扎奋斗，努力在智、德、育三方面求进展，不敢说比以前有进步，至少不能使现在的我，比以前的我会退步！为了我自己的思想意志，为了英！为了家庭，为了自己将来的前途，我要咬牙忍辱，努力奋斗，在畸形的环境下潜心默默努力去作我应作的事，学我要学的知识能力，以作充分准备为将来的大时代的应用与发展及谋大幸福的完成！

3月15日 星期一（二月初十） 晴

行中办什么事，都是临时发表，事前难得知道。如调人，当事如消息灵通或者事前知道一点，否则是谁也不知道谁哪天会被调到哪里去。临时忽来通知，于一二日内即须启行，亦不管你愿否，在此一二日内有事否，一切不管，突然下来，便须实行，不愿去，只有辞职不干一途。今日上午正在写那劳什子——日记账——时，忽由沈先生拿来通知书一纸，吓我一跳，不知何事，初以为把我调到什么地方去呢?！一看方知把我改调在营业局服务。事前我一点也不知道，不知怎么局长想调我了，我倒不在意，总在此写这玩意实在无趣。有的人说营业局不好，忙累，有的学生在此学不出什么，而在那边可以学一点东西，比在此好。在计算局前后三个月左右，同事相处方较熟一点，而今日改去一新环境。在前面不如在后边随便自由是真的，在此无什变化太无聊，各处走走也不错。下午发薪除去上月预支四十元购米外，及还包君代垫购配给烟钱外，只余一百元整，真惨！这一点钱够作什么用的!？盼了这么多日子，就是这么点，家中不知有多少事等着要办呢！想来不觉惘然。

下午四时许新发表包孙二君在吉士林买了十八元的点心及糖果请大家

吃，我实吃了他几块。小徐忽来找我，告诉我他已于昨日应乐亭县一私立中学教员，月薪百余元，但另外有四斗高粱米，一斗可售五六十元，如此合共约三百余元，故他已允试就，如何？星期三启行，好同学又出去一个了，再见只有暑假时候。乡间教育简陋浅薄，定会使小徐不满的。五时许与一同调往营业局之三同事见过课长及局长，明日即到营业局服务。局长亦谓在此学不到什么，在前面可以学一点实际知识，同事中与我进行前后不久者，颇有嫉妒之意。他们大爷脾气三天打鱼两天晒网，磨洋工，嬉笑不停，拿事不正经干，如何会与人以好印象。算来我进行十二日发表，一年三年才改调，我比他们快得多了。不料自己并未把他放在心上的差事，反而进展得如此顺利，难道我一辈子就吃上银行饭不成!?

下班一人到东城去转转，买了一点东西。前些日子少见的皮鞋、毛布、肥皂等现又稍稍出现。肥皂仍极少，几家有货亦无多好的，且售价甚贵。一人在吉士林楼上经济食堂吃了一客饭六元多，却不大饱，忘了多要面包。半月前旧皮鞋即破，又无余鞋可换，就那么将就穿了多日，今日只好硬硬心肠花了卅五元在一鞋摊上买了一双皮鞋，鞋店中起码六十元，太贵买不起。要买的东西太多了，钱还要留作他用，只好回来。近来半因生活程度高，又因防空，商店无形中上门皆甚早，八时许出来，王府井大街已寥寥没有几人，亦可见此时市面之萧条。中原新钟六时半却封火，七时即上门，真早。路上闻拉车言，此时赚八毛，不如以前赚二毛，实在。此时月入二百，不如以前三四十元，钱不值钱，物价太贵，恐怕要赶上前年上海那种狂涨的情形了！报载同系一同毕业之女学丁玉芳，昨日在中央公园来今雨轩与一名袁思腾者订婚，乃铁路大学毕业生，今日在同事玻璃板下见到袁的名板，上印着职衔，原来是一个特务。不知丁怎么会看上这么一个人，想不到！赵君知之不知心中作何感想!?其实丁之为人又有什么好处？值得他如此系恋!?

3月16日　星期二（二月十一）　晴风

今日上午与三同事随计算局局长杨延植到营业局去，枯候了半天，好

似过一堂一般，一个一个叫进去问，江怀澄经理亲自问了几句关于个人及在行中所做事之话，后又等了一刻，才分派了每人的职务。我被派在外汇组的买卖期货币，做传票，一张做四张，总打戳子，比较麻烦。偌大一座屋子有百多人在办公，柜台外面各种人全有，嗡嗡的人声乱糟糟成一片，十分乱，哪像办公的屋子，比外国银行中肃静无哗相差多了，加以地小人多每一个人只占一块玻璃板大的地方肘臂相接，地方太狭，拥挤之至。从后边安静宽大舒适的计算局的办公室中移在这里，觉得处处别扭，十分不便，不习惯，守在桌子的一角，腿都无处放。走路地方亦狭，人过来过去不停，时常碰正在写字办事的人。屋子虽大，换气机亦虽在转个不停，但空气终不见好多少，一百多人的出气，怎会清净得了。地方小人多，绝无起来走走舒散筋骨的地方，老坐在一个小地方，与头们在一起亦不能随便，这种种对我保健的原则上大有防碍。不爱吃这碗饭，却非迫得来作这不爱干的事，实是难过。上午是坐过去了下午写了三份传票，初做不免出错，换了几张纸。下午四时半郝鸿慈兄忽来访，谈了半晌他自己的私务事，临行托我代询他考取本行招考之练习生未。到家亦不能休息，有许多事要办，坐桌前整理琐务，复友人信，做个不了。白日在外办事，下班回来在家亦得办事，一日不得闲，就是这么匆忙的生活，多日日记未补，书未看，友人信未复，一日精神时间总不够用。

晚过力家与易周兄谈天，要买他房（即我住之房）之人，近日忽又不见，成交否，尚不可知。又略谈搬家事及其他事，又谈及我每月所入不敷用必须想法增产才可以，否则此问题实是严重。我谈及我在行中与同事多说不来，入行三月，始终保持着敬而远之的态度，谈不到一起，没有一个与我接近者。易周兄谓我还是学生气，书呆子，不能随俗，不入社会，不会合群，仍在我自己的天地中生活，没有与人共同生活。他说我各点或有对的地方，其实我在这三四年所与我的折磨，阅历，我会不懂得社会的经验与人情世故，对人应如何应付，我全知道，但亦要看是什么人。并这对于我个人环境及家庭亦有密切的关系，因为想起家中生活问题的日益严重化，及英等种种问题，使我终日不快。繁重的问题、生活的重压，使我难以有一刹那的开展，且看见那些无聊卑陋俗气的人，实在不愿与之多所接近，不知何以大家互相都知道那一套是虚伪的而大家不以为怪，反而喜欢。社会式的虚伪，卑俗的应酬，这都是不屑一顾的事，为什么社会环境要迫我去作这些无聊的事，去应酬这些与我谈不来的人，这也是生活迫我非如此做吗？至于为人应世方面，如什么借口或平时送一点礼物与人呀！请亲友们吃饭呀……等等，这些我都知道，都会作，但是这些都是需要用钱的。我手中无余裕，又能办什么，因为生活无法解决，哪有心情去与那帮大爷式的同事陪他们开心谈笑?！我终日多在忧急中，但一时又不能走，如此愁烦对己健康有害，而对事实无补，现既不能行，仍得继续努力做出些成绩来方可，否则滞留在此太不值得了。但我亦承认我不会想出什么法子去作些生意及其他进财之道，来补助家用，却只有累家人随我受苦！

初还打算如有办法即辞此事不作南下，故一月六日七姐夫将保证书添写好了给我，我一直压下没有交上去。今日人事课打电话催询我，我的希望仍在渺茫不可知之数，无法只好交了，难道是我没这南下一番的命吗？每月自己总给自造一个美观的幻梦，藉以慰自己的精神的希望，但是每月都是给自己失望，但是又继续再造一个虚幻的美景，只作万一的希冀，或有所得之想而已，想来自己亦实是可怜复又可笑！

今日是英父的生日，我亦未去，英不在家，去亦无味，反增惆怅！

3月17日　星期三（二月十二）　半阴晴，风

营业局人多，上班以后里里外外熙熙攘攘的觉得甚乱，精神说感甚是不安。今日写转账日记账，没有联行日记账那么些啰嗦，比较少省事得多。今日不多，只写了两页，打打算算，很清闲的过了一日，如总是如此，倒也不坏，比在后边还轻闲。只是地方小，十分不舒服，好在事不多，又不是直接对外，总得订在那里，所以我便时时出去换换空气。下班后因天气阴晴，很讨厌，心中又不大高兴，于是就一径回家。每日总想到家会看见桌上放着英来的信，或每逢狗吠后弟妹们跑进来总疑是他们持进英的信，但是每次这种情景都与我以失望，此时盼望英之来信，比她在平时之情，又深切百十倍不止。

归来在桌上无英的信，却放有易周兄遣人送来之便条又是来催讨房租。月入不足用，生活高，相差日巨，难以维持，如不另想他法，实亦大不得了。因自己不是作生意的脑子与本钱，俗云“巧妇难为无米之炊”，叫我妙手空空又会变出什么花样来。事事处处皆需款子，实是逼得我无法子，已经想了多日，终不愿办的事，今日亦不得不在十二分的被迫勉强之下，写出一封信去与同学郝君商一善策，不知能如愿否？先写信去问一下，总比当面对答要方便得多，生活迫我不得不去应付那些看不上眼的人，偏偏那些卑俗的人的生活环境多比我好，实是奇怪！我如有他们的环境，一定会作出许多对己对人有益的事来。在此际为家人生活问题，陪个笑脸求人相助，难道这便是我没出息，没志气，没骨头没能力的表现吗？我真愿如此吗？我要努力咬牙忍受一切去奋斗，但值此乱世偏又一身负此重担，实不知如何是好。当一看见二老人终日不停操劳时，吃坏的，穿破的，早起晚睡为生活而忍受挣扎一切，这些都以前做梦亦未梦到会做会受的，现在都做到，受到了，难道还要他们怎样去受苦吗？我不去低心下气去求助一人，我个人一个甘受清贫也还罢了，但这些老人小孩的生活又怎么办呢？他们也得随我去受罪磨难吗？当然我亦不会为了生活的压迫，丧心病狂什么全都做出来，想到老人的受苦，不禁我又心软下来，只好硬起心肠把信写完发了，想想现在一家人遭此苦累除了时代的不平定以外，按我个人来说，是我不务正业，放荡胡为呢？还是我无能力做事呢？是命运不好呢？是能力不及他人呢?!

3月18日　星期四（二月十三）　上午阴，下午晴，风

在营业局所作的事，没有一日一定做多少，所以比较清闲一些。但作买卖传票及写转账日记的零碎手续甚是麻烦，作一些日子后当可熟习。今日上午作传票，下午又作了一些，屋虽大，人多，空气不好，地狭，椅不适。半晴天又有风，十分厌风，北平的春天本是很可爱，只是常常起风，空中全是土，弄得空气十分污秽，极为煞风景。

下班心中闷闷，无处可去，即回家，不知写信与郝君所商之事如何？

心中终觉冒昧不安。今日本拟在家补写九日日记，及复友人书，不意赵君德培及卢相继来访，卢先辞去，赵君与我谈半晌，并及其家事，至九时方辞去。本拟作之事又不能作，九时不算多晚，但精神已不支，实是无法子的事，精神一天全耗在行中了，回来只宜坐着休息，谈谈天，听听音乐，看看报而已。晚饭后即觉需早些休息，明早又得早起去为人上班，回来拟拟读书习字，在想及管家务事之余，更是难得办到了。一个如无何责任，不管家，应是多么清闲自在！是我不算健康，还是我没有坚强的意志去实行呢!?

3月19日　星期五（二月十四）　阴，风，凉

这两日风吹个不停，气候又显得凉了许多，早上倒觉颇似秋日光景。这几日棉袍尚在身上，毛衣却早已换了毛背心。今日写传票及转账日记账，大致与联行日记账的记法差不多，多少有点不同而已。断续写来，足写了一日，显得颇忙。地小，要用的东西又多，两肘平放都搁不开，十分不舒服，刚换了新工作，总觉得生疏。回来过力家看伯长来信，述一路情形甚详，界首小地方各物皆全，尤以食物一咱愈吃愈便宜。铸兄因打行李票丢了五件被褥约合千元之多，陈老伯等一路同行，已抵界首是已无问题，此时当早已到目的地。晚饭后去找曾履，不在家，多日未得英及四弟来信，心中十分惦念，不知何故皆未有信来。灯下补日记，因生活问题的日趋严重，处处威胁我，种种待决的困难压迫我，一时一刻亦不放松我，使我长陷在困恼中，故心情总在紧张中，难得有片刻的欢欣轻松的情绪。初入行在计算局，整日耳闻目睹那些大爷式，口中总离不开吃喝玩乐的话，听了心中十分不快，自调到外边来，却又碰见一个要贫嘴骨头的宝贝，整日唠叨没完，但耳中总清净一点，且有一二个谈得来的朋友，心中稍安。

今日下午易周又遣人请我过去，又正式告诉我房子暂时不卖了，让我安心住下去，他将东院房子卖了一万元，还债小活动着，那几日担心苦恼的全家居住问题，暂时又可先放在一边，免不我许多麻烦，省了我许多不

安的心事，听了不禁为之长舒一口气。将来自己住一定要有一所房子，才免有被人赶得无处住的危院与苦恼！唉！想来要办的事太多了，我又何尝不知道，不过此无力办不到罢了！人生，生活，处世，就是这么琐碎，麻烦，烦见，复杂啰嗦，无可避免！

3月20日　星期六（二月十五）　阴，风，凉，晚月色甚佳

由后面计算局调到前边来，初尚以为一定每日很忙。不料我担任的工作，不是每日一定要做完一定的工作，故每日比较清闲，不似在后边，有时忙起来喘不过一口气来。现在是有了便写，没有便休息，不紧张，也不算多。同坐有孙君家田者，乃日本留学生，但为人温文尔雅，与一般俗人不同，我甚喜其为人，乐与之交，无一般日本留学生之习气，谈起来还是在志成之前后同学，于是愈加谈得来，在社会中难得遇见此种青年。

下班去九姐夫处看伯长信，述一路情形颇详，十分好走，那边吃的特便宜，一路辛苦自所难免，看其信，又多知许多此路情形，心中又未跃跃亲自一试，一念在此羁身难行，不禁长叹！在彼不期又遇邓芝园，他倒健谈，一个人说个没完，知昌明不在法国肥料公司做事，与同学合资在天津合办制碱公司，云原料到手即可赚一倍利。又知今日志成换了耿克仁先生作校长，他初不知我是谁，等谈起我父亲是谁及与其子建中（今日闽）及昌明前后均同学，他始改容相对。又谈辅仁及在平市之残余英美人氏，全部解送到山东宿县集中管理，侨民财产变相没收，（最低价买去）继又谈到父亲生前与郑语云：“今日青年多袖手终日，无事可作，亦奇，我至今（时父已七十余）终日唯觉甚忙，无暇时，始终感觉时间不足支配。”是可以见老人如何努力不息，未尝闲在。我今方（邓自云）五十八岁，已大不行，精力不支之故，是青年人应多方努力，尽量抓住时间利用，不可轻放过一分一秒，集零碎之时间可成伟大的事业。我又告其父日记中自挽联云：“留得正气与天地，只有清贫付子孙。”亦是吾父口吻气魄！我时感每日要作之事太多，而时间不足用，如此却正是表示我之勤苦不息，今日方觉此情。归途默念，许多亲友同学，与我相似之青年，多有比我好环境，

或父兄之协助，自学校出步入社会，可以有所活动作为，而我是毫无凭借，惟仗自身奋斗努力如何?！他人有根基本钱去发展固是他的好机会，但我就不相信我会永远追不上他人，且看我赤手空拳，单身独马，打出一片天下来！

3月21日　星期日（二月十六）　上午晴，下午阴，晚大风

连日天气虽是不暖和，但春终于普照了大地，枝枝含苞的、已开的桃花，就是春意十分的表现。上午五弟小妹折了些桃花的蓓蕾插在花瓶中，我不喜欢这种人工美，还在爱看她在树上迎风摇曳的自然美，总比在屋中被人供养着要好得多。上午略整理些屋中什物，十一时许冒风去校，又无英信，失望而回，已是有一个月左右没得她与我的信了，不知何故，令人念念不已。我又那一日一时一刻，曾把她忘却呢?！怅怅回来。

下午辅大演话剧，我亦无心情看，路过强家将昨日陈老伯来信代他送去，略谈而回。昨本与曾泽约今日下午一同去亚斯立堂去听俄名音乐家托诺夫钢琴表演，今日曾泽改了主意去辅大了，我一人懒得去，便在家休息。且加之下午天气转阴，天色灰黄，十分可厌，看了心中愈加不快，我的心情亦犹如这天空一般灰沉沉的了，真是鬼天气，坏心绪。春日长时无聊，伏案小憩，三时许问五弟功课，仍是一塌糊涂，马虎如前，毫不在意，不知用功，家中如此困苦，为他念书我不知费了多少心力口舌，为其学费多方筹措。而他毫不知用功读书，令人如何不气、不急，一时怒极竟痛责之。下午未出去，整理些什物，作复友人信数封，晚写寄与英之诗词，晚大风，摇窗撼屋，实阳春一大煞风景事。

3月22日　星期一（二月十七）　半晴，风

连日天气不好，想是受华中坏气候的影响，只是风吹得十分使人生厌。在营业局的事，不算忙，因我不是在直接对外的部分，银行中的事，没有什么难，只是种种手续麻烦，啰嗦，差一点不行，不必费脑子，可是耗精神、时间，一学便会，没有什么，都是刻板的死法子。今日事少，下午还助其他同事作了一刻，六时许去天增，因是代大宝订约卢君及指导介绍要走的人相见，这次还是自英行后第一次来此。先与大宝谈顷之，卢来小谈我即先行，那人不愿见我，我亦无见他必要，遂先回家。到家得郝鸿慈兄太太来一复信，云郝兄已于十八日离平去汴教书，何其巧也。本来抱有何大希望，遂亦置之，活该我不该找这份麻烦。

晚念英尤切，每日回来，总盼能在桌上看见有一封她来的信，但每日都令我失望，一天过去，又盼第二天，就在这么盼望中送过一天又一天，英！你可知我在此想念你的深情！

灯下看看报，又觉倦，欲作信及看书，精神均来不及。人生在世，应知、应学之事太多了，我很忽略仔细研讨家中每一个人的个性心理，我本应该去安慰开导二老人的心绪，与提示增益他们普通的知识，但谁又来安慰激励我呢！我是应按照每一个人的性格与心理，以不同的态度去应付呢！还是因这里在自己家中，对的自己最亲近的家人，只顺着自己坦白、直率的性情去直言指正对呢！我不知采取哪种态度好?！哪种对？我总以为人虽在人群中生活，但处世的应付方法，如应用在家中，总觉不大合适，故我觉得那种多少有点滑头、虚伪、假面具的情态还是收起，仍以我这种顺着自己的性情，以坦白，赤诚，应如何便如何。率直的指示、纠正家中一切不合理的事物，读书、识字，人人努力皆可有成，惟思想上进，人生观正确，学好，知恶不染，作人种种道理却不是每一个人如念书般一努力便会精通的，而这些有时比读书知识还重要。大多数青年都没有在这方面注意训练过自己，这些是要相当时间及经验，训练了来的成绩，在学校学偏于理论，不能用以应世，入世还得从新学。故由校入世，不能合群，不能应世，被摒弃于人，痛苦极大，所以“为人”大是不易！

3月23日　星期二（二月十八）　阴，风，凉

连日气候甚恶，今日又阴沉沉的，可厌的景象。今日事较多，但亦不算忙，还可抽暇看一书点，同事孙君为人甚好，彬彬尔雅，无一般世俗可

厌之点，连日已颇谈得来，甚乐与之相交为友。下班心中闷闷，无处可去，遂回家，五弟又不知何往。孩子不懂事，娘在家又管束照顾不及，可恨可气，我觉我小时无如此令大人费这么多心力去管束训导过。因家中厨房又无煤球，无他人去，只好自己又跑出去叫。今日是土地庙，去买了一点花及花子，预备过几日天暖由行回来自己栽种一些花菜。院中空地多，此是正可尽力利用，以增生产，如能种一些新鲜蔬菜自己吃岂不是好，但不知可能有何成效否。现在决定实行勤的方策，不令自己多所休息，尽量利用时间来做各种事，在行中多静坐不动，回来便找一些劳动的事来作，活动一下自己的体力，劳动一下筋骨，以调剂一下生活。种花、坩菜，不但可以陶冶性情，兼有闲情雅致，且可利用空地增产，一举数得何乐而不为呢?！我将不空耗放过一分钟去尽量利用我的时间及精神，去做事，去充实自己，去训练自己；在知识求知欲方面，在体力方面，努力的干，不偷懒，不苟安，以备将来之用。利用如今在平的时间，做些自己愿作的事，有益身心的事，那么在此也比较有意义一些，灯下补写日记。

为了家中整个生活问题，为了老母盼望我多年的心，为了尽为子之道，为了不负诸亲友维护之意，在种种环境之下，一时亦势不能离开此地，于是在万分不得已，千分委屈了自己的志趣下，滞留在此，并竭力忍受了各种不可忍的事，做了自己始终不愿作的事，去见自己不愿见的人，说了许多自己不愿说的话，写了许多不愿写的信，种种力难达到的困难亦迫我去应付……这种种都是为了什么？现在种种问题困难仍未全部解决，我却反而终日抑抑不欢，这又是为了什么？不是为了要维持一家在此的生活问题吗？不是为了要奉侍老母，（这简直是还谈不到奉侍，老母现在终日劳苦之至）及教养弟妹们吗？我在此确已尽了我所有的力量，找到这个事，但是生活日高，我力不能追随生活高涨的程度跑，故家中仍是捉襟见肘，百孔千疮，为难之至。但我已尽我全力，亦是没有法子，在此时生活都是艰难困苦的，难得有几家舒服，比我们此时不如的只北平市内就不知有多少。谁在此时都是一肚子不痛快，应该互相忍耐宽容原谅，一家和气才是，而二老人偏不如此，二老人犹如二小孩子，时相因细故怪责，过一刻又和好了，生气时又都向我声诉各自的理由，意在要我的同情、安慰与评理，我却不知趣，时常指摘出其中不合理之处，不应该如此之点，于是便又惹得向我来发一阵子脾气，时受母亲的怪责。这叫我这为子者也太难了，我在为人子方面固是在此，但不代我想想，我不是混浑的青年，麻木的头脑，眼看别人一个个远走高飞，多么自由，去为自己的前途奋进，且我亲爱的英亦不畏一切而远行，我竟不能与之同行，实我平生第一大憾事！（我深盼我能去把她接回来！）我终日抑抑不乐是为了什么？是为了人多，生活高，不易维持之苦，是为了思念在遥远地方的英！这母亲也知道我这种心情，不加以原谅抚慰，而在我下班回来疲倦之余对我叨唠许多家中不相干的琐细以外，还要使我去作一个家中的裁判无聊事件的法官，多么使人更加愁烦多么不会体谅人，而且我说了谁又听我呢?！我在此终日忍着精神心情上的痛苦，尽力、苦心维护调整治理这个家，我总算用尽了我这为子为兄的心力，而毫无所吝惜！但内内外外时时地地，还令我去遇见许多无聊的烦事，听许多无用的言语，管许多我本不应管的家事，（我如不管便无人管）故在此地我近旁就无一个了解我，能安慰我，在此匆忙、烦乱、苦恼的人生途上能与我快乐的人在此！只有一个英她能，她会，但是她现远在南国！英，你又何时回来呢?！

3月24日　星期三（二月十九）　上午阴，下午晴，凉

早上阴天，令我不快。今日事少，一上午颇清闲，中午与同事，步行前往饭厅。因中午天气转晴，饭后与同事在阳光下散步，在天安门内前清大石板条御路走走，倒也闲散。路遇一异乡穷妇人携一方四五岁之小孩，方学步，亦牙牙效语求乞，心殊怜恤，亟付一角与之；又在天安门前遇二小女孩方髫龄，见人行鞠躬礼，状颇文雅，且殊腼腆羞涩，想必原非穷困，亦饥寒所迫，不得已而出此，亦助其二角。我出虽无多，亦尽心力而已，唯亦因有而旋，壮老无分，老弱方施助一二。或谓此时烧饼尚二角一个，此一角不足购一饼何济于事，此不过尽我力之所及以助苦人而已，数虽小，但总比无此一角强。且每人如皆如我之量力而助，聚沙成塔，定有成数，即可暂免一日之饥寒，暂维一日之生命。近来因生活奇昂，高度压

迫下，街头穷人多极，见了心中十分不忍，倒卧随处皆是，日必见二三起，全市日死数十人，这都是谁造成的!?且近来拉三轮车者常与日夜在偏僻处强索软求单身乘客之衣物，不论男女无异，变相的路劫，街头穷人群抢卖食物之小贩，亦成常事。即前外，王府井、东西单之热闹地区，亦公然抢起就跑，警察亦无法办，看见小贩被抢后之愤急欲泣之神情，更是令人哭笑不得，全是苦人，使人寄予无限之同情，小贩倒霉，此皆北平近来街头之畸形风景线。下班到北大去找大宝，略谈，她又定后延了一月，真是稳劲，却不忙。她近识一男友，岂即为此，扯谋之同行，不可知。以前向未去过北大，今日在外边略走一周，占地校舍相当大，想当初必是全国一完备之学校，可惜现在沦落至此。前为日本宪兵队借用之沙滩大楼，现正在油饰修理中，偌大一座楼房，现在花二百万，未必建得来。黄昏归，小风颇有凉爽，晚饭后看报。不知何故，灯下心中十分不安宁烦燥，什么书也看不下去，事也作不下去，心中十分不平静，不知是何原故如此。在生活处处尽是问题，不能安定的时候，是难得安心去作别的事；今天心中不快，不安，却又不是为了生活不定之故，实在不明所以。

中国人大半实是自私自利，多方善顾个人自家很少。想及大众的幸福，大家生活不解决，社会不稳定，则个人亦难安定，在城市中实在唯有有钱才能解决生活问题，但能维持水准不算苦的生活便尽够了，不必要多么享受，留有余力去救济苦人不好，否则一家饱食暖衣，出门满街灾民，于心何忍，对己何安?!有钱固好，否则便难维持自己之生活，但不必过多，太多反失其用，而受其累，有钱不会利用，就是守财奴。

3月25日　星期四（二月二十）　半阴，凉

今天天气是说阴不阴，说晴不晴。太阳躲在薄云后边，地下有那么一层淡淡的影子。在现在说冷不冷、说热不热的时候，最难将息，所谓“乍暖还寒时候”（易安居士词）。早晨今日起来稍晚，迟到了廿分钟，新十时才到，上午没有多少事，断续看完了朱肇洛先生选的《近代独幕剧选》，下午无什事，打出账的结数来。不料在外面反而比在后边清闲，比在计算

局终日写那劳什子要活动得多，但总嫌地方小，人多，空气不佳，且甚乱，不能利用闲时作些自己愿作的事。下班即回家，要办之事甚多，灯下看报及补日记。

在此地，唯有一极傻极聪明的两种人最快乐，他们一不知，一全想开了，无忧无虑，就苦了这一般大多数之半知半解的人们，即不全糊涂，又不大麻木的人们，而又不能躲开的人，是最苦恼了，古人有云“难得糊涂”，此时实感有糊涂之必要。

人生处世为人皆不大易，应知之事实太多，小不周则为人笑，甚且致恨于不知，隐患于无形亦不晓。但我总觉得在人群中之一切，只是行其适当而已，何时何事，应如何办，求其适合而已，过分则不安。尝思西人过重外表，权利，（此皆指大多数者而言）享受，如用物之精，不论巨细，居室之考究等等；而中国则过重道德之尊崇及内心之修养，却忽略了人生之真乐趣。两者皆趋于过分，近于畸形，皆是不合理的人生。实则孔子所谓中庸之道，乃吾人最合理之生活方式，不偏不倚，居中取适，是最合理，最好的人生态度。惜人多不注意，不是徒自全力羡慕西人之物质之生活，（当然西人世间亦有其精神生活，而人多不及此。）而痛恨摒弃中国旧有之一切认为一无可取，实皆是不当的态度。两有所长，两有所短，如糅合中西，取长舍短，摒其弊害，则是最合乎理想的，合理化的生活了。我曾幻想与英将来共同组织一最合理化理想的美丽的，幸福的，快乐的，温暖和谐的小家庭，造一个舒适的新的环境，来慢慢体味，享受一些真正的人生快乐！不要太考穷，只要合乎小巧精致，玲珑舒适的一个小家庭就够了，这个美丽的理想，不知何时方能实现呢?!

3月26日　星期五（二月廿一）　小雨，凉

大约是受近来华中坏天气的影响，北平这一个礼拜，就没有一天好天气，不是阴便是风，也凉得多。前些日子已是很暖和，不料这几日又转凉了。昨晚阴天，今天早上竟下起小雨来，立刻觉得凉了许多，冒雨去上班。快阴历三月了，身上的一件大棉袍尚未脱掉，每日写写转账日记账，

不多，只是耗时候，较清闲。只是每人所占地方狭，椅子小，颇不舒服，而且与经理主任在一起，不能随便，一歪头便可望见，有闲暇亦不能利用来看书或习字。

中午因小雨，与同事一同坐车去用饭，饭后同事请我去仙乐一同座谈谈，饮了一杯红茶。此为我人行以来第一次去仙乐，对于这个地方无什好感，音乐皆俗得很没意思。下午将上午写得有些毛病的账重写一次。下班去理发，头部为之一清。下雨天气颇凉，有如深秋。今晚心中又不安宁，颇燥，安静不下心去看书及报，或作点什么事。久未得英及四弟二人来信，不知他二人近来如何？当不会出什事故吧?！我连日心神如此不安，念念不已，不知主何吉凶，不知本礼拜日可能得他二人之信否？想看之书，及要办之事太多，总因精神时间及心绪之故，延迟多未办到，不是无毅力坚心，是在行中占去我一日主要的时间及消耗我大半最好的精神，回来便觉不支，需要休息。想来一月不过此数，不足以赡家奉母，不觉愤愤。虽又多日未与英写信，但每日，时刻惦念着要与她写信，无一时忘却。每想起有什么要与她谈，或什么事要告诉她，或有什么杂感，便先写在一纸条上，备写信时一齐写给她，近日又积了不少，且已隔了不少日子了，也该去信了。虽是一直未得她一封提及收到我信的话，我仍是要不停的与她写信的，要作的事未作，心中难安。

今日回家路上看见一驴子拉一火车的大麻口袋，重量好似超过它这么小一头驴子所能拉得动的重，在过火车的铁道上，因力竭倒在地上，车把却压在它的脖子上，状极惨。幸经路人相助将车把抬起，救起驴子，幸未压死，看了心中不禁又生许多感慨。人类多自私，而中国人自私更不下于他国之人，只注意个人之一切，其他一概不管。赶车人只顾其衣食，而多拉东西，却忘了驴子拉得动否，却未想到贪多反失，如驴子被压死，岂非反受损失；恐更未代那代他终日劳力的驴想过它们生活是多么苦，而不稍加怜惜。不但是驴，只要是能与人共处，为人利用，为人出力，有用的动物，我们都应用一份心力精神去顾及注意它们的一切，爱护体念他们才对，所以西人的爱护动物会有特定的一个纪念日来提醒一般人们平常不注意的事，如日本有爱马会、爱马日，也就是这么意思，而这类事，中国人

向不注意。但话又得说回来，此时生活如此高，人的生活还成问题，穷苦人们倒毙在街头的随地皆是，哪又能顾及到人们向来不屑一顾的动物呢。实在许多有益人们的动物比那些穷人对人们社会还有益处得多！

3月27日 星期六（二月廿二） 半晴，风，凉

早晨晴了一阵子，不久又变成半阴的样子，十分可厌。今日转账的传票比较多一点，写了半天，下午四时半才完。有闲空亦不得习字看书，是在营业局守着头们一块坐着不自由之处。下班到王家去看看，本拟介绍其母买洗衣肥皂，因不佳而作罢。其母又与我谈为庆华结婚事，做这做那，配这换那，连日他二老忙个不了。日子都定了，是阳历下月十四日。前次与我谈是那么嘴硬说这个不管那个不管的，到时还是什么都管，终是自己儿子，父母疼子女是无微不至，一辈子报答不尽的，不过嘴上那么说说罢了。不料庆华那浑小子，却修了一双好父母，事事全代他办妥，只是到时回来结婚便了。一直谈到黄昏时才容我辞回，晚饭后倦甚，竟和衣卧床上小睡。因倦今夜未作什事，一时心中烦恶不快。不意庆华在津与祝相识未半年即订婚，现在竟以结婚闻，这又是谁想得到的？以庆华那浑小子，什事不懂，又无何资格，也娶一个大学毕业生，祝外表还好，且亦甚能干，不知怎么会看上他了，又是一个想不到，说真的，庆华他会什么？不管怎样人家倒是有准日子结婚了，我呢？英呢？现在数千里外两相劳念，我们互相信任，互守坚贞，我要努力奋斗以自己的力量来解决自己一切的事，绝不靠他人的力量来助我。我要咬牙苦干，为自己造出一些成绩来，给那般依恃父兄的人们看看！

3月28日 星期日（二月廿三） 晴和，晚阴

闹一了个礼拜的天气了，昨晚晴了，满天星斗，今日才算正式又晴和了。昨晚饭后已睡了一些时候，今晨又睡到九时多才起来，早点后出去已是十时半了。十一时许到同学黄松三兄家，看其母。因毕业论文，后又忙

找职业等，有大半年多未去看其母了，其母仍如昔日一般康健。一进黄家门，不料即遇见舒家三姐妹，真是不巧，躲还躲不及，为什么偏要碰上呢。原来舒之二姐租住在黄家一间房子，日前又生一小孩，近日方满月，今日礼拜，又好天，于是都到这边来看望。我见面了，只好略加招呼，即先到松三母屋中座谈顷之，问松三之地址，拟与其写信。松三有兄名黄明信，现在甘肃夏河拉卜楞寺学藏语，思想毅力异于常人，松三有志亦意达其愿，此二弟兄皆令人敬佩。十一时半辞出，即到祖武家，适其家今日祭祖，被留在彼午饭，多日未晤，老友相聚，畅谈甚欢，一直谈到下午二时许方辞出。黄家及赵家二处皆早就想去，迄无闲暇，延迟到今日方走到。

出赵君家，即到学校去，仍无英信来，心中十分怅惘不安，不知何以如此久无她信来，成都到昆明的途中不至于出什么意外吧！唉，实在令人放心不下，想来急煞。四弟亦久无信，皆使我连日心神不安。归途过郑家小坐，三表兄在打小牌，与大宝等略谈，二宝还偷偷告诉我大宝有了男朋友的消息，不知我早知道了，并且比她知道的还多，但我亦只好装作不知道。今日在护国寺庙会大街摊上，买到一个旧永备牌的手电筒，心中甚是高兴，手边如裕，欲买之物太多了。今日下午为徐光振母开吊之日，四时半去他家，同学已去了多人，我去最晚，行礼后即入席，不料在彼遇见耿克仁先生，他却不识我了。他现在作了志成中学的校长了，略谈，他显得比以前苍老了许多，他自己结婚后作了北平市教育局的督学，如今又作了校长，一步比一步强了。他太太即光振之姑。大家送库后，与朱君泽吉同回，到家小坐，他借去衣服一袭。

晚饭后觉倦，看看书报，未作何事。现在真有点怕出门，看见那些穷苦的人们太多，随时倒卧，触目皆是，惨不忍睹，看看他们，再看自己生活亦应满意。有时觉自己全身内充满了生活力，活跃，希望，亦半是我有一个理想，有除了要维持自己家庭生活好以外，更要为大多数的人们求生活安定与幸福；半因我正年青，要努力奋斗，不停的前进！这才是我生活的真意义！

3月29日　星期一（二月廿四）　半晴，风，凉

明日放假，今日已有些同事告未来。本组姚头亦未来，今日转账不多，尚清闲，唯坐处狭小不适，环境嘈杂，不能安静，想利用空闲写写信，看看书，亦难。不做事，只在那块小地方挤着坐上一天，也会把人坐得腰酸背疼的。下班助邻组同事作了一刻事，迟半小时方回，竟日小风颇凉，近已近旧历三月，仍是这么冷，怪！

家中应添置应备办者尽多，但无钱是一事亦办不能。每月所入那么少，各物又奇贵，随便买点东西，就是不赀，只维持生活。日即需四五斤玉米面，此时竟售二元一二一斤，即十元左右，加煤、菜、水、油、盐、房租、灯等平均日需十五元左右，而我月入不过百八十余元，尚差大半，每月亏空，不知如何是好。近来每日每饭，只一菜一汤，汤不过是菠菜汤或开水冲些酱油，菜亦不过总是炒豆芽菜、菠菜、萝卜秧子、雪里红，水疙疸，间或买一点牛肉等红烧吃，豆腐如今与烧饼一个价，二毛一个，简直连豆腐都要吃不起了。每日用之数比昔日五袋面价还贵，而尚过此不淡水清油的贫苦生活，岂又是梦想得到的生活情形。如今一家五口，家事大半全由母一人操作，即我终日在外忙累，仍不能支持此种清苦最低型之生活程度，此种生活情形实为前所未有，想来如何不令人伤心烦恼！我亦知为人应快乐，笑口常开，心情开展，对己心绪精神健康种种方面皆有益，但生活大问题当前，种种困难，如何会使我心花开放，心中快乐呢？英及四弟，皆多日无信来，又是一件使我心中难安之事，满腹尽是些令人烦恼不如意不快活的困难问题，我也从何快乐起，想不到此时我家会中落到这种境地，这叫什么生活?！因生活刻板平凡，亦曾想出去玩玩，娱乐一下自己，但一想家中待正经用的地方多得很，便又忍下去，还是在家看书，省力省钱！

3月30日 星期二（二月廿五） 上午阴，下午半晴

近来常觉精神不足，下午下班回来饭后即倦，早晨亦不易醒来，不知何以如此睡不足。上午阴天竟睡到十时许才起来，中午将日前买来的花子种在院中花圈内。下午二时左右，一人出去到真光去看日本东宝公司出品制的中国名小说《水浒传》，这种片子的材料，却为外人采去摄制，本国反无丝毫成绩表现出来。影片全由日人饰演主角，饰李逵应是一个壮汉，而主演者之影星，体格亦不过是一个平常的样子。一切布景道具都很逼真，演出摄影技术等一切，皆比中国进步，半是科学进步，半是资本充足，因种族的相似，饰演尚似中国人，只是有许多动作，仍可看出是日人的习惯。唯全部片子是日语对白，时时加以歌唱穿插其中，如李逵与鲁智深相遇竟大对唱，未免与事实不符，但如不忘此不过是戏剧，是电影，便不必过于苛求矣。片前加演二文化短片，一是对战死后将士家属母子隅居一地，对遗孤子女之种种爱护与教育之情形，二是以简明图解及实体物型解释飞机所以能飞行之原理，可算是教育影片，颇有价值。以此来对一般民众灌输科学知识，电影是最好，最简便的方法了。在日本，此时已经充分利用电影于正途，除了娱乐以外，中国还差得远。

今日是日本对汪氏南京国民政府交还在中国各地之日本专管租界的日期，及撤废一往在华之治外法权。今日全国各地，皆以各种方式来庆祝汪氏南京国民政府还都周年纪念及收回日租界，华北政委会成立三周年纪念。各公园开放，开音乐会，演戏，电影等，故大街上人比平日多许多。出真光到光园绕了一圈，看了刘荣夫的玻璃油画展，实报代收各界捐赠百物在水榭开廉售会，得款作为赈贫之用。东西甚多，既好又贱，今日末一日，已全卖完了。无余钱去买一点便宜东西，可惜。

归来看看报，多日不得英及四弟来信，不知何故，心中想起不禁焦急之至，唯盼他二人皆平安无事。晚看报及作与英信，自卅二年一月八日南京汪氏组织之国民政府声明与日共同生死，对英美参加战争以来，九日，

日本即与汪氏订立交还日本在中国各地之日本租界及撤废治外法权，意在尊重中国及独立。又闻一月十一日英美对渝亦正式声明交还在华各地租界及撤废治外法权，此皆列强外交上的手腕，但愿中国能藉此机会真正走上重上复兴之途，永不依赖何国，永不受何条约的羁绊，获得真正彻底的自由。若中国今后果能自力更生，真是再好也没有的事。日本意谓因尊重中国主权，才交还各地租界并与中国合作。以日本进步之科学，用中国多数之人力合作共谋东亚幸福，固是极好之事，但真心事实果真如此否，不可知。世上无一方吃亏之便宜事，无利益绝不合作，恐其真意不在此。现且不论其是否真意，但目前今日事实是举行交还中国之日本租界，精神亦为之一快！

3月31日　星期三（二月廿六）　上午阴，下午晴

今日大半虽晴，但不觉暖和，微风掠过，尚觉凉意。在此乍暖还寒时候，真是最难将息，此时，冷不冷，热不热时，穿多了热，穿少了冷，衣服亦真不易调整。上午转账者甚少，一小时多便写完。中午饭后与同事在天安门内大石板条路上阳光下散步一回，城市中满布扬起的尘埃的空气总在鼓荡中，不清洁不宁静。午后无事，助同事做了一些事，自己又写了半晌字，快五时了，北京正金又送了一批交割者清单来，还是今日非转不可。因姚头今日又告假，同事不接头，乱了半晌，才乱出头绪来，等他们作完传票我才写日记账，一直耗到新七时半才出来。

到家灯下看书报，与英写信，晚得王剑华大姐一信，写了不少关于他们近来生活的概况。下月底她便要作母亲了，她母在下月廿左右去沪照应她的一切。她亦关心我的近况，一个多月以前我即接到她来一信，因为生活的匆忙，回来便乏倦，懒得再执笔，一直没有与她写回信，早想写回信，终未有暇，甚至连英的信亦延迟下来了。她又来信，心中觉得很是抱愧，她关怀我胜过同胞，甚感她的好意与热心！

4月1日 星期四（二月廿七） 阴小雨，凉

鬼天气又是阴沉沉的。今日一天断断续续地总有点事做，闲着也不好，手下多少总有点事亦好。上午抽空还写了半页小字，今日阴得竟下起小雨来，愈发令人心烦，滴滴嗒嗒的小雨，更加令人十分讨厌，天气凉凉的；好似秋深的时候，本来已是很暖和的时候了，却反而凉起来。下午快下班的时候，才发下饭费，不言不语膳食委员会又多扣了五元，可是吃得还是那么坏，一点也不好。本拟办之事，因天气而中止，下班即归。

今日一日皆不高兴，早上上班时，在门口遇力仆老张，送还日前先付去之十五元，谓请付全数，不要便不要，我无钱亦无法。此十五元犹日前特别想法筹来者，而此时我之力量只能随时零付，未上班前先碰此事，真真倒霉。想来因无钱受尽各种肮脏气，钱所入不足支出，更无所储，每月房租即迫得我真要走投无路，先把我去行办事的高兴迎头完全打消，是以一日皆不高兴。又计算今日拿到手中之卅五元，除还欠外，尚须备取行中配给面，及区上配给之食粮，及其他许多用项，这一点钱如何够用。自己想办之事太多了，但无钱时，什么亦办不通，半月来自己之幻想又是泡影。我极不愿斤斤计较什么，但偏此时势困难之际，什么都得仔细考量计算一番，巧妇难为无米炊，一人负此重责，生活如此高，如何亦不足用，亦无可奈何，为生活，终日盘算分配，真苦！

下午回家，五弟又不知何往，不成材，不懂事，至此，我真用尽心力去管束他，可算完全失败。愿否学好由他，想来种心事多极，皆是使我心烦气恼者，主要仍是无钱苦耳，有钱可有大半实际问题可以解决，只不知何日方能逃出此苦境！晚作与英信。

10月1日 星期五（九月初三） 半晴风，凉

天天做同一的工作，在同一的方式下过活，什么都那么刻板，人简直是一架机器似的，好不无聊。在月头月尾为结账单月报等比较忙，手边有

事忙个不了时，便可暂时忘却一切。今日下午转账仍满三张余，出我意外。下班与一同事在西单绕一圈，买了两双很普通的袜子已是花了七元余的代价，现在生活愈过生活程度愈高了，出一次门随便花上几百买不了多少西，甚至不够像点样子的请一回客。在小买卖店中或小纸烟阁子，换一下百元票作零的，已是很普通的事，毫不稀奇了。事变前，百元票真是稀罕的，差不多的地方都换不开，甚至看了有些害怕，怕是假的，如是假的，则小买卖赔不起。现在随处皆是，百物昂贵，大多在百元以上，可见通货膨胀之一斑了，恐怕早晚亦要与内地的情形相似吧！

友人林君前邀我明日下午去他家一叙，我因无暇又不愿多扰，已写信辞谢，不料中午又亲自打电话非请我去，并改在礼拜日中午。不知何以如些坚约不可，不可却，遂见诺，尚不知是日会临时发生什么事否?！回来陈家亦未通知，我真不知那日会吃得好否？晚灯下看报，心中十分不耐烦，坐立不宁，不知做什么好！不知何故，早晚已甚凉，不知英等此时已行到何处，何时方到?！念甚。

10月2日　星期六（九月初四）　晴

一上午糊里糊涂亦没有什么闲功夫，一天一天刻板机械式的如此过又是何时得了?！何时方有些转机变化呢！静待时间来解决吗？那要忍耐到什么时候？我又不愿全都待英归来再解决，那样岂不与人以口实，我心亦不安，更有点不合适，亦与人一种轻视的态度，皆我所不愿。再有一个礼拜左右，英等当可抵家了。昨日起为防疫的一切特殊禁止设旋皆解除，如各内城门之完全开放如常，火车亦只常开行，则英等归来可不受何阻碍。但不论何时，一想起英将归来，便十分兴奋。但又念及此时她尚在途中未到，一路情形如何，是否平安顺利，抑她是否又中途改了什么主意，十分惦念着急不安。英到家以后，我又是多么高兴快乐呢！这几日情感总在这两情兴奋与不安及欣慰盼望之下交织起伏着。

有时感到在行中是一个我，在家中时又是一个我，迥非一人，而家中之我较似我，而尚非全我，真正的我似另外隐藏与一处，轻易不显现。在行中忙起来，暂忘一切，偶尔闲时便与同事说笑来调剂一下干燥的空气，说些无聊与不习惯的话。这种环境与人物本非我所能所喜，处于其中去应接得好的，但现在为了生活所迫不得不置身于其中，于是在可能范围内去应付一切。而每日之一切行动言语，似乎都是另外一个我在那里表演，每一想来，亦暗自纳罕，归来即又为愁云苦雾所笼罩。终日在此种心情下生活，如何会过得快乐，想起目前为家事而焦急，又非真我，乃我为愁衫所披，在读一本适用意的好书和读一篇好文章，在与朋友们热辩时，在石火光闪电一瞥的短促一刹那的时间中，闪烁一下纯洁无挂悠适的快乐心境，面上望着大自然歌吼或是微笑欣赏的时候，才能发现看出真我的面目来。

北平的秋天有风，和春天一般，真是最讨厌的事。这两日便照例地刮起来，有土以外，真是又是凉嗖嗖的时候了。树叶虽尚未尽脱，但夜间听见吹得电线已发出吱吱的尖声，便不免令人悚栗的感觉。秋冬将与人以一种无形的气候的压迫了，近来，不，早就如此。报纸是没有什么可看，毫无意味可言，没得看，我现在似无什么目的，只有盼望吾英早日平安归来。觉无处去玩，话剧、电影都没好的可看，亦无心情，只有吃还好，但经济却又不允许。

下班与一同事去公园，看图案画展。园中人们稀少，冷落异常，比夏日如蚁的盛况又是不同，甚是可怜。我讨厌人行如市，太多了，我觉得那不是游园，如同逛市场看人，完全失了游园的意义。但现在人少了，到处空旷旷的，却又觉得甚为落寞，似有一种凄凉之感，环顾孑然一身，不胜感慨，愈加念英不止，人真是一个奇怪的动物。

10月3日　星期日（九月初五）　晴和

昨夜为恶梦所扰，黎明即兴，晨起立院中阳光下，阅报，尚有暖意，十时出至西单沐浴，积垢一清，心身皆爽。急急忙忙又赶赴东城林君午餐之约，至已新十二时半，已迟于原订之半小时。林君虽先到，但因两客皆未到，先到市场购物，未回，只好看报坐候。顷之林陈偕至，遂共午餐。谈起同乡友人皆相识，与陈大姐夫女虽为比邻，但平日心于往来，今日与之共饭出我意外。其与林君并坐相较，一丰腴饱满精神焕发，一则瘦弱萎靡，面色青白，林君健康较陈女强多。吾近年来颇知重视健康，而以为一人有健康方有一切，方有人生快乐，林为人洒脱大方，尚不俗气，处处表现其尚还是一个有热情之青年。我倒不好客气，林君还与我说几句玩笑话，我也不好说什么。饭后由林作主人，分手各行，我去五姐家小坐。只她一人在家，老太太一个，好天气亦未出去，随便谈谈即辞出。

今日天气虽是很好，但是我心中只是闷闷的，毫不痛快，那都无聊，没有引起我兴趣的事物，没地方可去。既不买什么东西，东城对我即无可看，沿大街走到太庙，进去在园中坐了一刻。新出的杂志倒也有廿卅种之多，随便翻翻，可看的东西没有多少。出来去大殿看看画展，不料已到时间了，亦未看完，匆匆走了一个圈出来。看见境地想起去年此时与英共此坐憩情景如昨，不胜怅怅。算计日期半个月以内英等亦该到了，不久便可与吾英相晤了。出来虽然日丽晴和，但没有心情，那也懒得再去，遂却回家。现在天气短多了，不久太阳便落下西山了，黄昏院落气温立刻低降了许多，在院中看了一刻书报，胸中仍是充满了沉闷烦燥，不安，不耐烦。虽有许多事，但没有心情，什么都不愿作，以前心中发烦有何杂感百无聊赖时，提笔写信，完全倾泄在纸上，寄给英看，以泄胸中烦闷，但此时英已离滇归来，在途中是无法与她写信的，好似失去了一个知己一般。这几日愈发觉得烦闷无聊，说不出的枯燥不安。生活方面，勉强过去，英亦将归，但似乎仍缺乏什么似的，并不是在物质方面有何缺陷，而应是精神方面的不满。战争与大家的痛苦已经够了，恐怕无一个人不是在盼望着和平来到，希冀着安静舒适的太平日子吧！我似乎总希望大家团聚着过快乐的日子，难道在这点上看来，我就无英那种比较富于冒险的精神。四弟现在当已抵渝，唯迄今仍无信来，这孩子的脾气颇为特别，我以为我现在的苦闷，可说是青年的一种通病，亦可名为时代病。

林君以往简单经历经刘华子君谈过，略知一二，我却以其现在之处境深为同情。原尽友人所能尽之力助之，但由于三四次会晤及其言谈上观察，其行动言谈上仍是一个富于热情的青年，但有小姐脾气，终日为俗务所繁忙，生活似无意义之可言。以往之读书生活无形中似已停顿，思想不明，但终日多在访友家吃玩上打算，其实他前途尚远，不知可有打算。但此种女人甚多，皆其现在比较舒适优裕之环境，（但在谈话中时时流露出她原本那种小姐的习性来，及目前环境与她的影响来！）但如一生幸福之所系来换此劳什子，代价未免太大，亦不值如此牺牲。即是如此，又有何乐可言，物质生活终敌不过精神孤寂无依之痛苦吧！亦许在繁忙劳顿之余，她亦有此凄凉之感。年事尚青正可再择人而事，而我此时友人中却适意者难以为助，我偶尔一句说："每天为了家事亦很忙碌吧!?"林说："可不是，什么事都要我出来。"言时，眉宇之间，似有一层幽怨之情，我却不敢再看再说下去，怕勾起她的不烦，或她是在每日强为欢笑遮掩胸中的幽闷，在孤独之际或亦深感身世之凄凉吧！在比较好一点环境境中生活，多容易颓废下去，难得认清自己个人的缺陷与环境的庸俗与错误，尤其情感较盛的女人，更易流于此途，如以他们（或我与之相识之日浅，知之者不透彻。）与吾英相较，她们难脱庸俗之讥，更可见吾英头脑之有为，与前进不停之意志，有意义之生活，啊！吾英，快回来，我在等着与你携手共往前进！

世上在人事方面所见所闻，多是不如意的，悲剧的多，园满喜剧少，大约世事就是常在这不如意中时多。则人生活于斯世，自应逃不脱这些，不但事实是如此，即是文字方面，戏剧方面，亦是悲剧多，而喜剧少。悲剧较易写，易感动人，而喜剧较难写，亦不易与人以一种欣慰惬意的感觉，多流于俗套或滑稽剧，悲剧应是人性的表现吧!? 而喜剧又是应如何珍惜呢！

10月4日　星期一（九月初六）　晴和

自过了八月节以后，每日比以前都忙得多，且过了一个礼拜日的礼拜一，又比平常忙一些。今天少一个人，六点半才出来，绕道去府右街，宣内国会街有一所四合房有灯水十五间竟要月租350元。黄昏时归来，近来天气凉得多，且亦黑得早了，旧六时半即黑了。回来觉倦，饭后看过报，去力家找力十一兄，因他来一信谓关于住房有新消息，不知何事。过去谈云他日前去找新房东假说我们托其去说，可否将此房暂仍续租与我等，因此际不好找房及天又将冷之故，新房主意可允续租，但不得不加房租，不论如何，即比现在加一倍之房租。我算来亦比搬家省钱少事得多，何况此时又无仆人相助，一切均极麻烦，此时他此番建议亦好。且回去与郭家商议再定，又谈些别的事，十一时许辞回。看此情形有仍住此地之可能，我亦愿离开这个老地方。但半固因此时经济力不裕，但亦因在乱世，我却愿住在比较偏僻之所，耳目清净，事少得多。晚在床上又略看书。

10月5日　星期二（九月初七）　晴和

有太阳时颇觉晴和，一无太阳，立刻凉气侵人。今日事亦不少，昨日中午小小敲了同事一顿午饭，在新月二人随便吃吃即是卅元，今日却又去饭厅吃豆饭了。今日阅报载方知曾履于本月二日已与沈美理结婚，修理房即为其新婚之用，他到急得如无其事，孙祁亦于中秋前三日结婚。在此时老友都纷纷结婚不知皆有何打算否？下班去看九姐夫，又在喘，老病最为可怜，归途不禁又想起养儿防老之语。他生子女多人，如今无一在前，而皆不能奉侍其亲，不知此亦彼等，只顾个人之新思想之咎否？而九姐夫病痛孤寂之余四顾凄凉之际亦有所感否？

一日一日过得甚快，屈指算来，英于本月十五日左右当可抵平，晚不过如月中，廿五日左右亦是可到家了，盼望有日，想及不觉心中更加兴奋，不安，着急之至。

今日为五弟生日，便其日前不慎，已病倒二日。

10月6日　星期三（九月初八）　晴和

今日天气晴和，午后觉燥。近来票据交换所时间改晚，下午事多，今日之多比礼拜一还多，转账竟写了五页，出我意外。下午三时半，一直手不停挥地写到六时，很累。回来觉倦，与同院同乡谈房子事，晚略看书报即憩。

五弟病仍未愈，发烧未退，不知到底何病。家中为难，娘整日忙累还得顾一个病人，小孩子真不懂事，不知自爱，累及娘急苦。想起他之耽误一年学业，心中就不安，要解决应办之事多得很，想来便如芒刺背，坐立不宁，焦急之至。

什么事都应求诸己，不可依人，不可幻想冀求何意外的收获，不付劳力与代价即无收获。值此动乱不安之时，仗我一人要面面俱到，实难！我日日盼英归来，因极想念她，但却不愿以为由她回来可苏我之困顿，此则非我本心。

10月7日　星期四（九月初九）　晴

连日天气晴和，秋高气爽，正宜旅行远游，惜身体不自由，不能出去。今日旧历为九月九日，乃照例登高之日。中午后与同事，直登四层楼屋顶，可算真正之登高了，环望四周，全市面容多收眼底，远近楼房高低错落，东北黄色碧烁耀眼乃皇宫，旧居，瞻此古城，胸中生无限感触。时光为一切之裁判者，昔日帝子皆以为子孙万世基业威福无与伦比，今亦论为吊古游览之所，昔日神情，如今何在。百万市民聚居此一处，世界大战已五六年，而此地终未遭战火波及，得以安居至此，无一般遭空前轰炸惨绝人寰之处，实不啻一福地。岂亦时运独厚之所，而数百年来帝师之所驻，藏龙卧虎正不知尚有多少。此日登高之举盛行一时，如今亦不过皆以为古话为谈助而已，奉行者甚少，即登高亦不过随自己之意而已，或藉以游玩而已，全失原来之初意。高立远瞩，四弟及诸亲友在内地不知近况皆如何？吾英此时又行至何处？自其行后即未再来信，路间耽搁应亦与我信即好，如今空念又不能与之写信，想起真正急煞。

晚觉倦，每日精神全耗在这些无味的事上，真是无聊不值。下班一人去多日未去的天桥绕了一圈，长、短、夹大衣俱全，西服亦有一些，惜不宽裕。西边鞋摊没什么好东西，还是东边衣物日用品尚多，唯西洋货极少。尽自在东、西单，王府井大街上跑，只看见都市的一面，实不能窥见都市整个的真面目，有吃西餐、住高楼的，在此一角落中却亦有住席篷窝铺的，吃窝头，卖旧物、破烂货维生的。晚觉倦，想起心事重重。家就是一个愁急烦苦之渊，回来处些境地怎会快活？除非得到英来信才高兴一阵子，如今切盼更是焦急！我真希望在她回来以前命运与我些机缘使我有些转机和能蓄些力量，以备应用。否则全待英来助和解，真不情愿如此办，固是她或愿如此，但为自己想来亦不好，亦易为他人所轻视，想来我离此有许多事难以放心得下，最好是能全家南下！但这却因事实甚为困难，恐不易实现，如在内地立好根基再来迎母等南下亦好，但此则又不知何时方能实现矣。

10月8日　星期五（九月初十）　晴和

中午饭后，走到前门绕了一圈，看看由开封及浦口来之车，皆于下午到，不知英等坐哪一趟车回来。生活刻板平凡沉闷，每日过得极为无聊，毫无起伏曲线，好不无趣，真无意味。现在同业组，经管银行银号往来，领组张易二君，近常与各银行号故意刁难，势乃鼓作请客吃饭，社会相各处莫不如此，好不无聊可鄙之至。暗示而下请帖，犹勉强可说，而今日之吃，乃昨日自动向人要求者，直强迫人索食，故意要挟，直于抢食无异，与变象之贪官污吏又有何不同，真卑鄙之尤，恬不知耻。古嗟来不食，豢不白受，此尚不可，且尚不至沿门乞讨，岂肯食此窝心饭哉?！且令彼等去吃此顿自以为赏光他人之饭可也，不知午夜扪心自问，彼等亦心安否?噫！彼辈如有此思想亦不为此，只徒美食便宜而忘人格之扫地矣，但愿我能常自警惕，不入忘义之途！

生活沉闷之至，心情不佳，字都懒得写好，日记文章似亦不通之至，四弟及英皆无信来，毫无消息，真真闷煞！无心情，有事亦懒得作！

今日独我一人未去，作不速打扰开源银号，同事们也许会胡疑我是为了什么，也许会骂我与他们不合群，特别不合作。说实在的，看见他们没一个顺眼，值得作我的朋友。言谈举止，我皆以为不屑与之为伍，不以为然，如何会与之合得来？每日言笑，不过是貌合神离而已，平时早不满彼等之行，思想更与彼等相驰，又怎肯与他们同流合污，又怎能违我自己之意志思想行事，我只求自问无愧！扪心得安而已，管他们对我满意与否呢？！

如果是一个人倒可以天高地远地独来独往自由自在毫无牵挂阻碍，但有时却又不免孤寂凄凉之苦。且人终日活在人群中，有父母兄弟夫妻父子等等联系，人与人之间关系便复杂，而得有伴侣天伦之乐与安慰。因人与人之间的关系个人便不自由，一切不能如意志而行事，人事都是如此互相牵连矛盾的。

10月9日　星期六（九月十一）　晴和

不知为何，今日心中特烦，看什么都不顺眼，懒得说话。虽是礼拜六，事亦不少，本来同事约一同去香山，半因无此心绪半亦同伴皆是合不来说不到一起，平时厌恶之人，遂亦退出。下午下班心中闷恹，毫无情绪，大街上尽是些匆匆忙忙为生活，为各利奔走的人们，此时想必为前者奔忙的多！无处可去，遂即回家，本来家中就窘迫，加以五弟连日又病倒，整日忙于家事的母亲，平空又多添了许多事，看了病中的五弟更加心烦。想起当前生活问题总不能解决，小妹鼻病未诊治，什物应添补者，冬日已临煤尚无着，二老人终日操劳不能雇一仆人代劳……种种心事繁多，百孔千疮，不胜枚举。故在家如在愁城，如此心怀，怎能去与那些身无负忧的人们一同去游山玩水？强为欢笑吗？耗财生气，且消时劳力，何苦？不如在家憩憩，秋阳下看看自己喜看的书，亦一乐事！

待做之事，待看之书尽多。生活不能安定，心情特坏，便什么都懒得动，懒得做，书亦看不下去。想起种种心事，便十二分不耐烦，此只有我一人领会得，谁又知我伤心人别有怀抱哉？！

秋光虽好，旅行亦正其时，惜我无此福分，心中烦闷，想找个知己朋友同学谈谈天，一抒气闷，想想多不在此，或因时间不便，地址过远，或别人亦懒听这些唠叨，因而中止。

10月10日　星期日（九月十二）　晴和

今日又逢双十佳节，在此环境下，又是什么心情！想想大好山河如今如此破碎，不知何时方能收拾清楚，国土破碎，同胞受苦，不知何时方能恢复原来面目，这个可怜的古老的国家，这些可怜受罪的人们，不知什么时候才能享到普天同庆的快乐！

上午出去，仿曹怡荪略谈，他亦无什么新消息。又去九姐夫处问五弟病，以验血后方能确定是否为伤寒症。出又去郑三表兄家，与二宝略谈大宝事，近又有人来，本拟接二宝同行，此时却难走开，谈来不觉近午。阳光下回来，只着一夹袍尚出汗，这两日晴和又有余威，想起五弟病连日烧不退，不思食，泄肚。午后想起在此时平常无事过日子，尚勉强，在此令人生死不得，再有一病人如何受得了，心中十分焦急。小孩子不懂事，自己受苦，大人着急，又去力大哥医院问五弟病事，他未验血便力言是伤寒，难道不会是别的肠胃病，取血他又无此设备。闷闷归来，天气虽好，但心情特坏，如何能去玩。勉强出去亦是无趣，看看报纸，烦极，觉倦，卧床睡了二小时，如此好时光却被我睡去亦怪可惜，起来又后悔不迭。时已将近黄昏，闲步出来，到小妹学校去看看，什么周年纪念游艺会，怪简陋幼稚，乱得很，也没看等小妹一同回来。本来下午拟去看电影，为五弟病麻烦讨厌起见，不知如何是好，烦恼便未出去，好不窝心的过了一日，无味之至。

10月11日　星期一（九月十三）　晴和

天气晴和，只着二单衣即可，但与我无干！

难得今日补了一天假，但是我却未能充分利用它。好的就是可以少一天看见那些人俗人及听不见那些卑污的言词，闹一个耳目清静，休息一下是真的，实在也不能休息。我对现在工作丝毫不感兴趣，对那些人环境十分厌恶，但我每日不得不前往，一半是为了每月那一点钱还对家用多少有一点用途，一半简直是在躲避家中这一座愁城。不在家，不看见什么便可以暂时想不起什么，在家触目尽是待要解决的问题，不由得时时刻刻都浸在愁苦的烦恼中，在这种心情下还能做什么事，看什么书。生活不安定，诸事迫得你真要走投无路，还会有什么心情去玩，如果要是去看电影或什么，那只是想把自己放在另一个环境里暂时忘掉了自己而已，鬼知道那还会娱乐了我自己。经济压迫，整个把我战胜了吗？整日的难问题要我来办？处处事事时时都是钱！钱！钱！难道它便压得我一世不能翻身，我便永远处在它的威胁之下，残喘着过日子吗？我真有点不信，我便会永在它下面屈服着！它便能毁灭了我的一生吗？我不信！我一定要与它奋斗到底！看看到底谁是最后胜利者！

看见娘在劳苦着，李娘在挣扎着助理家事，五弟在呻吟，小妹的鼻病，只有我是一个比较健康的青年，在这个动乱时代下家庭整个的责任全在我的肩上。看见这些听见这些，都在咬啮着我的心，我的痛苦不是别人知道的！也许我没有发挥尽了我的能力，或我根本无能，但偏逢此谋生不易的时候，一人负这五口之重自是更加困难，苦难都临到我一个人身上，令我一人来承受也好，在此时代，只盼早日和平来临！

整天都是难题要我做，为五弟病娘整日着急，明天去医院看病，手中又无钱，拟去力十一兄处暂先通融过数日即还他。上午他不在家，午后又去在家，谈顷之，整日在家，为了家事全浸在苦恼中，加上焦急，真使我走投无路，满心烦躁之至，坐立不安，真真痛苦之至。耗到四时，实在待不住，出去走走，拟或可散散心，去访二同学皆未在家，到国泰看了一回电影，乱七八糟，也不知道是什么玩意，看得心烦，头都有点疼，真倒霉。回来晚饭后又去力家与力十一兄略谈，劝我勿急，今日因银行放假，明日才能取出，明日拟先令其去蒲伯扬医院处检查再订。又谈了些其他事，此际唯缺钱，有钱皆可办事，今天过得好不难过，真痛苦之至。

算来日期，如果于八月十日英等于滇启行，今日止已两个月整，亦应到家才是，不知何以仍未到平，是沿途有耽搁，是在城固多住了几日，抑另有原因?！沿途又无信来，闻路上好走，当天何阻滞，想最迟当不会过本月底廿日左右亦是可到了，且静心俟之。

10月12日　星期二（九月十四）　晴

上午上班以前先去蒲伯扬医院代五弟挂号，今天去诊视，遇见刘曾泽，没想到放了两天假，今天事特多，下午转账竟写了五页，量为以前所无之多。完事已六点半了，天已黄昏，觉倦了即回家。

中午与一同事出去，在鲜鱼口天兴居吃炒肝，随便吃吃两人便是十一元呢！近数年来，因战争关系百物日渐高涨，生活程度有增无已，物价昂腾为以前梦想不及之事。但大家仍然那么生活下来，好似都很大方一般，而十元百元的票子，一叠一叠在小市民手上传来传去也就无啥希奇，大家亦都知道十元百元票子是什么样子了！此时与乞儿五分钱他都会给你一个白眼，乞丐要的起码价亦增高了，实在五分的价值不如事变前一大枚值得多呢！愈穷，平时多吃粗粮，而肚内却愈要吃好的，更馋。此时东西贵不买以后只有更贵，且好东西愈来愈少，如不太平，不会有新的物资产生，现在买了就是便宜，买了东西，总有个东西在，而吃在肚内，吃完便完了，只快一时口腹之欲，但是到时节制食欲的跋扈实在不易，于是便不时亦去吃一点稍为好一点东西，来克制报偿肚内的作怪。子曰：“男女、饮食，人之大欲存焉”，男女居室，互相爱好，喜吃好的，原来都是人之天性本性，本无足怪，但如过分就是奢，就是不免罪过了。

回来力十一兄已来，暂通融数日之款亦送来，倒很热心，年青人终不脱热情，可感。晚得大宝及庆成一人皆由渝来信，一天发，同日到，平常信竟走了两个多月，想来英等如无什么特别原因，或多有耽延时，也该回来才是，不知近期内那日会到家呢！想来十分焦急。

10月13日　星期三（九月十五）　上午阴小雨，下午晴凉

终是秋天了，上午阴了半天，下了一阵子的微雨，天气便立即冷了许多。又要调换工作，今日分配单已写好，不换总作这一样很是无聊，换新的一切不顺手，只少也得半个月才能熟习。今天糊里糊涂便过了一

天，今天心里亦不大痛快，比昨日稍好。今日转账者亦是四页，总少不下去了，好在快换了，顶多忙不过这个礼拜吧！下午天晴仍凉，下班去理发。

归来闻蒲大夫验血检查，五弟病果是伤寒，很讨厌。晨二太来，并送来半磅牛奶，近午将近二年未来之九姐突然来看五弟病，出乎意外。下午并遣人送来五个鸡蛋半匣方糖，力六嫂下午亦来并送一大碗米来，备五弟食用。听后心中百感交集，我不敢说我有如何的高志，但总不大愿意求助于人，在我以为不对及不值之人前，我多少会显出难与合作的态度来，或不与之接近，我以为那么不对便不那么做。我以为那人不好，便少与之交往，但因此之故，我便在行中很少有朋友，很少说得来的人。于是不免竟有人目我有神经病或怪癖之人，实在我与平常人又何异？且或较一般人更有热情，只是社会上这一般丑相虚伪我太看不惯了，又奈何?！我难以与之同流合污，但却遭人的歧视与诧异！也许我做的不对，昧了良心去与他们一同鬼混，心中又实不愿那么做！人终是生活在人群中的，便逃不脱人世间人与人之间的一切联系，人是群居的动物，单立独生便很困难，甚至不能维持生活。在以往岁年中，国家内忧外患的影响民生年迫一年，日窘一日，我在百般困窘下与母亲极力想法来维持数口之家的生活问题，但至今几达筋疲力尽之际，百事待兴，百物待备之时，正如百孔千疮，补不胜补，维持平常无之生活尤艰之际，偏偏五弟又得讨厌的伤寒而病倒。生活吃饭要紧，治病亦不容缓，不意今日附近诸亲友各方送物，感到一种人生的温暖，人生在世上不能太孤独了，否则活着又有什么意思？如只有热烈的友谊，亦可使一个人有勇气活下去，今天听了，不觉无形中增加了我许多奋斗的勇气，并且深惭个人力量的微弱！别人都这么关心我的家人，则我又应如何奋勉呢？我最不愿求助于人，这几年来为家人生活，在不得已的苦衷下，亦曾去过及接受过各方亲友的援助。我在百般忍耐下亦曾写了些说了许多自己不情愿说的乞怜的话。我需要的同情，是人类的温情，但绝不要怜恤的心情与帮助。也许别人会说我是在强辩，是在故意掩饰言辞，而脱掉被人视为可怜者的地位，别的我亦不愿多想多说。但在别人助我的好意我将永矢不忘，而且在将来自己有力有机会时必定报答。我有余力定要援助那些穷苦的人们，因为我现在即在此中度过，深知个中的滋味如何。

我亦有许多要做的事，但在赤手空拳时，一切便成梦想！睡前院中小步，月光如画，秋风飒飒，落叶萧疏，夜凉如水，倍觉凄清。不知此时伊人行至何处矣，明月在天，唯默祝一路安泰无恙。

10 月 14 日　星期四（九月十六）　半晴，凉

今日仍在同业，工作如常，无可记述。今日心中仍闷闷不乐，因华子兄有友人自东北来平，托我代他筹款二百元。我每月皆不足用，尚在无着，又逢五弟病倒，医药之资无着，幸蒙亲友相助，稍苏困窘。复至何处去代其筹此二百元，好友第一次相托，即未能办到，岂不愧对。故一念及此便不由焦急之至，我有钱，定能助亲友，代朋友办些事，岂奈两手空空何？欲作人又从何作起?！我真不知如何以对华子兄也。

心头烦闷之至，下午下班一人去东城随便走走，看看。百物甚多，觉有许多东西可买，又觉无什可买，终觉当意者之物少。走到小小酒家，吃饭大碗锅面无味，出来又在光庭坐了一刻，将九时到真光，一人看中联合体大明星（四十余人）全体导演（十四大导演）空前大合作之《博爱》，取材比较新颖，立意亦富教育宗旨，迥非以往一般片子可比。乃述一老翁行善众人上寿，借机各述各自之以往由人类各种爱情，表不同之遭遇变化，暗中寓有讽世教人之意，集名导演诸明星于一处，实为难得，值得一看。午夜一人归来，觉倦，弟病无大进展，亦未再严重，但人精神比前数日好一些。

10 月 15 日　星期五（九月十七）　晴和

今日换在官活透记账，新的工作，全不摸头，琐细手续甚多，记账却为第一遭。这次工作相当麻烦，尤其官活透账目中财务总署一户最是麻烦。上午糊糊涂涂不一刻即过去，下午亦似未做多少事即到时，幸未出

错。同业组换了新人，转账多到新六时半方转完，实也不少，新去转那么多，实有点令人发怵。我在那最多时六时前准完，我回来时已七时廿分，还未找对账。下午张得荣奉九姐信来，谓知五弟病将入医院，与五姐七姐等商合助我医费，先送来五十元收用。我虽不敢云自己多要强，骨头硬轻易不肯向人求助，但此次为五弟病蒙诸亲友关切相援，又得承受好意惠助，但我却决定以后有力定当一一奉还报答，晚归来觉琐务冗集，精神时间皆不足分配，礼拜日好好处理一下。算日期英等亦应到了，为何近日何仍无音讯，念念不已。

昨日看《博爱》，路上不禁生出许多感想。人就是顶舒服的，也有顶苦的，在一城之内，一门之隔，便有无地之别。同是人类，在此时只有有钱的人好过穷人真如处在地狱一般，真正太不平等。同是人类，生活得就那么不平，教育本来不分阶级，却在此时只有有钱的人才能上，无钱的人不能读书，在现在这种社会中不合理之事太多。如求真平等，还是得根本改造社会制度，一仍旧习，这些不合理不平之事便永远铲除不清。看《莫斯科印象记》，里边那些社会生活制度习惯方式组织皆是顶公平的办法，但看了不免有点别扭，也许是根本处境不同，立场又异，本在那个世界中生活着，看去自觉有点奇怪。如不是常识告诉我世界上真有这么一个国家，真有这些事，作者还是亲自从那里回来才写的话，我真要以为这些记载只是凭空臆造的一个乌托邦的地方而已呢！

10月16日　星期六（九月十八）　晴和

今天天气很好，中午很暖和。新工作仍不太清楚，又忙了一早晨。从今天起以后每礼拜六下午亦开门，新四时方关门。别的银行亦如此，结这个，写那个，不熟就慢了，忙乱了一天，头都有点疼了，写呀算呀的手总不停歇，有办法绝不来此受这个洋罪没事穷折腾。中午抽暇去九姐夫处略谈即回。下午取了行里配给面粉廿四斤，累了一天，还得骑车拿了半袋面回来。这二日胡忙，今日觉背及项有点酸疼，这年头平常日子还过不好，偏又加上个病人，还得麻烦亲友，我心中实在不安。也许有人会说我是什么有骨头有志气，我是极不愿多受人助，心亦不安，难道一个穷便难倒了我吗？这些日子的烦意，只好说是我运气不好罢了，晚饭后过力家与力十一兄略谈即辞回，好似他家将分地。

归来得英自贵阳来一快信，行两个月才到，八月十八日发者，不知是何原故人至今尚未到平，是在路间多有耽搁，念之心殊不安。来信云想起不足一年间来回奔波，心殊不安不快，此皆因我之故，我看了只有觉得十分对不起她而已。说来又应归罪于穷字，如我有余裕岂不可放心家人在此，亦去南方则无什问题，现在因此之故，家中不能离开，英为我故，只好又跑回来。也许别人会问英："你可认清了他，值得你如此牺牲费力吗?"我又应如何来表示我爱英的热情真诚呢，我一定要努力，在将来有一番成绩，来回复报偿一切及我的亲友们看吧！我相信我还不傻不笨，且努力去干，勿多言！日内英等亦应到了，但在她行后，我信到时，不知如何处置，有人代收，抑退回，由不得而知。连日夜间飞机声不绝于耳，不知又为了何事奔忙?!

10月17日　星期日（九月十九）　晴和

上午多睡一刻，十时许出去到西单一带问订牛奶。现在却皆无余裕，在西单商场略看看，在高岛屋吃了一点东西。却是第一次虽然它已开了数年，北平内百物倒都齐备，有钱生活便可解决大半。午后三时许出去，到东城找一个人未在，又到前门去买了点东西。到刘家去看看，英父等率家人在后院打皮子，座谈半晌，六时半黄昏辞回。闻近一月余华北各地八路军闹得很是利害，路上不得安静，算来英等已行两月余亦应到了，不知为了何事耽搁，不知路间有何阻碍否，心中念及甚为不安。归来想起人事牵连种种问题甚多，不胜烦恨之至，身家连累了我间接亦累了英！能动的，谁愿在此呢?！一家全走，势又不可能。本来想今日做点事，跑来跑去全耽误了。

晚觉倦早憩，今日下午跑出去半天绕了一个大圈子什么事也没办，还不如在家休息休息的好。归来闻下午杨善政及宋宝霖来看五弟，病乃由易周兄在中大与四弟同学谈及而知者，并云代为想法去订牛奶。由五弟一病，无形中可见在亲友中皆多方关心，自动来看视，来援助，显得人类亲切互助的气息，感到甚大的安慰与温和。但我却亦觉甚为不安，我此时生活难以维持，不得一日安宁心情，但至今仍勉强苟延残喘者，半固因不忍抛母弟等而去，亦欲报尝亲友之好意，亦不愿空手来空手去，白白来世一趟。且使我有勇气生活下去者，唯各方亲友之勉励关切，与温暖人类互爱互助之气，使我生出无限勇气与决心来当前的困难奋斗不止。

10月18日　星期一（九月二十）　晴和

新的工作并不难，在量方面说每日比在同业清闲一些，只是刚一着手未免显得乱一些。比同来事琐细多一些，头有点涨，忙忙了一天。今日事少，五点半完事，提前出来，跑到新新去看《博爱》下集，这部片子稍剪的地方，很好，比较有意象。散场已黄昏，回来得英自渝发一信，算行期于近一礼拜内亦应到了才是。

10月19日　星期二（九月廿一）　晴和

事情比同业少得多，只是新的工作还不熟，过一二个礼拜当无何困难。下午清闲一阵子，下午下班去师大访卢鸿仁，未遇。归来看报，晚饭后觉倦，小憩。今日事亦不多，不知何以意倦怠至此。本拟归来作点事，答复亲友的信，但精神不支，简直做不了什么，心中亦不免甚为气恼。四弟亦怪，又多日不来信，铸兄亦无信来奇怪。英沿途与我有信，而与其家中却无信，亦可见念爱之深，唯不知其父如知我家中经济真象后，肯否相助我二人再度同行否。英归来后与其父言明后，不知对我二人之生活又有何变化否，其父有时固吝啬，但在有时情形下，只可能性谓之俭朴，亦经商之通情不足为怪。

华子兄日前来信托我代其友人预筹二百元，月内归还，此本为朋友互助之事，岂奈我处境非常，日用犹不足，那有余款。此时皆自不暇，又焉有余力助人，苦况已直告，唯觉好友第一次向我开口便遭婉拒，心中殊为不安之至，在人群中生活，互相往来之事难免，我如有余力，作人相需之处极多，岂奈身负重担，两手空空何？不知老友亦肯见谅否?！他有年力必尽力相助诸困难亲友及同胞，甚至全世界穷困之人士！宏愿大言只可记诸此册，不可以语人，但在默默中努力，向此志愿前进不止，尽力尽心而为而已！何必多言!?

10月20日　星期三（九月廿二）　晴和

虽换了新工作，每日仍是那么回事，无聊而已。一时高兴，中午早一点出来，跑到西单去吃了一次午饭，看了一个影展，没什么特别好。又到中央公园去看前杭州国立艺专校长林风眠氏之画展，乃用中国古画法笔意，而上色及线条光线布局又加上西洋画法及印象派之构画，揉杂中西自成一派，今日看了确实是不同凡响。笔力有时十分简洁动人，很有几张独具特色，十足艺术作品风味，与以往一切画家之画迥不相同。我倒很爱好，其名字亦很风雅，只是其写的字则甚不好，即画上之签名亦大不佳，既不独具一体，又不熟练美观，简而劣，殊为美中不足，但其画实独标一格，可赏。下午乱乱的，很快便过来了，快六时半方回来。到家已黄昏，晚饭后过访力十一兄，不在家，在九姐处及力六嫂处略座谈顷之，今年米又不易运入，旋辞回。（中午做了一件心中不安之事。）归来觉倦甚，虽有许多事要做，竟不支，早憩。（自己愈来愈坏了?）

10月21日　星期四（九月廿三）　晴和

晨昏甚凉，中午却晴和。每日事不多，不如在同业每日下午那一阵子那么紧张、累。只是算盘数愈来愈大了，普通一个算盘几乎不够用了。昨晚睡不安，想起许多问题，实是麻烦。现在唯一经济压迫下使我任何事皆不能作，难以为人，难以为子，两手空，徒唤奈何而已。下班归来又得伯长及铸兄各来一信，谓四弟已抵重庆，四弟却无信来家中，不知何故。看铸兄信中话气似四弟并无何办法，而毫无把握，又如何跑来跑去。现住在伯津处，不知又有何打算，四弟却甚马虎，个性如此真奇怪。我能不打扰别人、能不求助于人时绝不去麻烦别人，近数年来生活已多方承诸亲友协助，此番五弟病，又蒙诸人关心，相助，此次四弟出行又无形中打扰诸亲友，我受人之惠必于将来有以报答，而因家人之故，日负情意之处愈多，实亦令我烦恼之一事。信来皆在一个半月以前之事，而此时四弟如何，作子抑读书，甚以为念。庆成、庆璋都有信来，独四弟无信，得信后心中百感丛生，行否问题又在我心中摇摇不定，一切终须详细考虑以后方可决定。且俟吾英归来详计一切，晚过与力十一兄谈天，不觉又迟，拟写之信又须俟明日矣。

10月22日　星期五（九月廿四）　晴

这两日事比较少，一天不过七八张传票，很清闲，只是抄二份账单及做表报，很讨厌。今天事不多，下午颇闲在，但是在那乱糟糟的环境中亦不能利用闲暇做什么事情，只匆匆与朱君写了一封回信而已。中午抽暇去九姐夫处略坐，将小妹来信把与他看，他伏在桌上休息，有点喘，还咳嗽。他的病时好时犯，很是痛苦，而他又不相信中医不肯吃中药，一直自己在打针，也不见效，拖延下去亦颇麻烦。下班去师大访卢鸿仁，今天见着，谈了一刻，听他说的每天生活真是有点醉生梦死，自己既不糊涂为什么不利用这个时期努力充实自己，以备将来应用，回来略憩，晚作信。

今晚空中飞机又在飞来飞去不停，不知又为了何事，连日晚间电灯时灭不知何事，很是讨厌。

连日探听友人关于旅途问题，皆谓甚平静，无什事故。但算来今已九月下旬，英尚无音讯到来，本云九月九日回来，不知何去何日方能到平，不知此时已行至何处！据以往亲友等来信，我已可推测得知内地生活情形，在此动乱时代，经济为第一先决条件，在此方面有充实力量，则在何地亦比较有办法。英之归来，乃全为我之故，乃想法亦令我与之再度同出，我因亦想出去一阔眼界，但连日筹思关于家中种种问题，家中无人照应，亦很难走开，且看英回来，与之熟计一切，可有其他完善办法!?

10月23日　星期六（九月廿五）　晨阴午晴

公事房中的生活，顶不自由，无事也不能他去，坐的地方又那么小，十分不舒服，乱糟糟的地方，什么也做不下去，书也看不下去。我要看书，或写信，或别的东西，一定要是一个安静的地方，平静的心情才能做点什么事。今日事不多，可是也没做什么事，下午在行中检查身体，只眼有轻沙眼，其他身体各部皆无毛病。没有多少事，看看报，只觉十分无聊，可惜大好时光白白如此放过，否则在家看书写字岂不甚好，在此做此枯燥生活甚为无聊。想起便好笑，毕业后会进了这个大门来做事，实出意外，作此事实无味，无可留恋，只为生活所迫不得不每日上班而已，且利用之而取得一些配给权利。日前行中将配给煤，今冬煤缺贵，不易购到，百二三十元一吨，最高百六十元左右，煤球亦四元百斤，今夜如不配给，煤实成问题，买不到岂不要挨冻么？今日忽然发下一月本薪，未发通告，封套上亦未写明是什么名目，六十元此时值得什么，又能做什么事？如此三月内每月多发下这一份本薪，不知到了年底还发什么否？行中办事毫无动静，发下方知，这又不知是那一位老先生出的好主意，反正不论如何都是本薪大的吃香，薪小的还是吃亏。

五弟连日已无发烧，精神亦佳，且胃口已开，要吃这吃那，亦爱说话，这样子已是日愈一日，不会再转他病再变严重了，只是养病，补品又是相当一笔钱呢！人活着时时刻总是与钱打交待，有没有钱这个东西失其效能的时候呢！

什么都是假的，如生活没有解决，整日为生奔波不及，遑论其他。我虽是每日为生活而奔忙，但仍愿安心读书，闲时写点什么东西，但生活不安定，便什么也作不下去。

今已十月廿三日，而英等何时回来到平，尚无确信，不知此时已行到何处？使我心中十分惦念，看这个情形，不知在其母周年纪念前可能赶到。如他们算在此期前赶回，则至多在此半月内便可见分晓，想起不久便可见着相思一年之久吾亲爱的英，心中不禁又十分欣慰！

每天总觉自己在愁城中，过的是穷日子，其实每天那一日也未挨过饿，总不算太坏的东西吃。屋子内堆放着满满几乎搁不下的东西，难道会穷吗？自然日子过的比以前不如，但那应怨自己的能力不足，还不充实。虽然赶的这个时代不好，如尽与环境好的人相比，自是觉得自己苦的很，但想想家中以前恐亦还有过比现在过的还不如的时候。以后有了舒服的日子，那都是父亲努力奋斗的结果，那么我此时亦应努力去干来获得自己想望的幸福的日子。而且常常苦恼自己的，引起自己心中不安的，除了一份正经事以外，其实有许多都是物质欲在蒙蔽我的理智及心，那些没有，不是亦过来了吗？有了那些只有容易使人更贪安逸与奢侈，每一个人超过了他应有的生活享受，便是不点奢侈了。想起自己常为那些外界的物质所引起的欲望所诱，所迷惑，心中不觉十分惭愧，亦觉可笑，心中醒悟了，便觉安静许多，心神清爽。“清心寡欲”实是福寿之言，我觉清心不只是不多管什么事而已，而已不去想什么事，什么事都不放在心上，所谓清明洞彻不存一渣粒。寡欲亦不仅指性欲而言，而系谓一切物质欲望而言，名誉望等等皆在其内，即无所思念，无所挂碍，无所欲求，方是真清真寡！

10月24日　星期日（九月廿六）　上午晴，下午半晴

早上起来晚一点，看看报，扫扫院子活动一下，为鱼缸换换水，就过了一个早晨。下午天气半晴的样子甚是讨厌，饭后拟办之事甚多，时间又不够分配。先去沐浴，心身为之一爽。又到西单商场看看，日用洋广百货充斥市面，无一不备，但精美的西洋货却少，质料皆较以前次了许多，且价格比今春亦高了二三倍。有钱的人多花钱，便仍是可以过很舒服的日子。绕绕走走，不觉已是黄昏，回来已暮，晚饭后作答与诸亲友之信件，已堆了有六七封未复了，不知他们近来皆如何?!

10月25日　星期一（九月廿七）　上午阴，下午晴

昨晚起了一夜风，至今晨方止，气立刻凉了许多，手不戴手套早晚已觉甚凉。空气立变萧索多多，凉得很，行人不觉有的就袖起手来了。行中各处炉子已按装好了，可是家中一切均未动手，煤亦未买呢！行中今年配给之煤不知何时方发下！我也不去着急，如着起急来亦无完，应急之事多得很呢！

今日是廿五日，各处发薪，官存处又比较他日忙起来。今日传票四十余张，比平常多数倍，财署者占十分之八，由晨忙到下午，没有什么停止的功夫。耳边充满了卑言污语，特次人性之言谈举止，实是同人可气可笑，只好皆不理埋首办事与他个充耳不闻，对这一般人真是厌恶透了。

晚归来得廉政来一信，由洛平信纸行十九日，真快。云大宝已抵滇晤其父，并已入西南联大外语系，一切平安甚好。今日又过来了，自渝发信后之英，迄无其他消息，不知此时走到了何处？若在七号以前赶到，则只在此半个月以内便见分晓了，想起来英回来之日固不远，只是想起兀的不急煞人也么哥！

我至今对出行事未决定者，固英未来未能详商一切。我则固因家中种种问题，但在此有在此之好处，即在此有一种无形中之潜基础，诸亲友多在此有什么还有点办法，否则人地生疏更是束手无策。好友熟亲中行者日多，留者日少，行固为之一喜，走后复又思念不已，忆聚谈之乐难再，人生永远在矛盾中度过，又奈何?！昔日坐上客今皆远在天涯！庆成兄弟，四弟，大宝，伯长等，今皆各在一方，不知现皆如何？

10月26日　星期二（九月廿八）　晨雾，晴

早晚已很凉，但此时应戴的厚线或是薄毛的手套，没有，只有忍忍，再冷就又该用毛皮的大厚手套了。

快到月底，我的工作又快该忙了，不是繁难的工作，而只是琐细啰嗦而已。下午一同事代人售羊皮鞋，还便宜，正无鞋穿，便买了一双，心中很满意。现在几十元能做什么事，好一点皮鞋便要八九十元，西洋皮要二百多，如此一比，货虽不好，亦便宜得很。

下班绕道西单为五弟买了一点饼干糖果，病才好，便连日索食不止，病得面色发青，两眼凹陷，很是难看。他病后只是更忙累了娘一个人而已，李娘年纪老了，又无什营养，体力大不如前，一切事多帮不了，做一点就累，又咳又喘足疼，显见得体力大减，亦是岁数大的原故。快七十的人了，命好该享老太太的清闲福，而随我来受苦。娘一人一天到晚操劳不止，本拟出去玩，看电影连吃晚饭，又得十元左右，为了买一双鞋便不去了，省钱作正经用。与那些有钱的大爷们不可相比，我如有钱时要办的正经事正多，亦绝不会那么整日吃喝玩乐的去胡用吧！

晚在灯下再与诸亲友写信，四弟仍无信来，连日似亦应得英离渝以的来信或抵商的信，如可能我还去商邱接她去呢！现在不知已行抵何处，极为惦念。夜已凉如水，祝其康健！

10月27日　星期三（九月廿九）　半晴

整天写呀，打算盘呀，坐在那里总不动，头都疼了，但有的人却整日逍遥没什么事，这是人家大爷的福气?！到那个地方都清闲？人情势利（及力）充满了中国整个社会，一点也要不得，非彻底完全改过不可。整日整月的苦干，一家却仍在穷苦中度命，而别人倒倒把便腰缠累累。这年越是循规蹈矩的人越受苦吃亏，想起来真还不如一个蹬三轮车的卖力气人一月赚的多，不禁惘然了。下班即回家，每天因来总希望能接到英来信，得些什么使我兴奋高兴的消息，每天回来没有信时便十分失望。虽知相晤之期大半大此半个月以内可以实现，但愈近了，未得确息，心中便愈加焦急不安，我还希望能跑到商邱去接他们一同回来。

晚饭因火不好，一直耗到八时半快九时了才吃完。一天到晚挣扎着只为了生活，连一顿亦吃不安帖，心中十分不快。联带想起许多事，使我十三分的烦恼懊丧，觉人生实是无味，我从不知什么是人生的真快乐，最乐是什么，什么达人知命，什么无责任，无忧苦危惧，什么无知无识，昏浑噩噩……皆不是，我以为最乐乃在“不是人”！但此时鸡犬生活亦受影响，不是家中猫犬鸡亦同时随我在受活罪，同样整日苟延残喘吗？“宁作太平犬，不为离乱民”，信不诬也。我相信如不是适逢这个动乱的时代，我家中亦不会落到现在这么困窘。就凭我一个人之力量亦足能支持全家人一切之生活，但偏遇此特殊的时候，我又两手空空，实是没有好法子。我如非这个家的责任，压滞我在此，我也早就海走天涯了，也不见得就比其他人不如。只是他们没有负什么责任，而报偿他们的父母与家庭很少，而多顾了自己而已，这如有机会与我，我又如何会不如他们呢?！不敢说心怀什么雄心壮志，但也要想做许多事情呢?！看吧！人总不能一辈子永在穷途潦倒中，有朝一日有机会时，时间便是我的试金石。晚上心烦之至，什么事也不能作下去，写了日记发发牢牢骚，早点去睡，今天过的好不倒霉！

今天闻叶于政由沪回来他已毕业，过几日在一起玩玩，上午与他打了一个电话，谈了一刻。

李娘年老体弱，加以我环境不好，每日操作，营养不佳，心情又衰弱之态日增，我深怕他出什么事，那才糟心，叫我如何办?！看了她走来走去便有些提心吊胆的，这也是我将来麻烦的事，我不管谁管?！我亦不能不管。

在中国这种社会中便是有钱与无钱的日子好过，尤其是在此时。有钱的不必说，就说左邻东院乃一大杂院，拉车打鼓卖烤白薯，打布格背的什么职业都有，大人小孩不下三四十人之多，皆挤在那廿间左右的房子内。别看都是卖力气的，小贩等穷苦人家，但是一年到头，生子，嫁女，娶妇，老死弥日，无不大办其事，亦像煞有介事，亦有简陋而行，但都一样一样的解决办了，不管如何是办了！但在我们现在却一样也出不得事，出了事便是束手无策没法办。说有钱又没钱，说没钱又比东院那些人家强得多，就是这不上不下的最苦。历年沿积下来的习俗与门风的面子问题，假虚荣心所累所苦所困！东院一样事一样事皆自己办了，我们却一件也发生不得动不得办不了，这是什么原故。没钱还有这个空架子在，而又有面子问题在，于是有此可笑的矛盾在！

我烦极时，只有恨我自己，看老小随我整日受苦，心中十分难过不忍。我此时之痛苦亦应我受，只有怪自己力量薄弱，与命远不好而已！夫复何言！

“经济压迫”，便能打得我倒在地上，永远起不来吗?！哼，我却不信，我要与一切阻碍困难奋斗到底看谁行?！最后的胜利应是属于我的！

昨晚与四弟写信，不觉竟尽九单页。真抵渝后迄无信来，实一怪事，个疏懒马虎至此。信寄渝由伯津转，不知何时方到其手，写毕已午夜二时。

10月28日　星期四（九月三十）　半晴

每天生活方式如一，实无意味。到时上班，到时下班，回家休息，晚饭看报记日记，写信，看书，睡觉，再要做其他事无精神无闲暇矣。此种实是无聊，而自己所喜作之喜读之书欲习之字，俱不能办，实是心烦，五弟病尚需相当将养，今日无他惟苦无钱耳!?

中午遇鲁兆魁，立谈顷之，知其二弟一妹皆已做事，比较好。兆荣已年余未通音问，大家多忙于生活，而少暇逸心情寡于访问矣。我如有力必助其家，其兄弟皆知刻苦耐劳，维持一家不易。下午归来又不见有信来，今惟切盼英再有信来，如他们赶在下月七日以前回来，则我算在下月三四日前后可到，不知到时可能到否?

10月29日　星期五（十月初一）　晴，晨雾

快到月底及月初，因结账单等比较快一些，但今天却不忙，事却不多，倒很清闲的过了一天。只是在那种污浊空气及乱糟糟的环境中亦不能如何利用暇时。闻九姐夫日前曾延请蒲伯扬去打针，中午饭后即去看他，还有点喘，略谈即辞回。下午下班去看五姐，因打电话与祖武兄，先与应先谈话而知，日前复往医院去看，不放心跑去看他，还好。略谈，留在彼吃晚饭，旋即辞回。到家得铸兄答我八月廿一日所发问其经

商事，颇详甚慰。上信计行一个月另二日，来信亦行一个月另二日，则九月十九日所发之信必已寄到矣，唯不知能否赶上转交与英，而英过西安时是否又会去访铸兄。同时又得天津舒君来信，云于十月五日亦将该款汇来，却为留交，一直不知令人殊为焦急，可恶。明日便往取，以便转达，如此省事不少。

与铸兄之信皆已得复，而英于何时离渝后之信却仍未接到，此时已抵何处？到抵如何？抑又改了主意？十分挂念，在此有在此的好处，亦有在此之坏处，出外有出外之益，但亦有不便之处，世无两之事，且待英归来详商一切再定行止。

10 月 30 日　星期六（十月初二）　晴，晚风

今日事虽不太忙，但在下月初结账单，作积数表等便要忙上数日。上午由聚义将津舒君由津汇来之款二百元取出，与其友人打电话，又不在学校，只索明日再说。下午下班即归来，顺路将五弟之车亦带回，归途遇刘曾履夫妇，他为我小学好友，迄今已近廿年，他新婚不久，事先亦未通知我，本拟去看他们，而因五弟病兄又延拖至今未去。路间匆匆谈了几句，他太太名沈美理，以前在其家亦见过。时光过得真快，小学老友中孙祁亦于月前结婚了，在此时结婚确不是易事，而如凭自已能力凭其二人皆无此能力。而我能佩服曾履者，即一般人多口是而心非，平时说得头头是道，但事到临身时，他却不那样做。而曾履平时思想即非大爷式，而在其行普通人所谓终身大典时即很简单严肃，是其难能可贵之处。

行中同事，代售胶底鞋，羊皮面，虽不见佳，但代价仅三十八元，在此时能买什么东西？很便宜，日前已勉强买了一双，适正无鞋时，又思如此便宜难再遇，于是今日又取了两双回，备与四、五二弟着用。四弟者将来设法带去，且暂匀出钱来添此便宜货，总比花此三双鞋价只购一双强。此三双仅百十四元，而如今一双新西洋皮者非二三百元莫办，不成比例。

晚因琐事又与母讲了半天，无知识人实难讲话，人非如此说而偏要如是想。心胸偏狭乃妇人之通病，但多少年由父、我、四弟、妹等无人不劝

解开导母之思想行事说话之错误处，非但不悟，反一遇劝解时，即以为是在挑剔，在管母，实是错误。腐俗思想深入脑中，总不明白，谈不到一处，许多事理不明，实是令我苦恼非凡之事。但我亦有过错，英及其他亲友皆曾劝我态度应采商量态度，我亦知如此较训诫式强，但情势所迫往往不能采取温和态度，亦我之一缺点。但内心之关切爱护母亲家人之情，适与我外表激昂之态度成正比例，此苦情谁又知之?!

后日起邮资大涨，晚作与同学信数封，至午夜方毕。

10月31日　星期日（十月初三）　阴凉

天阴颇凉，上午多睡一刻方起，十一时许出去，发了几封信，明天就太贵了。顺路去访云俊不在，找李準在家，略谈，近午辞出。为李娘买皮丝烟，十四元三角半包，比一元多一整包时涨达十余倍之多，一度且缺货。午饭在高岛屋吃颇便宜，买了一点文具，路过去王家看看。庆华陪他太太去医院，不在家，闻已有孕。其母近日即将回平，闻治华因养肺病亦同回，小坐即出。去东城光陆看德片《明灭双星》（“Kola Jerry”）女主角一人兼饰二角，且在一双同舞同歌，互言，尚佳。看毕绕路去郑表兄家坐半晌，与二宝谈顷之，大宝来信亦知英回来矣，辞回已黑。在西单小吃，已是四元，此时吃饭唯在日本店比较便宜。一路无电漆黑，行路甚是不便，前打电话问同学，谓电力不足所致，不知又闹什么鬼。全联会议开完，又该快实行防空演习了罢，他看户口上无余人，什么亦未出人，亦清省。

近来闻行路不便，而英自由渝发一信后即未再来信，现在到底已到何处不明，心中十分惦念，不知路上会出什麻烦否？但祝其一路平安，又不知其可能于七日以前赶到，如能则在一个礼拜以内即可见分晓矣。如在汉中等地有信来，此时亦应早有信到，何以不见，真是怪事，亦真令人放心不下也。

今日与三表兄闲谈，畅谈时势，南北同，唯所受之欺压者不同而已。政治社会无一不腐败黑暗，毫无进步，实是可叹，思之令人愤慨不安，彷徨无主。又云他颇轻视所谓那些将来欲以正统派而自居者，在彼亦不过暂维生命，亦无补益于国家社会，亦只勉强生存而已。如干，应去做实际工作，空言不惭，实为彼辈羞。念在位诸公，争权夺利，自私自利，仍与以前一般，并无二致，鞭子未抽在身上，手未打在脸上时，仍是执迷不悟，即江南亦差一层，此时惟能真醒悟者恐即为华北之民众矣，因其已身受其痛苦之烈！三表兄谓此辈为“光荣之避难者”，此名词亦颇新颖有味。

归来细思三表兄之话似是而非。在其年纪及环境而言，及比较多年处世经验而言，或可强作如是解，但各以青年而论仍以在此不如在彼，虽知不过如是更无何进步改善之可言，但应抱将来必有恢复完善之一日。而我辈青年皆有此责之想方可，否则即在此迁延苟安，又如何是个了局？虽其讥许一般人之挂羊头卖狗肉，而引以避难之光荣亦不无其理由！唯不可即为其表面之言谈所蒙蔽，因事固皆不可一概而论！是因无一地足以满青年之想望，且在此时势下，本亦无一地可餍众望，到处充满荆棘黑暗，不合理之旧势力，自然无一处会使青年人满意，此亦当然之事。耳闻目睹，非尽子虚，如南下为经商而与国家社会毫无补益，是亦殊愧于心，中国人多缺乏“干”的心志！

11月1日　星期一（十月初四）　晴

月初结账单等比较忙迫，今日忙了一天未闲，积数表等皆甚麻烦，终日打、算写，实极单调之至。新七时方归，已黄昏，到家仍无英信，心中十分失望不安，不知他们到底是如何？现在何处？九月一日以后应仍有信与我，怪事！无英信，却有陈樾荫来一信，两大页，述沿路风光，与英前来信所述又自不同。他颇有文学天才，来信写来颇有散文意味，字亦娟秀类女子，唯文辞中间或有不妥语句及错白字，当系匆匆疏忽未重看过所致。信封只余封面其余皆失，用报纸粘包绳捆而来，外表极为狼狈可怜！不知此信历千山万水，中经几许困难方抵此间，未曾遗失亦是万幸，而该信于七月卅日发，而十一月一日方到，方为新纪录矣。

晚念英无消息，心中极度不安。

日寒一日，屋中炉未按装，煤未买，诸事待购买、应付，百孔千疮不一而足，念之心中十分焦迫，其永远在此窘迫中混度也?! 天寒尤不易维持矣，行中前有配给煤信，至今无音讯，不知到底有否？此五口之家实难令我维持也，啃窝头亦啃不上，念之惘然。区区三百元，在此时此地，五人一个月生活够作何事？仅供半月之需，亦差不多矣，又奈何。但无论如何总得生活也，我有生之日，即为之挣扎一日可也，大多数皆顾家且不及遑论其他?! 前因己力不及而未能代华子兄代筹二百元，心中实为不安之至，今日已代为办妥心始稍安。

11月2日　星期二（十月初五）　半晴

月初忙于结账单，比较忙碌，今日一天到晚没停歇，不过是写算而已，无什可述，至薄暮方回。

归来仍无英之音信，不知到底如何？念极心中为之忧烦之至焦急不安，前其文曾言其二姐或算在其母故后三周年前赶回，而在此时却仍毫无音信。如在三四日内仍无消息时，则在七日以前恐不能到矣，念之急煞。英离渝后，当必尚有信与我，但至今未得，实一怪事！且候至礼拜六再与其家打电话一询。

归来心烦亦难做他事，看报及书与同学作信，睡晚。

11月3日　星期三（十月初六）　阴，晚雨

行中事如常，赶出抄账单，结完。中午王老伯兆麟笺招，午过中国农工银行令代书一信，闻庆华母已由沪归来，下班遂去王家。庆华已回津，见着其母，一去已近半年，其弟治华及二妹亦回，治华需静养，谈知沪上大风损失甚大，情势十分惊人。留在晚饭，继续又谈在沪各种情形，生活之昂贵，市民之奸狡，凶诈，风习之浇漓颓靡，一切仍如昔之醉生梦死，大财场之豪华富丽侈靡荒荡，倾家败产者不知凡几，销金窟实未言过其

实。又谈生活之种种情形，日用品购买之困难等。其母弟等回来，在沪之亲友已所余无几，大姐必感十分寂闷，其父又谈二月前去绥远一次沿路及在彼地所见荒凉之景象，十分凄惨，处处物物皆统制，大多物产皆属军用，而最痛心者即无论穷富老幼皆吸鸦片毒化中国，为最可怕之一点，居心狠恶令人切齿。综观南北诸地情形，实为中国前途大抱悲观，而一般人因多皆受经济之压迫，而在处处时时想巧妙方法变化应付，生出什么生意经来获得经济上之收入。而求物质之享受，固然维生亦是必需之事，而如尽在此方向谋求发展，在此时代，不能为国家社会稍尽心力，稍分苦痛，而一意谋利，则未免对良心不安。我意在自己及家人生活能够不成问题时，不必求多么舒适，而应用余力于社会国家有益之事，不论京、津、平、沪青等地，有多少富人及多少销金作乐的场所，但是在全中国人数中终是极少数的一部分，而百分之九十以上，大多数的民众，多是在都市中各工厂各劳力所在，各角落呻吟，挣扎，受苦，在各穷乡僻壤中终生受罪着，我们不是应尽力想法去救助他们吗？使他们也过一些比较舒服的像人一点的生活，我并不以仅能维持一家人们温饱而已，就算满足，以往常为资产地位的欲望所熏昏了，我要使大多数受苦的人们都能温饱，提高他们生活程度，一般人奋斗了一生其实不过是使他一家子过得不坏而已，为他子女尽了一辈子变相牛马（忆幼时节读古诗有句去：儿孙自有儿孙福，勿为儿孙作马牛。）而已，并不能有什么影响与社会国家及他人。能兴利革弊为国尽力急光的固少，而能作出一番有益人群的社会事业亦不多，我现在有这么想头，就是作大好人也罢，大坏人也罢，都好，此时所谓的大人物，不管他如何，他在此一生总找到机会有所成了。不管是被人称赞或是唾骂，而他之言动已能影响到他人，左右他人，就不是一个庸庸碌碌的平凡人，只要不是一个平凡无闲无实力之人即不容易，且不论其立场如何。晚与治华兄弟等谈到夜十一时方回，真可谓近来之畅谈，甚为痛快，由其谈知沪情况，又增多许多见闻，今晚竟降雨殊出意外，归来觉倦，即憩。

11月4日 星期四（十月初七） 阴雨整日，凉

实在想不到，昨晚午夜又下起的雨，到今天早上尚未停止，淅淅沥沥说大不大，说小不小的，下个没完，一直延续了一天，十分可厌。早晨走到院中，满地湿漉漉的，加以落叶满地，仰头看各树叶已脱落大半，都是昨晚风的摧残，显得空阔起，加上小雨秋风，真有凄风苦雨的味！心中十分不快，中午亦冒小雨去饭厅，好在不大，下午下班却冒了不小的雨回来，全身都淋湿了。下雨后，这边的路泥泞水片十分难行。归来仍未得有英信，滇渝如处皆有信来，独不见英来信，是何原故。她离渝后沿路如在城因有耽搁定会有信与我，何以自九月一日以后即未再得她来信，是丢了，早半路汽车抛了锚？出了什么事吗？我真不敢多想下去，唯默祝她平安无事吧?! 想起来，不通音信实在令我忧心如捣，如其在滇，无信来还可，知其安居在彼，启程回来，我闻之可喜。但走到半路忽然又无信来了，怎不令人焦灼之至，看这样子七日未必能赶得到了，那又不知那天才到，真急念煞人了，她如回来必不会不令人通知我的，连日为此事坐立不安，极无心绪！

11月5日 星期五（十月初八） 午后晴，晚阴

这时候还会下雨实出意外，到今晨犹有点雨脚，幸中午即晴，不然阴沉沉的，天色湿漉漉很凉的空气，实是十分厌人，晴天令人精神方面亦比较清爽快活一些。上午打电话向刘家，英二嫂云家中亦无信来，不知到底如何？不知何以自渝以后竟未再有信来？如在城固及西安有停下不应无信与我？中途汽车抛锚及界商间路途不会出什么事吧？但愿他们平安无恙！想来不安，心如火焚。中午与一同事到前外肉市绕了一圈，肉市现在成了粮市，两旁排满各种粗细粮食，狭仄的街道加上有少数的车辆人又多十分难行，拥挤。亦有售香油者八元五一斤，大米四元二，四元四，四元三一斤，小米二元五一斤，小米面二元二一斤，大豆高粮，高梁米全有，只要

有钱，那愁没有东西吃。在城市中就是需要钱，不怕有暗盘高价，就怕无钱，无此劳什子在城市中什事也办不动也。经商固有利，但赤手空拳亦只好看别人作而已。临下班时电灯忽无电，甚黑，不便，赶忙赶完，新六时许已薄暮，到家即已掌灯时候。饭后过力家，将铸兄信转与九姐，又去力十一兄处座谈顷之，归来夜凉早寝，看此情形英等七日前恐不能赶到矣，而何时方到则不可测。今日看力八妹来信，谓四弟抵渝颇能吃苦，殊出大家意外，根本亲友间未能互相了解，谁又皆应下流无出息，有能知好强上进者，又有何稀奇。我知四弟处亦极困难，我作兄长的竟无力助他心中十分不安，近日拟筹钱拨与他些！

11月6日　星期六（十月初九）　晴，晚阴

行中已生火，屋内空气甚干热，人多，亦污秽。我常想如长作此事，长处此恶劣空气中，又不大活动，日久对我健康大有防碍。事情不多，却得在那坐着，且又不能利用余暇，地方狭小，椅子又不舒服，真是大不自在！提前半小时完事出来，太阳一落下出大地上便觉那么凉意侵人了。在大街绕了一圈，看那些人们走得都那么匆匆忙忙，大家都是为了生活而忙迫不休，人终日奔忙不过只是为了两餐而已，实又无多大意味，我不知人到底为了什么而活着？一人跑到西单高岛屋去吃饭，用了三元六似乎还未吃饱。出来一人跑到国泰去看电影，是德国乌发公司出品的音乐名片，贝多芬《第九交响乐》，音乐很好，只是剧情不大明白，有的地方光线不好，太暗，或许是片子老了的缘故。循环看了两次出来才新九时半，到家困倦即收拾睡了。

今天英仍无任何消息！怪极！

11月7日　星期日（十月初十）　半晴，晚阴

早忙这忙那，生活必须不可免的琐细弄清楚已是十时多了。急忙出来，找了几个理发馆都满坐了，于是先到叶家去看叶政，他亦是才离床不

久的样子。祖武已先到，旋巢兄亦来，于政无何大改变，所谈不过吃喝玩乐跳舞而已。在沪的生活自是不同，他与我们过的是两种不同的生活。谈了半天，亦无何新奇，还不如我与治华谈而知沪上各种情形多呢?！他二三日内即返沪了，他很聪明，如不好好用它，在海那种地方很容易毁灭一个人，而一个在念书时不知安分守己的人，不读书还要花天酒地，喝得醉醺醺闹打舞场，真是浪荡的青年。本来作学生已是一个纯消费者，在本分应用之外，应尽量节俭方是。而有人不但在学生时代大量花费了家中的钱，而且有的在做事以后还不够大爷的零用，仍得家中去供给，真不像话，大学毕业而不能自立，岂不难哉?！如有事做不知努力而胡闹，亦太不懂人事，如此等大爷式的人，与我这般的人相比，我们不是太安分了吗?！别人也许会说你此时不过是没钱所以才如此说风凉话，或是如此，但我相信我如有点钱绝不会如他们那样胡花！我虽知大多数人都为自私自利而努力，我虽不敢说将来必能对国家社会尽多大力，但我将来必在力所能及的范围内去帮助他人。我对于政的个人的聪明与应付世面的手腕颇好很赞美，但对其私得则甚不满意，世上无完人真是不假。

近午由叶家与祖武同辞出，分道各回，我就又在高岛屋匆匆用了一饭。这两次颇不满意，下次不去了。饭后又跑到西长安街去理发。新二时许去访强表兄，将樾荫来信与他看，并谈了一刻。三时四十去郑表兄处，与二宝等谈顷之，又将大宝转信与她看，信末注云英回来与我订婚，不知他听谁说的，可是此时英无消息，不知在何处，兀的不急煞我。今日本是她母之周年忌日，我本拟去，因不知他家有什么讲究忌讳，免麻烦误会起见说未去。今日不归，我还得安心耐性，不知要等到几时呢?！算阴历，再过四天便是她行后一年了，什么时候才到呢？六时许回来，顺路买了一点东西，上礼拜五借来四十元，什么也没买，便又花光了，明日娘生日，亦只是马马虎虎地过而已，赶这个年头，我此时又无能力，又有什么办法?！家中此时炉尚未按，煤亦未叫，想来诸事未备，头疼，还有一礼拜才发薪，但是这个礼拜如何过我亦不知。拿来薪金，除了还账，亦只余百元而，如何之处，我亦束手无策！徒呼奈何而已！

11 月 8 日　星期一（十月十一）　阴微雨，夜大风冷

行中生火，暖如三春，但外边却甚凉，室内烟气迷漫，空气甚坏。前云配给之煤仍无音信，想将无望。今日事不多，下午向兄又来商谈其出行事，仍不明白，还是着重在他书上，实是难题，代他想了几个法子，不知他如何办？此时走路上要受冻罪，今日事少，下班立即回家。今日是娘四十五岁生日，大约力家人忘了，故今日未过来，不来减少麻烦，亦好。晚上吃的是杂面汤面，因为切面我没有买到，此时白面成了希罕之物，甚不易得，极平淡的过了一日，完全受经济的压迫。记得前年犹在其士林购一大蛋糕为母祝寿，那时还未有收入，以前未毕业时过年亦还好，如今一年不如一年了。可见生活之日艰一日，年窘迫一年，今天过的极为惨淡，为子我心中十分惭愧不安。晚作一信与四弟，英归来仍是渺无消息，无信来，想起心中十分懊恼，闻近来路间较吃紧，不知如何？本否不知，唯祝其平安无恙，去年此时行，一路受尽寒霜，今年又赶在此时回，多苦了英。

11 月 9 日　星期二（十月十二）　晴

去年昨日，英还来了呢？本来预算今年或亦可来的，不料出意外，他们的旅途这么迟滞，至今未到，今日回来仍无信来，心中十分懊恼，不知到底在什么地方，何以离渝以后无信来，就是想去找寻，又叫我到什么地方，以何处为目标去寻去找呢？一想起便觉奇异焦灼不安，如未动身，尚在一固定地点还可写信去，尚放心，如今在路上，无法与她写信，他却又无信与我，断绝了消息怎不令人着急呢？是来信了还没到吗?！近日困窘事实受经济的压迫，而连日出乎我意外他们走了三个月还未到，使我心中非常不安，精神方面十分为此烦急不安。

这两日行中事又少，在那耳朵中充满了大爷或自作聪明的人的胡说八道，十分无聊，但回家来心绪极坏，又惦念英的安危亦是无聊烦恼。晚饭

后烦甚，遂步至四眼井刘家去与小学老友曾履畅谈半晌。他新婚不久，他事前未告我，故不知，到他屋看看，就是新修饰布置的那三间屋子，屋内装饰的焕然一新颇整齐，比他从前住的屋子的样子大不相同。发了半天牢骚，一人独自踏月步归，夜凉如水，一时觉人生实无味。大家不过是多为自私自利，为了活着以外，又为什么，又有其他什么意义呢？我至今没有想通，真是一个哑谜，虽是不得要领，但那么多人以各种不同的方式，有苦有乐，都活得很好，或都要活着，真怪！

今天安好了火炉，但煤却没买呢!!!

11月10日　星期三（十月十三）　半晴，黄昏风

中午太阳晒在身上微有嘌意，但是一到了黄昏起了风，落叶满空飞舞，飒飒作响，显得那么肃杀凄凉，气候立刻凉了许多。连日白天行中事不多，上下午多闲空反觉十分无聊，乱糟糟的环境中亦不能利用闲暇，且充耳都是令人心烦恶心的言语声音，觉得十分无聊。太忙不好，太闲亦不好，下班回来，英仍无信息，无论如何算法，此时亦该到了，不知他们如何走法？是临时发生了什么事情？是在城固多耽搁了时日，是谁半途中病了?！真令我想不出是什么原因？唯默祝他们平安无恙，一路顺利！关于英的行踪，突然信亦中断，是使我心中最为不安，精神最痛苦的一件事。这其间由桂林，昆明，渝，秦各地皆有人与我来信，她如与我来信，不会投不到的，她没写信与我，似乎亦不会，可是我什么也没接到，她家亦没有，真真使我烦急之至。我心中的烦苦无处去诉，无可与人商讨，是为更苦，现在心烦时更加难过，以前至少还可写信与英倾诉，发泄，而如今却与谁写？想出去找个好朋友谈谈天，可是非曲直亦无处可去！大多好友皆不在此。昨日勉强去找曾履，可是人家新婚，屋中新的床，红的椅垫，花的窗帘，都还象征喜气，连屋子都有一种新的味，因为是才修饰过的，而在那发了半天的牢骚已是很打搅了，但看了他们多少不免与我些刺激，想想自己亦是十分不快，凄凉得很。吾英何时归来呢？我的心等到什么时候呢？

11月11日　星期四（十月十四）　晴和

今天天气真好，晴和温暖，为初冬难得的好气候，又没有风。中午饭后绕了一圈回来，行中事不多，颇闲在。白日天气虽好，但一没有太阳立刻凉了许多。今晨院中鱼缸竟已发现了一层薄冰，为今年第一次的结冰，礼拜一已是立冬，现在可算是冬令了，回来家中尚未生火觉凉，吃饭又晚，飞机夜间飞个不停，不知何意。

酝酿多日之政委会及各总署改组事，昨日已实现。今日街头已贴公告，各报馆出号外，晚间无线电中亦广播，此又是政界一番变动，不知其中又有何蕴意，政客们又可活动一气，亦有些人亦可发一笔小财，而为送礼商家间接亦可沾些光也。

夜月色极佳，唯境物全非冬日十分萧索，仰瞩素华，不知伊人现在何方，瞬又一个礼拜无消息矣，思之不胜凄清不安。

连日家中极窘，近二三日皆仗典当度日，只差五日发薪便致如此，说与谁人定必不信，至今家中无余资购煤，炉虽生好，但不知何日方能生火也。想来如此生活程度有增无已，日需十五元，连日竟是购一些过一顿或一日，窘极矣，念四弟远在数千里外只身奋斗，不知如何过法，至今不能有余力助他一二。家中生活总在恐慌中，母及李娘二老终日劳苦工作，五弟大病初愈，保养不得，家中百物待备待添，冬衣在质，临寒无煤，食粮无余，英行半途忽失音，种种烦苦皆在心头，我不知我在此所负何责？所尽何力？偏逢此时吾已尽力则又奈何？

11月12日　星期五（十月十五）　晴和

今天是国父孙中山先生诞辰纪念日，全市各机关学校皆放假一日，银行亦放，难得碰见之一日也。

早上睡到十时方起来，出去寄信跑一趟，并拟找一友人打听一下近来路上情形，为英事毫无消息极为不放心，整日难以安宁，殊为苦恼。中午在阳光下看了半晌书倒还温暖，没有风好得多。中午饭因火不好，又吃得晚了，快二点才吃上。三点多钟出去，在西单商场转了一圈，买了一本何西林独幕剧本，代价一元，小小一本，洋宣纸，不算贵。在这个时候恐怕就要算是教育文化界最清苦了，卖书的生意亦冷淡得很，此时多数有钱都买食粮及其他日用品了，谁还有富余钱买书。顺路去王家小坐，庆华未回即辞归。

上午曾过力家，与力十一兄谈及买一批鞋再卖事。他允无条件借我本钱，晚饭后过去谈了一刻，他竟很慷慨无条件借了我五百元，在此时确实是很难得的事，亦半出我意外。他言明，得利全归我，他不分润，我倒心里有点不安。下午去西单商场，亦是去看鞋价，与我那一般的没有，有亦是样子很不好看，工料皆粗，代价亦只四十余元，与之差不多，既有此差不多价之货我心中不免生了不一的意志，则四十余元买来，再多加价是否容易买出，却亦是问题如是自己钱可以多押些日子，一试，又非自己钱万一赔了怎么办?！但因难得机会，明日先与之商讨一下再说。

间或静坐冥想，人生活之方式种种不一，十分复杂，而结果之目的不过是求生存而已，但达到此目的以后又如何？殊不可解！而大家好似不论在什么时代与环境中，都那么匆忙，那急切热望着生存而已，到底为了什么而生存，很少有人想及吧！故有时起来，人生种种皆无意味！

已有一个月的时光没有接到英的信了，一切皆难以推测，如九月一日以后仍有信来或是半途中丢了，但人至今未倒是真的！又为了什么事耽搁如此迟滞呢？为什么走得这么慢呢？想他们八月十日即行，那时正是炎暑时汗如雨下，现在已是冬日的时候了，那么早，半是想赶在本月七日以前到，半是免得凉了路上受冷，可是七日以前未赶到，而至今又冷了，又无信来，去年此时走的便很冷，如今又赶在这个时候回来，路上又得受冷了，唉！要耐心等到那一天才到呢?！

心绪不好，什事也做不下去，只是看了一些书而已。但是一本翻译的根据古希腊传说故事风俗神话的书，内引用了许多古希腊，罗马等的神的名字，都不知道，且写作的立意又有些近于哲理，看来不大容易很明了其

立意。文笔到还好，大约排印的手民不注意有些地方如何字面上亦念不能，译名是《肉与死》，是法作家（新希腊派）边勒路意（Pierre Louys）的阿弗洛狄德（Aphrodite）古希腊一女神名（即另一名为维纳司者）内容大胆述及古妓女的一切，常人为同《查泰莱夫人的情人》一书，被视为猥亵淫邪的书籍的。(借自同学刘曾履君)

11 月 13 日　星期六（十月十六）　晴和

不料前两日发表政委会人事异动改组的消息，亦竟波及影响到我做的事。财署改组不定又有多少户头要动，今天竟要追改九日的账，要补记八十多张传票，真是没影子的事，无事找事。于是这几日的表报完全得更动，真是十分讨厌麻烦的事。中加班将八十多张传票赶出，中午就无暇多在阳光下多站一刻。下午改这三日的余额及总传票，这个银行的事，都是别的银行没听说过的事。又为等一笔账要总裁亲自决定，到新七时才下来，一切弄完已是七时半了。终日在那污浊的空气中写算，头都疼了，眼亦都花了，这么迟了，回家恐亦来不及吃饭，自己一个人跑到西长安街去吃了一顿，亦殊无聊。

到家得英自秦来一信，真如久旱逢甘雨，喜慰之至。但打开一看，却不免令我有点失望与悲怆，因为她说闻路上不大好走，或不回来，即拟在武功农学院找事做，她不满意我信中言语说的很含糊，七月的信说的什么我已不记得比较多，而明显的意见我差不多在四月廿二日信中全说出了，不知她还问我什么？她忘了信来回是要用很多的时间，什么事不是当面问答那么容易，在以前她来信所问我各问题，我早在九月中全都详细答复她了。可是因为她又离滇，事前不知全都寄到滇地去，她到了秦，别人将信转去，她十月初才只得到我七月的信，再转大弯自是更失掉了时间性。不知九月的信，他要在什么时候才收到，别一转再转的转丢了，信简真是在作内地周游。她来信尚未决定如何？又将去南五台一游，我不知她皆有何打算？还是去作个旅行家?！我日日时时刻刻热烈切望，尤其近来更是加倍的不安不放心愁急之下，这封信便是与我唯一的报偿，如何不令我有些失望怅惘呢？这是十月十三日发的快信，整行了一个月，不算快，还不算多慢，不知在九月一日以后到十月中之间还有信与我否？不知如何会在渝秦之间消磨了一个半月之久，既然本月七日以前未能赶到，恐暂时不会回来了。我初未得此信前十分惦忘猜疑种种可能发生的事情，现在得其来信，知他们一切平安无恙甚慰，这便最好。且亦以路间不大好走念，她亦知道更好，拟由洛回来，不知办得到否？她尚频以学校为念，内地传闻辅仁解散校长出走之说，这都是那里的事？学校不是一切如常吗？信内有前赴兰州一语，是她曾去过甘肃一趟吗？不知她曾去秦陈先生处打听四弟消息否？如去或可得知铸兄处则或可去取到我由其转与英之信，否则便收不到矣，来信无详细地址，是无法写信去，是尚未决定回来之意耶?！无论何事皆不可太过于热烈希望盼望，因为在此时候一切不是如常的皆不在轨道上的，否则如果不如想像的那么好，便觉受了打击与失望亦愈大。我得英此信，不免失望的是因为日日热望不久即可与之会晤，而至今他尚不能回来，并无他故。自己一切事及问题皆应自己来担承与应付，这是自己的事，自己的责任，也许我的命就应困滞在此，如有依靠他人之想，那就是错误，那就是不应该！

连夜月色极桂，更触愁思，阅英信使我思潮起伏不定，且白日工作时间较长，觉倦早憩。

我至今不明白人到底为了什么而生存？我现在只能答复自己是为了生存而生存，更找不出一点其他的理由，原因与意义。如有那亦只是外在的刺激，条件或影响而已，对于生存本身是无关的！但我觉得生活中需要的是快乐，安慰，温暖与伴侣和爱情，在生活来讲，我需要英作我快乐温暖充满爱情的伴侣——妻，更需要她的安慰与陪伴，她与我继续生活下去的力量与勇气，她亦与我生活下去的兴趣与希望。没有她我便失掉力量与快乐的意义，所以我盼她能回来与我在一起，但是事实上种种的阻碍并不是想象上那么顺利，自由！于是便常在梦幻理想中感到怅惘的悲哀！

11月14日　星期日（十月十七）　晴和

今年天气算是好的，亦暖和得多，只要没有风，现在还没生火亦将就过得了，不然往年早凉得不可耐。早上起来玻璃窗上满布了一层厚冰霜看不见院子的情景，而今年此时还没有，太阳晒在身还有些暖意，只要没有风，可是地上已是满地的落叶了。一天一天的平凡的度过，不知都忙些什么，为了什么？清晨推开窗户，望望萧索的秋空，不禁起一种愀然的感念！茫然的出一口气，没有人会了解我心中的悲哀！人生！人生！谜样的人生！我有苦无人诉！

谁说多知道些道理、知识是好事!？我只觉得越多明白这些便越多苦恼！人不是一个人生存在世上，总在人群中互相皆有关联的才能生活下来的，必互相扶助才能成事，否则各行其是，不能合作，便什么都完了。没有知识的人，不懂这些，不知退一步着想，不知替别人想，不知忍让一些，如自仍在各个自私自我的小天下生活着，就困为物质上的苦恼，两老太太又为一点细故而争吵起来！在事实发生上未评论仍是娘的不是，不是我偏向着谁，反而怪娘的不是，而在李娘方面是年老力衰，一切自然都不如以前那么能做事，老人啰嗦自是不免的，那娘在她气恼不高兴时，往往对别人的态度与言语是十分不客气与冷峻的。人终是感情而有理性的动物，忍耐都有个限度，日久天长谁也受不了，几次三番劝娘不可如此，都将好意看作恶意。而那种自私自利偏狭心肠的妇人度量永未变得宽大温和一些，总之两老太太，以往都在顺适优裕的生活中过来过，一旦变成如此困苦的日子，自是觉苦，其实实际上比那些其他的大众要幸福得多，如果归根推究娘何以如此爱犯肝气呢!？还不是物质的苦恼！只要经济方面不成什么问题，生活过得好一点，我想这种争执与猜忌一定会减少或消灭的。这还得怨我为子的太无能力，不能使老人过得好一些，轻松一点，当然如果是在太平的年月中，我相信我的力量足以维持全家生活而有余，而偏又逢此动乱时代，大家皆在受苦的时候，这应感谢“友邦的赐予”，与执政诸公大人先生们的功德无量！在两老太太，不过一时意气之争，像孩子似的吵一阵子，就完了，又如平常一般一同工作了。但不知无形中却与我多么大的创伤，我只愿过一个和气温暖快乐合作出的家庭生活，就是再穷苦一点亦没关系，但却忘了物质力量是这么大，如此影响破坏我的愿望。老太太们的希望欲望容易达到满足，只要过了物质方面不起恐慌不坏的生活便可无事了。但我的幻想与欲望是难以达到满足的，我并不希望我自己将来过一种什么优适的生活，或享受，我只想如何才能改善大众生活的痛苦！只是我一家舒适了又如何?!

老太太们中午那一阵子的喧扰却暗自气得我心都在发抖，犹如一条在笼内的困兽来回徘徊不停。这种情形下，便是我心中有事，烦恼，忧愁，急苦，不安的表现，结果中午只吃了一点饭，而不能下咽，仅仅一个礼拜日留在家中亦不使我安宁。一下午心头烦恶，好似有病了一般的难过，使我最苦恼的是我极力希望两老太太不起冲突而好好合作，而不可能。在昨日心头创痛之外，今日又加上重重的一个打击，一时我精神上真有点禁受不了，固然我应在此如此工作与忍受，但就只这一点精神上的苦恼我便受不了，要逼得我到那去呢?! 我正不愿在此呀！虽然如此，两个都是爱我的人，我也爱她们。人们尤其是亲属，都是在一种无形的天然底爱的联系下生活着，我不愿将看作其更适合的工作未作联系人与人之间的理由，而这种天性无条件的爱，两老太太就不懂得，无论如何解释娘总不明白。而苛刻的挑老人的不对与啰嗦等，忘了自己常与他人是一种就是仆妇亦难以忍受的态度与口气。我最不赞成这种的为人，却不料却由我最亲爱的母亲亦在如此扮演这种人的一个，如何不令我痛心？不明事理的人真是难以入话，偏狭歪曲的心情。总以为是我在说娘的不是，而不能以为那是好意的劝说，（亦许我说话的方法与态度不对。）更不原谅那已是一个快七十，孤苦无依无靠将入土的老人！何况是与家中有数十年的关系，并且亦不是白坐白食的人呢！终日亦挣扎着帮做些事情！或许是我命该如此，总遇见这些不幸的事、人，难道我收容助养了这么一个老太太这件事做错了!? 家中只为多了这么一个人便产生了这么多的不幸?! 我不相信，且我就是在可怜的情分下亦可收养这么一个人，何况与我家有这么多年的深切关系，而又能助理一些事情!? 我没有作错什么事!? 发生了喧扰不安，只是娘一时意气用事，及物质所苦恼而发泄的认识不足与没有想明白，不能容人的结果而已！但一切罪过，都是我应该担承的！我命应如此！我还有什么可说的呢?!

在心绪恶劣不安的时候，我是什么事也做不下去，什么看书，写字……等，全都暂时丢在脑后，人生种种事情就是这么复杂难测，在此时虽生不易，负责不易，为父母不易，做一个人尤不易！

家庭琐细事故的烦恼最易使人心情偏狭，起初四弟走了，尚悔未容他高中念完即走了。如照这种情形看来，如终日见闻这些不快意的事，心胸永不会阔大的，闻不见这些无味的烦恼，对他亦是好的！

下午快新五时出去，附近一大煤铺，内皆无硬煤，只有煤球。一个人到中央公园绕了一圈，看剿共展览，内陈列共匪如何祸害农村之种种情形，且陈列有夺获之落后武器，间谍用之鞋底小照相机等，旁列日军所用之精锐军器，自是优秀。由此亦可见农村中大部人民困苦之状态于一斑。回来顺路买了二斤杂面为全家晚餐之用。

整日眼部觉不适，不知何故，心中烦无人与谈最苦闷亦无处去。

英来信无准确之住址，亦不知此时是留在秦地，抑已启程回来。我却不知寄那里，只有等她再来信，看是如何决定？不知她到底如何？路途是否允许回来？一年中南北匆匆跑来跑去不比男子弱，吾英终非一般人可比，她之心胸好强比普通一般男子强得多，亦愧杀这个蜷伏在北平未动的我，她回否只有静候其自己的行动，我在此盼死亦是无用！想想一般亲友们青年之去内地者，多是他们此地的家庭没有生活问题的压迫，亦自有其大人们在支持负责，而我呢！未脱离学校重大的负压已在身上，家中整个维持的责任又皆在双肩上，种种问题都待解决，家中又毫无积蓄，如无方法解决，则我就是再有多大的雄心壮志又如何走得开呢?！唉！

11月15日　星期一（十月十八）　阴

早晨起来拉开窗帘梳洗毕就去上班，下午回来已是黄昏，又该扯上窗帘点灯的时候了。一个整白天全不在家，这两日当天的事却没有多少，可是因为政局的影响，这两日总在改写前两日的账及表报了。上午倒忙了一阵子，下午却很闲在，但不能走，非耗到快下班再忙一阵子结账才能回来。在那种混乱干燥污闷的空气中什么亦做不下去，连报使我都看不下去，在家无聊在那也无味，真真苦恼。天气虽还不太冷，只是早晚已甚凉，到此时还没有买煤呢?！为往年所无的情形，真是一年不如一年了！

今天行里配给每人一斤白砂糖，此为自五月节以来共只三次配给，量共三斤。今天又发下本月薪金，扣净所得税及储金余二百四十六元玖角正，这是一个月的时间，精神自由的代价！太贱了！只我一人用还将就够用！走在路上想想家中还有四个人在等着吃饭呢?！到家来看看，缸，盆，瓮，箱……内，凡是装粮食的地方全都是“空空如也”！什么时候，这些里边全都装满了食粮就好了！现在食粮之贵，实是难办，整日吃的很坏，至少要三百元，而这些钱要顾及五个人在此时的衣食住行，够作什么用呢?！一整月如此苦干，就为了今日拿他这笔钱，和每月有些配给便宜的粮食等而已，还希望什么？恐怕谁也没有想在这做一辈子的事吧！

连日，飞机日夜不断的在天空中飞个不停，不知又是什么事情催的，大前天徐州附近铁路被炸，近些日子八路军又闹得很凶！

不在困苦艰难中中过来的，不知富裕环境中的快乐，不在奔波劳动中经过的，不知安定生活的幸福。由劳苦困难中过来，方知爱惜物力，方知其得之的不易。年青人多吃些苦没什么，正在磨练经历他的一切，在将来方知在什么环境中已经是够幸福的了，如自幼不知甘苦，在优裕的环境中生长，且已易趋于堕落而不知进取，“不经一事不长一智”“事非经过不知难”实在不错。在优裕环境中的人，永不会知道穷人是在一种什么困窘竭迫的状态下来维持他的生命！他做梦亦不会想像得到的！他们既不注意不理，更不去关心想念，他们便永不会明了那些穷困的大众是怎么生活的！这是人们之间的大隔膜，唯处裕境而不骄夸，反不怕吃苦，并不以自处之优境为安，刻苦进取，不怕艰难而奋斗，实最为难得，此亦我钦佩吾英之一点。念此过去一年中，其南北奔波，不知意欲何为，大似有为青年为国事而劳碌，真真愧杀须眉。此种奔忙不定之生活，他又可习惯安之若素吗？这么跑来跑去又想如何办呢?！在此动乱时候，恐很难找出一个青年认为有望，可以大踏步勇往直前的道路吧！近来每苦思自己将来之出路，殊不得要领，更莫知所从适?！做什么的好！想来十分苦恼！所以我亦极愿与英作一熟计，彻底计划计论一切！那些位不知天高地厚，无心思无责任，乐天知命，吃喝玩乐无所事是的少爷大爷我只有敬而远之！

11 月 16 日　星期二（十月十九）　阴雨雪，晚大风，凉

不知昨夜何时起竟下起小雨来。此时还下雨，到今天早晨未停，冒小雨去行上班颇凉。后下起霰来，似雨非雨，似雪非雪的东西，到下午索性飞起大片雪花来了，但是落地即融化。今天亦无多少事，在行中有炉子，倒不觉冷，还穿着夹袍及单裤。事不多，只是得等其他有关部分转账记账，主任经理盖章以后回来收齐做完总传票才算完事。就是等传票回来费时候，下班已昏黑，路又泥泞满途，尤以近家段，更是十分难行。如非路径熟及骑车已久，直难行走，加以天黑看不清，心中很是气恼。

北风晚上刮得呼呼叫个不停，在行中不冷，可是看见窗外飞了大雪，而家中尚无煤烧，老太太在家受冻，心中十分不安，良心被责，比实际痛苦得多。我年青还不怕支撑得住，老年人却很难禁受寒冷的侵袭，都是我力量薄弱，不能顾及饥寒问题，想来十分惭愧！自恨不已！但与事实又无补益，想另外找些合理的收入，本钱及机会皆不易抓住，现在到了冬天不只是食粮问题威胁我，而必需一日不可离的煤亦是使我成问题之一！终日在脑子里只是想法如何维生，如何想法子买食粮，买煤，尽是这些琐细的问题逼迫着我很难放松，使你脑子去想别的事！事实是如此！生活根本问题不解决，什么事办不动作不了，如能作别的，或有其他的举动，则其生活问题必不成问题。或另有其他之负责人，其个人之如何，家中不受影响方可？否则跬步难离！

想想看报知所识之亲友们中，像我这么大便负起这个重担的又能有几个?！一般都是离开学校以后找事了，是只有少数的收入，或只够其零用，

或只够其个人之用，吃住家中还得照管，甚或反而仍得津贴多少每月用，此为做事初步之历练时期。至有相当成就，已有些年做事经验以后，有余力方及奉父母，养家赡妻子助弟妹等等。甚或在未独立时，已娶妻生子者，家中亦得与之共养，做事一生只顾个人不顾家，或反而求家中津贴者比比皆是。我非羡慕此辈人，我乃念我与彼辈相差过远，未出学校，即担起重担，而刚入社会资历经验尚浅薄，力量有限，所入自少，而所担复奇重，不但顾一人，且需及四人。偏逢此乱世，诸事难办愈见困窘矣，又之奈何？赤手空拳复能要出什么花样，机遇不来，岂我命该如此受苦耶!？夫复何言！

在困窘中才看出人世间的冷酷！与人与人之间的残忍奸诈及困难！觉得人生种种皆极无味，谁又谓死可怕！不好！我乃谓死为人解脱痛苦惟一最好之方式！

天气寒冷如此，而又无其他关于英之音信，看此情形，恐暂不东返了！但又得到什么时候才回来呢？为了避免冬日的严寒，恐至早亦要到明春才能回来了吧?!

英她只是任自己的意发信，却忘了路上要走多少时候才到。发信好似过几日便会到似的，实际要走二三个月不等。我接到她由滇来信，立即连夜复她，却仍是赶不上她那忽然变动无常的主意，真莫测高深！

11月17日　星期三（十月二十）　半晴，大风，冷

一夜北风，满地皆冰，残留在枝头的树叶完全吹落在地上，萧索严寒，十足冬日的天气了。可是家中无硬煤，半因不好买亦无余钱，想起家中诸般事物在在需钱，心中不胜焦灼，冬衣至今犹在长生库中未赎出者！而一家老幼早晚只图守一小火炉而已！窗外狂风怒吼，冬威威胁我十分，穷人最怕过冬也！今天窘困至此，不知明年此时又如何也！成年成月，终日提心吊胆，没有安心痛快过过一日者！这种生活太痛苦矣！今日事不少，一时疏忽账打错了，找到七时，屋中又热心中又急，全身发燥，心烦不耐之至。出屋寒风扑体，又是投入寒流中，适才热意全消反而觉冷了。

风劲又寒，昏黑无光，路又坎坷难行，烦燥疲倦又得挣扎归来，实是活受罪一般！想起家中待办之事太多，而东拉一片，西扯一点，尽是欠债，自己赚的那一点不够半月用的！配给的一些粮食偏这两日还不发下！买煤，赎冬衣，为五弟购滋养补病后体弱，治小妹冻脚，买粮食，备冬鞋，在需联钞，终日人皆生在钱中，唯钱钱钱而已！好不苦煞人也！为家中琐事所苦所羁，日唯筹思如何维持家人生计，心胸易狭，而更无余暇余裕精神去想别的或做别的，亦无心情去做去看书矣！想来终日为此三餐衣食所窘，生来亦殊无味！

不知此时英可收见我九月中所复彼之信否？不知其可能原凉我之处境之苦衷，我命该如此，夫复何言!？噫！

11月18日　星期四（十月廿一）　晴

今日无风，天气比昨日好多，但亦是很冷了！终是已到了时候，亦该冷了！但我除了一袭棉袍外，仍只穿一条长夹裤而已。同事或去，此乃未结婚之故，未结婚却如此充实欤?！在此时还是独身的好，比较轻松自由，尤以家中境遇如此，生活困难，我之结婚问题更无形延搁不知何时了，且我固亦不思此问题?！何况英暂时恐亦不能回来！

想赶此时局世事，前不是后不是，彷徨不知所措，且加以我个人环境重责所累，更难有所变动，将来不知如何是好，徘徊不知所之，为青年最苦闷之时期！将来的日子演变不知是如何？

在行中屋内热甚，走到外面又冷甚，真似两个季节，屋内空气污浊使人室闷发烦，尤以这两日，立新户头，冲改旧账等甚乱，头都疼了，真是讨厌之至。

关于英欲回之事，她自己不愿人知，我亦不愿言及。我不能出去，反累她得跑回来，心中十分不安。但北平已有二宝由大宝来信知道，庆成表兄由滇来信与其姐告以将归，昨日打电话问我，而英实停滞在秦何时回来未定，我但盼其再有信来方知行止，并盼前寄各信，由滇皆转寄与她看见！

下午回来，家中尚未生大火炉，屋内甚凉，持笔写字，手为冰凉。黄昏时力九姐夫遣人送来百元为购煤之需，闻昨日在前外致美楼，谈定出售其祖遗田产，其家屋已皆出售一空，今最后田地亦出手，再用完即无可变卖矣，悖入者亦悖出，宜乎子孙之难保也！

11月19日　星期五（十月廿二）　晴，晚阴风

就是早晚来回较凉，在行是很暖和。在家屋中有个小火亦不冷，这两日事不太多，但却无事忙，一会这样，一会那般。下午下班早一点出来，到中央去看电影片名《断肠风月》，由李丽华及黄河主演，顾梅君及王月夙等配演。两主角以前没看过，只在《博爱》中看过一段，李丽华确很漂亮，在接见其意中人之一幕表情颇诱惑能力，其饰此角尚好，但似未能尽量发挥其活泼之性格，其甚不适扮演悲剧。唯在火车中四人默默相对，仅仅四句话，倒杯茶之表演，双手发抖茶杯作响那一段极为沉痛，颇精彩。顾梅君不美，演技尚可；王月夙戏甚少；黄河在此片中颇似《地老天荒》中之乔奇，不如《博爱》中富于男子气味，处其境中亦颇苦恼。片中谓一出身低微而为人所不齿的姨太太，复为饭店小姐姐之女人，钟情于一青年，终未如愿而储金赠其心上人助其结婚，而独自又度漂泊生活，谁谓风尘中无知已，但不易遇到而已。李身体发育甚好，而容姣好较周曼华美多，惟近于浪漫不端庄，饰饭店小姐时时盛装冶光四射，确在尤物，十足女人风味，在此片中似未能一展其长。片中一曲亦平平，结尾尚不落俗套，但现此片者学生不少，此际适宜于少年看之影片过少矣，不明事理者之少年观此反有害。

在家静坐，思及人生种种，当前困难，极为烦闷。夜天又阴，窗外风声虎虎，长此困窘终不是事，我唯盼英能回来，作一彻底详细之讨论，想一办法方好，而我意在前信中均已提及，九月中所发之信，不知其又能何时看见也。

11 月 20 日　星期六（十月廿三）　半晴

行中事没多少，一上午很清闲地过了半天。下午听一同事告我东城苏州胡同华北石炭配给组合中可买到出定价格的硬煤，抽空跑去试订一下，好在没什事，到那很顺利地便订购了一吨，但在下月下旬左右才能送来。闻末子较多，但代价仅四十六元二角，运费在内，比一般煤铺的价格约便宜百元之多，亦便宜。末子亦可作煤球用，故毅然订购了一吨，差不多今冬便无缺乏之虞了。快五点了，忽然要新立户政委会的账单，开始赶着抄，幸才三四天的事，不太多，一小时内赶出来了。一天都没事，临下班忽然来这一下子，真是讨厌，屋内又热，心中急，又写的忙，闹了一身汗，弄清楚一切，六时半回来。

回来接着两封信，皆是我最盼望的，一封是四弟在渝寄来的快信，内有与他把兄弟及五姐共四封信，写了不少，在外闯练多知多懂了许多事，亦不用我多嘱，许多事都明白了，进步许多亦知用功，甚慰。来信云在到成都路上曾碰伤了腿，不知如何未详言，云曾在四川各法中游泳尚无多大关系，又云曾于旅途半月中皆露宿于汽车顶上，月夜山中长啸，生活殊为不平凡，又学会了用缝纫机，会作内裤，会做饭，会洗衣做饭，学会了不少本事，比我学会的实用得多。因腿故耽搁了考大学，现在找一个事作，加以补习，明年再考大学，我在此远隔亦不能顾及耳，由他自己去奋斗吧！思想亦正确，亦不幼稚了，甚喜。好好干，将来必有出息。一封是英由秦来的快信，虽没说何时来，但信中之间有觅伴归来，因武功农学院事不谐，但谓其二姐将去城固一趟，不知何故，在阴历年左右方行，英则先行回来。又不同行不知又因何事，此又系何故？前托铸兄代转之信，英亦收见，如此甚好，如此则不久英便可先行归来，不知此时已启程未？此快信甚快仅行三个礼拜，如此不久便可再晤吾英矣，唯祝其旅途平顺。得此二信心中大慰，甚为高兴。晚与娘与李娘弟妹共围炉谈四弟信中事，不觉近午夜方寝。英信中曾云其行后我再寄之信，皆嘱人付丙，虽然没什么，只是可惜我那些精神及时间，我大约有半年多未写日记在日记本上，与她各信可算是我那些日子的日记，我的杂感全发泄在与她信中呢！故亦不无怅怅，火焚实亦一好方法，否则令英如何处置它们呢?!

11月21日　星期日（十月廿四）　晴，下午半阴

今天礼拜，上午一懒，竟睡到十时一刻方起来。十一时出去取回市区配给的面粉，四十二斤，七十一元四角代价，一元七角一斤，不够吃半个月左右。中午吃面，一直到二时方用毕，三时带五弟出去沐浴理发，他病后体弱，骑车骑不快，身上瘦得很。浴毕六时已近黄昏，去访强表兄未在家，郑三表兄在打牌，与二宝谈顷之，即回。晚看看报，写日记又不早了，拟写信又不成，现在且不论赚钱购食粮不易，即有食粮将其制成能食之熟物，手续办法，时间方式皆甚麻烦，今日娘起晚整作了一天，真是不易！

11月22日　星期一（十月廿五）　半晴

没有风，今日便暖和得多。今日事不少，又开新户头，记新账，很乱，一直算到新六时半方出来。

今天真高兴，下午突然接到一个电话，是英打来的，她回来了，出我意外。当时亦不好谈什么，约定下班去她家，一时心中起伏不定，心跳得很厉害，竟不能写下字去，自己亦不知是什么缘故，亦不知是何心绪，有点像前两年接到她回复我第一封信时的情绪差不多，完全被高兴和兴奋所占据了！前天才接到她信，没想到她就随着信来了，那封信上就没提她什么时候走。本来这两日亦正要去，昨天洗完澡一懒未去，如昨日下午或上午去时，便可早一些见到她了，她是廿日半夜回来的，算阳历整整去了一年，去年十一月廿日走的，去年这两日是我最苦恼伤心的日子，谁料到今年这两日又是我看见她远道回来的时候呢，人事真是不可测料，不知明年又如何呢？偏偏今日事又多，到六时半才完事，走出去已黑了，到英家已近新七时了。英还住在她那东三间屋，本来很荒芜似的，她已收拾清楚

了，我和她相见了，二人笑脸相对，一时竟不知说什么好！英还是那样毫未改变，可是她已是涉过千山万水，踏过全国大半土地的人了，而我呢，还只是在平滞居未出一步。她说我改了点，我又变成什么样子了呢？没谈几句她父回来，即去中厅坐与其父谈，未顷之即吃饭，肚子不大饿，没吃多少。饭后，座谈，其父大讲战国故事，老人高兴说个不休，却把我与英谈话的机会全占去了，又得倾听老人说话，英亦讲了一些一路见闻及西北汉回感情之恶劣，并取出由哈密带回之瓜干，如蜜饯之甜，又如桂元味。千里外之物殊难得，并带回些与母弟等食。英由渝系坐飞机去秦，但因天气关系竟滞留一个月之久，在西安又停一个月左右，如此行程，故令我所推测者完全相左。坐飞机反迟误，此亦只有在中国如此已也，后有人找她父，又到英屋坐，谈四弟事，下了一盘跳棋已快新十一时，即辞回。直未谈什么，满肚子话，竟不知从何说起，说什么好！一路思来，要想问的事太多了，都没问，回来已倦，又迟，写了日记已午夜十二时了，只索去睡。

我今天见了英，如释重负，心头十二分的轻松，高兴之至。

11月23日　星期二（十月廿六）　晴

英的归来与我精神上以无上的兴奋，做事亦比较精神起来，不似以前总是那么闷恹恹的。上午还好，可是下午却忙碌起来，这个事来了，那个事亦来了，乱成一堆。下午取配给面粉，因力十一兄前托我买行中的配给面，今天打电话与他说好，代他买了三份，共三百余元，完了事已六时许。出来附近已无空车，东走到西交民巷东口，亦未找到一个车，又往回走，足找有近廿分钟才找到一个车，拉回家，代价二元呢！因为今天还想去英家谈天，所以想早点回家早点去，不料完事晚，偏偏顾了一个洋车又拉得极慢。为了四个大半袋的面没有法子，只忍气随他慢慢走，到了力家，将三个并与门房拿进与力十一兄，一个自己取回。到家已黑，匆匆用过娘为我做的晚餐，是炒饼。这两日胃口不强，吃不多，下午到了晚上亦不太饿，是兴奋的原故。昨日在英家即吃不多，是因为现在不常活动，终

日常坐的原故吧！新八时出来又往英家跑，到那英在灯下看书，随便谈天。我略说我去年得职的前后经过，她亦说了一些她在那边的情形。又谈起南北问题，我就说我亦时有耳闻的种种腐败情形，想起痛心的事，一说到这样不觉触及我的烦恼与牢骚，不觉亦发泄一些来。英亦说她亦觉那边真正的好处亦少，她并亦说她并不说以为在此不好，在那边便佳的事。她说她觉得我有点改变了，她说我不似以前那么天真了，或者说减少了学生味，而带有一种公务员的神气了。这是真的吗？是英的心理作用吧！如果是真的这样，那真可怕呀！我平时总以为自己与同事们不同，如果如此还失去我原来的气质，那么环境感染人于无形是多么可怕，而其影响力量亦多大呀！今天倒是我谈得多，想起自己来，困难尚多，英虽归来，近将演变至何程度，尚不敢论，虽然其父对我谈话态度甚为和蔼。英将归来不久，且待她休息一些时，心身均安静一些时候再慢慢谈我们自己的事。虽然这在事实推展到现在似乎已是成熟时期，但亦有点怕，怕中途横生阻碍，更增苦恼。因我二人的终身大事，会牵涉到影响到许多问题时，英肯归来，她个人大半已无问题，且看我命运如何安排，今日竟谈到新十二时辞回。此为在其家第二次的晚归，第一次近午夜晚归是在去年阴历年请她看戏归来。晚上无风不冷。

11月24日　星期三（十月廿七）　晴

这两日总是忙，亦不得空闲，连看报的时间都没有了。屋子又很热，我因为懒得穿大衣，总穿在身上一件大棉袍，在屋子热，在屋外猛一冷便常在热伤风中，鼻子不大通气。事情总有，不能稍憩，常有额外事件发生，多写许多字。本来下午拟下班即回家，与力十一兄谈些屋子代其购面等事，但下午四时许英又来电话，叫我去她家。于是下午下班薄暮到她家去，好在与力十一兄事可延长无关系。她并无事，因为她闷来叫我来与她谈天，昨日谈得未能尽兴，在屋未坐一刻即吃饭。有英在家，我却亦不与之客气，今天她吃鱼，这倒是我已多日未吃了。吃饭时她父即与我谈天，由吃鱼说到钓鱼，说到吃跳虾说捕鱼的方法，及日人善捕鱼又说到不杀生，说到佛教，儒家殊途同归，皆劝人为善勿作恶事的意义，并讲经，吃完了饭一直又讲了一个小时多，老人亦不觉倦。列国故事，四书，佛经，老人都记得不少，信佛并研究经义，滔滔不绝地与我及英讲了近二小时，我起初颇听不下去，后来亦感出兴味来。只可惜却占去了我和英谈话的时间，好容易老人家话告一段落，我又到英屋中座谈，笑乔还未忘朱头，还托英说与朱令其与之通讯，还通什么讯呢？又有什么意思?！到新十时许辞回，今晚亦不冷。

11 月 25 日　星期四（十月廿八）　晴，晚风

连日皆很忙，而今日更忙，因为今天是各机关发薪的日子，只政委会一处开出支票即九百余万元，临到月底结账单算利息皆大忙，愈加无空闲。下月十五及卅日，又将结算利息及决算过新账，又将大忙一气。今天记了六十余张传票，管账真是啰嗦之至，不易。

今天打了两个电话与英，一个出去了，晚八时半就睡了，那么早?！晚上新七时半去五姐家，她们已吃了，又给我现做，不料行佺亦在那，座谈半晌，河先少奶亦回来，还是那么胖，四弟与五姐，坐顷之近新十时即辞回。

连日行中事既忙，在英家连去了三晚，连日报未看。四弟等信亦未复，时间精神皆不足用，急煞。总去英家自己亦有点不好意思，整日这么匆匆忙忙的生活又为了什么呢?！

昨晚临回时，英送我一条手绢，浅蓝色，上面用手工做的心形，太漂亮了，我却用不惯呢。另外一件夏布花的衣料，说是她刚到滇地时时兴穿的，她自己买一件，给小妹亦买一件。他送我东西，都是数千里外的东西，我虽不在意这些，但她的好意我是十分感谢的，但只要她回来，我即比什么都感谢她。凡是知道她回来的人，都是那么想，我们之间特有一个决定关系，订婚，结婚，就是这近期内会实现吧！到底什么时候我自己亦不知道。

11月26日　星期五（十月廿九）　晴

昨天记了五十张传票，今天又来了一大批，又是五十多张，月底又午赶抄账单，整天没闲空，忙得不得了。昨天打电话与果宏元兄约好，今午去他做事医院去取赵君的像匣子。午饭后跑到后门清源医院去找他，不意出去未在，遂先到学校去看看。四宿舍门口改进工程尚未完竣，南院空地建了四间新教室，看看其他各处如昔，看了功课表及其他种种，深感学校空气的可爱。一群群天之骄子在其中出入，实在是值得人们羡慕。立在校门中，下意识似乎觉得处身在清静的气氛中，全身为之清爽，终日置于铜臭的空气中的污味为之一涤！唉！这个可爱的地方——学校——念书研究学术的空气十分浓厚！在此时亦是必得有福之人方能享此福！徘徊至再，犹恋恋不忍回去，打了一个电话与英，告以顾张二先生于何时有课，归路再去地内找果兄还未回来，已三时十分。不便再迟先走回，在半途遇见他回来，又一同折回取了像匣子，来回跑了不少路，闹了一身大汗。行中屋内极热，到后赶记数十张支票传票，今日又是一百多万元，完事又快七时了。去中央理发，回来已黑，饭后去访力十一兄他不在，回来坐憩。连日忙跑，觉累，报亦懒得看，休息补写日记，又是不早了。礼拜日英来，请她吃饭，算是为她接风吧！我亦料不到今年此时竟又能见着她呀！英此番归来，自是为了我才如此匆匆往返跋涉，我如何才能对得起她呢?!

11月27日　星期六（十一月初一）　阴，凉

连日因行中暖气甚热，穿棉袍虽无脱穿存大衣之麻烦，但是在屋内太热，今天改穿西服去，在屋内穿得少，可以不觉得太热。今天事不太多，但为了将月底赶抄账单，亦未稍有闲暇。衣服穿得少，很舒服，但只是屋中还好，出院子便冷。下午打电话与英，她今天上午去学校，见到各先生，嘱以明日早些来。虽还有许多话在电话中不大好谈，等见面再说，现

在不知是有一种什么心情。在与英打电话她未接以前，心中总中不安，总在发跳，那种情绪很像与英相识不久时的情形，真是一种神秘的感应，说是有点怕不像，期待亦不似，一直到耳边听到她说话时才安静下来，这几次打电话都是如此，真是想不到，是分别了一年生疏了吗？如重新再尝味初恋时的滋味亦有趣。今天真想去看她，但又强自抑止了自己。下班回了家，因为总去找自己亦觉一点不好意思，怕又将老人惹恼了，反而不好，因他家习惯早寝，人家都休息了，我走得迟了，亦不合适。不似我二人之间已有了一定名义上的关系，还好一些。晚上回来匆匆用过晚饭，过去访力十一兄未在，去看九姐小坐，他还拿了廿五元为五弟病后调养之用。晚上想看报，却又无精神两眼乏倦，早些休息。明早即可再见着吾英，难得赶上一个礼拜，要好好多与英谈谈，玩玩。算来英已有一年多未来了，而在此一年多，我不但没有什么进步，反有渐忘旧学，家境未裕，亦有每况愈下之势，想来实是惭愧！

11 月 28 日　星期日（十一月初二）　晴

前两天约好英来家中，说早一些来，早上八时多起来，拂拭整理书房及书桌，我桌上文具书籍还未整理完毕的时候，小妹喊英姐姐来了。没想到旧时九时半她就来了，一直到屋中坐，她穿得少觉冷，烤火坐下谈天，她一时脸色神气有点不自然，态度亦拘束，大约是因为不常来生疏的关系。我将搜集关于内地学校的材料给她看，谈了一刻天，十时半左右，小孟忽然亦来了，给我送像架子来了。在外屋坐了半天，在院子谈了一刻即辞去。不久即午饭，娘及李娘亲自做的饭菜，四菜一汤，还有两样普通菜，四菜做法用福建办法即用糖，虽不算丰，亦还将就，在此时亦用了三十余元，算是为英远路回来接风。饭后与小妹等一同谈天及看纪念册，二时多英告归。今天天气还不错，太阳出来，亦无什风，我与英一同出来，想到外边走走，后来因为英穿得少，觉冷，又觉倦，昨夜睡得晚，今天起得早，又不愿到人多的公共场所去，于是便又陪她回家了。到她家不久，她几个侄子侄女全来看她，乱了一阵子方去，今日她家吃两顿饭，我才去不久，五时半左右，即又吃饭。我吃不多，因还不饿。饭后又谈了一刻，关于川地药材之说，后别有他事匆匆走去，我即与英到东厢房谈天，又是关于内地各种情事，及其由秦赴洛困苦劳累之情形。后又谈及我二人之事，我不知是由我自己说好，还是由她自己说，抑另请人来说的好。英说还是先由她自己与其父来谈，后又讨论关于将来到那边做事，及安排家的问题等，她觉在此很难有所发展，亦不容有所发展，皆在他人的管治之下，我们还年青，要做的正多，应看得远一些。所以我亦很赞成并愿意而且希望有机会能走出一趟，亦一广眼界，且为自己前途计划，只是一个如何安排家庭的问题。英说如其父肯帮忙，则一切可多半有办法解决，且亦可请问老人之意如何而行，我本拟再过一个礼拜，英休息一些时候，心神安定一下再谈，再详细讨论。英今日既已提出那么便一切早一点研究，早一点解决，早一些决定亦好，且候英与其父谈判结果如何再定，英既肯如此，我亦不必多言，我只有尽我力量去做，亦不负她如此待我。虽想来总不大舒服，但迫至此，亦只有如此办，希望我有机会出去一番，回来想及安排家庭问题亦很复杂，其难彻底解决为之踌躇不安，夜间为此未能安眠。

11月29日　星期一（十一月初三）　晴

今天事不多，但是也未闲着，把账单全赶齐了，总是那些事甚为无聊。因昨晚睡不安，下午精神有点不好。上午及下午国库方面交税的人多极，达数百人，柜台挤甚乱极，闹成一堆，后经警察维持才好一些。中国人真无秩序。下午回来较早，今天穿那件黑呢中山服去的，硬领束着脖子颇不舒服，回来换上长袍领子立刻宽松下来。到家觉倦，卧床上小憩。晚饭后过力家与力十一兄谈天，牵涉甚广，不觉已是午夜，谈来谈去，他因不知英已回来，且于不久的将来有个决定，且其父或可帮忙，故依目下我环境劝我仍然在此为佳，在此在彼两有利弊，故未果决！

11月30日　星期二（十一月初四）　半晴，晚大雾

这两日交所得税的人太多，柜台外等向国库交纳税款的人足有好几百，台外几乎都站不下。今天月底事又不少，为了等国库结清转账，一直耗到新八点才完事。今天本极想去看英，不料又忙到这个时候，打一电话与她，她下午出去回来亦不久，她亦叫我去。出来，外边下了大雾，立刻跑到她家，我还没吃饭，她又现为我预备东西吃，今晚其父未在家未见着，与英谈了半天。她归来别人托她办许多事，她没有车，还有些事未办，托我代她办两件事。又谈了半晌，看英的神态好似对我们的事很有把握，但不知不久将来会有什么变化，又能助我至何程度，想来自己家事亦够琐见麻烦，真是麻烦了英，想来真对不起她。虽然自己不愿那样做，可是一在这种情态下，我又有什么其他办法。如在英那一方面的诚意相助又与甘受人惠不同，如能实现，只有自己努力苦干比什么都强。与英谈起来，不觉时间过得甚快，很快便是午夜了，他家习于早寝，此时恐只有我及英与等门的仆人未睡，中夜回来雾散，亦并不冷，回来倦即憩。

这几日琐事甚多，及去英家，行中占去大半时间，故极少闲暇。回来晚了又倦，想看的书报及拟回复如亲友的信全都延迟下来未复，此时此事不过暂时，我还年青要想得远一些，在此有在此的好处与坏处，出去有出去的好处与坏处，将来做什么好也真使我踌躇莫决。

12月1日　星期三（十一月初五）　晴

今天晴了，没有风中午亦不冷。饭后跑到中大代英去打听一件领文凭的事，等到三时才接洽明白，明日才知结果。回来行中甚热，下午下班即回家，在打电话时英曾叫我今天再去，我因今天是李娘的生日，未去。回来火不好，等了半晌才吃，吃完饭已将新十时了。心里很烦，没作做么事即憩。李娘今年六十八岁了，老年穷困受苦甚为可怜，今天亦过得甚为平淡，与娘生日一般过得十分平淡无味，使我心中十分不安惭愧。

12月2日　星期四（十一月初六）　半晴

这二日国库处交税的少了，行中事我所管的亦不多，赶作出上月底的账单，忙了一阵子便闲一阵子。打电话与中大，文凭事无问题，很顺利。打电话与英约定下班去她家，因英归来我心中及精神上得到莫大的安慰，近几日颇为高兴，精神自己亦觉得十分兴奋，与以前终日垂头丧气的样子大不相同。我终日只想看见英才高兴，今日下午下班早，到英家，今天又未看见英父，只我与英在她屋中用饭。今天颇凉，我二人围炉密谈，今天英忽然想起问我从前认得一个人在上海是不，就是指剑华大姐，不知英从何而知。我与王大姐之间始终是以纯友谊交往着，互以姐弟相待，从未逾分，更谈不到其他，英何以会想到这方面去，经我解释过，也就无事，英如食有醋意亦正是她爱我的表示。后来英告我这是安笑乔告诉她的，没有想到安之为人与朱之为人近似，自己闹得乱七八糟，还要搬嘴弄舌，损人不利己，想起算是可恶。好在吾英的明白，我二人相爱坚诚，英竟能不远数千里回来为我，此比千万言语都有力量。我自问自识英后无论哪方面都对她是真诚的，良心亦对得起她，心目中更无第二女人，此可以矢誓天日，英为我如此奔波牺牲，我只怕我自己不配与英终身为侣，我只怕英为我牺牲太大了，我只有努力苦干才能对得起她，只要我二人爱情永固，什么困难都能克服，别人谣言亦不是影响些微，我二人携手前进，没有东西能阻碍破坏我二人的一切，只要我二人互相信赖！在现在很难以找到一件可以永久做下去的事，只能先做一些能维持目前的事，但可以准备将来可作的事，英颇有才能，在各方面皆可助我擘划，将来做出口之事她颇有意，我亦很愿意。只是我的英文程度颇不好，自己得努力补习一下，我目的却在将来有机会出国去看看再有余力，助弟妹皆出国一行多好。谈来又是十一时了，太晚了，不合适遂辞回。

12 月 3 日　星期五（十一月初七）　半晴，风，冷

冬日无风还好，一有风立刻凉了许多。今天事不太多，下午小忙一阵子，屋中热气扑人，与外边完全是两个季节。代五姐购油是同事小陶介绍的，很是啰嗦，东西城跑了好几趟，延迟了几日才于今日完全取回，如知如此麻烦就不代买了。下班回家，屋中甚暖，家中食粮又尽，又陷经济压迫中，真是心烦。饭后觉倦小憩，看报，补写三天日记。

12 月 4 日　星期六（十一月初八）　晴

因为今天陪英去城外万安公墓去看其母坟茔，故特请假一日，叫我早上新十时半即去。今天碰见了她大嫂及二嫂，前几次去，总没看见，她未吃早点，又陪她吃了一点。吃不下，代她写了一封信，在院中为她照了二张相片，自拍机有毛病，未能拍成合影。新十一时同出，走到前门才雇了车走，在西直门再雇车去万安公墓，来回代价十四元呢！去年她来时方四元，明年还不需卅元?！顺着去飞机场路走，再走一段土路，越高坡而到万安公墓。这是第一次来，里边全是各式大小的坟墓茔，英向其母墓展拜，我亦致效叩礼，略加徘徊即出。回来有小风，城外颇劲急，脸颈吹觉疼，路间觉腹饥，路过进农事试验场看看。动物园新建一猴山，猴皆散在其中，颇为自由有趣，院中十分冷落萧条，游人无几，绕了一圈即出。步行进西直门雇车返家，到家已新六时。洗脸后其父已回去，共用晚饭，他家人已吃过，只我二人吃面。二人吃了一小盆，近来常静坐不大活动，故吃得不多，大便亦少。今日跑了不少路又饿，竟吃了三碗半，不少。饭后倦，二人各坐椅上休憩一刻，又看了一刻画报，谈了半晌话。英问我想象家庭的形式，我二人思想相近，皆愿终生除了生活外，不愿抛开书本，努力多读多看。我二人的事应该在不久的将来会有个决定了，有何演变及其父到底何意，不明。今日跑路乏了，十时回来，英亦可早憩，明日还见呢！

12月5日　星期日（十一月初九）　半阴

早上先代李娘打一电话，再赶到公园去，已近十一时了，正好英亦先后到了，同进去绕了一圈。因为是冬令，今日又阴较凉，所以游人甚少，园林显得那么辽阔凄寂，水榭有十五龄童袁天祥者作虎图展览，观者甚少。虽不如前之王维山氏所绘者佳，便亦因年事相殊，袁君再飞廿年，未必不如王氏也。边走边谈，匆匆绕了一周，各处情况殊为冷落。出园，同行至东城，先到天陆去作了衬衫，存车进市场买了一点东西，陪我去中原公司进午餐，绕出来，穿市场出，又伴其去灯市口找了三个地方的人，都是代人传口讯的。又走回来，拟取车，下午存车人多挤在门口等，遇见了力十一兄及小胖，出我意外。我本不愿他知道英回来，这下子他知道了，又有的说，反正早晚是那么回事，并不背人，也无关系。又进市场在丹桂商场书摊上看了半晌书，这么一会工夫，又碰见了四个同事。今天颇凉，买了两本书回来，到她家已黑。其父在家，与英二人在其屋中用饭，同看书，座谈，英与我偎坐耳鬓厮磨地看着谈着，又谈起来关于我二人婚姻的事，她问我在这结婚好呢，还是不在北平，在北平又在什么地方好呢!?伧促之间我一时亦未想定，我主要意见是要严肃简单，不要铺张麻烦，那么多零碎规矩，我最头疼这些，第一步还未与老人谈呢！且让英去说第一步，再慢慢讨论第二步吧！这几日英对我十分亲密，大有一日不能无我之势，说话也那么特别温柔可亲，走起路来，也定要挽着我的胳膊，我又何尝愿意离开她呢！亲亲密密地谈起来又忘了时间，以致又惹得老人有点不高兴，真是自找，我也有点后悔。今年情形已不比往年，不可因小失大，一半亦是我自己找的，回来路上想这亦无异老人迫我们说出自己的意思来，所以回来写了一信与英劝其勇敢一点，再想好要说的话及层次，鼓起勇气来说，如果我二人之间名义一定，自是比较名正言顺更可大大方方地交往，不怕什么！回来觉倦，因为今日又在外跑了一天没有闲着。

12 月 6 日　星期一（十一月初十）　半晴，大风，冷

没想到今天中午起了那么大的大风，立刻冷得很，行中屋内生得很旺的气炉子，可是真热！一点亦不冷，走到外边真有点吃不消。今天事不多，可是觉身体挺乏，大约是昨晚没睡好，今晨醒得早的关系。中午陪一同事去车站，欲代英购二羊羹，不料没有。下午英打一电话来我未在屋，并无什事，只是问问我而已。这两日暂时不去，下班即回家，顶大风闹了一身一头一脸土，还冷又费力，骑车最讨厌风，尤其冬日还是真冷，活受罪一般。晚在灯下看看报，积的信件待复的不少，晚上写了两封，已是不早。今日未见吾英，心中十分想念，想她在家一人孤寂时亦必十分念我，又想约她出来，偏偏这两日阮囊羞涩，就是说起订婚或是结婚吧！我这方面什么亦没有，差不多全需英方备办，亦不像话，想来亦是十分麻烦的事，时运会与我一点转机吗?！唉，一切问题的事都苦恼着我不知如何办才好！

12 月 7 日　星期二（十一月十一）　半晴，风，冷

今天没什么事，上午对账，写日报，抄些账单，即无什事，颇清闲，中午吃饭去，尚有风颇凉，比昨日较小。午后九姐夫打一电话叫我下午下班去他处，不知何事，午后半天没什事，在客厅休息一小时多，四时半回去到屋中仍无什事，只有二笔账。今天真清闲自在，闲得亦无聊，因在那乱糟糟的环境中亦不能利用余暇做些什么事。书报亦看不下去，想写信亦棹不下去，好容易耗到时候作完总传票，去尚志医院与九姐夫谈天。他拟借助我一些钱参加一个运售食粮的股份，每月可有些收入，资助家用，此事甚好，且俟谈有眉目再说。出来与英打一电话，她告我今午她已与其父谈过，她父未说什么，想一切当无什么问题，心中十二分的喜慰。英云告以欲以商之事，其父云拟最近将令我去沪一行，不知如何办法，且俟明日去英家谈天，可知详情。英此番回来情况显然不同与以前不一样，谁都会看得出来，而老人家亦自默许了，故英今日一说便成，意外的顺利，却出我意料之外。到上海去做什么，不知道，真就是命运吗?！我以前绝想不到我毕业后会去银行做事，我素来对上海与我的印象是很坏的，而且下意识的有一点怕那个十里洋场，却不料如今有机会去走一遭，亦是我想不到的事。约定明日下午去她家再谈，回来想起不知我与英的事会演变到什么情形，与娘等谈了半晌，心情不定，未做什么事即憩。

12月8日　星期三（十一月十二）　晴，风

昨夜想了许多，今晨很早便醒了。行中事不太多，下午抽暇写了一封信复陈樾荫，也没什说的。下午郑三表兄忽来一电话谓将来找我，不知何事。我因惦念英昨夜电话中所说的话，心中不安，将事托与同事代办，郑表兄来谈之事亦托另一同事，四时三刻即出来，到英家去。她一定想不到会来得这么早，她在后边洗澡，我与二嫂等谈天，不一刻英即出来，不一刻就又吃晚饭了，才六点，他们吃饭真早。我还不太饿，饭后小孩子们来念书，九时半才去。我与英同看了一刻《西风》合订本，又谈起昨日英与其父谈我二人之事。他父并未反对我二人订婚之事，并谈愿助我去上海与北平之间来往运售东西，但细究起来，却亦有许多问题，因我对此道向来没有什么经验，到那如何办？如何运东西回来，皆得仔细研讨的事，在外边跑跑，可以多长些知识，多知多闻，但是上海以往向来与我的印象是坏的，上海真是罪恶的渊薮！各种各形各式的社会集团，到那全看看亦好，但事前不得不好好地讨论一下。又与英谈了半晌其他的话，亦皆关于我二人的事，固然不能认为各事皆是困难的，但亦不可如事都看得太容易的，我过去为现实所打击，凡是不是自己力量所及的事，都不敢抱着太大的希望。英说她既探问过其父之意，还是由我自己去向其父说明，这事由我自己来说似乎亦颇不好意思，但这事似由我自己说好一些，谈来已不早，出来适逢其父回来，因迟亦未能说什么！即回来，今日是大东亚战争二周年纪念日，外边各种形式庆祝行事甚为热闹，但我一丝亦不曾注意。

连日家中窘迫极，煤已烧尽，订购者不送来，食粮亦将尽，又无余

资，等领薪尚须待一周，回来看此情形实在令人急煞，但我未曾向英言及如此情状，不知运命将把我如何?!

与英事当无大阻碍，但不悉与其父谈及我二人之事结果会如何。

自己仍以自己力量来解决最为可靠，如欲依仗他人，皆不可必，更不可存侥幸依赖享现成期望过切之心，因事实是如此，无无代价之收获，出一分劳力，方享一分收获，丝毫不爽也!

12月9日　星期四（十一月十三）　晴

昨日还有风，很凉，今日无风便好得多。中午吃饭时未穿大衣亦不冷，阳光甚暖，在外边走了一遭才回来，上午忙一阵子，下午无什事，只有一二笔账，连日甚为清闲。下午三时左右打一电话与英，她说她父现在在家无事，叫我立刻就去。好在此时无事，我即托同事先自出来，心中一路寻思，真不知如何说才好。到了刘家，先到英屋去，我想将要去开始要求决定我终身幸福伴侣的大事，不知如何说去才好，心跳得非常厉害，紧张，有一点惊慌，还有一点害怕，那种心情就是去参加毕业考试亦不曾有过如此不安。英倒一杯水给我，安慰鼓励我，然后我鼓起勇气极力镇定地走向中厅去，英总觉得有点不好意思而仍留在她的屋中。老人看我一个人来了，便似预知有什么事将要发生一般，比我镇定多，手里拿着一张报纸在看。猛然瞥见老人脸上似要笑又强忍着的表情，我便很镇定地安静地缓慢地说出了要求。他答应我与英的婚事，却出我意料之外，老人的答复是他既不答应亦不说不答应，既不说不愿意亦不说愿意，谓对其女孩子事不加可否，如其本人愿意亦即是老人愿意，而谓我们自己事自己办。我愿他说出一个肯定的话，但不知何故老人不加表示，态度颇为模棱两可，令人不明其意，又云以前其曾代英说过几家，英皆云不好，如今是英自己选择的，以后如何是我们自己事，不必谩怨他老人。这层却似不必多虑，我们自己的事，我们自会负责，而我亦绝对尽我力所能及去做事争气要强，英比我还好强呢！她为我如此奔波、牺牲，我怎能不努力而稍有负她呢！老人逃避长者责任这点似乎多虑了，后略问我一些家中情况，父亲生前所做之事及最近家中生活状况，并及财产问题。我答得颇为干脆，一无所有，只有此身，当时颇为困惑，此儿女终身大事，终非买卖可比，如系要价还价比较资产来断定则不必再言，如谓我贫穷故谄媚于英以求其富资助家，则我唯求得英他物皆不取，且看我一生努力，可永在困窘中否？其谓后其无悔者，岂指我家贫乏而言耶！勿以贫富论人，吾岂雌伏者!？老人如作此想实为错误，谈不多，老人家即云过数日再谈。未得肯定结果不明真意何在，不便多询，出与英言及亦不明何故，且俟数日再言。看老人与我谈时总以报遮脸似不愿我看见其面上之表情，不知何似，但察其颜色语气，并未拒我于千里之外，且俟数日后有何变化再言。与英小谈，因昨日方早出，今日又早出不便，于五时遂又返行，幸无事。郑三表兄又来，在营业客厅枯候，遂引到西楼客厅坐候将信交与号房送达楼下候之稍顷同出，云或有机会，答语颇为朦胧，听语气无什希望，尚需去追介绍者再为力不可。

下班已黄昏，心中不安，因不明英父到底何意，抑处用此数日加以考虑或各方探问我家身世真况也。而回家中现实的穷困又与我甚大的打击，食粮及煤均告竭，而手中又无余资，冬衣甚尚在长生库中未赎出者奈何，要等这点薪水尚须俟至下礼拜三也，面已领下，而迟迟不发，其俟于十五日一齐发也，真真急煞！晚作数信与友人，我与英当不致无望，唯一时不得老人意旨之要领殊为烦闷。如以我家贫困为忧亦未免过虑，我人穷志不穷，其终生潦倒无出头之日也，晚又起风，且去睡。

12月10日　星期五（十一月十四）　晴，晨雾，微风

早晨雾凉，连日行中事不多，上午亦颇清闲，下午闻经理屋中单子上有我的名字，不知何意，如系将在商邱兖州二处开分行而要调出去可不好。下午没什事，新三时一刻出去到中国大学代英的朋友领出文凭，顺路去尚志医院找九姐夫，闻陈大姐昨日夜十一时急病去世，出人意外。今日行中发下十一月份配给面，无钱取，急煞，下午下班回来家中困窘使我十分烦急，又不愿与英谈及，晚与四弟写信不觉尽十二页。

12月11日　星期六（十一月十五）　晴

这两日行中事甚少，整日颇清闲，强闷在屋中甚为烦。上午打电话到经济总署，始知强表兄已调在政委会税务处做事。中午饭后抽暇回家一趟，因为下班不拟回去，近邻亲戚陈家大姐前日夜故去，今日接三，故往拜祭一番，中午无人，略坐即归。回行业已三时许，配给面钱由九姐夫暂借，今日始能取回，五时由五弟来取回。下午二宝打电话与我，近将有人启行，行中热甚，闲着无事，看报都看不下去，因为太乱，事少，五时半全弄清楚，一刻钟内作了本日日报。差十分六点出来，即去找英，本拟与她一同去真光看电影，不料英不在家，由清晨九时半即出，至此时未回，谓去长辛店，不能如此久尚未回来。等她，在屋一人看书。七时许大嫂及二嫂伴我谈话，八时为我一个人做了两大碗挂面吃，又候到九时，还未回来，不知何故，难道为人留下，明天才回来么，不便久候，即辞回。归来方知德培兄来，我日前方与他一信，当未见着，昨日为四弟写信，睡迟，乏，早憩，等英半晌未晤，怅甚。

昨日想起一点杂感，许多人讨厌提及，看不起钱，而人生活处处时时需要它，离不开它，而在人造的东西中，无形中反受其支配与影响，钱能使人快乐幸福，亦能使人悲愁苦恼，它能使二人接近，不能分离，亦能强使分开，而不能相聚，能使人去做不愿做不敢做的，亦能使你宿愿及梦想多日的希望实现！它就是这么一个奇怪的东西噫！世上能有几个善能利用它而不为它所迷惑的呢!?

12月12日　星期日（十一月十六）　晴和，晚雾

今天天气晴和很好，上午将伯长的东西送到二宝处托人带去，顶着点小北风颇为吃力，说了一会话。回来顺路去强表兄处，因昨日闻他已不在经济总署，而改在政委会内的税委会，打了几个电话都未找到，且已有多日未去看他，顺路去谈谈，我谈拟经商，他主料赞成，不觉近午方回。午

饭后，赵群尚未来，洗脸时赵君方来，谈顷，他来取像匣子，告以在刘处，允明日还他，略谈即同出。我去刘家，他去找小杨子，新三时方到英家。她怨我去得晚了，累她等了半晌，在家谈了一会天，觉得无味一同出来，到市场去转转，不料今日又遇见了力十一兄，今天介绍过与英相见，匆匆说一两句话即分手。与英到经济食堂楼上吃晚饭，即其士林楼上，饭后又谈我二人的事，她告我其父曾表示云不能助我家之生活，而我那日是去“求婚”，并非求“帮”！老人应勿误会，我们自己的事，自己的生活，自应由自己负责，如英与我结婚，在亲戚的分上，我困难他有力量可以相助也是看他愿否？不帮忙也是他本分，其实他如爱女儿帮了我，也就是帮了他女儿，我好了，他女儿不是亦好了，如不愿管这些闲事麻烦，则如肯与其女儿一笔嫁资，由我们自己自由地支配活动亦未必不能生利。这都不愿意只有我二人共同合作，吃苦奋斗，我终不相信我终生永远如此。据英现测恐其父不会有此种思想，那就没有办法。出来走在街上还早，又到有一年多她没去的天增音乐食堂去坐了一刻。英心中亦是为事情所搅乱，在沉思不言不笑，差一刻九时，我不愿她总如此烦闷中，邀她出来，一同到真光去看电影，片名是《桃李争春》，还好，我主要是要看正片以前所演的新闻片，是日本由美国航空母舰上抢获美国从军记者在该母舰上实地摄取日本轰炸时的激烈悲壮的景况。但是一下便演正片，不见同事所说的新闻片，十分失望。散场出来降雾，英穿得少，觉冷，我穿得较多亦厚，脱了大衣亦不觉冷，遂将大衣与英着上，宽大可以套在其大衣上，她可不冷，我虽不穿亦毫不觉凉。一路上雾蒙蒙的，月光亦不清亮，大有“雾失楼台，月迷津渡”的光景，送她到家而回。

12 月 13 日　星期一（十一月十七）　半阴晴

上午突然将我改调在国库处帮忙，实在讨厌，没法子只好又搬过去。上午赵君来，昨日因英拟借用，故未带来。赵君似颇急用，遂打一电话至刘家，告其仆人将像匣子交与赵君，请其自取。因英一早出去不在家，在国库帮忙事甚简单刻板，不用脑子实极无味，写了一会现金收入账，又改写五条联单。中午在行中吃饭，不好。下午改写清单，事虽简单，但总得动复写纸，最是讨厌，弄得手指甚是污秽。下午五时多打电话去，英还未回来，五时半多一些，英打电话来谓刚回来，她已吃过饭，我还未吃，叫我去她家，现为我准备，允下班即去。今天国库事比前日少，但亦不算轻闲，六时了还未完事，我与头说过有事先走，到英家匆匆饭后，她教她侄子们温习功课，乱了一小时才去。她卧在床上休息一刻，小孩子们走我又谈了一刻，新九时半辞回。

12 月 14 日　星期二（十一月十八）　晴，晚雾

上午十一时许刘华子突然在柜台外叫我，出我意外，事前不知，邀在客厅中谈了一刻，方知事前曾打一电报与我，但我却未接到，他此来为他子求医，到津兼与朋友同事们联络一番想在政界谋一事情，顺便来平看我及林慰君而已，并无他事。他即住在旅行社招待所，离行很近，约定午间去找他再谈，进来半小时后即一时，出至三楼找他，一同在该处饭厅午饭。老友多日不见谈得投机痛快，二人皆吃了三碗多饭，不少，又回到他屋座谈顷之。其戚王太太携一小孩来，华子闻英归来要见见英，他本拟今日下午即回津，如可见英则再停留一日。老朋友了何妨，当即打电话与英约好晚新八时半在帅府园颐园相会，又与华子说定，因下午还得上班即先辞出，约定下午相晤。

下午还是写清单，无聊，今天完事早，快六时亦差不多了。昨日幸走得早，据云昨日国库错账，差二分钱找到十时，乃是小陶过页数写错，是我昨日由英处回家，他们才完事。临出又打电话与华子及英，差一刻七时出来，车存市场，一人先去颐园，不一刻华子及英先后到来，英大方互谈各地情况等，旋即叫了饭菜一同吃，边谈边吃。我不大饿吃不多，三菜一汤还未吃完，饭后又谈半晌，华子先辞去，我与英亦出，到市场走走，英要吃栗子粉，在荣华斋楼上陪她吃一点东西，下来市场店铺货摊皆纷纷收了，此时不过才新十时左右而已。如未事变，此时是市场人正拥挤热闹之时，但此却如此冷淡，市面萧条可见，一同回来，路上谈起事情，英总与

我要主意，问我打算如何。路上匆匆，不便多说，明日再谈。回来路上觉有与华子一谈之要，折回旅行社，他尚未回，留一条而回，心中思事甚为不安。

12月15日　星期三（十一月十九）　晴

上午写五联单，下午写清单，有用脑子，省事，到时可以走，很轻松。今日是发薪的日子，以前在刚加特别津贴时每月领到觉还有些用，如今又过了半年，生活程度又涨，拿到这个口袋深深发愁，觉得这点钱够做什么用呢?！半年前四百元差不多，如今每月差不多都要八百元左右，我亦不知如何混过去。下午英电话中叫我去，路过前外通三益为英买了一罐子的蜜饯温颇，昨日英说过此处有，所以今日为她带一些去。到她家，她家已吃过饭，我匆匆又一人吃了一点，她父在看报，没什么说的。回到英屋，不一刻小孩子们来温习功课，先吵个一团糟，闹得屋中乌烟瘴气，好一会才停止。一小时后小孩子们去睡了，我亦不便久坐而辞出，今天还英昨日代我请华子吃饭先垫的钱，她未受，谓先存我处。

后　记

从北平日记平实直白的文字里可感受到一个青年学子和普通市民在伪北平时期真实的生活。生活在那个时代的人现已都进入耄耋之年,如他们能看到他们少年或青年时的生活势必会激起回忆的涟漪,对当代青少年来说,了解日伪时期的北平市井生活在增加历史知识的同时会激发他们热爱新时代热爱新生活的热情。

我们的历史研究往往是抽取社会生活每一件大事和主流,而忽略了决定和影响历史本质的丰富的生活细节及其支流,因而我们的历史教科书往往显得枯燥单调,了无生趣。实际上,历史是由千千万万个体生活共同构筑的画卷,每一个个体生活的真实记录都是有价值的历史研究材料。由此来看,北平日记的丰富内容对于回顾和研究伪北平时期的社会人文和老百姓的生活状况是极其珍贵的,还有作者行云流水般生动优美的文笔,令人叹为观止。这些是我收藏前,加以整理并使之早日问世的初衷。

人民出版社的编审孙兴民先生慧眼识珠,看中了这部日记的价值,并很快就达成了出版协议,这对董先生及其日记都是万幸。在这里我只有代表作者及其家属对人民出版社的领导和资深编审孙兴民先生付出的辛勤劳动表示深深的感谢!

王金昌

2015 年 8 月 1 日记